Next 教科書シリーズ

日本古典文学

近藤 健史 編

弘文堂

はじめに

日本文学は、古代から現代までの広範囲であることから、すべてのことを網羅することは不可能である。また大学で日本文学を学ぶ学生であっても、各時代の作品すべてを読むことは、困難であると思われる。

そこで本書は、日本古典文学として、古代から近世までの文学の中から、各時代における散文と韻文の代表的な作品を取り挙げることにした。また、近代作家たちの古典評価を通して古典文学を捉え直すという意味で、近代における古典文学のゆくえを付け加えることにした。

一般的に日本文学の概説書は、時代を概観するという文学史的形態や概論的形態であるが、本書はあえてそのような形をとらなかった。各時代の代表的な作品を「読む」ということを中心にした。たとえば、作品が編まれた時代に、どのような知識層が読者となったのか、またテクストは、読者の所有する情報や知識によって解釈が与えられると考えられることから、どのように読まれてきたのか、さらに古典文学の作品を現代の我々読者が、どのように読むことができるのか、などを明らかにするよう努めた。よって、各時代において「読む」という様々な形のものが収められている。いろいろな視点から古典作品を「読む」ということを学んでほしい。また、そこにある日本古典文学に関する基本的な知識から最新のテーマまでをわかりやすく解説した。さらに歴史的、社会的、文化的背景などの時代と文学との関わりや、先行作品との影響関係を考慮して、作品の理解に役立つようにした。

本書は、日本文学を専攻する学生以外にも、大学の教養課程で学ぶ学生や一般の人々など、多くの日本古典文学を学ぶ人々のために、基本的には、作品の時代背景、成立事情、構成、内容、表現、特色などについて解説している。また文章は平易な表現にし、専門用語などはわかりやすく解説をして、引用も旧字体は新字体に直して用いるなど配慮した。さらに、独習や予習ができるように、いくつかの特徴を設けてある。まず各章の最初に、学修の目標を「本章のポイント」としてまとめてある。そして、学修の手助けのため「理解を深めるための参考文献」や「関連作品の案内」を付し、研究の最前線を「トピック」として挙げた。各章の最後には「知識を確認しよう」を設け、知識習得の確認ができるようにしてある。これらを積極的に利用して学んでほしい。

本書で日本古典文学を学ぶことにより、さらに興味と関心を高め、日本の文学を幅広く読むようになることを願っている。

二〇一五年二月

執筆者を代表して　近藤健史

目次 Next教科書シリーズ『日本古典文学』

第1章 古代（一）記紀と風土記を読む

本章のポイント

律令制度が日本列島を覆い尽くそうとする8世紀初頭に、『古事記』『風土記』『日本書紀』が相次いで世に出た。

ともに王権の手により成立したが、都で作られた『古事記』『日本書紀』と、都から隔たった国々で作られた『風土記』とは、それぞれ編纂目的や存在意義が異なっている。『古事記』は、天皇家の正統性を後代に伝えるという性格を持つ、天皇家の私史として編纂され、『日本書紀』は対外的な意味合いを意識した、国外に向けた朝廷の公的な歴史書、正史として編纂されたといわれている。『風土記』は、官命を受けて土地の産物、山川などの名前の由来や伝承などを国ごとに記録した地誌の総称であり、諸国から上申された報告書である。

このような『古事記』『風土記』『日本書紀』の成立事情・構成・内容などを比較すると、相違する点や特色が浮かび上がってくる。また、律令国家の歴史を主張する『日本書紀』だけではわからない「古代」が、『風土記』と『古事記』から読み取られるのである。

一 『古事記』の成立事情

1 『古事記』の「序文」

『古事記』は天皇家の私史、『日本書紀』は対外的な正史といわれ、神話や伝承など互いに同じような内容を持ち、また補完し合う関係にあることから両書を関連させて扱う場合に「記紀」と呼ぶ。

『古事記』は、**天武天皇**の発意により、天皇としての正統性を確証するものであり、天皇の歴史を語るものとして作られたという。また『古事記』は、漢字の訓読みと音読みを混ぜた「音訓混交」という日本独特の文体を用いている。よって『古事記』は、国内に向けた「天皇家の私史」として編纂され、天皇家による支配の正統性を示そうとしたものといわれている。

それでは、『古事記』は、いつ、誰によって、どのようにして作られたのだろうか。『古事記』の成立事情を語る唯一の資料は、『古事記』の冒頭にある「序文」である。だがこの「序文」は、冒頭と最後に「上表文」の体裁があることから、本来は別に存在した「上表文」が「序文」として組み込まれたとも考えられている。

その「序文」は、三段に分かれ、第一段は神代から天皇の歴史を振り返り、第二段と第三段は『古事記』の成立にいたる経緯が記されている。この第二段が中心部分で、後半部に、天武天皇が撰修した理由・目的・方法について、次のように述べている。

是《ここ》に、天皇の詔《のりたま》ひしく、「朕《あれ》聞く、諸《もろもろ》の家の齎《も》てる帝紀《すめろきのふみ》と本辞《さきつよのことば》と、既《すで》に正実《まこと》に違《たが》ひ、多く虚偽《いつはり》を加へたり。今の時に当《あ》たりて其の失《あやまり》を改めずは、幾《いく》ばくの年も経ずして其の旨滅《むねほろ》びなむと欲《す》。これ乃ち、邦家《みかど》の経緯《たてぬき》にして、王化《おもぶけ》の鴻基《おほきもと》なり。故惟《かれおもひ》みれば、帝紀《すめろきのふみ》を撰び録《しる》し、旧辞《ふること》を討《たづ》ね覈《きは》め、偽《いつはり》を削《けづ》り実《まこと》を定めて、後葉《のちよ》に流《つた》へむと欲《おも》ふ。」とのりたまひき。①

これによると天武天皇は、歴代天皇の系譜や事跡である「帝紀」と神代・人代の神話物語などを記録した「本辞」とに、多くの偽りがあることを知った。そこで「**帝紀**」と「**旧辞**」は、国家組織の根本と天皇の政治の基礎となるもので、天皇の徳を行きわたらせる大本《おおもと》であることから、よく調べ、正し、偽りを削り、真実を定めて撰録し、後世に伝えようという主旨で発案したとある。

2 稗田阿礼と太安万侶

それに携わったのは、稗田阿礼《ひえだのあれ》という人物であった。「序文」によると、当時の阿礼は天皇に近侍して雑事に奉仕する「舎人」であり、二十八歳である。人柄は聡明で、読解力や記憶力などに優れた特殊な能力を有していた。そこで天武天皇は、阿礼に帝皇の「日継」と先代の「旧辞」とを「誦習」させるという方法を採り、記述を読み上げ、口承で管理させた。しかし、天武《てんむ》天皇は『古事記』編纂を発案したが、志半ばにして崩御してしまう。

天武天皇の遺志は、その後継者の持統天皇、孫の文武《もんむ》天皇の治世を経て、その母の元明《げんめい》天皇になり、再び動き出す。天武天皇の皇子草壁皇子の妃であったため、天武天皇の遺業に強い関心をもち受け継いだのであろう。天武天皇の命によって稗田阿礼が誦習していた『帝紀』『本辞』が失われてしまうのを惜しんだ元明天皇は、和銅四年（七一一）九月十八日に勅語の旧辞を撰録して献上せよと、太朝臣安万侶《おおのあそみやすまろ》に命じたのである。序文によると、完成は和銅五年（七一二）一月二十八日であった。

実に天武朝から約四十年後に、稗田阿礼が訓読していた資料を太安万侶は編集したのである。そして、当時の優れた学者である太安万侶は、天武朝の文字遣いで、天武天皇時代にできあがっていた原資料を誰でも読めるようにしたのである。文章の表記に工夫を凝らして、漢文を下敷きにした和文体で書き、読みにくいところには注をつけている。『古事記』の分量は、四百字詰め原稿用紙で百五十枚ほどであるというが、元明天皇から命令を受けてわずか半年弱で完成させている。これは、稗田阿礼の中で『古事記』の基本的な内容や構成が、ほぼ出来上がっていたためであろうと考えられている。

太安万侶に関しては、壬申の乱で活躍した大海人皇子《おおあまのみこ》の腹心の一人であった多品治《おおのほむじ》の子どもであろうと推測されている。そうだとすると安万侶は、かつて父親が仕えた天武天皇の意向に添って王化の書を編纂するに信用できる人物として選ばれたといえよう。その名は『古事記』以外には、ほとんど文献に現れないことから、謎の人物とされていた。だが昭和五十四年（一九七九）一月二十日、奈良市此瀬町《このせちょう》の茶畑から遺骨とともに「太朝臣安萬侶」と記す墓誌が発見され、実在の人物であったことが判明した。そこには、平城京の「左京四條四坊に住む、従四位下、勲五等、太朝臣安萬侶は、癸亥の年（養老七年）七月六日に亡くなった。養老七年十二月十五日、乙巳の日」に墓に葬られたと記されている。

二 『日本書紀』の成立事情

1 天武天皇が命じた歴史書

『日本書紀』は、国外に向けたものであり、唐や新羅などに対して日本の権威を示そうとするために編纂された歴史書といわれている。そのため、当時のアジア圏の共通語である漢文が用いられているとされる。また、『日本書紀』は、完成した翌年の養老五年（七二一）から官僚の学ぶ歴史のテキストにもなっている。

では、そのような『日本書紀』は、いつ、誰により、どのようにして作られたのか。

『日本書紀』は、『古事記』にあるような序文がない。いつから編纂が始められたのか、誰に編纂の勅命が下されたのかも書いていない。わずかに『続日本紀』に『日本書紀』の完成した時のことが書かれているのみである。

天武天皇の修史事業に関しては、『日本書紀』天武十年（六八一）三月の条に、天武天皇が川嶋皇子《かわしまのみこ》ら皇親六名と中臣大嶋《なかとみのおおしま》ら六名の官人たちを詔して、「帝紀《すめらみことのふみ》及び上古《いにしえ》の諸事《もろもろのこと》を記し定めしたまふ。大嶋・子首《こおびと》、親《みづか》ら筆を執《と》りて以て録す。」とある。よってこの頃から川嶋皇子などの十二名により大掛かりな修史事業が開始されたと考えられる。しかし、この事業は多くの人が参加していることから利害の対立もあり、うまくいかなかったといわれている。そこで、天武天皇は新たに自分の考える通りの歴史書である『古事記』を編纂しようとしたと考えられている。

その『古事記』が完成した八年後、養老四年（七二〇）に『日本書紀』は完成する。天武天皇の修史事業からは、約四十年という歳月を経て元正《げんしょう》天皇に撰上された。そのことは『続日本紀』養老四年五月の条に「是《これ》より先に、一品舎人《とねり》親王《しんのう》、勅を奉じて日本紀を修しき。是《ここ》に成功りて奏上す。紀三十巻、系図一巻。」と見え、『日本書紀』三十巻と系図一巻が舎人親王により奏上されたとある。この「是より先に」と「一品舎人親王」という表現から、舎人親王に『日本書紀』撰集の勅が下ったのは、養老二年（七一八）頃と考えられる。しかし、『日本書紀』の編纂事業を推し進めた影の主役は、藤原不比等《ふひと》であろう。元明天皇を補佐していた彼の周辺には、文章に携わるフミヒトや百済などの渡来系知識人が多数いた。律令の選定に携わっていた彼らは、不比等とともに『日本書紀』の編纂事業にも関わったと考えられるのである。

2 『日本書紀』の編纂と表現法

『日本書紀』の三十巻は、神代より持統朝に至るまでの皇統譜やいろいろな事跡について「漢文体」を用いて、「大略編年体」に記述している。巻第三以下は「編年体」で記しているから、いわゆる「歴史書」であるといえる。この「漢文体」は、元来は中国語文であったが、上代の時代には漢字の意味がわかり、漢文訓読の方法を知っていれば読める文体となっていた。また訓字を用いて「漢文体」で日本語文を書くことも可能であったという。

『日本書紀』の作成には、多くの資料を取捨選択して用いている。国内の資料は、『古事記』の原資料ともなった『帝紀』、『旧辞』のほかに、諸氏族や各地に伝わる伝承、朝廷の記録、個人の記録、寺院の記録などである。また外国の資料は、百済の記録では百済からの亡命者が編纂したといわれる『百済本紀《ほんぎ》』『百済新撰《しんせん》』『百済記《き》』など

が使われ、中国の記録では史書や典籍などが用いられている。

これらの漢籍を潤色して、漢語を用いて記述するとき、元中国語文であつた「漢文体」が最適であったのである。また「漢文体」を用いることで、中国の天子の言葉つきを感じさせ、天皇や官人に中国の天子像や官人のイメージが重なるという効果があったといわれている。

『日本書紀』は、これらの資料を取捨選択して編集したとき、その内容に別伝承があるときは、本書に対して「一書に曰く」として列記している。これは、漢籍の正史にも見られない独自の編纂方法である。

三 『古事記』『日本書紀』誕生の背景

1 『古事記』と『日本書紀』の文体

『日本書紀』は、『古事記』と同様に、七～八世紀における天武天皇の律令体制の整備のための一環であるという。また国外向けの『日本書紀』、国内向けの『古事記』であるといわれている。

それは、『日本書紀』が、ほぼ正確な漢文体を用いて、

大略編年体という体裁で記述されていることからも明らかである。この「編年体」という記述法は、当時の中国で歴史書を編纂するときの記述方法であり、中国の正史「本紀」を意識したものといわれている。また表記に用いられている「漢字」は、当時の中国を中心とする東アジアの共通語であることから国外で読まれることを意識したと考えられている。対外的には、中国・新羅・渤海などの東アジアの国々に対する正史であったといえる。

一方『古事記』は、漢字の訓読みと音読みを混ぜた「音訓混交」という日本独特の文体を用いている。このことは、天武天皇が『古事記』を国内に向けたものとして編纂し、天皇家による支配の正統性を示そうとしたことによる。

2 『古事記』と『日本書紀』が誕生した時代

皇極天皇の治世、政治の実権を握っていた蘇我蝦夷・入鹿親子の独裁によって、朝廷の機能は低下していた。一方東アジアでは、随が滅び、唐が立ち、朝鮮半島の争いも激しくなり、国際情勢も緊迫していた。

朝廷側は、政治機能の回復と新たな東アジア情勢への対策が必要であった。そこで中大兄皇子《なかのおおえのみこ》と中臣鎌足《なかとみのかまたり》は、蘇我入鹿暗殺によるクーデター「乙巳の変」（六四五）によって蘇我氏本家を滅ぼし、新しい体制作りに乗り出した。まず孝徳天皇をたて、日本初の年号「大化」を定める。翌年になり、公地公民制、行政・軍事・交通の整備、班田制、税制の整備など、いわゆる「改新の詔」（六四六）を発表する。新時代の幕開けである。

大化の改新を進めるなか、孝徳天皇が没し、斉明天皇が即位する。斉明六年（六六〇）、大和朝廷のもとに朝鮮半島の中でも特に深い関係を続けてきた百済から救援要請が届いた。唐と新羅の連合軍に攻められ、滅亡の危機となったのである。救済のために倭国は援軍を送ったが、唐軍との「白村江の戦い」（六六三）において大敗し百済復興は失敗する。中大兄皇子（のちの天智天皇）と大海《おおあ》人皇子《まのみこ》（のちの天武天皇）の兄弟は、歴史的大敗北をしたのである。

この敗戦後、中大兄皇子は、内政改革と唐からの防衛体制を整え始め、天智七年（六六八）にようやく即位する。しかし天智天皇が崩御（六七一）された後、皇位継承をめぐる内乱「壬申の乱」が起こる。大海人皇子はこの戦いに勝利し、飛鳥《あすか》浄御《きよみ》原宮《はらのみや》で天武天皇として即位（六七二）する。そして飛鳥の地に政治の中心を置き、中央集権国家の完成をめざし、次々と新しい施策を打ち出していった。たとえば天武二年（六七三）五月、公卿大夫および諸の臣・連・伴造などの官僚に対して、才能や在任中の成績を審査し、それに応じた官位を与える中央豪族の出身法を定めている。一方、諸氏の私有地（民部・家部）の公収の施策をする地方支配においては、諸国の境域の画定を進め、国・評の制を確立させていった。天武十二年（六八三）四月に「富本銭《ふほんせん》」の貨幣鋳造を命じ、翌十三年（六八四）十月には、「八色の姓」を制定して政治組織を整備している。さらに、これまでは「大王」と呼ばれていたのを「天皇」という名称に変え、また「倭国」を「日本」と称したのも天武朝のことといわれている。

このように幾多の動乱を経て天皇中心とした新たな時代が始まり、律令国家の完成をめざしたのである。それは国外的には、東アジアに対する政治的独立を意味するものであった。唐と新羅の連合軍に敗北して、結果的に東アジアにおける、いわば独立国をめざしたのである。

そして日本として国威を示し、国際的地位を高めるための一つの手段として、正史を必要とした。すでに東アジアのそれぞれの時代や王朝には、古くから『漢書《かんじょ》』、『魏《ぎ》書《しょ》』などのような歴史書があった。また唐においても太宗の勅撰である『晋書《しんじょ》』が出ていた。そのことから『日本書紀』は、これらと並ぶ歴史を持った独立国家があるということを諸国に伝える役目を背負った書物であったといえよう。漢文の記述や編年体の体裁からすると、唐に対して日本の正史を伝える歴史書だったのである。

一方、国内的には、壬申の乱に勝利した後、天皇を中心とした政治形態を整備するのが急務であった。そのためには、まず混乱した世の中を正すための律令体制の整備が必要であった。また、壬申の乱という内乱によって皇位を継承したことから、正統な皇位継承であったことを示す歴史（神話）や法（律令）が必要であったのである。

そこで天武天皇は、交代した新王朝の正統性を天皇自ら説明するため、国家組織の根本となる「帝紀」や天皇の政治の基礎となる「旧辞」を調べ正し、偽りを削り真実を定めて撰録することが、天皇の国家経営の基本であるとして『古事記』の完成をめざしたのである。国内を治めるために日本語重視の文体で書かれており、神話時代に重点を置きながら、天皇を中心とした歴史をもって治めることを宣言する歴史書であるといえる。

その天武天皇は『古事記』の「序文」の中で、「道は軒の后にすぎまし、徳は周の王に跨みましき」と記され、政道は中国古代の帝王黄帝よりすぐれ、徳は周の武王を越えているとなぞらえられている。周の武王の故事を引き、周王になぞらえることで、王朝交替を暗示し、天武天皇の継承に正統性を持たせているのである。

四　『古事記』の構成と内容

1　『古事記』の構成

『古事記』は、「古事《ふること》」の「記《ふみ》」である。「古事」は、「今」から見た「古」の時代の出来事のことであるという。その「古」の最初は、「天地初めて発《あらわ》れし時」から始まり、下限は第三十三代推古天皇である。『古事記』の編纂を発案した天武天皇において、父舒明天皇からを「今」の時代とし、推古天皇までを「古」と認識しようという意図である。『古事記』の完成は、和銅五年（七一二）であり、和銅年間からすると約一二〇年前の推古朝の時代に書かれた歴史書を編纂したことになる。

『古事記』は、世界としての成り立ちから始めて天皇の歴史を上・中・下の三巻に分けて語る。上巻は、神話的部分で、地上世界や天皇の世界の成り立ちを神話的根源まで遡り根拠づけている。つまり天皇の世界の正統性を語っている。中巻は、初代神武天皇から第十五代応神天皇までであり、服属させた歴史を語り、天皇の世界「天下」の成り立ち、地上の王権の始まりを語っている。この巻の前半は、成務記までであり神話的世界においてイザナキ・イザナミの生んだ「大八島国」の平定と秩序化の完成が語られる。後半は、仲哀記・応神記で、その秩序ある世界が拡大され海を渡った新羅・百済の平定となり、遠く朝鮮半島にまで天皇の支配が及ぶことを語っている。下巻は、第十六代仁徳天皇から第三十三代推古天皇までであり、皇統が正しく歴史的に継承され、天皇世界「天下」を充足させ保ってきたことを語っている。

2　『古事記』の「神代記」物語

では、天皇の世界の物語は、どのように語られるのか。『古事記』は、高天原での神々の誕生などを語る神話的物語と天皇を語る物語から成っている。そこで「天地初発」から初代天皇の登場まで、次々と展開し、ストーリー性をもって語られている「神代」を見ることにする。

その「神代記」は、第一段から第八段までの構成である。第一段は、「天地初発」、第二段「伊耶那岐神《いざなきのかみ》・伊耶《いざ》那美神《なみのかみ》の国生み・神生み」、第三段「天照大御神《あまてらすおほみかみ》・須佐之《すさの》男命《をのみこと》の世界分治」、第四段「大国主命《おほくにぬしのかみ》の王の誕生」、第五段「建御雷之男神《たけみかづちのをのかみ》の地上世界の平定・国譲り」、第六段「番《ほ》能迩迩芸命《のににぎのみこと》の天孫降臨」、第七段「日子穂々手見命《ひこほほでみのみこと》の地上支配」、第八段「神倭伊波礼毘古命《かむやまといわれびこのみこと》の天皇の始まり」である。

この第一段は、天地の始まりの時に高天原に神々が現れたことから述べる。最初に姿を現した神の名は、アメノミナカヌシ、続いてタカミムスヒ、カムムスヒである。これらは「ミナカヌシ」（宇宙の中心を定めた神）と「ムスヒ」（生命の神霊）の神々であり、三柱の神々は「造化三神《ぞうかさんしん》」と呼ばれ、「万物生成化育の根源」となったとされる。このムスヒ（産霊）という根源的な力が、世界の始まりを語ることの全体を覆っているのである。

天地《あめつち》初《はじ》めて発《あらは》れし時《とき》に、高天原《たかあまのはら》に成《な》りし神《かみ》の名は、天之御中主神《あめのみなかぬしのかみ》。次に高御産巣日神《たかみむすひのかみ》。次に、神産巣日《かむむすひの》神《かみ》。此《こ》の三柱《みはしら》の神は、並《とも》に独神《ひとりがみ》と成り座《ま》して、身《み》を隠《かく》しき。

次に、国稚《くにわか》く浮ける脂の如くして、くらげなすただよえる時に、葦牙《あしかび》の如く萌え騰《あが》れる物に因りて成りし神の名は、宇摩志阿斯訶備比古遅神《うましあしかびひこぢのかみ》。次に、天之常立神《あめのとこたちのかみ》。此の二柱の神も亦、並に独神と成り座して、身を隠しき。①

三神が成り出た時は、天と地とが始まり、すでに天上には高天原があった。この頃の地上の世界は、若く全体が形定まらず、たとえば「国稚く浮ける脂の如くして、くらげなすただよへる」状態であったという。この高天原から姿を隠してしまった三柱の神々に代わり、地上から湧き上がるようにウマシアシカビヒコジとアメノトコタチの二柱の神が現われた。以上の五柱の神は特別な存在として「別天つ神」（特別の天つ神）と呼ばれる性別のない「独神《ひとりがみ》」であり、いつの間にか姿を消してしまう。

その次に現われた二柱の神もまた、「独神」であり身を隠した。その次の代に現われたのは、男と女の性を持つ「双《なら》び神」五組十柱の神々である。この「別天つ神」に導かれて高天原に現われた神々、クニノトコタチから数えて十柱の神までを「神世七代《かみよななよ》」という。その最後に現われたのが、日本という国土を生み出すイザナキとイザナミの「双び神」である。

第二段からイザナキ・イザナミの活動が始まる。まず日本の国土が誕生した経緯は、次のように語られる。イザナキとイザナミは、高天原の神々から「是《こ》のただよへる国を修理《つくろ》ひ固《かた》め成せ」と命じられた。天つ神は、国をあるべきすがたに整えただすことを命じたのである。そこで二神は、天上と地上をつなぐ天の浮橋に立ち、授けられた天沼矛《あめのぬぼこ》で漂っている塩をかき混ぜる。矛先よりしたたり落ちた塩が積もってオノゴロ島となった。二神は高天原から島に降り、神聖な「天《あめ》の御柱《みはしら》」を立て広い神殿である「八尋殿」を建てた。そこで夫婦の契りを結んだイザナキ・イザナミは、「国生み」を行う。最初に島と言えないものが生まれたことから高天原の神々に相談したところ、儀式の時「女が先に声をかけたのが原因」だと誤りがあったことを告げられ、改めて儀式をして交わった。その結果、「大八嶋国《おおやしまのくに》」と呼ばれる八つの島と六つの島々を生み、国を生み終えたのである。

二神は、国を生み終わった後、さらに神を生む。イザナミが生んだとされる神々は、三十五柱の神と記されているが、実際は十七柱の神々である。まず、岩巣・大戸・大屋・風に対して耐える力など七柱の住居に関わる神々、次に海・河など水に関わる三柱の神々、風・木・山・野の四柱の自然現象に関わる神々、さらに船・食べ物・火の三柱の生産に関わる神々を生んだ。そしてイザナミは、最後に火の神カグツチの神を生んだ後に死ぬ。悲しみの収まらないイザナキは、わが子カグツチの首を斬って殺害する。カグツチの血からは八柱の神、亡骸からは八柱の山の神々が誕生した。

最愛の妻の死を諦めきれないイザナキは、妻イザナミを連れ戻そうと黄泉国《よみのくに》を訪れる。そこで恐ろしい姿の妻を見たイザナキは、黄泉国から逃亡し決別する。

第三段で、黄泉国から戻ったイザナキは、禊《みそぎ》をして誕生した天照大御神《あまてらすおおみかみ》・月読命《つくよみのみこと》・建速須佐之男命《たけはやすさのをのみこと》の三貴子に国々の統治を命じる。

ここからアマテラスとスサノヲを中心とする新たな物語が展開するのである。アマテラスとスサノヲの「高天原での対決」、アマテラスの「岩戸隠れ」、スサノヲの「八俣《やまた》の大蛇《おろち》退治」などが語られる。スサノヲは、出雲国で大蛇を退治し救った櫛名田比売《くしなだひめ》を妻として子をもうける。

第四段で、その六代目子孫のオホアナムジが国作りを始める。そしてこの神が数々の試練を乗り越えて「大国《おほくに》主神《ぬしかみ》」になるまでを語る。「稲羽《いなば》の素兎《しろうさぎ》」を助けたオホアナムジは、根《ね》の堅州国《かたすくに》に逃げスサノヲの試練に耐え抜く。そしてスサノヲの娘スセリビメを妻とし、その太刀・弓矢をも手に入れ、スサノヲのとてつもない力を受け継いだ「大国主神《おおくにぬしかみ》」として誕生するのである。その名は、偉大な、国の主の意であり、地上の世界の統括者を意味し、葦原中国《あしはらのなかつくに》の完成を示す。さらに、この二つの名のほかに「葦原色許男神《あしはらのしこお》」（葦原中国の勇猛な男）、「八千《やち》矛《ほこ》神」（多くの矛を持つ強大な神）、「宇都志国玉《うつしくにたま》神」（現実の世界を支配する霊威を持つ神）の神名を有していて、現実世界の根源につながる多様な側面を暗示している。その後、オオクニヌシは、カムウスヒの子スクナビコナと協力して国を固め、オホモノヌシの協力を得て「国作り」を完成させる。

「神話」部分に関して見ると、ここまで、いわゆる「出雲神話」が全体の四割以上を占めている。そしてスサノヲとオオクニヌシが主人公で、スサノヲは出雲の始祖神、オオクニヌシは国土開発の英雄として語られている。

続く第五段は、あるべき姿に整えられ完成し豊かになった葦原中国を高天原の神が譲るよう迫ったところ、荒ぶる神々の抵抗に遭ったので「言向け」する物語である。

そして第六段は、「言向け」により葦原中国が完全に平定され、アマテラスの孫であるホノニニギが「三種の神器」を携えて筑紫の日向の高千穂の峰に降り立ったことで、葦原中国の支配者は天つ神の血統を継ぐものであることを語る。

第七段では、ニニギとコノハナサクヤビメの間に生まれたホヲリは、海神の娘トヨタマビメと結ばれる。生まれた子どもは、ヒコホホデノミコトと名付けられた。やがてトヨタマビメの妹のタマヨリビメと結婚して、アマツヒコヒコナギサタケウガヤフキアヘズが生まれた。

第八段は、ウガヤフキアヘズノミコトが成長して、叔母のタマヨリビメと結婚、イツセ、イナセヒ、ミケヌ、ワカミケヌの四柱の誕生を語る。ワカミケヌは、のちのカムヤマトイワレビコ、初代天皇の神武天皇である。

このように高天原の「天つ神」から地上の「国つ神」

へ、地上の正統な支配者の決定は、アマテラスの宣言により「天孫降臨」することで果たされたのである。また天孫ニニギ・ホヲリノミコト・天武天皇の父ウガヤフキアヘズまでの日向三代神話は、神から人間的存在の天皇へつなげる役割をしている。天皇の祖先であるニニギノミコトは、山の神の娘であるコノハナサクヤビメを妻として、自身に山の神の力を加え、別名ヤマサチヒコのホオリノミコトは、海の神の娘トヨタマビメを娶り、ウガヤフキアヘズも海の神の娘タマヨリビメを娶ることにより、陸と海（水をつかさどる）の力を手に入れたことを語る。この山の神・海の神との結婚を重ねたことは、その子孫たちに山と海の神の力による豊穣が約束され、地上の支配者として超越的な存在と呪能を有すこととなる。

以上が「神代」の物語である。続く『古事記』の中巻は、のちに神武《じんむ》天皇になるカムヤマトイワレビコが主人公となり、神代から人代へと移り、初代天皇の神武天皇から応神《おうじん》天皇までを語る。下巻は仁徳《にんとく》天皇から推古《すいこ》天皇までの系譜を語ることで、天皇の世界の物語を終える。『古事記』に描かれているのは、「日本」になる前の国の姿なのである。

五 『日本書紀』の構成と内容

1 『日本書紀』の構成

『日本書紀』は、序文を持たない。その全三十巻は、神代のほか、神武天皇から第四十一代持統《じとう》天皇までの歴史である。具体的には、神代上下二巻、神武天皇から応神天皇まで八巻、仁徳天皇から推古天皇まで十二巻、『古事記』にはない舒明《じょめい》天皇から持統天皇までの八巻である。

『日本書紀』と『古事記』の構成を比較すると『日本書紀』における神代紀の占める割合は、圧倒的に少ない。また、『古事記』には記載のない舒明天皇から持統天皇の時代までが語られている。この時代は、両書が編纂された頃の奈良時代初期の人々にとって、近・現代という時代であった。『日本書紀』が完成した養老四年（七二〇）からすれば、わずか十数年前のところまで書いてあり、いわば現代史まで含んだ歴史書といえる。

その舒明天皇から持統天皇にいたる七世紀は、激変する東アジア情勢の中にあった。その頃の中国では隋に代わって唐が成立し、朝鮮半島では百済・新羅・高句麗の三国が争いを続けていた。「倭」では、律令国家確立の道を歩みはじめていた時代である。「倭」から律令国家の「日本」へと大きく変わり、天武天皇が中央集権化への改革をさらに進め、次の持統天皇が藤原京への遷都を敢行して、律令国家を完成させた時代である。

近・現代の時代に八巻もあてていることは、「日本」という言葉が三百回近く使われている『日本書紀』が、まさにタイトルどおり新しい時代の「日本の書」であることを示している。そこには、舒明天皇即位（六二九）から持統天皇の譲位（六九七）まで六十九年間が、律令国家確立までの道のりであったことが関係する。また舒明天皇は、律令体制の基礎を作った天智天皇と天武天皇の父であり、平城遷都を行い、『古事記』を上奏させた元明《げんめい》天皇の祖父でもあったことも関わったと考えられる。

では『日本書紀』は、天皇の世界の成立をどのように語るのか。それは、『日本書紀』の「巻第一」の下にある「神代」という標示が、示唆している。中国正史類では、一般的には設けない神話の時代を「神代」として巻第一・二の二巻を費やしているのである。これは、物事の来歴は起源から語るという考えにより、天皇の起源は神代にあるとする大和朝廷の歴史観に基づいて設けたといわれている。

実際に『日本書紀』は、『古事記』と同じように神々から、その子孫としての天皇に、そのままつながるという構成をもっている。『日本書紀』の「神代」は、巻第一「神代紀上」にあり、第一段から第八段までである。第一段は「天地開闢《かいびゃく》神話」から始まる。そして第二段「男女八神の誕生」、第三段「神世七代」、第四段「伊奘諾尊《いざなぎのみこと》・伊奘冉《いざなみの》尊《みこと》の国生み」、第五段「三貴神の誕生」、第六段「素戔嗚《すさのをの》尊《みこと》・天照大神の誓約」、第七段「素戔嗚尊の乱行と天照大神の天岩屋籠り」、第八段「素戔嗚尊の出雲降りと八俣大蛇退治」が記されている。続いて「神代」は巻第二「神代紀下」にあり、三段から成り、第九段から第十一段がある。それは第九段「葦原中国の平定と天孫降臨」、第十段「海幸・山幸説話と鸕鷀《うがや》草葺《ふき》不合尊《あえずのみこと》の誕生」、第十一段「神《かむ》日本《やまと》磐余彦《いわれびこの》尊《みこと》（のちの神武天皇）らの誕生」である。

2 『日本書紀』の「神代紀」物語

その『日本書紀』の開闢神話は、「本書」で次のようにある。

古《いにしへ》に天地《あめつち》未《いま》剖《わか》れず、陰陽《めを》分《わ》かれず、混沌《こんとん》にして鶏子《とりのこ》の如《ごと》く、溟涬《めいけい》にして牙《きざし》を含《ふふ》めり。其《その》の清陽《せいやう》なる者は、薄靡《たなび》きて天《あめ》に為《な》り、重濁《ぢゅうだく》なる者は、淹滞《とどこほ》りて地《つち》に為《な》るに及《いた》りて、精妙《せいめう》の合摶《がふせん》すること易《たやす》く、重濁の凝竭《ぎょうけつ》すること難《かた》し。故《かれ》、天《あめ》先《ま》づ成《な》りて地後《つちのち》に定《さだ》まる。然《しか》して後《のち》に神聖《しんせい》其の中《なか》に生《な》れり。

故曰《かれいはく》く、開闢《ひらく》る初《はじ》めに、洲壌《くにつち》の浮漂《うかびただよ》へること、譬《たと》へば游魚《あそぶうを》の水上《みずのうへ》に浮《うか》べるが猶《ごと》し。時に天地の中に一物《ひとつもの》生《な》れり。状葦牙《かたちあしかび》の如《ごと》く、便《すなは》ち神《かみ》に化為《な》る。国《くに》常立尊《とこたちのみこと》と号《まを》す。次に国狭槌尊《くにのさつちのみこと》。次に豊斟渟尊《とよくむぬのみこと》。凡《すべ》て三　神《みはしらのかみ》なり。乾道独《けんだうひと》り化《な》す。所以《このゆゑ》に此《こ》の純男《ひたを》を成《な》すといふ。[2]〔注は省略した〕

この冒頭は、中国思想の影響が強く見られ、陰陽《おんみょう》論に基づき神話伝説を借りて、天地の始まりを述べている。天地が開闢する前は、陰陽未分化で、混沌から陰陽別れて凝り固まって天と地となり、神々が出現したとある。そしてその神も、陰陽の気を受けて化生したという。

前段への具体的な影響は『淮南子《えなんじ》』と『三五暦紀《さんごれっき》』からの引用である。世界の始まりを物語るところの「天地の別れ方」（「清陽者薄靡而為天、重濁者凝滞而為地、清妙之合専易、重濁之凝竭難、故天先成而地後定」『淮南子』天文訓）や「天地生成以前の状態の形容」（「天地未剖、陰陽未判」『淮南子』俶真訓・「混沌状如鶏子、溟涬含牙」『太平御覧』に引かれる『三五暦紀』）の表現をつなぎ合わせているといわれている。

後段の「故曰はく」以下は、日本でも天地の始まりの時にこういうことがあったと続けている。「天地開闢」の時は、洲や島が浮かび漂う状態であり、ちょうど泳ぐ魚が水の上に浮いているようなものであった。その時、天と地の中にある一つの物があらわれたというのである。その形は萌え出る葦の芽のようであり、変じて神となった。国土三神が産まれたのである。

『日本書紀』は、当時のアジア圏の共通語である漢文を用いるだけでなく、このように中国の世界観を受け入れ、依拠することによって世界の成り立ちを説明しようとしており、海外を意識して作成しているのである。

その後、神々の誕生、天孫降臨を経て海幸・山幸まで続く「神代紀」は『古事記』とほぼ同じ伝承で語られる。しかし、『古事記』との相違も随所にみられる。たとえば、神話の「この世の誕生」は、『古事記』では「天地初発」から始まり、『日本書紀』では「天地開闢」から始まる。この「天地」は、元は和語にはなかった観念で、「天」と

「地」の二語で宇宙を意味するという。「開闢」は、「天地（宇宙）」の始まりは、「天」と「地」が扉のように開くというイメージである。それに対して「発」は、「オコル」と訓読し、「現象の始まり」を意味し、すでに「天」と「地」は存在しているが、止まっていたのが再び動き始めるというイメージである。そのほかの相違点は、高天原の概念がないこと、イザナキ・イザナミは、天つ神の命令によらず、ともに協同して国や万物を生むことである。また、イザナミが死なずに神を生み続けること、黄泉国訪問がなく根の国が登場すること、イザナキ・イザナミが相談して「天下の主《きみ》たる者を生もう」と、ともに日神・月神・蛭子・スサノヲを生むことが挙げられる。さらに稲羽の素兎《しろうさぎ》などの物語を含む出雲神話がないことがある。

　このような「神代」に続いて「人代」は、神の系統を受け継ぐ磐余彦《いわれびこ》の東征から始まり、大和を征服して初代天皇の神武天皇となったことを語り、持統天皇の御代まで続く。そして持統天皇十一年（六九七）、ついに草壁皇子の遺児である軽皇子への譲位が行われ、即位した文武天皇の登場を伝えて『日本書紀』は幕を閉じる。

六 『風土記』の成立事情

1 『風土記』の成立

『風土記』の「風」という字は、古代において神聖な鳥の象徴である冠飾をもつ「鳳《ほう》」と同じ形をしていたという。神々は、支配するところの広大な地域の風土に、その意思を行き渡らせる行動力を持つ使者として鳥形の神を選び、「鳳」の姿を当てた。自由に飛翔する風神である。人々は、風を自然のいぶきであり、神の訪れであると感じたのである。そして人々は、その土地の風土に生まれ、その風気を受け、風俗に従い、その中に生きたとされる。『風土記』いう書名は、古く中国の後漢の盧植《ろしょく》の『冀洲《きしゅう》風土記』、晋の周処《しゅうしょ》の『風土記』に見える。日本の『風土記』は、最初はその書名ではなかった。諸国から朝廷への報告書（解状《げじょう》・解文《げぶみ》）の集成が、いつから「風土記」と呼ばれるようになったのか定かではない。

　古く『万葉集』の中に、天平十九年（七四七）三月二十九日越中国の大伴家持が詠んだ、「立夏になってもホトトギスが来て鳴かないことを恨む歌二首（巻十七・三九八三、三九八四）」があり、その左注に「気候地味」をいう「越中風土」の表現が用いられている。その「風土」に関して『令義解《りょうのぎげ》』（八三三）仮寧令《けにょうりょう》（給休仮条）に「物を養ひ功を成すを風といひ、坐《ゐ》ながらにして万物を生ずるを土といふ」とある。また平安朝の延喜十七年（九一四）、三好清行の『意見封事《いけんふうじ》』に「風土記」の文字が見える。おそらく古代中国の知識から地方の誌という意味で「風土記」と呼ぶことがあったのだろうといわれている。

では、日本の『風土記』と呼ばれるものは、いつ、どこで、誰が、何のために、どのようにして作ったのか。

その『風土記』の現存するものは、播磨国・常陸国・出雲国・豊後国・肥前国の五か国の風土記と、諸書に引用された逸文《いつぶん》数十か条がある。これらは、和銅六年（七一三）五月二日の官命を受けて、各国々で撰録されて上申された報告書である。

しかし、これら諸国の『風土記』の成立年代は、ほとんど確定されていない。なぜなら、たとえば完本が現存する『出雲国風土記』の場合、巻末記に「天平五年二月卅日　勘造」とあり、官命の和銅六年（七一三）から天平五年（七三三）まで二十年の間があるからである。このことに関しては、総記に「その郷《きょう》の名《な》の字は、神亀三年の民部省《たみのつかさ》の口宣《くせむ》を被《かがふ》りて改《あらた》む」とあることを手掛かりに推測されている。たとえば提出した初撰本『出雲国風土記』を調べた民部省から神亀三年（七二六）になって、地名を好字に改めることが不十分と口頭で命令を受け、今度は七年後の天平五年に再撰本『出雲国風土記』を総記と巻末記を添えて提出したとする考えである。

七世紀から八世紀初めにかけての大和朝廷は、国内に整備の力を注ぎ、律令国家の完成をめざしていた。官命が下された前年には『古事記』が撰上され、『日本書紀』編修も進んでいた。『風土記』という地誌の企画編集も、その延長上にあったのである。

2　『風土記』の編纂と提出

その編纂を担ったのは、下命を受けた各国の国司《くにのつかさ》層や大宰府の官人層である。『出雲国風土記』を参考にして手続きを推定すると、最初の文案を郡司《こほりのつかさ》の主帳《ふみひと》が書いて、主張とその上司が位階勲等を署名し、年月日を記して国庁に届ける。その記事内容を国庁で勘造者が加筆訂正・整理して、年月日を付し勘造者と国司が署名する。そして国司の手で大和朝廷に提出したのではないかと思われる。実際の『出雲国風土記』では、勘造者として、執筆者は「秋鹿《あいか》の郡の人、神宅《みやけ》の臣金太理《おみかなたり》」、監修責任者は「国の造《みやつこ》にして意宇の郡の大領《おほみやつこ》を帯びたる外《げ》正六位上勲《しょうろくいじょうくん》十二等《とう》出雲の臣広嶋《おみひろしま》」と記していて、「郡司《こほりのつかさ》」や「国造《くにのみやつこ》」であることは他の国と異なっている。

このように、和銅の官命を受けた諸国では、責任者の下、それぞれの国の能力と状況に応じて資料収集や整理に努力し、朝廷への報告書を作成したのである。だがその提出は、官命の末尾に「史籍《ふみ》に載《しる》して言《まを》して上《たてまつ》れ」とあり、「言上せよ」と命じている。このことは、『古事記』の撰録のとき稗田阿礼に「誦習」させたことと類似する。「誦習」は、「討《たづ》ね覈《きは》め」（偽《いつわ》りを削り実《まこと》を定める）を経たものの、その資料は多用な字種や不統一文体が多く、阿礼の読みが伴わないと、日本語の表現として正確に受け取ることができなかったためと考えられる。『風土記』の場合も、諸国から提出される解文は、大和朝廷の高官の面前で国司など国を代表する者の口を通して「朗誦された」とき、正式に認められる。それは、正確な理解というだけでなく、公文書を「読申」（音読）することで、内容を伝達し決裁を求める方式である「読申公文」にもとづくのであろう。

七 『風土記』の官命と五風土記

1 官命五項目

『風土記』は、和銅六年（七一三）五月二日の官命を受けて、各国々で撰録されて上申された「解《げ》」と呼ばれる文書であった。その官命は、『続日本紀』和銅六年五月甲子の条に、次のようにある。

畿内《きない》と七道《しちどう》との諸国《くにぐに》の郡《こほり》・郷《さと》の名《な》は、好《よ》き字《じ》を着《つ》けしむ。その郡の内《うち》に生《な》れる、銀《しろがね》・銅《あかがね》・彩色《さいしき》・草《くさ》・木《き》・禽《とり》・獣《けだもの》・魚《うを》・虫《むし》等の物《もの》は、具《つぶさ》に色目《しきもく》を録《しる》し、土地の沃瘠《よくせき》、山川原野《さんせんげんや》の名号《みやうごう》の所由《しょいう》、また古老《こらう》の相伝《あひつた》ふる旧聞《きゆうぶん》・異事《いじ》は、史籍《しせき》に載《しる》して言上《ごんじよう》せしむ。③

この官命の要求事項を要約すると、次の五項目になる。

❶ 全国の国名、郡名、郷名に好い字をつけよ。

❷ 郡内の産物を、鉱物・植物・動物に分けて、詳しく種目を記録せよ。

❸ 土地の肥沃状態を記せ。

❹ 山川原野の名の由来を記せ。
❺ 古老の伝える旧聞異事を記せ。

これらを地方の国々に命じた理由は、❶は、古代国家により新しい価値を付すことで、地方を掌握し支配できると考えた政治的意味を持つ。❷・❸は、地方の経済的・財政的基盤の実態把握である。❹・❺は、土地の由来・伝承の把握であり、共同体に根付いた文化を収奪することで人々を律令国家に組み込むことができると考えたからである。律令国家の完成をめざし、『風土記』の編纂が「日本書・地理志」構想の下にあったとすれば、中央の地方支配の具現化の一環として、土地や地名などの管理と把握は当然のことであった。

実は、この五項目について、官命に「史籍に記載して」とあるように、内容は史籍地理志を意識して書くことを求められていた。しかし各国々における編集方針には、それぞれ独自性があり必ずしも官命どおりの内容になっていないのが実情である。実際には諸国が熱心に応えたのは、❹と❺の項目であった。そこで、各国々の『風土記』の特色について❹・❺を中心に見ることにする。

2　五か国の『風土記』

(1)『出雲国風土記』の内容と特色

この国の『風土記』は、現存している五つの中で、唯一完全な形で残っているものである。その記述体裁は、総記から始め、九郡における各郷を各論的に記し、巻末記で終っている。総記には、国の概観、勘造の方針、国名の由来、神社総数、九郡の郷里数、郷字と郷名字の使用について記している。以下、基本的に官命五項目に従って、九郡ごとに郡名、郡名由来、それぞれの郷の郷数、郷名由来、物産の状況などを記す。巻末記には、各郡の里程、社寺名のほか、官命五項目にはない通道・駅路の里程、軍団、烽《のろし》、戍《まもり》など兵要の地誌的要素についても記している。

『出雲国風土記』の特色は、先述したように、巻末にある二行の記載により成立年代や最終編集者名を知ることができることである。また地名伝承記載では、他の『風土記』と違って、天皇や大族の巡幸に関する伝承がなく、神々が主人公として登場している。さらに出雲国の豊富な神話を伝えていて、それらは記紀に収められていない独自の神々の伝承である。たとえばスサノヲノミコトが活躍した八岐《やまた》の大蛇《おろち》の神話がない。だが、その伝承の原形と思われる、自分の片眼を犠牲にして鍛冶の仕事をした人を鬼に仕立てた「目一つの鬼」の伝承が入れられている（大原郡阿用郷《あよさと》）。また、記紀にあるイザナキ・イザナミによる国生み神話もない。『出雲国風土記』における国土生成は、ヤツカミヅオミヅノミコトが海の彼方より陸地を綱で引き寄せたという「国引き神話」である（意宇《おう》郡）。さらに、オオナムチノミコトは、記紀では五つの名を持ち、スサノヲを祖とする六世の孫として語られている。『出雲国風土記』では、オオナムチノミコトという名のみで、天の下を造った最高神として登場し、土地の神の娘と結婚して出雲の御崎山の西麓に鎮座し国つ神として存在する（出雲郡）。

(2) 『常陸国風土記』の内容と特色

『常陸国風土記』の現存本は、成立当初の完本ではない。親本から書写するとき抄略した「以下略す」や原文のまま略さなかった「略さず」という後世の書入れがあり、何らかの意図により抄略され編集されたものである。完本の編述者や編述時期、抄略本の完成時期や理由などは、定まっていない。この編述者を推定すると、和銅七年（七一四）十月から養老二年（七一八）頃までは国司石川難波麻呂、介春日老《すけかすがのおゆ》が在任し、養老三年七月からは国司藤原宇合《うまかい》、部下に高橋虫麻呂がいた。石川を除く三人は、『万葉集』に歌人として登場する。編述者の姿勢は一方で律令役人としての行政官的態度とともに、その表現や文体に大陸文化的興味・関心に貫かれた、文学的態度も見られるという指摘もある。よって、いずれも文人であることから、どちらかに決めるのは難しい。また『常陸国風土記』の成立時期について、霊亀元年（七一五）以前説、養老三年（七一九）以後の撰進説、延長三年（九二五）の再提出による再撰本説などがある。

『常陸国風土記』の内容は、和銅の官命の「古老相伝旧聞異事」に応ずる表現で、巻頭に、「常陸の国の司の解。古老《ふるきおきな》の相伝ふる旧聞を申す事」とあるように、伝承を中心として「古老の曰《い》へらく」で始まる各郡里に伝わる古老の話、「然号《しかなづ》くる所以《ゆゑ》は」で始まる地名起源譚、「風俗《くにひと》の諺《ことわざ》に云《い》はく」で始まる伝説などである。その内容は、ほぼ神々（神社）に関する伝承と「東《あずま》の夷《えみし》の荒ぶる賊《にしもの》」などの反乱者征伐の伝承である。それらの伝承の多くは、倭武《やまとたける》の天皇から崇神、孝徳・景行・垂仁・成務・継体・

天武天皇など、大和の天皇とつながりを持たせている。たとえば、大和の天皇につながる地名起源譚は、次のようにある。

或《あ》るひと曰《い》へらく、倭武《やまとたける》の天皇《すめらみこと》、東《あづま》の夷《えみし》の国を巡り狩《みそな》はして、新治《にひばり》の県《あがた》を幸過《すぎいで》ましに、国の造《みやつこ》毗《ひ》那《な》良《ら》珠《す》の命《みこと》を遣《つか》はしたまひて、新たに井を掘らしめしに、流るる泉浄《きよ》く澄《す》み、いと好愛《めづら》しかりき。時に乗輿《みこし》を停《とど》めて、水をめで手を洗いたまひしに、御衣《みけし》の袖、泉に垂れて沾《ひ》ぢぬ。すなはち袖を漬《ひた》す義《こころ》に依《よ》りて、この国の名《な》と為《な》す。風俗《くにぶり》の諺に、筑波岳《つくばね》に黒《くろ》雲挂《くもかか》り、衣袖《ころもで》漬《ひたち》の国と云《い》ふは、是《こ》れなり。[4]

もう一つの特色は、人々の信仰や習俗の古い伝承を記していることである。たとえば、「俗《くに》の諺に云《い》へらく、筑《つく》波《ば》峰《ね》の会《つどい》に、嬥《つまどい》の財《たから》を得《え》ば、児《こ》女と為《せ》ずといへり。」と記されている筑波山の歌垣の伝承がある。古代の結婚習俗が根底にあり、歌垣の背景にその土地固有の神話がある。

(3)『播磨国風土記』の内容と特色

この国の『風土記』は、底本破損のため巻首を欠いているることにより「賀古の郡」から始まる。またこの『風土記』の地名の由来には、行動的な闘争をする伝承が多く関わっている。その伝承は、神々が中心にあり、いくつかのパターンがある。

たとえば第一は「天皇《すめらみこと》、皇后《きさき》と倶《とも》に、筑紫の久《く》麻《ま》曽《そ》の国を平《ことむ》けむと欲して」（賀《か》古《こ》郡、印南浦《いなみのうら》）や「息長帯比売《おきながたらしひめ》の命《みこと》、韓国《からくに》を平《ことむ》けむと欲《おもは》して」（餝磨《しかま》郡因達《いだて》里）など、国内外の平定に関わる伝承である。第二は、「伊《い》和《わ》の大神《おおかみ》、国《くに》占《し》めましし時」（揖保《いひぼ》郡、香山《かぐやま》里）や「大神妹妋《いもせ》二柱、各《おのもおのも》競《きほ》ひて国占《くにし》めましし時」（讃容《さよ》郡）など、土地占有に関わる伝承である。新しく土地を開墾して、その神を奉ずる一族が住みつき、支配者になるという伝承である。第三は、「讃岐日子《さぬきひこ》と建石《たけいは》の命と相闘ひたまひし時」（託賀《たが》郡、法太《はふた》里）や「昔、額田部の連《むらじ》伊勢と神人腹《かみひとはら》太文《たも》と相闘《たたか》ひし時」（揖《い》保《ぼ》郡、鼓山《つづみやま》）など、先住者と他国から移住しようとする者との闘争に関わる伝承である。第四は、海を渡る神に関する伝承である。渡来する神は「天《あめ》の日槍《ひぼこ》の命、韓国《からくに》より度来《わたり》て」（揖保郡、粒丘《いひぼをか》）とあり、『古事記』には新羅の王子アメノヒボコの渡来伝説を伝えている。アメノヒボコにまつわる説話は「葦原《あしはら》の志許乎《しこを》の命と天《あめ》の日《ひ》槍《ぼこ》の命と二はしらの神この谷を相奪《あいうば》ひたまひき」（宍禾《しさは》郡、奪谷《うばひだに》）と記される、アメノヒボコと土地の神アシハラノシコヲとの国占め争い伝承がある。これは、播磨国における渡来人と土着住民との土地争いを反映したものであろう。二神の衝突を物語る伝承は、揖保郡粒丘《いひぼをか》、宍禾郡伊奈加川、宍禾郡御方《みかた》の里にも見える。また、他国の讃岐国宇達《うたり》の郡から海をわたって侵入し、揖保郡を領有して住んだという「飯《いひ》の神の妾《つかいめ》は、名を飯盛《いひもり》の大刀自《おほとじ》と曰《い》ふ。この神度《わた》り来《きた》て、この山を占《し》めて居《す》みき。」（揖保郡飯盛山）の伝承もある。

このように多様な伝承の存在は、播磨が畿内に隣接する大国であり、都の文化が直輸入されることにある。また、播磨の地理的条件から陸路と海路の文化が交差することによる伝承が残されているからである。

他の特色は、最も多く登場する神として、土地の占有に活躍する「伊和の大神」（大神）がいる。また地名由来を説く伝承の主人公は、応神天皇の巡行する話が多く、次いで景行天皇の話が求婚物語的に記されている。さらに神功皇后の韓国平定に関わる伝承が語られている。

（4）『豊後国風土記』の内容と特色

『豊後国風土記』は、同じ九州の風土記である『肥前国風土記』と共通する点が多い。たとえば、ともに巻首の総記と各郡郷名はそろっているものの、その記事は少なく、不完全であることから両『風土記』は抄本であり完本ではない。また文辞・構成なども共通する点が多い。さらに両『風土記』以外に九州諸国の逸文があり、その九州風土記に甲乙二類があるという説によると、豊後・肥前の二風土記は、大宰府で他の甲類風土記とともに編述されたといわれている。

内容的には、両『風土記』とも八年に及ぶ天皇の巡幸と地名由来を説く伝承が多い。その伝承に深いかかわりを有するのは、景行天皇である。

『豊後国風土記』の伝承としての特色は、二つある。第一は、白鳥に関わる二つの伝説である。一つは、豊前・豊後の二つの国に分かれる前の「豊国《とよくに》」の国名起源に見える伝説で、白鳥が餅や里芋に化生して、「至徳《みめぐみ》の盛《さかり》、乾坤《あめつち》の瑞《しるし》なり」と、白鳥に祝福を受けたことを語る伝説である。もう一つは、速見《はやみ》の郡田野《たの》の地名起源にある。百姓たちが自分の富に思い上がって餅を的にして弓を射たところ、餅は白鳥に化して飛び去り、その年の間に百姓は死に絶え水田は荒れ野になったという伝説である。

富に奢った長者の没落を伝える話は、民間説話として各地に伝播しているという。

第二の特色は、今伝わる地名を訛ったものとして元の地名を示し、本縁を語っていることである。この『豊後風土記』では、伝承の地名と今の地名のずれを示した「訛《よこなま》れるなり」は六例、後の人の誤り一例（速見郡）が見え、ほとんどは景行天皇か、天皇の巡行と関わっている。たとえば、「伊美《いみ》の郷。郡の北に在り。同じき天皇《すめらみこと》、この村に居まして、勅曰《の》りたまひしく、『この国は、道路《みち》遥《はる》かに遠く、山谷阻《やまたにさが》しく深《ふか》くして、往還《ゆきき》疎稀《まれ》なり。すなはち国を見ること得たり』とのりたまひき。因《よ》りて国見の村と曰《い》ふ。今、伊美の郷と謂《い》ふは、その訛《よこなま》れるなり。」（国埼郡伊美郷）のように記されている。

（5）『肥前国風土記』の内容と特色

肥前の国は、地理的に朝鮮半島に近く、海路もあることから新羅征伐の伝承が五例もあり、神功皇后のほか、推古天皇時代の米目皇子《くめのみこ》、宣化天皇時代の大伴《おおともの》狭手彦《さでひこ》連《むらじ》の伝承がある。また、大伴狭手彦連に関しては、「任那の国を鎮め、兼ねて百済の国を救はしめたまひき。」（松浦郡、鏡の渡）や「発船して、任那に渡る時」（松浦郡、ひれふりの峰）の出兵伝承がある。

さらに、『豊後国風土記』にあった伝承の地名と訛りによる地名とのずれはこの『肥前国風土記』では九例ある。

トピック

国譲りと引き換えに建てられた「出雲大社」

平成二十五年（二〇一三）五月、出雲大社の「平成の大遷宮」による本殿改修が完了し、御祭神を仮殿から本殿に遷座する「本殿遷座祭」が行われ話題となった。

出雲大社は、島根県出雲市にある神社で、式内社出雲国一宮であり、祭神を大国主大神とする。『古事記』には、その大国主大神の国譲り神話がある。オオクニヌシは、国を譲る条件として「我が住処を、皇孫の住処の様に太く深い柱で、千木が空高くまで届く立派な宮を造っていただければ、そこに籠っておりましょう」と言った。その後約束どおり、出雲国多芸志《たぎし》の浜に宮殿が建設された。その宮殿の規模に関して『日本書紀』に「千尋もある縄を使い、柱を高く太く、板を厚く広くして造り」とあり、『出雲国風土記』に「高天原の宮の尺度をもって、所造天下大神の宮として造れ」とある。じつは、この宮殿が現在の出雲大社だといわれている。

平成十二年（二〇〇〇）四月、境内の八足門《やつあしもん》前で巨大な宇豆柱《うずばしら》（一本約一・四メートルの柱を三本束ねたもの）が発掘され、一時は古代の建造物かと期待されたが、宝治二年（一二四八）造営の本殿であるといわれている。復元予想した結果、高さ四十八メートルの巨大高層建造物だった可能性が出てきた。現在の出雲大社本殿は、延享元年（一七四四）に造られ、高さは二十四メートルである。これに比べると二倍の高さである。

出雲大社の社伝によると、中古には四十八メートル、上古には九十六メートルであったと伝えられる。当時の伝承によると、高さが四十五メートルであった東大寺大仏殿よりも高いことになる。平安時代中期に源為憲によって作られた貴族の児童向け学習教養書である『口遊《くちずさみ》』に、当時の高層建築の上位三つを並べたものがある。そこに「雲太《うんた》・和二《わに》・京三《きょうさん》」とあり、日本一高い建築物は出雲大社「雲太」、第二位は奈良・東大寺「和二」、第三位平安京・大極殿「京三」であるという。

現在の、出雲大社は二十四メートル、東大寺大仏殿は四十六・八メートルである。それらに比べ、かつてオオクニヌシが国譲りと引き換えに建てさせた出雲大社は、四十八メートルの超高層神殿であったと推定されるのである。

参考文献

- 武光誠『古事記　日本書紀を知る事典』東京堂、平成十一年。
- 瀧音能之監修『図解とあらすじでよくわかる「古事記」入門』光文社知恵の森文庫、平成二十四年。
- 山口佳紀・神野志隆光『古事記』新編日本古典文学全集、小学館、平成九年。
- 植垣節也校注・訳『風土記』新編日本古典文学全集、小学館、平成九年。
- 『国文学　特集風土記を読む』学燈社、平成二十一年。

理解を深めるための参考文献

- 三浦佑之『古事記講義』文芸春秋、平成十五年。
- 和田萃編『古事記と太安万侶』吉川弘文館、平成二十六年。

関連作品の案内

- 直木孝次郎『日本古代国家の成立』講談社学術文庫、平成八年。
- 斎部広成撰／西宮一民校注『古語拾遺』岩波文庫、平成十六年。

知識を確認しよう

問題

(1) 『古事記』における「言向け」について説明しなさい。

(2) 『古事記』と『日本書紀』における「天地の始まり」を説明しなさい。

(3) 朝廷は、なぜ八世紀初頭に『風土記』の「五項目」を地方の諸国に命じたのか説明しなさい。

解答への手がかり

(1) 単に「平定」や「討伐して服従させる」だけではないことを考えてみる。

(2) それぞれの注釈書を読み比べることから始めてみる。

(3) 歴史的な背景を踏まえ、律令国家の意図を推測する。

第2章 古代（二）記紀歌謡と万葉集を読む

本章のポイント

古代という時代は「日本」の基礎を為した時代と言ってもよいだろう。かつて口承でしか存在していなかった歌謡や歌が、『古事記』『日本書紀』『万葉集』などに書き留められた。それは、古代の人々が大陸からもたらされた漢字を利用して、歌を後世に残そうとしたからである。加えて、当時の日本と中国・韓国との関係は、今以上に政治・文化面で密接であった。例えば、日本は大陸から新しい制度や文化を積極的に取り入れようと、遣唐使・遣新羅使を派遣した。また多くの渡来人が日本に住み、技術を提供していた。こうした交流が進んだことで「日本」の基盤が形成されたのである。東アジアという枠組みの中で記紀歌謡や『万葉集』を捉えながら、古代「日本」の一端を考えてみたい。

一　古代における記紀歌謡

1　歌謡の年代

歌謡はいつから存在したのか。それは声の世界のものなので、多くは記録に残らない。人間の歴史とともに存在したと想像されるものの、いつと特定することはできない。

もともと歌謡は神への言葉であり、神への祭祀における舞い踊りと共に歌われていたとされる。この点は、出土した土偶などによっても確認できる。例えば、六世紀頃とされる、埼玉県熊谷市野原字宮脇の野原古墳から出土した埴輪（東京国立博物館蔵）は、男女が左手を挙げながら踊っているように見える。そのため、殯《もがり》などの葬送の場における歌舞の姿を写したものだと考えられている。

このように、歌謡は身体の所作や舞踏、儀礼や習俗など神話的なものと共に存在していたのであろう。それが、さらに形式や表現などが整えられて、定型へと至ったのだろうと考えられている。もちろん起源について諸説ある。

八雲《やくも》たつ　出雲八重垣《やえがき》　妻籠《ご》めに　八重垣作る　その八重垣ゑ　（『日本書紀』二）①

右の歌謡は、素戔嗚尊《すさのおのみこと》が歌ったものとされている。櫛《くし》名《な》田姫《だひめ》を得た素戔嗚尊は、新婚の宮を造るべき土地を求めて出雲の国をさすらった。須賀《すが》の地に至ったとき、「ここに来て我が心は清々しくなった」と言って、そこに宮を造ることにした。故に、その地をいま須賀というのである。そして、須賀の宮を造り始めたとき、雲がたちのぼった。そうして詠んだのが右記の歌である。本居宣長は『石上私淑言《いそのかみのささめごと》』において、この歌謡を和歌の起源とみなした。また、既に**短歌**形式で載せられているため、短歌形式の起源としても位置付けられている。形式が違えども、素戔嗚尊の歌謡が始めと一般には考えられていた。

しかし、戦後、和歌の誕生を民謡の形式から見通そうとする土橋寛の『古代歌謡論』により、和歌の起源論は大きく刷新された。通時的な角度から和歌の変遷を捉えた通説が揺らいだのである。

2　歌謡とは

歌謡とは、声に出して歌われる歌の総称である。農村や漁村での労働の場や儀礼の場で歌われる民謡、専門的に芸能に関わる人々によって歌われる芸謡、宮廷儀礼の場で歌われる宮廷歌謡などがある。

古代の歌謡は、『古事記』『日本書紀』『風土記《ふどき》』『万葉集《まんようしゅう》』『古語拾遺《こごしゅうい》』『琴歌譜《きんかふ》』などに書き残された歌謡から推測される。特に、『古事記』『日本書紀』に採択された歌謡を、記紀歌謡という。『古事記』には一一二首、『日本書紀』には一二八首収められている。これらは、語りの効果を高めるために用いられている場合が多い。中国の『史記』や『漢書』などにも、史実を歌謡や詩歌を添えて語る例が見られる。それらの前例を踏襲したものと考えられている。もちろん、史実を語るために添えられた歌謡だけではなく、人々が歌った儀礼の歌謡も存在した。というのも、当時は文字を用いて歌を伝誦するという風習がなかったからだ。今日に伝わらなかった歌謡が、これら以外にも多くあったことは推察すべきである。

3　宮廷歌謡――国見歌――

古代における歌謡は氏族社会だけでなく、宮廷社会でも存在していた。宮廷で行われる儀礼の場でも歌われていたからである。主な場は、春の国見と秋の新嘗祭《にいなめさい》であった。国見は、その年の豊作を予祝する行事である。新嘗祭は、その年の収穫を感謝する祭りである。両者とも、元々は民間で行われていた行事であったが、次第に宮廷祭祀としての性格を帯びるようになったのである。

宮廷祭祀としての国見は、天皇が支配している国土を視察する意味を持つようになり、新嘗祭は天皇が即位した年に行われる即位式の意味を持つようになった。ここでは、国見歌について触れておく。

●『古事記』

倭建命《やまとたけるのみこと》の望郷歌

其より幸行《いでま》して、能煩野《のぼの》に到りませる時に、国思《くにしの》はして歌ひたまひしく、

大和《やまと》は　国の真秀《まほ》ろば　畳なづく　青垣　山籠《やまご》
もれる　大和し　美《うるは》し　（三〇）②

又歌ひたまひしく、

命の　全《まそ》けむ人は　畳薦《たたみこも》　平群《へぐり》の山の　熊白檮《くまかし》
が葉を　髻華《うず》に挿せ　その子　（三一）

此の歌は偲国歌《くにしのひうた》なり。

又歌ひたまひしく、

はしけやし　我家《わぎへ》の方よ　雲居立ち来《く》も

こは片歌なり。（三二）②

応神天皇の国見歌

一時《あるとき》天皇《すめらみこと》、近淡海《ちかつあふみ》の国に越幸《こえい》でましし時、宇遅野《うぢの》の上に御立ちまして、葛野《かづの》を望《みさ》けまして、歌ひたまひしく、

千葉の　葛野を見れば　百千《ももち》足《た》る　家庭《やには》も見ゆ
国の秀《ほ》も見ゆ　（四一）②

●『日本書紀』

景行天皇の望郷歌

十七年の春三月《やよひ》、戊戌《つちのえいぬ》の朔《ついたち》の己酉《つちのととりのひ》に、子湯《こゆ》の県《あがた》に幸《いでま》して、丹裳《にも》の小野に遊びたまふ。時に東《ひむかしのかた》を望《みそなは》して、左右《もとこひと》に謂《かた》りて曰《のたま》はく、「是の国は、日の出づる方に直《ただ》に向かへり」とのたまふ。故《かれ》、其の国を号《なづ》けて日向《ひむか》と曰ふ。是の日に、野中の大石に陟《のぼ》りまして、京都《みやこ》を憶《しの》ひたまひて、歌《うたよみ》して曰はく、

はしきよし　我家の方ゆ　雲居立ち来も　（二一）①
大和は　国の真秀《まほ》らま　畳なづく　青垣山　籠《こ》もれる　大和しうるはし　（二二）①
命の　全けむ人は　畳薦　平群の山の　白橿《しらかし》が　枝《え》を　髻華に挿せ　この子
是を思邦歌と謂ふ。（二三）①

応神天皇の国見歌

六年の春三月、天皇近江の国に幸して、菟道野《うぢの》の上に至りまして、歌して曰はく、

千葉の　葛野を見れば　百千足る　家庭も見ゆ
国の秀も見ゆ　（三四）①

●『万葉集』

舒明天皇の国見歌

天皇、香具山に登りて望国《くにみ》したまふ時の御製《ぎょせい》歌

大和には　群山《むらやま》あれど　とりよろふ　天の香具山　登り立ち　国見をすれば　国原は　煙《けぶり》立ち立つ　海原は　鷗《かまめ》立ち立つ　うまし国そ　蜻蛉島《あきづしま》　大和の国は　（巻一・二）③

『古事記』『日本書紀』には、天皇の国見歌であると推測されている歌がある。それが上記で引用した「倭建命望郷歌」である。それをなぜ、国見歌と推測するのかを考えてみたい。

『古事記』では、倭建命が旅先で病になり故郷を偲んだ歌であると書かれている。『日本書紀』では、景行天皇が

筑紫にいた時に小野で遊び、都を偲んで詠んだ歌とされる。両者には、相伝の内容と歌い手に相違が存在する。ただ、それぞれに「此の歌は偲国歌なり」、「京都を憶ひたまひて、歌して」と知るされているからそのように推測されているのだ。

しかし、歌の表現においては共通点が見いだせる。例えば『古事記』の（三〇）と『日本書紀』の（二二）は「大和し美し」、『古事記』（四二）と『日本書紀』（三四）では「百千足る　家庭も見ゆ　国の秀も見ゆ」や「百千足る」という頌辞《しょうじ》を用いて国土を称えている。特に『古事記』（四一）と『日本書紀』（三四）においては「見れば…見ゆ」という記紀に共通した定型表現が見られる。しかもこの点は『万葉集』（巻一・二）にも見られる。

一般に「見れば…見ゆ」という表現は、記紀歌謡の国見歌の一形式であるとされている。見える景物を単純に羅列していく形式である。そのため、そもそも国見は、春の初めに山に登って国土を眺め、国土の霊を褒めることによって、その年の秋の豊穣や人々の繁栄を予祝する行事だと考えられている。「国見」においては、特に「見る」行為が強調されるのである。

古代では、「見る」という行為は呪術的な行為である。目に生命力が宿ることは呪能を持つ行為だと考えられていたからである。従って、天皇の国見は春の農耕に先立って国土を俯瞰《ふかん》し、言葉の力によって大地を褒め称えるという側面だけで捉えることはできない。所有する国土を俯瞰できる高所に神が降臨し、豊穣な土地や村落を祝福するという面も持ち合わせているのである。その時、神が発した言葉が国見歌になる。しかもこの言葉は、神が発した言葉なので呪言《じゅごん》の類とみなされる。そして、呪力のこもった神の言葉通りに、秋には豊穣が、人々には繁栄がもたらされる、と古代の人々は信じていたのだ。

『万葉集』（巻一・二）を見てみよう。春の初めに天皇が自ら聖なる山である香具山に登り、国土の賑わいを予め詠み上げ「うまし国そ　蜻蛉島　大和の国は」と自らが統治する「大和の国」を讃美している。この歌から、もともと農耕の予祝行事だった国見が、儀礼化して国家行事となったことは明らかであろう。また、国見歌は、支配者が国土を讃美する内容であるが、自然の景物を描くところがある。この点から、叙景歌・羇旅《きりょか》歌を生み出すに至ったとも考えられている。つまり、儀礼の場から離れ、旅先へと場を移すのである。そのため、国見歌は『万葉集』の「雑歌《ぞうか》」の形成に大きく関わっているとの指摘もある。

以上、『古事記』『日本書紀』『万葉集』の国見歌をみてきた。いずれも文字で書かれているため、本来の歌謡の様式を正確に伝えているとは言えない。事実、相伝の相違が認められる。とはいえ、「望郷歌」と伝えている歌謡の表現そのものは、他にも類例がある国讃め歌と同じである。したがって、国見という儀礼の場で歌われていた祝歌は、もともとは「望郷歌」だったと考えられるだろう。宮廷において、天皇周辺の歴史や伝承に「望郷歌」が関わっていく何らかの契機が働いて、国見歌へと再生、もしくは生成がなされたのであろう。記紀歌謡は、宮廷の歴史や由縁を負う歌がその本体でもあったのだ。

二 古代における『万葉集』

1 『万葉集』とは

『万葉集』は、現存するわが国最古の歌集である。奈良県の平城京に都があった時代、八世紀半ばまでの歌々が集められている。全二〇巻にわたり、四五〇〇首余りの歌を収めている。また作者として約七〇〇名の名が見える。だが歌数全体のほぼ半数近くが作者不明である。

2 成立

『万葉集』がいつできたかという点は、はっきりとわからない。言えることは、ある一定期間に編纂された歌集ではないということである。長い月日の間、増減を繰り返しながら現在の形になったと考えられている。そのため「成立」ではなく「形成」という表現を使う研究者もいる。

『万葉集』で最も古い歌は、磐姫皇后《いわのひめこうごう》の歌（巻二・八五〜八八）である。磐姫皇后は、第十六代仁徳天皇の后で、『日本書紀』では三四七年に亡くなっている。そして、最も新しい歌は、大伴家持《おおとものやかもち》の歌（巻二〇・四五一六）である。この歌は天平宝字三年（七五九）に詠まれた歌である。すると、四〇〇年以上もの間の歌を集めたということになる。しかし、このように考える研究者はいない。なぜなら、磐姫皇后の歌は、内容を分析すると比較的新しい歌だからだ。つまり、『万葉集』が編纂されるある段階で、伝誦されていた歌が磐姫皇后の作として巻二の冒頭に据えられたのだろう。磐姫皇后の歌だけではない。雄略天皇の歌（巻一・一）や聖徳太子の歌（巻三・四一五）も仮託《かたく》された歌だといわれている。従って、『万葉集』は舒明天皇の時代の中皇命《なかつすめらみこと》の歌（巻一・三）から、大伴家持の歌（巻二〇・四五一六）までと考えた方がよい。約一二〇から一三〇年間かけて、全二〇巻を形成したのである。この年月は、だいたい四世代分にあたる。

また、全二〇巻のうち、明らかに他の巻と区別している箇所がある。それは、巻一六と巻一七である。巻一七から巻二〇までの四巻は、大伴家持の周辺で詠まれた歌が日時を追って記されている。このことから、「家持の歌日誌」「歌日記」ともいわれている。それらは、ちょうど天平十八年（七四六）以後の歌々である。対して、巻一六で最も新しい歌は天平十六年である。この点から、天平十七年を境として、巻一から巻一六が先に成立し、その後巻一七以降が成立したと言われている。もちろん、研究者によって、さらに細かく形成解明のメスが入れられている。

3 万葉人の自然観

古代の人々は、大自然の中で農耕を営みながら生活をしてきた。そのため、四季の変化についてはかなり敏感であった。春には田を耕す。夏には田に水を入れて稲を植える。秋には稲が実り収穫をする。冬は御魂《みたま》を増殖するためにこもる。ハル・ナツ・アキ・フユという言葉は水稲耕作に関わる語だと指摘する研究者もいる。

こうした自然への意識が、文化にも大きな影響を与えているのはまず間違いない。『万葉集』においてもその影響は否定できない。『万葉集』の巻八と巻一〇は四季ごとに歌が分類されている。さらに、巻八は作者が明記されている歌、巻一〇は作者未詳歌に分かれる。ちなみに四季分類を施された巻八と巻一〇の歌数を四季ごとに分類すると、春の歌が一七二首、夏の歌が一〇五首、秋の歌が最も多くて四四一首（うち七夕歌一一三首を含む）、冬の歌が六十七首である。もちろん、他の巻にも四季の歌は含まれている。このように、雑歌に多くの四季の変化を詠む歌が含まれているのは、古代の人々が自然の変化に対して、敏感に対応していたからである。『万葉集』は、古代の人々の自然に対する感性の一部を伝えていると言えるだろう。

石《いは》ばしる　垂水《たるみ》の上の　さ蕨《わらび》の　萌え出づる春に
なりにけるかも
（巻八・一四一八）

右の歌は、巻八の冒頭に置かれている。それは春を代表する歌だと理解されたからである。古代で「垂水」は、高い崖から流れ落ちる水、つまり滝のこと。流れは急流である。「石ばしる」とあるので、その流れの水しぶきは岩に当たって飛び散る様に流れている。「さ蕨」の「さ」は、霊威に溢れている状態を表す語である。初春に萌え出た「蕨」なのでそのように表現しているのだ。「なりにけるかも」の「けり」はそういう事態なんだと気が付いたという意味がある。この歌では、春になったことを発見したという、一種の驚きを込めて表現している。実際に見ることができない、滝の上にある蕨が芽吹く春になったことに気づいたのである。つまり、春は、滝の上という人があまり踏み入れない場所に訪れたというのである。古代の人々は、川の流れのように、春は最初に山の彼方にある人の世界から離れた場所（異郷）に訪れ、その後人が住んでいる里に下りてくるものだと考えていたようだ。

うちなびく　春立ちぬらし　わが門《かど》の　柳の末に
鶯鳴きつ
（巻一〇・一八一九）③

「春立ちぬらし」という表現は、「立春」という言葉から発想を得ている。現在でも二月四日頃を「立春」と言うが、これは中国から伝わった暦に拠る。つまり中国語を歌の表現に取り入れているのである。そればかりではない。春という季節は立ち現れる感じがあったからであろう。山から訪れる春が、ようやく里にやって来た時の感覚を「春立つ」と表現しているのである。このように、『万葉集』の四季の歌を通して、日本的な自然観がどのように形作られていくのか、その様の一端を伺うことは可能である。

4　one of them としての『万葉集』

かつて、伊藤博の『古代和歌史研究』が名論卓説だとして高い評価を得ていた。『万葉集』の歌を一つの歌群として捉え、一首一首が担う機能を解明することによって、構造的関連の中での古代和歌の意義を明らかにしたのだ。つまり、『万葉集』から、古代和歌を捉えようとしたのだ。

しかし、『万葉集』の歌は古代和歌の全ての特性や機能を担っているとは言い難い。むしろ、『万葉集』は、one of them であり、only one ではないのだ。古代における歌の広がりは、『万葉集』以外にも当然あったのである。それを想像せずに古代和歌を論じることはできないだろう。例えば、『万葉集』には、「柿本朝臣人麻呂歌集」、「笠朝臣金村歌集」、「高橋連虫麻呂歌集」、「類聚歌林」といった歌集の名が見られる。これらは『万葉集』の編纂資料となった歌集であるが、未だ書の存在が確認できない。他にも、数年前から出土が続いた「歌木簡」の存在も留意すべきである。このように、現存する歌だけでなく、今に伝わらなかった多くの歌の存在も忘れてはならない。古代における『万葉集』とは、古代和歌の一部分でしかないのだ（トピック参照）。

三　古代における万葉歌人——額田王《ぬかたのおう》——

1　『日本書紀』が伝える「額田姫王」

『日本書紀』（天武天皇二年二月条）④に、

> 天皇、始め鏡王《かがみのおほきみ》の女額田姫王《ひめみこ》を娶《めと》して、十市皇女《とおちのひめみこ》を生《な》しませり。

と「額田姫王」の名前が唯一見られる。この記述には、彼女の歌人としての活動は一切触れられていない。この記事から確かめられる点は、①天武天皇の最初の后であった、②父は、鏡王であった、③十市皇女を産んだ、という三点である。したがって、『万葉集』と『日本書紀』は、全く異なる内容をそれぞれ伝えていることになる。もちろん『万葉集』は歌集であり、『日本書紀』は歴史書であるため、編纂方針が異なり、伝える内容も異なることは当然である。しかし、それだけではない。それぞれが額田の断片しか伝えていないと考えるべきであろう。

　従来の研究では、『万葉集』と『日本書紀』の違いを峻別せずに、『万葉集』の「額田王」を生身の実態をもった歌人としてその姿を明らかにしようとしてきた。『日本書紀』の「額田姫王」は、『万葉集』が伝えていない「額田王」の隙間を埋めるような使われ方をしてきた。しかし梶川信行が述べているように「額田王」は、編者の価値観によって選択され、その歴史認識に基づいて位置づけられた歌からしか窺い知ることができないのである。作品から、七世紀に生きていた生身の姿を明らかにすることは不可能である。

2　額田王の作品

『万葉集』には、わずか十二首しか収録されていない。そのため、歌数の少なさから考えても、歌人としての活動全体については不明点が多い。一番古いとされる作品から新しい作品までの期間は約五十年である。五十年間もあるのに、十二首しか詠まなかったというのは考えられない。きっと、第三者による選別が行われているはずである。とはいえ、額田王の歌人としての活動を考えるには、この十二首を手がかりにするしかない。そこで、歌が成立したと考えられる時代順にみていくことにする。

3　皇極朝の作品

❶秋の野の　み草《かや》刈《か》り葺《ふ》き　宿れりし　宇治のみやこの　仮廬《かりほ》し思ほゆ　（巻一・七）③

題詞《だいし》には「額田王の歌」とあり、左注《さちゅう》には「大御歌《おほみうた》」とされている。

折口信夫以来、額田の代作《だいさく》説が有力となっている。その後伊藤博が、題詞は実作者を、左注は形式作者を示していると指摘をしている。一般に、この時代の額田王は、今で言うゴーストライターのような存在であったと考えてよい。皇極天皇の側近として常に女帝と行動を共にしていたからこそ、代作ができたのだろう。

4　斉明朝の作品

❷莫囂圓隣之大相七兄爪謁氣　我が背子が　い立たせりけむ　厳橿《いつかし》が本《もと》　（巻一・九）③

❸熟田津《にきたつ》に　船乗りせむと　月待てば　潮もかなひぬ　今は漕ぎ出《い》でな　（巻一・八）③

斉明天皇六年（六六〇）七月に百済《くだら》は滅亡する。その後百済再興のため、大和朝廷は朝鮮半島に出兵する。天智天皇二年（六六三）に行われた、白村江《はくすきのえ》の戦いがそれである。その出兵途中に立ち寄った「熟田津」で歌われたのが❸である。額田王は、この「熟田津」の地で、今まさに出航しようとする時に最良の状態の出航であるということを言挙《ことあ》げしたのだと考えられている。ただ、❸には文脈上の不整合がある。三句目の「月待てば」の続きは「月も適《かな》ひぬ」でなければならない。しかし実際は、「潮

も適ひぬ」と詠まれている。そこで元々は、

熟田津に　船乗りせむと　月待てば　月も適ひぬ
潮待てば　潮も適ひぬ　今は漕ぎ出でな　今は漕ぎ出でな

と、誦詠されたのではないかと推測されている。特に「今は漕ぎ出でな」は、出航を促す歌句である。ここは繰り返しされただけでなく、高らかに誦詠されたことだろう。

では、なぜ不整合が生じているのだろうか。一般には、この歌が文字化されるにあたって、短歌定型に整えられたことによるものと考えられている。確かに「今は漕ぎ出でな」という表現は、第三者に向かって出航を促したものである。つまり、額田王は自身の気持ちを詠んだのではなく、その場にいる人々に向かって、朗々と誦詠したのである。この時の額田王は、言葉の力を期待して、このような歌謡を披露したのだろう。それが、後世になってから短歌の形で文字によってすくい取られて、現在見るような形になったと考えられる。例えば、『続日本《しょくにほん》紀《ぎ》』（天平十四年正月条）⑤に、

天皇、大安殿に御《ま》しまして群臣を宴す。酒酣《さけたけなは》にして五節田儛を奉る。訖《をは》りて更に、少年《をのわらは》・童女《めのわらは》をして踏歌せしむ。また、宴を天下の有位の人、并せて諸司の史生《ししやう》に賜ふ。是に、六位以下の人等、琴鼓きて、歌ひて曰はく、「新《あらた》しき年の始めに、かくしこそ、供奉らめ、万代《よろづよ》までに」といふ。宴訖りて禄賜ふこと差有り。

と、歌が見られる。正月に行われる天皇臨席の宴席では、琴を奏でながら「新しき……」と歌われていたのである。ここでは、まさに短歌定型で記されている。『続日本紀』は歌を正確に伝えることよりも、歴史の流れの中で何が起きたのか、行われたのかを記すことを目的としているからであろう。

またこの歌は、この年だけ誦詠されたようではなかったようだ。『催馬楽《さいばら》』にも、

新しき　年の始めにや　かくしこそ　はれ　かくしこそ　仕へまつらめや　万代までに　あはれ　そこよしや　万代までに　（二七）⑥

と記されている。『催馬楽略譜』には「此の歌は正月中に之を用ふべし、専ら祝歌《いはいうた》なり」とも記されている。したがって、正月の朝貢の儀式で琴を弾いて歌う時は、おそらく『催馬楽』のような形だったのである。強調すべき

歌詞は繰り返され、さらには「や」「はれ」「あはれ」といった囃子《はやし》言葉を入れながら、拍子をつけて歌われていたのだろう。❷は難訓歌である。

5 天智朝の作品

❹味酒《うまさけ》　三輪の山　あをによし　奈良の山の　山の際《ま》に　い隠《かく》るまで　道の隈《くま》　い積もるまでに　委曲《つばら》にも　見つつ行かむを　しばしばも　見放《みさけ》む山を　心なく　雲の隠さふべしや　（巻一・一七）③

❺三輪山を　然《しか》も隠すか　雲だにも　心あらなも　隠さふべしや　（巻一・一八）③

❻冬木もり　春さり来れば　鳴かずありし　鳥も来鳴きぬ　咲かずありし　花も咲けれど　山を茂み　入りても取らず　草ふかみ　取りても見ず　秋山の　木葉《このは》を見ては　黄葉《もみち》をば　取りてぞ偲ふ　青きをば　置きてぞ嘆く　そこし恨めし　秋山我は　（巻一・一六）③

❼あかねさす　紫野行き　標野《しめの》行き　野守は見ずや　君が袖振る　（巻一・二〇）③

❽君待つと　我が恋ひ居れば　我がやどの　簾《すだれ》動かし　秋の風吹く　（巻四・四八八）③

❾かからむと　かねて知りせば　大御船　泊《は》てし泊りに　標結《しめゆ》はましを　（巻二・一五一）③

❿やすみしし　我大君《わごおほきみ》の　恐《かしこ》きや　御陵《みおか》仕ふる　山科の　鏡の山に　夜はも　夜のことごと　昼《ひる》はも　日のことごと　音のみを　泣きつつありてや　ももしきの　大宮人は　行き別れなむ　（巻二・一五五）③

❹❺の歌が詠まれた近江遷都は、天智天皇六年（六六七）三月に行われた。天武朝の作品は収載されていないことから、額田王は、この頃再び、歌人として宮廷で活躍するポストを得ていたものと考えられている。

❹❺の作者にも、齟齬《そご》が見られる。この点から、皇極の時代の歌同様に、天智天皇の代作をしていたと考えていいだろう。

❹には、「委曲にも　見つつ行かむを」をはじめ、繰り返し「三輪山」を見たいと歌われている。なぜこれほどまでに見たいと歌うのか。遷都時はあいにく天候が悪く、重い雲が垂れ込めていたようだ。その雲のせいで「三輪山」の姿は全く見えなかったのである。そこで、「情無く　雲の　隠さふべしや」と「雲」を擬人化して、「三輪

山」を見せるようにと強く要請している。実は、遷都にあたって暗雲が立ち込めていた。『日本書紀』（天智天皇六年三月条）④には、

天下の百姓《ひゃくせい》、遷都することを願はずして、諷諫《そへあざ》むく者多く童謡亦衆《わざうたまたおほし》し。日々夜々、失火の処多し。

とある。遠まわしに遷都を諫める者が多く、風刺する歌も多く出回った。しかも、都では日ごと夜ごとに火災が頻発したという。額田王は、その不安を打ち消そうとしているかのように歌を詠んだようにみえる。だが、そうした個人的な感慨を儀礼歌として歌うとはいったいどういうことだろうか。❹を、長歌における抒情詩の萌芽として捉えている研究者が多い。確かに、❹❺の後に続く額田王の作品には、作者の異伝が見られないからだ。❹❺の歌を最後に、額田は天皇の代作という役割を果たす必要がなくなったのではあるまいか。つまり天智朝の額田は、一個人の歌人として、新しい活躍の場を得たということを示しているのだろう。

❻の「春秋競憐歌」は、大津宮の時代の作品である。天智天皇は中国文化の導入に積極的だった。『懐風藻』の序文⑦に、

淡海先帝の命を受くるに至るに及びや、帝業を恢開《くわいかい》し、皇猷《くわういう》を弘闡《こうせん》して、道《みち》乾坤《けんこん》に格《いた》り、功宇宙に光れり。すでにしておもへらく、風を調へ俗を化することは、文より尚きはなく、徳に潤ひ身を光らすことは、いづれか学より先ならんと。ここにすなはち庠序を建て、茂才を徴し、互礼を定め、百度を興す。憲章法則、規模弘遠なること、敻古《けいこ》以来いまだこれ有らざるなり。

と記されているように、最も学問・文運の隆盛を見た時代であった。また当時は、遊覧の行事も盛んに行われ、漢詩文が盛んに作られたと言う（『家伝上』）。だが、❻の題詞には「額田王以歌判之歌」とある。そこには、当時の流行した漢詩でではなく、「歌」で「判」ったのだと、わざわざ記されているのだ。これは、額田王は女性なので特に歌を以て春秋の優劣を判定したことを示す。つまり、「応詔の漢詩」ではなく、「応詔の歌」を披露するのが、額田の役割であった。この点から、❻が成立した頃の額田王は、このような場で歌を披露できる人物として、宮廷内で認知されていたということになる。❻以降の作品に作者の異伝が見えない点も、そうした見方を裏付け

ていると考えるべきだろう。

天智天皇が天智十年（六七一）に崩御した。❾と❿はその天智挽歌群に見られる。❾には「大御船　泊てし泊りに　標結はましを」と、琵琶湖に面した大津宮の天皇に対する挽歌にふさわしく、琵琶湖の景物を選び取って、歌の表現に取り入れている。即興歌として巧妙であると言っていいだろう。また、❿には「やすみしし　我大君の」と、行幸や狩猟といった宮廷行事の際に歌われる天皇（皇族）讃歌の常套句が見られる。後の柿本人麻呂や山部赤人など、いわゆる宮廷歌人と目される歌人の作品にもしばしば見られる表現である。伝統的な天皇讃歌の歌い出しである。ただ、額田の歌でこうした常套句が見えるのは、この❿が唯一の事例になる。しばしば宮廷行事の場で歌を披露した額田ではあったが、❿はその点で、他の作品とは一線を画す。というのも、作者の異伝が見られなくなった❻❼❽❾❿のうち、宴席の場で詠まれたと考えられる歌❻❼❽は、宮廷行事の場ではなく、その後に開かれた宴席における余興として披露されたものである。対して、❾❿はまさしく天皇の葬送儀礼という宮廷行事の場において歌われたものである。この違いは大きい。つまり、天智天皇の死によってようやく、公的な場においても、歌を詠むという機会が与えられたのではあるまいか。ともあれ、天皇の葬送時に、額田は歌を詠む機会を得た。ただし額田はどのような立場でこうした公的な行事に参加できたのかは不明としか言えない。少なくとも、近江朝の宮廷における額田王の活躍が、新たな場を切り拓いたのだろう。

6 持統朝の作品

⓫古に　恋ふらむ鳥は　ほととぎす　けだしや鳴きし
我が思へるごと　（巻二・一一二）③

⓬み吉野の　玉松《たままつ》が枝《え》は　愛《は》しきかも　君がみ言《こと》を
持ちて通《かよ》はく　（巻二・一一三）③

老齢になった額田王が詠んだのが、⓫と⓬の作品である。これらの作品の前に、大事件が起きている。それは天武元年（六七二）に起きた壬申の乱のことである。日本古代最大の内乱であった。天智天皇の長子と、天智天皇の弟大海人皇子（後の天武天皇）との間で生じた皇位継承をめぐる争いである。額田王はこの戦乱をどのように生き延びたのかは伝わっていない。しかし、十市皇女までなした大海人皇子と、その娘婿にあたる大友皇子の抗争である。心を痛めていたことは確かであろう。

そして、時が経ち持統朝。柿本人麻呂が宮廷での華々しい活動を始めている時期である。きっと、宮廷で歌を歌う担い手も世代交代したのだろう。そのような時期に詠まれたのが、⓫と⓬である。この二首は、弓削皇子との贈答歌である。

　　吉野の宮に幸しし時に、弓削皇子の額田王に贈り与へたる歌一首

いにしへに　恋ふる鳥かも　弓弦葉《ゆづるは》の　御井《みゐ》の上より　鳴き渡り行く　（巻二・一一一）③

最初に右の歌が額田王の手元に届けられた。そこで、額田は⓫を返したというわけだ。しかし、⓬の題詞によると吉野から、さらに「苔生《む》せる松が枝」が送られてきた。それを「奉り入れた」のが⓬となる。すなわち、弓削と二度の往復があった。ただ、⓫の題詞に見られる「倭の京より進り入る」という注は注視すべきである。なぜなら、弓削皇子がいる吉野と額田王がいる「倭の京」（飛鳥）の間で、この往復が行われたのがわかるからだ。しかも、これらの歌々は明らかに文字で遣り取りされたことが明白である。これまでの額田王の作品は声で披露された歌ばかりであったが、この二首は違う。明らかに声の歌と文字の歌という点で異なるのだ。むしろ、額田王の全作品からすれば、例外的な側面を持っていると言ってよいだろう。かつていた華やかな宮廷から離れた所で、余生を過ごしている額田王を想像させる。そのような二首と言ってよい。

以上のように、『日本書紀』の「額田姫王」と『万葉集』の「額田王」とは、同じ人物であるのに内容が異なる。「額田姫王」は、天武天皇の伝に関する記事の中で天皇の后として、「額田王」は、歌数こそ少ないが天智朝を頂点とする華々しい経歴をもつ歌人である。「額田王」は、女性歌人という側面だけを伝えていると考えるべきである。

四　古代における東アジアと『万葉集』

1　中国正史が伝える「倭」

「倭」という名が、文献の上で最も早く登場するのは『山《せん》海経《がいきょう》』である。

　蓋国《がいこく》は鉅燕《きょえん》の南、倭の北にあり、倭は燕に属す。

本書は中国最古で、空想的地理書と言われる一書である。特に古い部分は戦国時代（紀元前五～三世紀）に記されたとされる。ここでの「倭」の記述は、「蓋国」について述べる記述の一節に見られ、「倭」は「蓋国」の南に位置し、「燕」に属する国とある。ただし「蓋国」については諸説あり、「倭」の位置も不明である。

次は、西暦八二年に成立した『漢書』（地理志）⑧に、

それ楽浪海中倭人有り、分かれて百余国となす。歳時を以て来たり、献見すという。

のように「倭」という国名が見える。日本列島に住む人々を「倭人」と呼び、彼らは朝鮮半島に設置した楽浪郡（現在の平壌（ピョンヤン）付近）よりも遠い海上に住み、百余国を支配しているという。しかも、漢に対して定期的に朝貢していたとある。

他に「倭」が登場するのが、『後漢書』⑧（五世紀ごろ成立）の東夷伝である。

建武中元二年（五七）、倭の奴国、奉貢朝賀す。使人自ら大夫と称す。倭国の極南界なり。光武、賜うに印綬を以てす。

ここでも「倭奴国」が、正月に朝貢しているとある。「印綬」の「印」とは、かの有名な金印「漢委奴国王」を指すといわれている。後漢は、倭との間で交わす外交文書の受け渡しの際に金印と綬を使用するよう求め、授与したのである。つまり「倭」は、冊封の体制に組み込まれていたのである。それはまた、中国王朝が、「倭」という国を「倭王」の領土として認め、保障するということを意味している。

このように古代の東アジアでは、日本列島のある地域に暮らす人々のことを「倭人」と、彼らが住む地域を「倭」と称していたことは明らかである。そして「倭」は古くから古代中国王朝とは朝貢関係であった点も確かである。

しかし、この「倭」は、例えば「①したがふさま。②廻って遠いさま。③逶・委・濄・威に通ず。④みにくい」（諸橋轍次『大漢和辞典』）とあるように、蔑む意味を持つ漢字である。「倭」は背が低くてなよなよしているという意味だともされる。すなわち、中国王朝が辺境の民族を蔑視して付けた国名なのである。確かに、『説文解字』でも「倭」は日本のことであることを示し、「従順なさま。詩経に曰く『周道倭遅。』」と記す。ちなみに「周道倭遅」とは、周への道は曲がりくねり遠いという意である。

2 「日本」の誕生

では、「日本」という国号はいつできたのか。「倭」から「日本」に変わった時期は、七世紀後半の天武朝だとされている。

『旧唐書』（九四五年完成・奏上）[8]には、

　日本国は倭国の別種なり。その国は日の辺に在るを以て、故に日本を以て名となす。或はいわく、倭国は自らその名の雅しからざるを悪み、改めて日本となすと。或は云う、日本は旧小国、倭国の地を併すと。その人の入朝は多く自ら衿大にして、実を以て対せず、故に中国は疑う。

と記されている。「日の辺に在るを以て」とは、六五六年に完成した『随書』（大業三年）に見える国書に書かれた一文、「日出ずる処の天子、書を日没する処の天子に致す、恙《つつが》なきや」に基づく表現であろう。「倭」という呼称は卑称であることから、『随書』に見える国書の一文を参照し、「日本」と改めたとある。

『旧唐書』とほぼ同じ内容であるが、後の『新唐書』（一〇六〇年成立）[8]においても、

　後に稍々《やうやう》夏音《かおん》を習い、倭の名を悪み、更に日本と号す。使者自ら言う、国、日出ずる所に近きを以って名と為すと。或は云う、日本は乃ち小国、倭の并す所と為す。故に其の号を冒すと。

とある。ここでは「倭」の意味を知る経緯が記されている。これまで「倭」では、漢文を呉音で学んでいた。だが、「夏音」すなわち漢音を習うようになり、「倭」という字の意味を知り、この国名を嫌うようになったという。ようやく侮蔑されていることを知ったのである。咸亨元年とは六七〇年のことなので、この後「倭」から「日本」に改められたようだ。

3 「天皇」号と『万葉集』

平成十年（一九九八）に奈良国立文化財研究所が、かつて飛鳥池遺跡から出土した木簡の中に、「天皇」の語が墨書きされたものがあると発表した。その木簡には「天皇聚露忽謹」（天皇は、公然と多勢の人々を集めると、忽然として斎戒を始めた）と記されていた。同じ土の層から発見された木簡に「丁丑年十二月」（天武六年・六七七年）と干支が書かれたものがあったことや、伴出された土器の年代観から、天武朝から持統朝初期に作られた木簡であると判明

した。この木簡の発見後、初代天皇は天武天皇であった可能性が高くなった。しかも、「日本」という国名とそれは、同時代に成立していることになる。「日本」と「天皇」は表裏一体として考えるべきであろう。つまり、新しく創出した「日本」という国を統治する王が「天皇」なのである。

　これまで、この国の君主は「大王」と呼ばれていた。それを天武天皇の時代に「天皇」と変えたのは、「日本」という国号を東アジアに披露するためであろう。というのも、中国で「天皇」は北極星を指し、後に東方世界の最高支配者を指すようになったという。そこで、中国からすれば東方は太陽が昇る「日本」の位置を逆手にとって利用したのである。つまり、それが「日の本」、「日本」なのである。天武天皇は中国語である「日本」という国名を用いると共に、それにふさわしい統治者「天皇」という称号を用いることにしたのである。それは、白村江の戦いによって失いかけた、東アジアにおける一国としての誇りを取り戻すための大改革だったのではないだろうか。しかも、この「日本」と「天皇」という関係性は今日も続いている。

　『万葉集』の成立は不明である、と先に述べた。ただ、歌集の古層部分の存在は認められている。その部分は「持統万葉」（伊藤博氏の命名）とも呼ばれている。研究者によってその範囲は異なるが、この「持統万葉」は舒明朝から持統朝までの歌を含む。それはちょうど、天武天皇の親の世代から妻の世代までにあたる。「日本」と「天皇」というシステムが誕生する時期と重なるのである。

　日本列島において、国のシステムを根本的に大改革する時期、『万葉集』の原型となる歌々がその前後に誕生していた。まさに、巨大帝国である唐が君主として支配を強めている東アジア情勢の中で、一国としての「日本」を誇示し始めた頃であった。

トピック

歌木簡の発見による研究の未来

一九九七年、紫香楽《しがらき》宮の跡とされる宮町遺跡（滋賀県甲賀市信楽町）からある木簡が出土した。既に発掘済みの他の木簡で知られていた「難波津《なにわづ》の歌」の一部が書かれていることはわかっていた。しかし、二〇〇八年、『万葉集』に収録されている「安積山《あさかやま》の歌」が書かれていることが新たにわかった。木簡の長さは七・九センチで、上下二片に分かれている。原形に復元すると二尺程度（六〇センチほど）になるという。幅は最大二・二センチ。厚さが約一ミリしかなかったので、木簡の表面を削った屑だと考えられていたが、栄原《さかえはら》永遠男《とわお》が裏面を調査して見つけたのだ。『万葉集』に収録されている歌と同じ歌が見つかったのは、これが最初である。

「難波津の歌」と「安積山の歌」は、紀貫之が書いたとされる『古今和歌集』の序文で「歌の父母」とある二首である。その後も歌の手本として、『源氏物語』や『大和物語』『枕草子』などの平安時代の文学にも取り入れられている。「難波津の歌」が書かれた木簡は、これまでにも確認されていたが、『万葉集』には一切みられない歌だった。二首の存在は何を意味するのか。議論が分かれ、いまだ明らかになっていない。

加えて、両面とも一音の日本語を漢字一文字で表す万葉仮名で墨書されていた点にも注目された。古代の日本人が、漢字を使って日本語を発音通りにどのように表記したか。それには有力な説があったからだ。それは、初めは訓字のみで書いていたが、柿本人麻呂が「てにをは」等の助詞や助動詞を一字一音の万葉仮名を訓字で書き添える方法を体系化し、その後歌を万葉仮名のみで表記するようになったとする説である。しかし、人麻呂よりも前から万葉仮名で書かれている歌木簡が次々に発見され、通説は退けられることになった。

さらに、出土した場所も注目すべきである。馬場南遺跡（京都府木津川市）や、先の宮町遺跡でも歌木簡は出土している。これらの場は『万葉集』に登場しない土地である。この点から、古代の歌文化は『万葉集』以外の場にも広がっていたことが明確になった。確かに『万葉集』は大伴旅人と家持の父子が中心となって形成された歌集である。だが、歌木簡の発見により、この時代の歌文化は、決して大伴家周辺だけで成熟したものではなかったことが示された。

参考文献

●土橋寛『古代歌謡全注釈――日本書紀歌謡』角川書店、昭和五十一年。

●土橋寛『古代歌謡全注釈――古事記歌謡』角川書店、昭和四十七年。

- 梶川信行『額田王――熟田津に船乗りせむと』ミネルヴァ書房、平成二十一年。
- 小野寛・桜井満編『上代文学研究事典』おうふう、平成八年。

理解を深めるための参考文献

- 土橋寛『古代歌謡論』三一書房、昭和三十五年。
- 大久間喜一郎・居駒永幸編『日本書紀〔歌〕全注釈』笠間書院、平成二十年。
- 東茂美『古代の暦で楽しむ――万葉集の春夏秋冬』笠間書院、平成二十五年。
- 神野志隆光『「日本」とは何か――国号の意味と歴史』講談社現代新書、平成十七年。

関連作品の案内

- 古橋信孝『古代和歌の発生――歌の呪性と様式』東京大学出版会、昭和六十三年。
- 神野志隆光『万葉集をどう読むか――歌の「発見」と漢字世界』東京大学出版会、平成二十五年。
- 梶川信行『万葉集の読み方――天平の宴席歌』翰林書房、平成二十五年。
- 西條勉『アジアのなかの和歌の誕生』笠間書院、平成二十一年。
- 小川靖彦『万葉集と日本人――読み継がれる千二百年の歴史』角川選書、平成二十六年。

知識を確認しよう

問題

(1) 歌謡の特性について説明しなさい。

(2) 「額田王」を考える際に注意すべき点を説明しなさい。

解答への手がかり

(1) 声で披露されたという特性だけでなく、時代背景、発生の場、環境、役割など様々な視点から考えてみよう。

(2) 『万葉集』と『日本書紀』に記されている人物であるが、それぞれの書物の種類が異なる点に留意して考えてみよう。

第3章

中古（一）源氏物語の世界を読む

本章のポイント

世界文学の最高峰と位置付けられることもある『源氏物語』を読む。54帖からなる大部な物語で、すべてを見渡すことが難しいので、第一部（光源氏物語の前半で、栄花までの物語）を中心として、作品を構成する柱を読むこととする。その際に、重視したのは『伊勢物語』などの先行作品との関わりである。先行作品の血や肉を受け継ぎ、それと葛藤することで、新たに作品が生まれるからである。

第一部の物語展開は、光源氏が頂点に上り詰める「王権の物語」と、それを支える「人の生き様の物語＝紫上が象徴する物語」という二つの柱が、根幹と成っていると言える。だから、具体的にそれを見据えるようにする。前者を領導する**明石の物語・藤壺の物語**のありよう、それを後者が補完することで物語世界の深まりと広がりを作っていることを見て物語世界を認識するのがねらいである。さらに、それは、今述べた表舞台と裏舞台とも言える帚木の物語を絡めるようにして創られていることも重視する。

一 源氏物語を読む

五十四帖《じょう》からなる長篇物語だが、これは大きく光源氏を主人公とする正篇の世界と、その子や孫たちの世界を描く続篇の世界に分けられる。さらに、正篇は、桐壺巻から始まり藤裏葉《ふじのうらは》巻までの部分（第一部）と、若菜上巻から幻巻までの部分（第二部）に分けてみるのが通説となっている。そして、第一部の世界もさらに**帚木《ははきぎ》系列**の物語と**若紫系列**の巻々に分けるのが一般的であろう。ただ、ここでは『源氏物語』全体の概観は分量的に紹介できないので、第一部に絞ってみることとした。

『源氏物語』は『うつほ物語』の俊蔭《としかげ》巻・藤原君巻・忠《ただ》こそ巻がそれぞれ始まりであるあり方から受け継ぐように三つの冒頭を持つ考えられるが、これが、作品世界の基本構造として機能しているのである。三つは冒頭の桐壺巻と若紫巻、そしてその間の帚木巻である。それは、次のようにスタートした。まず、この文脈を読んでみよう。

二 帚木の物語

光源氏、名のみことことしう、言ひ消たれたまふとが多かなるに、いとど、かかる好きごとどもを末の世にも聞き伝へて、軽びたる名をや流さむ、と忍びたまひける隠ろへごとをさへ、語り伝へけむ人のもの言ひさがなさよ[①五三]。

語り始めの「光源氏」の名の由来は、既に桐壺巻に「世の人光君と聞こゆ[①四四]」とあり、巻末でも「光君と言ふ名は、高麗人のめできこえて、つけたてまつりけるとぞ[①五〇]」と命名伝承が「世の人」と「高麗人」と異なる形で記されていた。何故、別々なことを書くのか。それは、世俗レベルと「高麗人」という公的なレベルの双方からの命名で、多くの評価の上に名声があり、物語の主人公としての資質を保障しているとは考えられる。

ところで、この帚木巻の語り手は、桐壺巻の語り手とは異なる存在と考えられている。

桐壺巻の巻頭は、「いずれの御時にか」に続き「はじめよりわれはと思ひあがりたまへる御かたがた、めざましきものにおとしめそねみたまふ。同じほど、それより下臈の更衣たちは、ましてやすからず」[①一七]とあった。敬語に注意しよう。「はじめより」とは入内《じゅだい》の当初から「女御更衣」は、「思ひあがりたまへる」と敬意が示されるのに、「それより下臈の更衣たち」には敬語が付かないのであった。だとすると、この話を語る存在は「下臈の更衣」達とは同等ないしは上の存在だと見られる。多分、宮中や桐壺更衣の周辺をよく知る高位の女房が語っている世界なのである。それに対し、「名のみことごとしい」と世間の評判の高いというのは、桐壺巻末の命名伝承を伝える語り手を意識してのことと見ると、「咎」「すき事ども」の軽薄な源氏を語ろうとするのが、この帚木の語り手なのである。そして、これから語られる世界は秘密の裏話なのである。物語世界は、桐壺巻から始まる帝と更衣の悲恋の結果としてこの世に生を得た主人公の謎解きの話という主流に、この秘密の裏話の世界を絡めるように創られていた。主流の謎解きとは、桐壺巻の高麗相人の予言によって提示されたものであった。

「国の親となりて、帝王のかみなき位にのぼるべき相おはします人の、そなたにて見れば、乱れ憂ふることやあらむ。朝廷のかためとなりて、天下を輔《たす》くる方にて見れば、またその相違ふべし」[①三九、四〇]と言ふ。

家庭教師役でもあろう右大弁の子供と偽って、若宮を高麗（渤海《ぼっかい》国）から来た優れた相を見る者に、未来を占わせたのである。その予言は正に謎だったのである。「帝王」である最高の位、すなわち「天皇」になる相がある。臣下の子なのに、どうしてだろう。天皇になるとすれば、臣下からだから「乱憂＝クーデター」でも起こるということか。それは無いとすると、かといって、国家の柱石となり天下の政治の補佐役になると見る、だがこれも違う。帝位でもなく、臣下でもないという位など存在しうるのか、また、この未来はどのように実現するのか、この謎解きが物語を主導する世界である。そして、それが具体的に始まるのは、実はこの裏話を終えた後の若紫巻からであった。

秘密の裏話の実際は帚木、空蟬《うつせみ》、夕顔の三つの巻として展開され、その夕顔巻の巻末で、帚木冒頭に登場した語り手が再登場し、この話に決着をつけようとし、強いて内密にしていた話だった、帝の御子ゆえに、欠点無きかのように誉めたがる、いかにも作り話のようだ、それへの反発だったのだが、意地悪な話でお咎めも免れないかも、[①一九五、六]と閉じた。さて、その裏話だが、具体的には、帚木巻前半の雨夜の女性の品定めに始まり、具体的な話としては、老受領伊予介《ろうずりょういのすけ》の若い北の方・空蝉との物語、品定めで頭中将《とうのちゅうじょう》（源氏の北の方・葵上《あおいのうえ》の弟）が語った体験談の人物、夕顔の女を巡る物語として展開した。

帚木とは、「信濃国（長野県）園原にあって、遠くからはほうきを立てたように見えるが近寄ると見えなくなるという伝説上の樹木。転じて、情けがあるように見えて、実のないこと、姿は見えるのに会えないこと、また見え隠れすることなどのたとえ」（『日本国語大辞典』）とされるので、『古今和歌六帖』五、「その原やふせやに生ふるははきぎのありとて行けどあはぬ君哉」の和歌がある。物語では、帚木巻の末尾近くに、一度契りを交わしつつも二度と会おうとしない空蝉に焦がれた源氏が弟の小君を使いに遣るも旨くいかずに詠んだ歌とそれに返した空蝉の歌に「帚木」の語がある。

君（源氏）は、（略）いたくうめきて憂しと思したり。

「帚木の心をしらで園原の道にあやなくまどひぬるかな

聞こえむ方こそなけれ」とのたまへり。女（空蝉）も、さすがにまどろまざりければ、

数ならぬ伏屋《ふせや》に生ふる名の憂さにあるにもあらず消ゆる帚木

と、聞こえたり。小君、いといとほしさに、ねぶたくもあらでまどひありくを、人あやしと見るらむと（空蝉は）わびたまふ。[①一一一、二]

近寄ると消えて見えなくなる人と知らずに道に迷った、という源氏に、卑しい伏屋に生まれ、居るにも居られず消える帚木（私）と返す空蝉。空蝉の父は故衛門督《えもんのかみ》（中納言兼官）、で「宮仕へ」にと入内も考えられていたのに、父の死で心ならずも老受領の伊予介の後妻となったのであった。まだ後妻に納まる前、父の生前だったなら、源氏を婿として通わすことだって夢ではなかった。その思いを、現実を直視することで「身の程」を知って押さえ込む。そのような女の気持ちを源氏はわかるはずもない。声を掛ければ誰でも私に靡《なび》くのだという若さの驕《おご》りの中にある源氏には、女の心は見えない。遠く概観して見えていたつもりが、近づいて見ると女の心は見えない、帚木の女なのであった。

夕顔にしても、帚木の女として位置づけられるだろう。

品定めに語られた体験談で、常夏の女として登場したのが、後で夕顔と呼ばれる人であった。

中将、「なにがしは、痴者の物語をせむ」とて、「いと忍びて見そめたりし人の（略）親もなく、いと心細げにて、さらばこの人こそは、と事にふれて思へるさまも、らうたげなりき。かうのどけきにおだしくて、久しくまからざりしころ、この見たまふるわたりより、情けなくうたてあることをなむ、さる便りありて、かすめ言はせたりける、後にこそ聞きはべりしか。（略）幼き者などもありしに、思ひわづらひて撫子《なでしこ》の花を折りておこせたりし」とて、涙ぐみたり。「さて、その文のことばは」と、問ひたまへば、「いさや、ことなることもなかりきや、

　山がつの垣ほ荒るともをりをりにあはれはかけよ撫子の露

思ひ出でしままにまかりたりしかば（略）虫の音に競へる気色、昔物語めきて覚えはべりし。

　咲きまじる色はいづれとわかねどもなほ常夏にしくものぞなき

大和撫子をばさしおきて、まづ塵《ちり》をだに（注1）など、親の心を取る。

　うち払ふ袖も露けき常夏に嵐吹きそふ秋も来にけり

と、はかなげに言ひなして、まめまめしく恨みたるさまも見えず（略）心やすくて、またとだえおきはべりしほどに、跡もなくこそかき消ちて失せにしか」①八一〜三

夕顔巻で某廃院で妖物に憑《と》り殺された後、右近によってその出自が明かされる。「いとらうたきものに思ひきこえたへりしかど、我が身の程の心もとなさ」①一八五を思っていた夕顔の父は三位中将で早くに亡くなっていた。この文脈を『新全集』は「娘を将来できれば後宮に入れたいなどと考えていたか」とする。そうだとすれば、空蟬と同様の位相にあったことになる。これは桐壺更衣と紫上の母のあり方を移し取った構図である。少し、説明しよう。既に論じていることだが、光源氏と紫上は、その出自と系譜が重なるように造形されていたのである。父系に按察大納言《あぜちだいなごん》を、入内のこと、そして継子虐《ままこいじ》め譚《たん》の様相を組み込むように重ね、帝とのことを兵部卿宮にずらすことで差異を持たせていた。源氏を帝の位置に置くと、頭中将は兵部卿宮ということになる。右近の話は「命さ

へたへたまはずなりにし後、はかなきものの便りにて、頭の中将なむまだ少将にものしたまひし時、見そめたてまつらせたまひて、三年ばかりは心ざしあるさまに通ひたまひしを、去年の秋ごろ、かの右の大殿よりいと恐ろしきことの聞こえまで来しに」[①一八五]と続いていた（注2）。

頭中将の北の方は、右大臣の四の君、そこから脅迫されたのである。後妻討ち（うわなりうち）が、実際にあったことを『御堂関白記《みどうかんぱくき》』（注3）は記す。これと同類のことが、紫上の母をも襲ったのであろう。

若紫巻では、「故大納言、内裏に奉らむなど、かしこういつきはべりしを、その本意のごとくもものしはべらで、過ぎはべりにしかば、ただこの尼君一人もてあつかひはべりしほどに、いかなる人のしわざにか、兵部卿の宮なむ、忍びて語らひつきたまへりけるを、もとの北の方、やむごとなくなどして、やすからぬこと多くて、明け暮れものを思ひてなむ、亡くなりはべりにし」[①二二、三]と北山の僧《そう》都《ず》は語る。桐壺更衣について「人のそねみ深く積もり、やすからぬこと多くなりそひはべりつるに、横さまなるやうにて」[①二一]とその死を母北の方は語っていた。同工異曲なのである。

帚木三帖は、桐壺巻と若紫巻と類同する基本形を持っている。そして、それは秘密の裏話であると同時に、光源氏達には見えていながら見えない世界であった。頭中将にとって、夕顔は、「らうたげ」な、庇《かば》ってやりたいような可愛い存在ではあるが、その内実を知らない人、源氏にとっても、某廃院で自分の物にできたと思った瞬間にあの世に旅立たれた存在である。遠くから眺めてその存在を知覚できるけれど、近く寄るとわからなくなり、あるいは消え失せる世界でもあった。

この三帖は、空蝉の後日譚を語る関屋巻、夕顔の話を枕に、死なしめた夕顔への罪滅ぼしとして、一面滑稽な女性を描く末摘花《すえつむはな》巻とその後日譚の蓬生《よもぎう》巻、さらに夕顔の遺児・玉鬘《たまかずら》を中心として展開する玉鬘十帖（玉鬘・初音《はつね》・胡蝶《こちょう》・蛍《ほたる》・常夏《とこなつ》・篝火《かがりび》・野分《のわき》・行幸《みゆき》・藤袴《ふじばかま》・真木柱《まきばしら》の各巻）という世界を形成している。

三 若紫の物語

本格的とでも言うべき光源氏の物語は、若紫巻から始まる。「瘧病（わらはやみ）にわづらひたまひて、よろづにまじなひ、加持などまゐらせたまへど、しるしなくて、あまたたび起こりたまひければ、ある人、「北山になむ、なにがし寺と言ふところに、かしこき行ひ人はべる」というのが、『伊勢物語』初段を裏返しにした世界だったことを夙《つと》に指摘したのは三谷邦明（注4）だった。初段は、次である。

　むかし、をとこ、うゐかうぶりして、平城の京、春日の里にしるよしして、狩に往にけり。その里に、いとなまめいたる女はらから住みけり。（略）そのをとこ、しのぶずりの狩衣をなむ着たりける。

　　春日野の若紫のすり衣しのぶのみだれ限り知られず

となむ、をいつきていひやりける。ついでおもしろきことともや思ひけん。

　　みちのくの忍ぶもぢずり誰ゆへにみだれそめにし我ならなくに

といふ歌の心ばへなり。昔人は、かくいちはやきみやびをなんしける。

冒頭の「瘧病（わらはやみ）」は、「周期的に発作の起るマラリアふうの病気」とするのが通説だが、何故源氏はこの名の病に罹ったのかは不明というしかない。『虫めづる姫君』にも「わらはやみ」の語が見出せ「蝶はとらふれば、わらはやみせさすなり」とあって、蝶の鱗粉《りんぷん》がクシャミでも起こさせる、とすると風邪の類かとも思われるが、風邪程度で加持祈禱もなかろうから、やはり病名の詮索は意味が無い。『伊勢物語』で「をとこ」が「初冠」すなわち一人前の男として誕生して、祖父・平城帝の故地に行く。「平城京」は「ならのみやこ」であり、「南都」とも呼ばれている。源氏が出向いた「北山」と方角は逆であり、既に元服も済ませている源氏が「わらは＝童」ならぬ「童病」になるというのも逆転した形である。出会った相手も「なまめいたる女はらから」とは、外れた祖母と孫娘というように、若紫巻は、『伊勢物語』の始まりを逆転させてスタートしているのである。先行作品（プレテキスト）を脱構築して、新たな世界を創出する。

　基本的に若紫巻は、「思ふならん人」である理想の人＝藤壺の代わりとなる少女（紫上）との出会いと略奪の物語なのだが、その中に物語の主旋律を導く二つの話が埋め込められている。

1 明石入道の噂話

一つは、明石入道の噂話である。

「近きところには、播磨《はりま》の明石の浦こそ、なほことにはべれ。（略）かの国の前の守、新発意《しぼち》の女かしづきたる家いといたしかし。大臣の後にて、出で立ちもすべかりける人の、世のひがものにてまじらひもせず、近衛の中将を棄てて、申したまはれりける司なれど、かの国の人にも少し侮られて、『何の面目にてか、また都にも帰らん』と言ひて、頭髪もおろしはべりにけるを、少し奥まりたる山住みもせで、さる海づらに出でゐたる。（略）」と申せば、「さてそのむすめは」と問ひたまふ。「けしうはあらず、容貌、心ばせなどはべるなり。代々の国の司など、用意ことにして、さる心ばへ見すなれど、さらにうけひかず。『わが身のかくいたづらに沈めるだにあるを、この人一人にこそあれ、思ふさまことなり。もし我におくれて、その心ざし遂げず、この思ひおきつる宿世《すくせ》違《たが》はば、海に入りね』と、常に遺言しおきてはべるなる」と聞こゆれば、君もをかしと聞きたまふ。①二〇二～四

この明石入道とは、須磨巻で自身が語るように「故母御息所《みやすどころ》は、おのが叔父にものしたまひし按察の大納言のむすめなり②二一」と、源氏の母とは従兄弟同士であった。また、この文脈が語るように「大臣」を父に持ち「近衛の中将」であったのを「世のひがものにてまじらひもせず」という理由で一受領に成り下がったというのである。行く行くは、父を継ぎ大臣の位にも昇るはずの人が、「ひがもの＝捻《ひね》くれ者」との理由だけで何故、あるいは、どうして彼は捻くれたのかを作品は読み手に問い掛けているはずであろう。そして、それは兄弟同士のこととして、桐壺更衣の父の問題とも関わってこよう。

桐壺巻は更衣の入内は「生まれし時より、思ふ心ありし人にて、故大納言、いまはとなるまで、『ただ、この人の宮仕への本意、かならずとげさせたてまつれ。われ亡くなりぬとて、口惜しう思ひくづほるな』と、かへすがへす諫《いさ》めおかれはべりしかば①三〇」とあるように、更衣は生まれた時から入内の期待が寄せられていたのである。「いまは」の際《きわ》に、父大納言はどのような状況に置かれていたのだろう。順風満帆のわけもないのは、自分が死んでも、残念と志を挫けるな、との言葉、続く「はかばかしう後見思ふ人もなきまじらひ①三〇」との発言が裏付けてい

る。兄の大臣はどうしたのだろう。もう既に亡くなっていたのかもしれない。しかし、父大納言の遺言を履行するために強引に入内が決行された。熱い思いがあった。それは、我が一族の血を王権の只中に注ぎ込むという桐壺一族の悲願だったのだ。

『源氏物語』が創られたのは、平安時代の中頃、一条天皇の御世であった。摂関制という娘を入内させ皇子の誕生・即位を見てその祖父筋が政治の実権を握るという形態が望まれた時代である。その野望実現のシナリオに即してのことではあろう。それにしても、没落一族が何故そこまで拘ったのか。そして、帝も大納言の遺言によって更衣の入内がなったことを知り「故大納言の遺言あやまたず、宮仕への本意深くものしたりしよろこびは、かひあるさまにとこそ思ひわたりつれ」①三四と仰せになる。「よろこび＝お礼」は「かひあるさまに」しようとは、生まれた皇子（源氏）を帝位に就けるというのが一番簡単な答えであろう。だが、そのように単純には進めない事情があった。無論、既に、右大臣の娘の弘徽殿《こきでん》の女御との間に皇子があったこともある。さらに、複雑だったろうと思わせるのが、「故前坊」の存在である。葵巻で源氏の正妻であった葵上が物《もの》の怪《け》によって命を奪われた。物の怪の正体は六条御息所《ろくじょうのみやすどころ》である。その原因は源氏にあった。もし前坊《ぜんぼう》（前の皇太子）が即位したならば、その后として高貴な女性の頂点を極めたかもしれない。だが、東宮は亡くなってしまった。高貴な女性を求めて食指を伸ばした源氏に御息所は心を開いたのだが、しかし予想したような愛を注いではくれない。煩悶が彼女を物の怪としたのである。葵上の死後に、その情報は読者に知らされる。

故前坊の同じき御はらからと言ふ中にも、いみじう思ひかはしきこえさせたまひて、この斎宮の御ことをも、懇《ねんご》ろに聞こえつけさせたまひしかば、（桐壺帝）「その御代りにも、やがて見たてまつり扱はむ」など、常にのたまはせて、「やがて内裏住みしたまへ」とたびたび聞こえさせたまひしをだに、いとあるまじきことと思ひ離れにしを、かく心より外に、若々しきもの思ひをして、つひに憂き名をさへ流し果てつべきこと、と思し乱るるに、なほ例のさまにもおはせず。②五二、三

問題なのは、何故、皇太子は亡き者となったのかであ

る。桐壺帝の信頼厚い弟であった、病没か、或いは別の事柄が絡んでいるのか。確かに桐壺巻は東宮不在という異常な背景を持っている。このことと、明石・桐壺一族の不遇は無関係なのかどうか。実は平安時代の特に前期には歴史事実として東宮をその位置から追い落とす**廃太子事件**が存在していた。それは、桓武帝の御世の藤原種継の射殺事件（七八五）により早良《さわら》親王《しんのう》（淡路廃帝・崇道天皇＝桓武帝の同母弟）が廃太子になる。平城上皇、薬子とその兄藤原仲成による薬子の乱（八一〇）で高丘親王（平城の子）が廃太子となる。また承和の変（八四二＝仁明）で恒定親王（淳和帝第二皇子・仁明の皇太子）が廃太子となった事件である。このような歴史の記憶が、物語の裏面に張り付いている、そして皇祖神・伊勢の天照大神に仕える巫女として御息所の娘が斎宮となるという深い因縁を物語が結んだと考えられるであろう。敗者としてあった者が、どのように汚名を雪ぎ、失地を挽回するか、単なる栄達の物語ではないのである。しかし、それをどのように仕組むか。

　明石入道の話に「海竜王の后になるべきいつきむすめ」と笑う人々の姿は、突拍子もない御伽噺の世界を想起させるのであったが、そのような世界を現実世界に組み込ませる。入道の娘・明石御方との間に次の后候補を誕生させ、東宮への入内、皇子の誕生そしてその皇子が東宮そして帝の位に就く。源氏の須磨・明石への流離そして御方との出会い、姫君の誕生、姫君の后候補として紫上に育てられ、第一部の末尾になる梅枝《うめがえ》巻・藤裏葉《ふじのうらは》巻で東宮に入内する。一見、一受領の娘の生んだ子供の明るいシンデレラストーリーでもある。明石は明石で源氏の栄花を表層で支える柱として機能していくのであった。

2　藤壺事件

　桐壺巻の謎は、光源氏を「准太政天皇」とすることで解かれる。そのために不可欠な要素となる藤壺との密通事件が、もう一つの鍵となる。

　藤壺の宮、悩みたまふことありて、まかでたまへり。（略）いかがたばかりけむ、いとわりなくて見たてまつる程さへ、現とは思えぬぞわびしきや。宮もあさましかりしを思し出づるだに、世とともの御の思ひなるを、さてだに止みなむと深う思したるに、（略）などかなのめなる事だにうち交じりたまはざりけむ、とつらうさへぞ思さるる。
何ごとをかは聞こえつくしたまはむ、くらぶの山に宿りもとらまほしげなれど、あやにくなる短夜にて、あさましうなかなかなり。

（源氏）見てもまた逢ふ夜まれなる夢のうちにやがてまぎるるわが身ともがな

とむせかへりたまふさまも、さすがにいみじければ、

（藤壺）世語りに人や伝へむたぐひなく憂き身を醒めぬ夢になしても

思し乱れたるさまも、いとことわりにかたじけなし。命婦の君ぞ、御直衣などは、かき集めもて来たる。①二三〇〜二

藤壺の出産は、紅葉賀《もみじのが》巻、源氏十九歳の二月十余日であるから、この場面が十八歳の夏のことになるので、既に藤壺は懐妊しており「宮もあさましかりしを思し出づるだに、世とともの御物思ひなるを、さてだにやみなむと深う思したる」とあるように、その前の逢瀬が原因となっているのである。「悩み」は懐妊による悪阻《つわり》であったかもしれない。桐壺帝が藤壺を気遣うのを、源氏は「いとほしう＝おいたわしい」とは思うものの、宮中から退出しているのを絶好の機会と「あくがれまどひ＝魂が身体からさ迷い出て狼狽して」逢瀬を中継ぎの女房に強いて求めるのだった。何故、最初の逢瀬を描かず二度目なのだろうか。

一つの答えとして『伊勢物語』との関連が考えられる。それは、この場での源氏「見てもまた」の歌と藤壺の「世語りに」の贈答が、六十九段「狩使い」章段の業平と斎宮の贈答に淵源を持つことである。狩使いに行った男は、斎宮との逢瀬を持ち、翌朝に歌が贈られてくる。

つとめて、いぶかしけれど、わが人をやるべきにしあらねば、いと心もとなくて待ち居れば、明けはなれてしばしあるに、女のもとより、ことばはなくて、

君やこし我や行きけむおもほえず夢か現か寝てか覚めてか

をとこ、いといたう泣きてよめる。

かきくらす心の闇にまどひにき夢うつつとはこよひ定めよ

とよみてやりて、狩に出でぬ。

夢のような逢瀬にそれを現実だったのか、と訴える男。斎宮という神にお仕えする神聖な存在を犯したのかと打

ち震える姿でもある。それに対し女は、さらなる逢瀬を促すのである。だが、『伊勢物語』では、それは叶わなかった。源氏の歌は、この恋を淵源として重ね「見て＝逢瀬を持ち」も「また逢うよ＝さらに逢える機会」は滅多にない（『伊勢物語』は二度目の逢瀬さえなかった）のだから、そのまま夢の世界に紛れ込んでしまいたい、と訴える。それに対して藤壺の返歌は、斎宮の積極的と思える誘いを逆転させて、帝の后である我が身を自覚し比類ない「憂き身」だと切り返す。永遠に醒めない夢にしてしまっても「世語りに人や伝へむ」というのは、『伊勢物語』にあったように「世語り」として、世間の人は語り伝えるだろう、というのである。『源氏物語』が書かれた一条朝には、業平に纏《まつ》わる伝承が実《まこと》しやかに語られていた。『古事談』巻二・二六に「高家は、業平の末葉なり。業平朝臣、勅使と為て伊勢に参向する時、斎宮に密通す、と云々。懐妊して男子を生めり。露見の怖れ有るに依りて、摂津守高階茂範をして子と為さしむ。師尚是れなり。世隠秘して之れを識らず、と云々」とある。これは伝承として後世のものだが、同時代の藤原行成の日記『権記』は、寛弘八年（一〇一一）五月二十七日の条で、この話を以て、高階氏を母とする一条天皇中宮定子所生の敦康の立太子を阻む一つの理由としたのも知られている。そのような状況をも踏まえつつ、この場面は存在している。

また、『伊勢物語』の斎宮との話を『源氏物語』は后＝藤壺との話にスライドさせているのだが、その斎宮のことも物語は棄てていなかった。その母・六条御息所と関わらせてもいたと考えられる。次は、源氏が明石巻で御方に始めて逢った時の場面である。

近き几帳のひもに、箏の琴の弾きならされたるも、けはひしどけなく、うちとけながらかきまさぐりけるほど見えてをかしければ、「この聞きならしたる琴をさへや」など、よろづにのたまふ。

（源氏）睦言を語りあはせむ人もがな憂き世の夢
　もなかばさむやと

（明石）明けぬ夜にやがてまどへる心にはいづれ
　を夢とわきて語らむ

ほのかなるけはひ、伊勢の御息所にいとよう覚えたり。②二五七

源氏の歌は「憂き世の夢」という、都を離れて流離《さすら》うつらい目に会っている私の悪夢が半減すれば、という高

所からの歌であろう。明石御方の歌に、「いずれを夢と」というのは、あなたの悪夢か、はたまたこんな目に会っている私こそ悪夢にあるのか、無明長夜にある私にはわからない、と応える。この贈答の原点にあるのは『伊勢物語』六十九段の歌であり、さらに若紫巻の藤壺との贈答であろう。「夢か現」と問う『伊勢物語』の世界、それを「夢」の世界に埋《うず》もれたいと受ける若紫巻、「睦言」は、前文の「琴」を掛けた物言いだが、「男女二人だけのかたり、男女の閨房《けいぼう》でのかたらい」が原義である。ここでは、旅先での憂悶を晴らすための一夜妻を求める物言いである。雨夜の品定めの後訪れた中川の紀伊守の屋敷で空蟬に対して催馬楽《さいばら》「我家（わいへん）」（注5）によって一夜妻になることを求めた失態も想起される。一受領の娘に対するあり方としては、不思議なことでもないと認識されていた時代のことではある。その源氏の「夢」の語を、都の貴公子のお相手で仕方がないとは思うものの、それは「明けぬ夜」（無明長夜）をそのままに迷っている私にとって、それは悪夢なのか、あなたの言う憂き世の夢の中に紛れ込ませられる我が身なのか、わからないと応じる。「いづれを」という語は、この悪夢（「悪夢」と訳してしまったが、そう限定はできないかもしれない、というのは、この贈答後に契りを交わした二人は、結果的に生まれた子によって栄花の道を駆け上るのだったから）「夢」から『伊勢物語』を媒介に「現」を引き出し、「うき世の夢」にある源氏を現実の世界に引き戻すことを導き出している。

そして、この明石御方の「けはひ」が「伊勢の御息所」に似ているというのである。見下したはずの女に「心にくくよしあり＝奥ゆかしく趣味のよいかた」という六条御息所の雰囲気を見出したのである。「人ざまいとあてにそびへて、心恥づかしきけはひぞしたる」と明石御方はこの場面で記されている。それにしても、何故ここで六条御息所が引き合いに出されるのだろう。血縁関係の想定もされるが、物語にその記述はない。想定されるのは、明石一族と故前坊妃との深い結びつきではないだろうか。

ともかく、この密通事件で皇子が誕生し、そしてその皇子が即位して源氏の栄花を支える軸として存在したのである。これが物語の奥底に秘められて、源氏の運命を決定する重要事項であった。

四　源氏栄花への道筋

若紫巻で、二つの物語を領導する軸が提示された。だが、その主軸は藤壺事件であった。紅葉賀巻は、年立では若紫巻の後半部分と同じ時とされる。「朱雀院（桐壺帝の父か兄とされる一院）の行幸は神無月の十日あまりなり」[①二二一]と始まり、試楽で源氏の舞う青海波の舞は、「神など空にめでつべき容貌」[①二二二]と絶賛される。その晴れやかな舞台の裏で藤壺とのことが語られ、そして若宮（冷泉）の出産に苦悩する二人が描かれる。神の無い月の事柄としてスタートするに相応しい、密通に苦悩する物語世界であろう。桐壺帝は、藤壺を立后（中宮に）させ、次の皇太子候補として冷泉が注目される。源氏と冷泉は「月日の光の空に通ひたるよう」[①二四九]との世評で、この巻は閉じられる。

次いで、花宴巻では、紅葉賀巻と対になるように「二月の二十日あまり、南殿の桜の宴せさせたまふ」[①二五三]月日の提示と宴で始まる。どのように考えても源氏と藤壺の密通は罪を免れない。折口信夫は「貴種流離譚《きしゆりゆうりたん》」という話型を設定し、阿部秋生（注6）はそれを光源氏の須磨・明石の流離の物語に当て嵌《は》めて論を展開した。**「貴種流離譚」**とは、貴い生まれの人（貴種、本来は神、そして物語の主人公を指す）が「罪」を犯し、苦難の流離によって克服し成長して栄花を極める物語、とでも言える。源氏は「罪」を犯した、言うまでも無く藤壺との密通事件に集約されることである。だが、それを表層化した瞬間に源氏は破滅することになる。しかし、源氏は流離することで、物語の主人公の約束事を守らなければならない。だとすれば、藤壺の代わりを設定しなければならない。そのような物語の要請で舞台に登場したのが、朧月夜《おぼろづきよ》であった。弘徽殿女御の妹・朱雀《すざく》への入内が期待されていた人である。その人との出会いを描くのが、この巻であった。

葵巻は源氏の正妻葵上と六条御息所との葵祭での車争い、物の怪となった御息所に葵上が取り殺されるという事件が核となっているであろう。そして、退場した正妻に代わるべく紫上との新枕《にいまくら》（婚儀）も書かれる。若紫巻が底に潜めた二つの柱は、源氏を栄花に導く言わば〈王権の物語〉だとすると、**紫上を描く物語**は、もう一つの『源氏物語』を領導する柱である。男達の政治の世界に対して、女達の生、それは普遍的な人の生を象徴する。葵上は男達の政治の世界に殺されたとも読める。死の場面

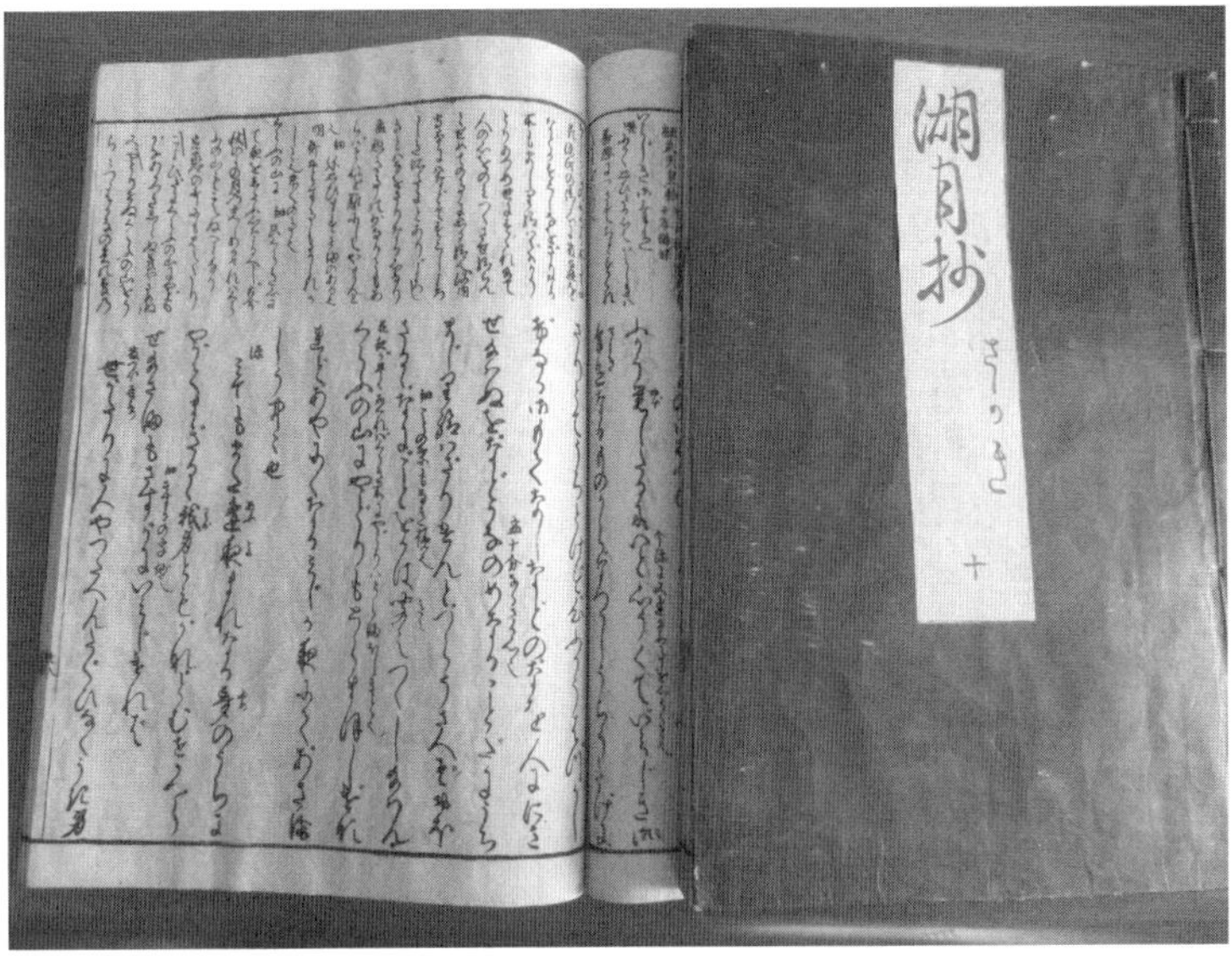

図 3-1　北村季吟『湖月抄』版本　表紙と本文部

若紫巻の藤壺との物の紛れ（密通）の部分

は、次のようであった。

　秋の司召あるべき定めにて、大殿も参りたまへば、君達もいたはり望みたまふことどもありて殿の御あたり離れたまはねば、みなひき続き出でたまひぬ。殿の内人少なにしめやかなるほどに、にはかに、例の御胸をせきあげて、いといたうまどひたまふ。内裏に御消息聞こえたまふほどもなく、絶え入りたまひぬ。②四五、六

　京官（中央官庁の官吏）の任免の評定で、ガードすべき男たちは不在であった、と殊更に書くのは、それが死の原因だと言わんばかりであろう。その意味では、源氏の栄花のために尽力させられた藤壺も六条御息所も、同じ位相にあった、ということであろう。その女の苦悩を象徴的に引き受けるように、紫上は源氏の妻の座に着くのであった。

1　三つの予言

　ところで、源氏物語正篇を領導する予言は三つあった。一つは前に述べた桐壺巻の高麗相人の予言、そして若紫巻での次の予言である。

> 中将の君（源氏）も、おどろおどろしうさま異なる夢を見たまひて、合はする者を召して問はせたまへば、及びなう思しもかけぬ筋のことを合はせけり。
> 「その中に違ひ目ありて、つつしませたまふべきことなむはべる」と言ふに、わづらはしくおぼえて、「みづからの夢にはあらず、人の御事を語るなり。この夢合ふまで、また人にまねぶな」とのたまひて、心の内には、いかなることならむと思しわたるに、この女宮の御事（藤壺懐妊）聞きたまひて、もしさるやうもやと思し合わせたまふ（①二三二、四）

桐壺巻の「帝王の上なき位」でも「公の固め」でもないという不思議な予言は、「及びなう思しもかけぬ筋のこと＝想像を絶する筋のこと」として結実する。それはどのような経緯で実現するのかをも、この夢は示していると判断できる。「違ひ目」とは「意の反すること。不本意な事態」を指し、具体的には無実の罪に陥れられることを言う。その結果として「つつしませたまふこと」、すなわち須磨への流離があるということなのである。そして、これは、藤壺との密通事件に因があると合点する。しかし、それを原因とはできないのである。流離の原因は、賢木巻が提示する。

桐壺帝の崩御に伴って、政治の実権は朱雀帝の母弘徽殿女御、その父の右大臣に移る。院を慕っていた尚侍《しょうじ》が出家した代わりとして、朧月夜は御匣殿《みくしげどの》から尚侍となった。尚侍は宮中の女官のトップにあると同時に帝の寵愛を受けることも少なくない。朱雀帝には早くから彼女の入内が考えられていたが、源氏と恋仲であり入内を望んでいなかったので、御匣殿として出仕していたのである。それが、女御に準じられるような存在、尚侍となった。帝の領有するはずの存在にもかかわらず二人は心を通わす仲であり続けたのである。

巻の進行は、続いて藤壺に迫る源氏の姿を描く。もしそれが表沙汰になったとしたら、二人の破滅ばかりでなく、後見役を務める冷泉自体も破滅、具体的には廃太子となる恐れがあるのである。これは、危惧ではなく、桐壺帝の八宮が次期の東宮候補として担ぎ上げられ実際に画策されていたことが、宇治十帖の冒頭、橋姫巻で明かされるのだった。それを回避するために出家を決断し桐壺院の一周忌の法華八講の果ての日に実行される。藤壺と朧月夜とのことを絡めるように叙述しながら、物語の役割上で両者を重ねつつスライドさせて、帝の妻を侵す罪を藤壺から朧月夜へと変換していくのである。そして、実家である右大臣邸に退出した朧月夜。その文脈をもう少し見てみる。

　そのころ尚侍の君まかでたまへり。瘧病に久しう悩みたまひて、まじなひなども心やすくせむとてなりけり。（略）例のめづらしき隙なるを、と聞こえかはしたまひて、わりなきさまにて夜な夜な対面したまふ。（略）后の宮（弘徽殿大后）も一所におはするころなれば、けはひいと恐ろしけれど、かかる事しもまさる御癖なれば、いと忍びて度重なりゆけば、気色見る人々もあるべかめれど、煩はしふて、宮にはさなむと啓せず。大臣はた思ひかけたまはぬに、雨俄におどろおどろしう降りて、雷いたう鳴り騒ぐ暁に、殿の君達、宮司など立ち騒ぎて、こなたかなたの人目しげく、女房ども怖ぢまどひて近う集ひまゐるに、（源氏は）いとわりなく出でたまはむかたなくて、明けはてぬ。（略）雷鳴りやみ、雨少しを止みぬる程に、大臣渡りたまひて、まづ宮の御方におはしけるを、村雨のまぎれにて、え知りたまはぬに、軽らかにふとはひ入りたまひて、御簾引き揚げたまふままに、②一四三、四

「瘧病」の語は作中に三例しかない。若紫巻の冒頭とそれを回想する例、そして、この例である。源氏の例が『伊勢物語』に依拠するのだから何らかの連関が考えられるところ。

　文中の「雷いたう鳴り騒ぐ」のは、『伊勢物語』第六段の「鬼一口」の話で「雷さへいみじう鳴り」を踏まえてであろう。盗み出した女は二条后（高子）で、「御兄人堀河の大臣」（当時は下臈）などが「いみじふ泣く人あるを聞きつけて、とどめて取りかへしてけり」というのだった。その話を父の右大臣が見つけてと変換する。敵陣のど真ん中で、悠然と逢瀬を重ねる源氏。物語は、この事実を知って弘徽殿が源氏の左遷「さるべきことども構へ出でむによきたより」を画策したと巻を閉じる。「瘧病」の語で、『伊勢物語』を想起させ、二条后が原因で東下りをすることになる世界を潜めて、源氏の流離の物語を動かして行く仕掛けなのであった。

　だが、この文脈は源氏左遷の口実の一つで、もっと他の要因もあったというべきであろう。

春秋の御読経をばさるものにて、臨時にも、さまざま尊き事どもをせさせたまひなどして、またいたづらに暇ありげなる博士ども召し集めて、文作り、韻塞ぎなどやうのすさび態《わざ》どもをもしなど、心をやりて、宮仕へをもをさをさしたまはず。御心に任せてうち遊びておはするを、世の中には、煩はしき言どもやうやう言ひ出づる人々あるべし。②二三九、四〇

公的には、源氏の罪はこの「宮仕へをもをさをさしたまはず。御心に任せてうち遊びておはする」それも「いたづらにいとまありげなる博士ども召し集めて」「すさび態どもをも」とあるので、現政権から蔑《ないがし》ろにされた不平分子を糾合して政権転覆の謀《はかりごと》をしているのではとの噂になるような所業にある。物語は、公的な世界には深く踏み込まず、別な側面から描くのが常道であった。

そして、須磨への流離、菅原道真の流離などと重ねるように書きつつも、白楽天の「草堂記」にある隠君子のイメージを響かせ、単に落魄した存在としてではなく、王者としての姿として書かれるのも印象深い。ポイントは桐壺帝の亡霊の出現、明石御方との出会いと姫君の懐妊にあり、明石一族の物語と桐壺一族の物語のクロスが重要なところ。そして召還の宣旨があり源氏は都に戻った。

2 御子三人の予言

三番目の予言は、源氏が須磨・明石への流離ののち召喚の宣旨を賜り都に帰還してからのこと、澪標《みおつくし》巻での予言である。次の文脈である。

宿曜《すくえう》に「御子三人、帝、后かならず並びて生まれたまふべし。中の劣りは、太政大臣にて位を極むべし」（略）と勘《かんが》へ申したりしこと、さしてかなふなめり。相人の言空しからず、と御心のうちに思しけり。②二八五、六

この文脈の前、源氏帰還の翌年二月、東宮は元服、「同じ月の二十余日、御国譲りのこと」②二八二と冷泉帝が誕生した。「当帝のかく位にかなひたまひぬること」がそれであり、葵上との間に生まれた夕霧は将来は太政大臣となる（物語中では実現していない）、そして、明石で所生の娘は后となるべき存在だというのである。だとすれば、中宮になる将来が予想される姫君が田舎育ちでは具合が悪いし、受領の娘の所生であることは隠すべき要件となる。この予言は、光源氏の理想世界が具体的にどのように実現す

るのかを示している。そして、これは、桐壷巻での予言を実効あるものにするために構えられたことを忘れてはならない。ただ、「宿世遠かりけり」と、桐壺帝の真意をまだ源氏は理解していない。桐壺巻での皇子を臣籍に降下させたことは、冷泉を代わりに帝の位に就けることで、決着するわけではなく、あの謎の解明がまだなされていないのである。ただ、その重要なステップは踏み出したのではある。

ともあれ、須磨への流離、明石巻、澪標巻、これで一応は源氏の「貴種流離」の物語は決着を見る。波乱万丈の、源氏の青春時代とでもいうべきところである。

光源氏の物語は、その後、具体的に摂関制の時代に即応するように、後宮での覇権争いを雅に描く絵合巻、その次の後宮の主役となる明石姫君の養育の物語などと展開する。だが、そこでの娘（明石姫君）と引き裂かれる母明石御方の悲しみは、薄雲巻で崩御し朝顔巻で亡魂となって現れる藤壺に繋がってもいるだろう。多くの犠牲の上に、源氏の栄花が実現する。まるで、息子の夕霧に主役を譲り、恋物語の表舞台から降りた源氏が営む六条院が、六条御息所の故地（故前坊の邸）を封じ込めて実現したようにである。

トピック 源氏物語千年紀

実際にどうかはわからないながら、『源氏物語』が創られてから千年になるのを記念して、いろいろな行事が行われた。その根拠と目されたのは、『紫式部日記』寛弘五年（一〇〇八）十一月一日の条に「左衛門の督「あなかしこ、このわたりにわかむらさきはさぶらふ」とうかがひ給ふ。源氏にかかるべき人は見え給はぬに、かのうへはまいていかがものし給はむ、と聞きゐたり」とある条である。源氏や若紫の名があるのだから、少なくとも『源氏物語』の「若紫巻」は出来ていたと考えたのである。同じく『紫式部日記』には、「源氏の物語」の語も見えるので、この人が『源氏物語』の作者だとの根拠になっているのである。

ともあれ、そうすると平成二〇年（二〇〇八）はそれから千年経っているのだから「千年紀」となるのである。というので、それに先立つ平成十八年に、千玄室氏を代表に、秋山虔・瀬戸内寂聴氏などによって呼びかけが行われ、翌年に「千年紀委員会」が発足、当該年の十一月一日から数日、京都国際会議場などでさまざまな催しがあり、それを期に「古典の日」制定に向けて動向があった。

『源氏物語』はそれだけ凄い文化遺産というわけだが、歴史の節目に『源氏物語』がクローズ・アップされたことを三田村雅子『記憶の中の源氏物語』（新潮社、平成二十年）は明らかにしている。

（注1）『古今和歌集』巻三 夏「隣より常夏の花を乞ひにおこせたりければ、惜しみてこの歌をよみて遣はしける 躬恒 一六七 塵をだに据ゑじとぞ思ふ咲きしより妹と我が寝るとこなつの花」

（注2）阿部好臣「明石物語の位——桐壺一族との関わりにおいて」（『物語文学組成論 Ⅰ 源氏物語』笠間書院、平成二十三年）

（注3）長和元年（一〇一二）二月二十五日「仍以二乞ひにおこせたりければ、惜しみてこの歌をよみて遣はしける 躬家業一令レ成二日記一、是蔵云女方宇波成打云々」

（注4）三谷邦明「藤壺事件の表現構造——若紫巻の方法あるいは〈前本文〉としての伊勢物語」（『物語文学の方法 Ⅱ』有精堂、平成元年）

（注5）「わいへんは とばり帳も 垂れたるを 大君来ませ 婿にせむ み肴に 何よけむ あわびさだおか かせよけむ」（「さだお＝さざえ」「かせ＝うに」）女性器の比喩で、女性の接待を意味する

（注6）阿部秋生『源氏物語研究序説』東京大学出版会、昭和三十四年。

理解を深めるための参考文献

原文に接することができるもの
- 『源氏物語』新編日本古典文学全集、全六巻、小学館、平成六〜十年。
- 『源氏物語』新日本古典文学大系、全五巻・索引、岩波書店、平成五〜九年。
- 『源氏物語』日本古典集成、全八巻、新潮社、昭和五十一〜六十年。

作品全体に関わる論集
- 『源氏物語の鑑賞と基礎知識』全四十三巻、至文堂、平成十一〜十七年。
- 『人物で読む源氏物語』全二十巻、勉誠出版、平成十七〜十八年。
- 『テーマで読む源氏物語論』全四巻、勉誠出版、平成二十〜二十二年。

関連作品の案内

- 『源氏物語湖月抄』上・中・下、講談社学術文庫、昭和五十七年。
- 『伊勢物語』角川ソフィア文庫、平成二十七年。
- 『竹取物語　伊勢物語』新日本古典文学大系、岩波書店、平成九年。
- 『竹取物語　伊勢物語　大和物語　平中物語』新編日本古典文学全集、小学館、平成六年。
- 『うつほ物語　全　改訂版』おうふう、平成十三年。
- 『うつほ物語』一〜三、新編日本古典文学全集、小学館、平成十一〜十四年。

知識を確認しよう

問題

(1) 史実を踏まえた記述について調べて、物語がより現実世界と切り結んだことを確認しよう。

(2) 謎が導く物語として読むばかりが『源氏物語』の世界の魅力を引き出すことではない。その他にどんな読み方があるか考えてみよう。

(3) 『伊勢物語』と『源氏物語』の関係について、理論的にまた、具体的に整理してみよう。

解答への手がかり

(1) 絵合巻の在り方を古註などを手掛かりに調べる。

(2) 手近かな概説書などは、どのように読んでいるかを整理してみる。

(3) 本文に当たり直して、自分なりに跡付けをしてみる。註釈書の比較や、論文＝国文学研究資料館の目録検索を使う＝を探して考えてみる。

第4章 中古（一）古今和歌集を読む

本章のポイント

平安遷都の後、おおよそ百年余り、「古今和歌集」は撰集された。世の中は漢詩文全盛で、和歌は廃れる一方であった。いわゆる後に「国風暗黒」と呼ばれる状態である。そのような背景をもって「古今和歌集」が撰集された。

日本文学は、この「古今和歌集」の誕生をもって新たな転換期を迎える。

本章では、特に「序文」に着目し、後世に絶大な影響を及ぼした「古今和歌集」成立の意義を捉え直す。また、「古今和歌集」中、三つの時代に区分されるそれぞれの和歌を取り上げて、その特色をみる。

一 古今和歌集とは

1 中古という時代

「古今和歌集」について考える際、時代背景を的確に捉えることは必要不可欠である。「古今和歌集」を生みだした中古という時代を捉え直すことから始める。

中古とは、前代の上代と後代の中世の間の文学史上の区分である。さらに、中古文学というときには、いわゆる歴史的時代区分上の平安時代の文学のことである。その平安時代とは、平安遷都（七九四）から源頼朝が鎌倉に幕府を開く（一一九二）までのことである。そして、その時代の文学は大きく四つに分けられる。

第一期は、八世紀末から九世紀中頃までの、上代の「万葉集」の和歌伝統が衰退し、唐風の漢詩文が全盛であった嵯峨天皇を中心とした時期。第二期は、九世紀後半から十世紀中頃までの、宇多天皇・醍醐天皇を中心とする寛平・延喜年間から村上天皇の天暦期の頃までの時期。第三期は、十世紀後半から十一世紀前半までの、藤原道長が絶大な栄華を誇り一条天皇を支えた時期。第四期は、十一世紀中頃から十二世紀後半までの、源平争乱の時代から院政期までの時期である。

このように概括される平安文学のうち、「古今和歌集」は第二期に成立する。

寛平六年（八九四）に菅原道真の建議によって遣唐使が廃止された。その背景には国風文化の成熟があった。それまでは大陸文化に追いつけ追い越せ、という風潮であったが、唐王朝の衰退が命がけの航海を踏みとどまらせることとなった。このことが、国風文化が大陸文化から自立するという象徴的な事件となったのである。このような国風文化の成熟も「古今和歌集」成立の追い風となったのである。そして、上代の「万葉集」が見直され、新たな和歌勃興の伊吹が見出される。そのような背景のもとで、わが国初の勅撰和歌集《ちょくせんわかしゅう》である「古今和歌集」が編纂される。それまで唐風（漢風）全盛であった風潮が徐々に国風化を取り戻し、成熟の途をたどることになる。

かつて文字を持たなかったわが国に大陸から文化が流入し、文字というコミュニケーションツールがもたらされる。その文字とはすなわち漢字のことであり、やがて仮名文字（平仮名・片仮名）が生み出される。文字の種類は必然的にヒエラルキーを形成することになる。男性上位の当時の世の中では、漢字が最も優れているものとして男性が用いた。その漢字から生みだされた平仮名は女性用となった。漢字を「男手《おとこで》」、平仮名を「女手《おんなで》」とする所以である。その結果、公式的なものは漢字で記されることになる。「六国史《りっこくし》」しかりである。その結果、必然的に仮名文字は私的なものと位置づけられることとなる。

この仮名文字をもって「古今和歌集」は成立した。「古今和歌集」は和歌集であるから、用いられた文字が仮名なのである。

2　撰集下命と撰者たち

「古今和歌集」成立より少しさかのぼって、仁和から寛平年間にかけて、歌合が何度も行われた。帝を中心として和歌に対する関心が高まっていたことになる。在民部《ざいみんぶ》卿家歌合《きょうけうたあわせ》（仁和元年～三年頃）をはじめとし、寛平御時《かんぴょうのおんとき》后宮歌合《きさいのみやうたあわせ》、是貞親王家歌合《これさだしんのうけうたあわせ》、亭子院歌合《ていじのいんうたあわせ》などである。これら三つの歌合には、撰者である紀友則《きのとものり》・紀貫之《きのつらゆき》の名が見られる。

その歌合には、後の歌論《かろん》の基となるような和歌に対する批評（判詞）が表わされている。「古今和歌集」「仮名序」は本格的な歌論と評されたりもするが、それよりさかのぼる歌合の判詞には、その萌芽となりうるものもあったのである。

そのような背景のもと「古今和歌集」は成立する。延喜五年（九〇五）、醍醐天皇《だいごてんのう》の命により、紀友則・紀貫之・凡河内躬恒《おおしこうちのみつね》・壬生忠岑《みぶのただみね》により撰進された、わが国初の勅撰和歌集である。収載歌数約一千首、全二十巻である。巻数・部立は「万葉集」に倣ったとされる。なお、後に勅撰和歌集は、二十一（二十一代集）編まれることになるが、それは「古今和歌集」を規範としている。「古今和歌集」がいかに後世に影響を及ぼしたかを知ることができる一証左である。

その編纂方針は、「万葉集」に入らぬ歌から現在までの歌を撰べというものであった（現存「古今和歌集」には、延喜五年以降の歌も入集されており、延喜五年は、帝が下命した年ともされ、諸説がある）。

醍醐天皇は、第六十代の帝である。宇多天皇第一皇子、母は藤原胤子《ふじわらのいんし》。三十四年にわたる治世である。摂関を置かず親政を行い、後世に「延喜の治」と称された。藤原時平を左大臣とし菅原道真《すがわらのみちざね》を右大臣とした。文化的業績としては、「古今和歌集」宣下《せんげ》の他、家集「延喜御集《ぎょしゅう》」を編み、「延喜御記《えんぎぎょき》」（散逸《さんいつ》）などを残す。そのように文化的にも造詣が深い醍醐天皇であるが、当時流行の漢詩文の勅撰事業を行わずに、和歌集勅撰の宣下をしたのは留意すべきである。

一方の撰者たちは、次のとおりであった。

紀友則（生没年不詳）は、父が有友《ありとも》。貫之とは従兄弟の関係にある。延喜四年（九〇四）大内記。本集両序にその名が載る。家集に「友則集」がある。本集編集中に没したようである。「古今和歌集」には四十六首入集している。

紀貫之（八六八頃～九四五）は、本集の中心的撰者である。延長八年（九三〇）土佐守《かみ》、任果てて後「土佐日記」を著わす。仮名序の作者と目されている。仮名文字遣いの名手である。「古今和歌集」には一〇二首入集している。

凡河内躬恒（生没年不詳）は、寛平から延喜の時代に活躍した。家集に「躬恒集」がある。「古今和歌集」には六十首入集している。

壬生忠岑（生没年不詳）は、天慶八年（九四五）に「和歌体十首」（歌論書）を著わしている。「古今和歌集」には三十六首入集している。撰者たちの入集数だけで、二四四首に及び、他を圧倒している。この撰者たちの入集歌数が、後に「古今和歌集」を三期に分けた際、「撰者の時代」を形成していくことになる。

その他、撰者ではないが、真名序の作者に紀淑望《きのよしもち》がいる。「古今和歌集」撰集において、紀氏の存在は甚大である。紀淑望を加えれば、三人の紀氏が「古今和歌集」撰集と成立に関わっていることとなる。その成立の過程は明らかではないが、醍醐天皇が勅を下し家集や古歌を献上させ、まとめさせる（これを「続万葉集《ぞくまんようしゅう》」と呼んだともいう）。さらに、勅を下し部類配列し二十巻に構成し、「古今和歌集」と命名し奏上させたようである。

平安時代は藤原氏全盛の時代である。その時代において、「古今和歌集」撰集に藤原氏の名が見られないことから、「古今和歌集」撰集がどのような位置づけをなされていたかが推察されるのではないか。一方の「六国史」においては、「日本書紀」を除き、そのすべてに藤原氏の名が見える。藤原氏がいかに歴史と結びついていたかがうかがえる。

漢詩文隆盛の時代であるものの、和歌は枯渇してしまっていたわけではない。表面上の漢詩文の隆盛の下、和歌伝統は脈々と受け継がれていた。

今の世の中、色につき、人の心花になりにけるより、あだなる歌、はかなき言のみ出でくれば、色好みの家に、埋《う》もれ木の人知れぬこととなりて、まめなる所には、花すすき穂に出すべきことにもあらずなりにたり。[1]

和歌は「色好みの家」に「埋もれ木の人知れぬこととなりて」生き続けていたのだ。公では漢詩文が尊ばれる反面、和歌は水面下に息をひそめていたのであるが、相変わらず「色好み」は和歌をその具として「色好み」であり続けていた。このように考えれば、「色好み」の活動こそ、和歌伝統が守られる一端であるといえよう。

しかし、その「色好み」の和歌は「まめなる所（公的な場所。天皇の御前をさす）」には「出すべきことにもあらず」の状態であった。

二 「古今和歌集」成立前夜

1 国風暗黒時代ということ

大陸から文字とともに文化も流れ込んだ。漢籍を通して儒教思想や仏教も伝来したのは四世紀のことである。

時を経て、九世紀の前半は漢詩文の時代である。大陸から伝来してきたいわゆる外国文化がもてはやされ、外国文化はやがて公のものとして尊ばれるようになる。貴族にとっては、漢詩文が読めること、漢詩文を操れることが当然のこととなり、漢詩文こそが出世のための必須条件であったのだ。

公的記録は漢文体で作成され、政をつかさどる貴族は当然漢詩文をもって自らを表現できなければならない、ということになったのである。

先に引用した「仮名序」にもあるように、「色好み」の家に脈々と和歌は受け継がれており、「色好み」である貴族たちに和歌は私生活における必須のものであったことがわかる。つまりは、貴族は公では漢字・漢詩文を操り、私生活の場においては旧来からの和歌を操っていたということになる。

時折しも、「国風暗黒時代」という風潮にある。漢詩文が当世文化を席巻していて、日本古来の和歌はその陰に隠れていた。ゆえにそれは、「唐風《とうふう》（漢風《かんふう》）謳歌《おうか》時代」といったほうが正しいことになる。朝廷はこぞって漢詩文を奨励し、「漢才《からざえ》」を尊んでいた時代である。その成果として現われたのが勅撰三集であった。

2 「やまとうた」の正統性

「やまとうた」とは、「やまと」の「うた」のことで、「やまと」は「倭」とも表記される。さらに、「倭」は「わ」とも読まれることから、「わ」の「うた」、つまりは「やまとうた」＝「和歌」ということになる。

わが国では文字のない時代から、歌は延々と詠み継がれてきた。文字がない時代なのであるから、音声でその意思は受け継がれていたことになる（口頭伝承）。そのような時代の中、大陸から文字文化が伝来したのである。「仮名序」は次のように書き出されている。

やまとうたは人の心を種として万の言の葉とぞなれりける①

「仮名序」作者は、「やまとうた」の発生から語りおこしている。人の心を種に喩えて、言の葉（言葉）を種から生じる植物に葉に喩えているのである。

その後、「花に鳴く鶯、水に住む蛙」を引き合いに出して、「生きとし生けるもの、いづれか歌をよまざりける」と語る。

力を入れずして天地を動かし、目に見えぬ鬼神をもあはれと思はせ、男女の中をも和らげ、猛き武士の心をも慰むるは歌なり①。

そこに語られているのは、まさに文字がなかった時代の言葉には力があったということを信じさせられるような記述である。文字がなかったからこそ、人の口から発せられる言葉には力があり、人々はその言葉の力によってさまざまなことを畏れ、目に見えぬ存在を目に見えぬ言葉によって鎮めていたのである。**言霊信仰《ことだましんこう》**は古来より人々の暮らしの中に息づいていたのである。ましてや、和歌には、その言葉に節（リズム）が加わることになるのだから、その威力は倍増されよう。

また、「この歌、天地のひらけ初まりける時よりいできにけり」と天地創成の時より歌が存在していたと説き、「イザナキ」「イザナミ」の二柱をはじめとした神々も登場する。

「古今和歌集」「仮名序」の作者は、そのようなことを勅撰和歌集の序文の冒頭に明記することによって、日本人にとって本来言葉とはどのようなものであるのか、そこで詠われてきた和歌というものがどのような意味を持つのか、という正統性をあらためて提示していることになるであろう。

三　二つの序文

1　勅撰ということ

「古今和歌集」は、わが国最初の勅撰和歌集である。「古今和歌集」が規範とした前時代の「万葉集」は私撰和歌集で勅撰ではない。勅撰とは、帝の命令によって書物を編むことで、つまりは先代の「万葉集」は帝の命令によって編まれたものではないということである。

「古今和歌集」編纂を命じたのは、醍醐天皇である。和歌復興の機運が高まっていたとはいっても、時代は未だ「国風暗黒時代」である。

勅撰という事業では「古今和歌集」以前にその事業が見られる。それはいわゆる三勅撰集とよばれる、勅撰漢詩集のことである。醍醐天皇は時代の流れに乗って、勅撰漢詩集を編纂するのならまだしも、下した命は和歌集編纂であったのだ。国家の機運は外国文化を積極的に摂取し、それに追いつけ追い越せという風潮にある。そのもとに編まれたのが三勅撰集だったのであるから、公の仕事としては、漢詩集であるべきはずである。

三勅撰集とは、すなわち、「**凌雲集**《りょううんしゅう》（凌雲新集《りょううんしんしゅう》）」「**文華秀麗**《ぶんかしゅうれい》**集**《しゅう》」「**経国集**《けいこくしゅう》」の三つの漢詩集のことである。嵯峨天皇が漢詩文に傾倒し、勅撰事業を率先した。その間、優れた学者・文学者を多数輩出する。もちろん、漢詩文を弁える者が尊ばれる時代であるから、学者・文学者は漢詩文（外国文学）ができることになる。ひいては、そのような者たちが朝廷を形成していたということである。

以上のことを考えあわせれば、時代の先端は公の表記法でもあるところの漢字・漢詩文にあるので、和歌はむしろ前時代の遺物的存在でしかなく、時代遅れの産物ということになりはしないか。

時代は漢詩文の時代なのである。勅撰事業も漢詩文を編むことであった。嵯峨天皇を中心として目指したものは、遥かに焦がれる大陸文化である。ただし、漢詩の勅撰事業は三勅撰集中の三番目の「経国集」をもって終わる。次の勅撰事業は「古今和歌集」だったのである。大陸文化への憧憬は三勅撰集をもって花開いたものの、長

続きはしなかったということなのである

大陸文字である漢字から、二つの仮名文字（平仮名・片仮名）が生まれ、公的記録は漢字を用いたが私的生活では平仮名が普及する。特に、漢字を男文字（男手）、平仮名を女文字（女手）というのは、当時の表（公）の男と、内（私）の女という明確な図式を表わしているのである。

後世、「古今和歌集」の詠みぶりは、「万葉集」のそれが「**ますらをぶり**（益荒男振り）」と称されるのに対して、「**たをやめぶり**（手弱女振り）」と称されるのも、時代の反映であるとともに、女手による表記法も関係していることなのである。前時代の「万葉集」は、素朴とも雄大とも評される詠みぶりであるのに対し、「今」の時代の「古今和歌集」の詠みぶりは、優雅とも理知的とも評される。それは、「万葉集」との相対的な評価なのである。そのような評価は後世の「新古今和歌集」をも包括し、「三大集」の比較として捉えておくことでもある。

2 「真名序」の存在意義

「古今和歌集」には序文が二つ存在する。平仮名で書かれた「仮名序」と漢字で書かれた「真名序《まなじょ》」である。「古今和歌集」は和歌集であるのだから、大陸文字である漢字で表記するのには無理がある。もっとも、前時代の「万葉集」を生みだした万葉仮名は独特の表記をしたが、この時代の人々が新たに編み出した文字は、漢字を簡略に書きくずした平仮名であった。

平仮名で編まれた「古今和歌集」であれば、わざわざ「真名序」は必要ないのではないのか。「古今和歌集」は勅撰和歌集であるから、「国風暗黒時代」である今、公式に用いられるべき文字は漢字でなければならない。二つの序文のうち「真名序」こそが公的性格に適った形式の表記ということになる。そうであってみれば、公的性格である勅撰集には、公的文字（漢字）を用いた「真名序」こそが序文としての大義名分を果たすことになる。

ただし、「古今和歌集」は和歌集なのであり、その表記は平仮名であるべきである。ところが、平仮名を用いた勅撰集というのは前例がない。そこに「古今和歌集」のジレンマがあり、「真名序」は苦肉の策であったことがうかがえよう。

しかしながら、それが「真名序」が軽視される理由にはならず、たとえば撰者たちの名を並べた後に、「続万葉集」（「仮名序」にはない）のような記述が見え、その編纂過程がうかがえ貴重である。「真名序」の正統性がまかり通っていれば、「古今和歌集」の署名は「続万葉集」であった可能性もある、ということになる。

あるいは、「真名序」には、「昔、平城天子《へいぜいのてんし》、侍臣《じしん》に詔《みことのり》して万葉集を撰ばしむ」とあり、この時代は「万葉集」は勅撰和歌集であったということがうかがえる。

また、「仮名序」に「そもそも、歌のさま、六つなり」とし、唐の詩の分類になぞらえ和歌の修辞法を六つに分類している。これは、「真名序」の「六義《りくぎ》」に拠ったものである（「真名序」の「六義」は、唐の「詩経《しきょう》」の「大序《だいじょ》」の「故《ゆえ》ニ六義アリ」に拠っている）。「仮名序」の分類とは和歌の分類なのであり、それを唐の漢詩の分類になぞらえたところで無理がある。それでも、なぞらえなければならなかったところに、当時の和歌集を勅撰事業で成立させようという苦悩が反映されてもいよう。

「仮名序」は「真名序」に倣ったものであるともいわれるが、時代の流れは「真名」にこそあるべきなのであり、「仮名」による勅撰集自体が異常な状態なのである。

重要視されるべきは「真名序」なのであるが、「古今和歌集」は、仮名文字で編まれるべき和歌集であるのだ。

四 「古今和歌集」が目指したもの

1 「二聖」の時代

「古今和歌集」は、前時代の「万葉集」を規範として編纂されている。「仮名序」に次のような記述がある。

古よりかく伝はるうちにも、ならの御時よりぞひろまりにける。かの御世や歌の心をしろしめしたりけむ。かの御時に、正三位柿本人麿なむ歌の聖なりける。これは、君も人も身を合はせたりといふなるべし。秋の夕、龍田河に流るる紅葉をば帝の御目には錦と見たまひ、春の朝、吉野山の桜は人麿が心には雲かとのみなむ覚えける。また、山部赤人といふ人ありけり。歌にあやしく妙なりけり。人麿は赤人が上に立たむことかたく、赤人は人麿が下に立たむことかたくなむありける。

この人々をおきて、またすぐれたる人も、呉竹のよよに聞え、片糸のよりよりに絶えずぞありける。これよりさきの歌を集めてなむ、『万葉集』と名づけられたりける。①

「ならの御時」とは平城天皇の時代で、それは「かの御世や歌の心をしろしめしたりけむ」という時代であった。「仮名序」は、「すぐれたる人も、呉竹のよよに聞え、片糸のよりよりに絶えずぞありける」中から、「柿本人麿《かきのもとのひとまろ》」と「山部赤人《やまのべのあかひと》」をとりあげ、特に人麿を「歌の聖《ひじり》」と評している。さらに、「人麿は赤人が上に立たむことかたく、赤人は人麿が下に立たむことかたくなむありける」とあることから、「人麿」と「赤人」は同列ということになるわけである。「赤人」もまた「歌の聖」ということになる。二人の「歌の聖」で、つまりは「二聖《にせい》」である。

「仮名序」はこの「万葉集」の時代を「君も人も身を合はせたり」という理想としているのである。そこには具体的な言葉はなく、この二人の「歌の聖」を手放しで讃えていることがうかがえる。

2 「六歌仙」の存在意義

その「二聖」の時代から下ること「年は百年余り、世は十つぎ」、理想とした「万葉集」は遠の昔となり、「古のことをも、歌をも知れる人、詠む人多からず」という状態になってしまっていた。そして「仮名序」は次のように述べる。

近き世にその名聞えたる人は、すなはち、僧正遍照は、歌のさまは得たれども、まことすくなし。たとへば、絵にかける女を見て、いたづらに心を動かすがごとし。

在原業平は、その心余りて、詞たらず。しぼめる花の色なくて匂ひ残れるがごとし。

文屋康秀は、詞はたくみにて、そのさま身におはず。いはば、商人のよき衣着たらむがごとし。

宇治山の僧喜撰は、詞はかすかにして、始め終りたしかならず。いはば、秋の月を見るに暁の雲にあへるがごとし。よめる歌多く聞えねば、かれこれをかよはして、よく知らず。

小野小町は、古に衣通姫の流なり。あはれなるやうにて、つよからず。いはば、よき女になやめるところあるに似たり。つよからぬは女の歌なればなるべし。

大友黒主は、そのさまいやし。いはば、薪負へる山人の花の陰に休めるがごとし。

このほかの人々、その名聞ゆる、野辺に生ふる葛の這ひひろごり、林に繁き木の葉のごとくに多かれど、歌とのみ思ひて、そのさま知らぬなるべし。[1]

いわゆる「六歌仙《ろっかせん》」である。前節の「二聖」とあわせ「二聖六歌仙」と呼びならわされている。この呼称は中世の書物であるとされる「古今和歌集序聞書《こきんわかしゅうじょききがき》」という書物がとりあげたことから、今日、歌の名人の代名詞となっている。

さて、この「六歌仙」であるが、酷評されている。その方法を具体的に見ていけば、まず、実際の歌人の名をあげ、短評を記し、その後に比喩を用いるという形式である。先の「二聖」と比較すれば、六歌仙評は、その評し方もさることながら、具体的かつ詳細化されているといってもよい。これは、時代が「現代」に近いことで、六人を知っているということでもあろう。さらに、その批評は「さま」「心」「詞」を拠り所としてなされていることが読み取れよう。「仮名序」が理想とした歌は、この三要素が調和されたものなのだということができるかもしれない。

ただし、その批評パターンに当てはまらないのが「小野小町」であるが、小町は唯一の女性であることと、当時すでに伝説化されていた人物であるらしいことと関係があろうか。また、このような六歌仙評の中で、小町だけは例外的に批判されていないという見方もあるが、果たしてそうか。その評を好意的に解釈しても、批判されていないということにはなるまい。

以上のことから、「二聖」と「六歌仙」のことをあらためて捉え直してみると、理想とする前時代の「万葉集」の理想的歌人の「二聖」。かたや、「近き世」の有名歌人「六歌仙」。「現代」の人々の記憶に新しい六人の歌人たちは、それぞれ一長一短があって総合的に褒められたものではない、というのが実際の批評の主旨となるだろう。それは、手放しで称賛した「二聖」と比べるほどのことでもないと言わんばかりである。その批評が微に入り細に入りするのは、「仮名序」が具体的批評眼をもって批判しているからなのであり、そこには「今」「古今和歌集」を編纂しているのだ、という編者（撰者）の意思が見え隠れしているといってもよいであろう。

「古今和歌集」は勅撰和歌集であり、それは帝の威信をかけた重要な事業なのである。勅撰でありながらも仮名文字で記されるという矛盾をはらみながら、あえて時代を逆行するような和歌復権を目指す意気込みが、「六歌仙」批評をさせたのである。

「二聖」も「六歌仙」も歌の名人には違いないが、少なくとも「仮名序」での両者の扱い方は、意味合いが異なっているようである。

五 古今和歌集の和歌

1 古今和歌集歌三区分

本節では、実際に古今和歌集入集の和歌にふれる。「仮名序」には「万葉集に入らぬ歌」を集めたとあるが、実際には万葉集歌が五首入集してしまっている。それ以外にも、安倍仲麿の「天の原ふりさけ見れば春日なる三笠の山にいでし月かも」①（巻第九・羇旅歌・四〇六）の歌（後掲）など、万葉時代の歌がいくつか混入している。

「古今和歌集」の和歌は三つの時代に区分される。すなわち、第一期「読人知らずの時代」・第二期「六歌仙の時代」・第三期「撰者の時代」である。

第一期の「読人知らずの時代」は、平安遷都（七九四）から嘉祥二年（八四九）までを想定し、この時期の特徴は歌数も作者名がある歌も少ない。平城天皇や小野篁などが歌を残している。また、読人知らずの歌はこの時代に多く、歌集中四割ほどを占める。「読人知らずの時代」と呼称されるゆえんである。もちろん、読人知らず歌は第一期のみにとどまるものではなく、その後の時期にも存在し、その中から「読人知らず」時代のものを取り上げるのは困難である。

第二期の「六歌仙の時代」は、嘉祥三年（八五〇）から寛平二年（八九〇）までを想定し、仮名序の「近き世にその名聞えたる人」としてあげられる「六歌仙」が活躍した時代である。もっとも、「六歌仙」のうち生没年が明らかなのは、僧正遍照（弘仁七〈八一六〉～寛平二年〈八九〇〉）と在原業平（天長二年〈八二五〉～元慶四年〈八八〇〉）だけであって、この二人の年代から「六歌仙の時代」と呼称される。

第三期の「撰者の時代」は、寛平三年（八九一）～延喜年間（九〇一～九二三）を想定し、古今和歌集編纂に携わった四人の撰者たちが活躍した時代である。それゆえに、「撰者の時代」と呼ばれる。

2　古今和歌集歌三区分の特徴

まずは、第一期「読人知らずの時代」の和歌から、前節で名をあげたものを中心に、その特徴をみていく。

唐土にて月を見てよみける　安倍仲磨
天の原ふりさけ見れば春日なる三笠の山にいでし月かも
（巻第九・羇旅歌・四〇六）

通釈　広々とした大空をはるかに見晴らすと、今しも月が上ったところである。思えば昔、まだ若かった私が唐土に出立する前に、春日の三笠の山の端から上ったのも、今夜と同じようなものであった。①

「読人知らずの時代」以前のものとして明確なのは、右の一首だけである。安倍仲麿は宝亀元年（七七〇）に没している。

前述したように、読人知らず歌から「読人知らず」時代のものを取り上げるのは不可能であろうが、いくつかの情報からそれを読みとることもできよう。

例えば、

題しらず　読人知らず
かはづ鳴く井手の山吹散りにけり花のさかりにあはましものを
この歌はある人のいはく、橘清友《たちばなのきよとも》が歌なり
（巻第二・春歌下・一二五）

通釈　河鹿の鳴いている井手の里の山吹はもう散ってしまった。そうと知ったら早く訪ねてきて、その花の盛りの時期に出会いたいものだったのに。①

ある人のいうところでは、この歌は橘清友の作である。①

左注の情報ではあるが、橘清友は延暦八年（七八七）に没している。

さらには、

（題しらず　読人知らず）
さ夜中と夜はふけぬらし雁が音のきこゆる空に月わたる見ゆ
（巻第四・秋歌上・一九二）

通釈　夜はまさに真夜中にまで更けてきたに相違ない。雁の声が聞こえる空では、月が中空を過ぎるのが見える。①

（題しらず　読人知らず）
月草に衣は摺らむ朝露に濡れてののちはうつろひぬとも
（巻第五・秋歌下・二四七）

通釈　衣に模様をつけるなら、露草の汁でつけるとしよう。その色が朝露に濡れた後で、すぐにさめてしまおうともそれでも私はかまわない。①

右二首は詠歌時代は不明であるが、「万葉集」一七〇一・一三五一と重出歌であるので、前時代の和歌と判断できよう。

奈良の帝の御歌

故郷となりにし奈良の都にも色はかはらず花は咲きけり　（巻第二・春歌下・九〇）

通釈　平城京は廃と都となって荒涼たる旧都になってしまったけれど、色だけは変わらずに、桜の花は咲いたことよ。①

隠岐国に流されける時に、舟に乗りて出で立つとて、京なる人のもとにつかはしける

小野篁朝臣

わたの原八十島かけて漕ぎいでぬと人には告げよ海人の釣舟　（巻第九　羇旅歌四〇七）

通釈　たくさんの島々を目当てとして、私は大海原に漕ぎ出していったと、家人にきっと伝えてくれ。このあたりの舟で釣糸をたれている漁師たちよ。①

右二首の作者は「奈良の帝」「小野篁」であることから、「読人知らず時代」のものと判断できる。この時期の和歌は、当然のことながら前時代の万葉風である。「古今」の「古」の時代に当たり、素朴で抒情味を含むものが多い。

次に「六歌仙の時代」の和歌をみる。「仮名序」の六歌仙評に古注の形であげられている。

西大寺のほとりの柳をよめる　僧正遍照

あさみどり糸よりかけて白露を玉にもぬける春の柳か　（巻第一・春歌上・二七）

通釈　新芽のついた枝を浅緑色の糸を縒り合わせて、白露を美しい玉のようにその糸に貫いている、素晴らしい春の柳であることよ。①

人に逢ひて、朝によみてつかはしける

なりひらの朝臣

寝ぬる夜の夢をはかなみまどろめばいやはかなにもなりまさるかな　（巻第十三・恋歌三・六四四）

通釈　昨夜、あなたと共寝をした夢のような逢瀬がはかなかったので、家に帰ってついうとうとしていると、そのはかなさがますます胸にこみ上げてくることよ。①

題しらず　小野小町

思ひつつ寝ればや人の見えつらむ夢と知りせば覚めざらましを　（巻第十二・恋歌二・五五二）

通釈　あの人のことを何度も恋しく思いながら寝たので、あの人が夢に現れたのだろうか。もし、それが夢と知っていたならば、私は目を覚まさなかっただろうに。

この「六歌仙の時代」に古今風の萌芽をみることもできよう。詠みぶりは七五調が優勢になっていき、自身の胸中を深く見つめ、普遍的な恋を詠じている。また、掛詞や縁語などの表現技巧も駆使されるようになる。ただし、この時代が「仮名序」の「今の世の中」にあたり、和歌が「色好みの家に埋れ木の、人知れぬこととなりて、まめなる所には、花薄穂に出すべきにもあらずなりにたり」①という状態であるということを忘れてはならない。

最後に「撰者の時代」の和歌をみる。

　　桜の花の散るをよめる　　紀友則

久方の光のどけき春の日に静心なく花の散るらむ

（巻第二・春歌下・八四）

通釈　日の光がのどかに照っている春なのに、その春に背いて散る花は、あわただしい、切ない思いで散っているのだろう。①

　　春立ちける日よめる　　紀貫之

袖ひちてむすびし水のこほれるを春立つけふの風やとくらむ

（巻第一・春歌上・二）

通釈　暑かった夏の日に、袖の濡れるのもいとわず、手にすくって楽しんだ山の清水——それが寒さで凍りついているのを、立春の今日の暖かい風が、今ごろは解かしているだろうよ。①

　　池のほとりにて紅葉の散るをよめる　　みつね

風吹けば落つるもみぢ葉水きよみ散らぬかげさへ底に見えつつ

（巻第五・秋歌下・三〇四）

通釈　風に吹かれて池の上に落ちたもみじの葉は、水面を美しく彩っている。そして水が清いために散らないで枝にある葉の影までが波の合間に池の底に見え隠れしてきれいだよ。①

　　あひ知れりける人の身まかりける時によめる

　　壬生忠岑

寝るがうちに見るをのみやは夢といはむはかなき世をもうつつとは見ず

（巻第十六・哀傷歌・八三五）

通釈　寝ている間に見るものだけを夢といっていいのだろうか。そんなことはない。はかない現実の出来事も、私は現《うつつ》（現実）などとは考えておりませんよ。①

撰者の四人の他にも素性法師・藤原興風・伊勢などが

活躍した時代でもある。

　寛平御時、御屛風に歌書かせ給ひける時、よみて書きける　素性法師

忘れ草なにをか種と思ひしはつれなき人の心なりけり　（巻第十五・恋歌五・八〇二）

通釈　忘れ草という草の種は何であるかと思ったら、薄情な人の心がそれだったのだなあ。

　寛平御時后の宮の歌合の歌　藤原興風

咲く花はちくさながらにあだなれど誰かは春をうらみはてたる　（巻第二・春歌下・一〇一）

通釈　咲く花はどれもこれもすべて散り足の早いことは人の移り気と同様であるが、そういう花を咲かせる春に恨みおおせることができる人があるだろうか。①

　帰る雁をよめる　伊勢

春霞立つを見すてて行く雁は花なき里に住みやならへる　（巻第一・春歌上・三一）

通釈　春霞が野山に立ちこめるよい季節になったのに、それを見捨てて北の国に帰ってゆく雁は、花の咲かない里に住むくせがついているのだろうか。①

　この「撰者の時代」になると、歌合が盛んに行われるようになる。歌が収集されて、その歌によって歌人が評価されるようになる。ようやく和歌が「仮名序」の「まめなる所」に出せるようになってきたということである。「六歌仙の時代」よりも、掛詞や縁語・比喩といった表現技巧が進み、言葉遊びの風体をなす歌も見られるようになる。このことは、歌が現実の世界から離れ言葉自体の世界を作り得るほどになったということでもあろう。見立てや擬人化が駆使されるゆえんである。「古今」の「今」に当たる時代である。

六　「古今和歌集」から物語文学へ

1　異常な状態の「古今和歌集」の詞書《ことばがき》

「古今和歌集」七四七番歌は次のような状態である。

　五条后宮の西の対に住みける人に、本意にはあらでもの言ひわたりけるを、睦月の十日余りになむ、ほかへ隠れにける。在り所は聞きけれど、えものも言はで、またの年の春、梅の花盛りに、月のおもしろかりける夜、去年を恋ひてかの西の対にいきて、月の傾くまであばらなる板敷きに臥せりて

よめる　　在原業平朝臣
月やあらぬ春や昔の春ならぬわが身ひとつはもとの身にして①

この詞書の長さ（量）は異常であって、他の和歌の詞書と比べてみるとその長さ（量）がいかに逸脱しているか一目瞭然である。たとえば、「古今和歌集」巻第一・一番歌は次の状態である。

ふる年に春立ちける日よめる　　在原元方
年のうちに春は来にけりひととせを去年とやいはむ今年とやいはむ①

また、次の歌も、

春立ちにける日よめる　　紀貫之
袖ひちてむすびし水のこほれるを春立つけふの風やとくらむ①

このように、例外はあるが、詞書の長さ（量）は長くてもせいぜい二、三行である。

詞書の機能は、その歌が詠われた事情説明をするものであり、簡略を宗としていることがうかがえよう。

2　明確な詠者（和歌作者）と語られない物語主人公

次に、「古今和歌集」七四七番歌と同じ内容のものが、「伊勢物語」四段にも見られる。

むかし、東の五条に　大后の宮おはしましける西の対に住む人ありけり。それを、本意にはあらで、心ざしふかかりける人、ゆきとぶらひけるを、正月の十日ばかりのほどに、ほかにかくれにけり。あり所は聞けど、人の行き通ふべき所にもあらざりければ、なほ憂しと思ひつつなむありける。またの年の正月に、梅の花ざかりに、去年を恋ひていきて、立ちて見、ゐて見、見れど、去年に似るべくもあらず。うち泣きて、あばらなる板敷に月のかたぶくまでふせりて、去年を思ひいでてよめる

月やあらぬ春やむかしの春ならぬわが身ひとつはもとの身にして

とよみて、夜のほのぼのと明くるに、泣く泣くかへりにけり。②

両者（「古今和歌集」七四七・「伊勢物語」四段）の中心にある歌は（引用テキストによる漢字変換の差はあるが）全く同じもの。その話の内容も同様である。

それでも、両者同様の内容ではあるけれども、同一のものではない。同一ではないことが差異ということなのであり、その差異はどのような差異であるのか。もちろん、和歌集と物語というジャンルの差が、そうさせているということになるのではあるのだが。

歌の内容は文字遣いの違いを除いて、同一のものであると判断できる。そうなると、その差異は和歌集の詞書と物語の地の文とに求めることになる。

形式上の顕著な差異は、和歌集の形態である歌主文従のものと、地の文が主となる物語のそれということになる。和歌集には作者名が明記され、一方の物語には主人公の具体的明記はなく、あくまで一人の「男」のこととして物語られている（引用した「伊勢物語」四段には「男」の表記はなく、「心ざしふかかりける人」であるが、便宜上今は「男」と記す）。

そもそも、和歌集の詞書は、その歌が詠われた事情説明をするというのがその役割なのであり、すべては歌のための補助的な役割でしかない。記述は簡略であるべきで、その詠み手の感情のすべては歌において発現されるものである。

一方の物語はどうか。「伊勢物語」は歌物語であるから、歌の重要性はさることながら、語りの部分である地の文も重要である。物語は、匿名の「男」を語る。語りの目線は「男」のもので、いつしか聞き手（読み手）は「男」の目線で物語にある。

顕著なもの（物語の機能ということにもなろう）は、「むかし」という語で、これは時空を超えるという意味性を持つ。「むかし」をあらためて記し直せば、「むかしむかしあるところにおじいさんとおばあさんがおりました」というよく耳にした「昔話」の語り口に行きつくことになる。つまりは、「むかし、男ありけり」という語りは、「今ではないむかし」のことであり、「特定の誰かではない不特定の誰か」、さらには「ここではないどこか」ということを示しているのである。

引用した「伊勢物語」四段では、場所（「東の五条」）が語られてはいるが、その語り口は物語の常套であることには変わりはない。

そこには、「心ざしふかかりける人」（男）の思いが語られている。たとえば、「立ちて見、ゐて見、見れど」という表現はどうであろうか。どれも「見る」行為なのであるが、このように語られる理由は何であろうか。物語が語りたいのは、「男」の正体なのではない。それは「男」の思いなのであり、語り手がその思いを語っているのである。

では、どうして和歌集の詞書はそれを記さないのか。あるいは、物語はどうしてそれを語るのか。ポイントはそこにあるということになる。

和歌集は、和歌において作者の感情の発露を旨とし、その和歌のための補助的役割でしかない詞書は、より簡略にという姿勢である。ゆえに、そこには感情は必要ではない。そして、詠み手（作者名）が明白である。

では、「古今和歌集」七四七の詞書の異常性はどのような理由であるのか。それは、「古今和歌集」と「伊勢物語」の成立に関連することでもある。文学史的に「古今和歌集」が「伊勢物語」より先んじるが、「古今和歌集」より先に「伊勢物語」があって、それを撰者たちが参考資料とし、詞書に編集しなおしたという可能性も明確に否定できるものではないだろう。

トピック 失われた本文と紛れ込む注釈

「新編日本古典文学全集」（小学館）は、三段組みのページ構成をとっている。本文を中段に据え、上段は注釈、下段には口語訳という体裁である。

本稿で論考の対象としている「古今和歌集」では、中段の本文部分に「古注釈」が混入している。小学館ではそれを小活字で表記することで、特に本文部分との差別化を図っている。これは「写本」ということと大いに関係がある。

延喜五年（九〇五）に成立した「古今和歌集」のオリジナルは存在しない。日本の古典文学作品のオリジナルはせいぜい中世末期くらいまでで、それを遡ることはない。それは紙の問題があり、さらにはその紙を喰らう紙魚《しみ》の問題があり、そして多くの戦火があった。紙は当時非常に貴重なもので、百パーセント天然素材で作られている。それゆえ、それを食料とする紙魚という虫が紙を喰らうのである。その紙魚対策として虫干しをしたのである。紙魚に喰われることを逃れても、平安期から鎌倉期にかけての多くの戦火によって紙の書物は焼失を余儀なくされた。多くの古典文学作品はこの三禍によって散逸の憂き目に遭っている。

当時、古典文学作品は書写によって広まった。人々は自らの手で、貴重な紙に書写したのである。たとえば、貴人付きの女房がそれをしたのであろう。その際、オリジナル本文とは差異が生じることとなる。もちろん人の手によるものであるから、間違いや誤写、さらには故意の省略や増補もあったと推測できる。それが「注釈」のようなものを生みだしていったのではあるまいか。

そもそも注釈とは、本文の難解や不明を説明したり補ったりするものである。書写の過程で書写者たちは、書写を命じた主人のために言葉を補い、理解を助けるために注釈を付した。それは今日では「本文改竄」という大罪に値するが、当時の書写者たちにそのような意識はない。ゆえに、小学館の小活字での差別化は、実は微妙な表記態度で、活字化する際底本とした写本がどのように記しているかによって明暗が分かれる。つまりは、底本としている写本が本文と注釈を意識して分けているのであれば、本文と注釈は別物であってそのように意識して活字化した小学館は正しい、といってよい(注)。

しかし、底本が本文と注釈部分を分けずに同等に記しているのであれば、注釈部分だと判断する箇所が元からの本文部分である可能性も否定はできないということになる。オリジナル「古今和歌集」が存在しない以上、証明のしようがないのである。

現存する写本によっては、本文と注釈部分とが分けて書かれているもの（たとえば、別の次元で明記している）と、本文と注釈を同じレベルで記しているものもある。

一元的に活字化されている現在において、そのような意識は希薄化されつつあるが、自分たちが目にしている古典文学作品が多くの手を経て「書写」された上で、現代まで読み継がれているのだということを忘れてはならない。それは失われたオリジナル作品を想起することでもあるし、あらたな解釈の可能性を模索することでもある。そして、むしろ積極的に「写本」にふれ、あらゆる可能性を追求する姿勢を常日頃から保つ必要があるだろう。

（注）『古今和歌集』新編日本古典文学全集の「仮名序」掲載図版参照。

参考文献

●小沢正夫・松田成穂校注・訳『古今和歌集』新編日本古典文学全集、小学館、平成六年。
●小町屋照彦訳注『古今和歌集』ちくま学芸文庫、平成二十二年。
●片桐洋一訳・注『古今和歌集』笠間書院、平成十七年。
●高田祐彦訳注『新版古今和歌集』角川文庫、平成二十一年。
●小島憲之・新井栄蔵校注『古今和歌集』新日本古典文学大系、岩波書店、平成元年。
●杉谷寿郎・菅根順之・半田公平編『増補改訂　古今和歌集』新典社、平成元年。

理解を深めるための参考文献

●森正人・鈴木元編『文学史の古今和歌集』和泉書院、平成十九年。
●横井金男・新井栄蔵編『古今集の世界――伝統と享受』世界思想社、昭和六十一年。
●渡辺秀夫『詩歌の森――日本語のイメージ』大修館書店、平成七年。
●小沢正夫『古今集の世界』塙選書、昭和三十六年。
●秋山虔『王朝の文学空間』東京大学出版会、昭和五十九年。

関連作品の案内

●『新編国歌大観第一巻勅撰集編歌集』角川書店、昭和五十八年。
●『古今和歌集』新日本古典文学大系、岩波書店、平成元年。
●『古今和歌集』新編日本古典文学全集、小学館、平成六年。
●『後撰和歌集』新日本古典文学大系、岩波書店、平成二年。
●『拾遺和歌集』新日本古典文学大系、岩波書店、平成二年。
●『後拾遺和歌集』新日本古典文学大系、岩波書店、平成六年。
●『金葉和歌集　詞花和歌集』新日本古典文学大系、岩波書店、平成元年。
●『千載和歌集』新日本古典文学大系、岩波書店、平成五年。
●『新古今和歌集』新日本古典文学大系、岩波書店、平成四年。
●『新編国歌大観第一巻勅撰集編歌集』角川書店、昭和五十八年。
●『群書類従第八輯装束部文筆部』続群書類従完成会、昭和三十五年。
●『竹取物語伊勢物語大和物語平中物語』新編日本古典文学全集、小学館、平成六年。
●『私家集大成』明治書院、昭和四十八年～五十一年。
●『万葉集』新編日本古典文学全集、小学館、平成六年～八年。

知識を確認しよう

問題

(1) 「古今和歌集」新編日本古典文学全集、小学館、22頁11行「仮名序」に「色好み」という語が用いられているが、下段の該当の口語訳では「好色者《すきもの》」となっている。「色好み」と「好色」の概念規定を明確にし、この矛盾を説明しよう。

(2) 「古今和歌集」七四七番歌と「伊勢物語」四段の差異はどうして生じるのか、それぞれの具体的表現を引用しつつ説明してみよう。

解答への手がかり

(1) 「色好み」と「好色」はどのように違うのかということを辞書的意味で明確にし、「古今和歌集」成立の背景、さらには、「仮名序」の文脈と「仮名序」作者の立場を明確に捉えて総合的に説明すること。

(2) 両者、同内容であることを確認すること。目指すべきは、和歌集と物語というジャンルの違い、という到達点でよいが、どうして和歌集と物語だとそのような違いが生じるのかという説明は必須である。論述の姿勢として、両者から自身の説明しようとすることの最も効果的な具体的表現を抜き出すことを忘れないこと。

第5章　中世（一）方丈記と徒然草を読む

本章のポイント

源平の争乱後、鎌倉幕府が成立し、「武者の世」が到来するが、宮廷和歌の文化は保持され、後白河院は『千載和歌集』を、後鳥羽院は『新古今和歌集』を撰進させた。両勅撰集の歌人でもあった鴨長明は、出家後の草庵生活の中で執筆した『方丈記』のほかにも、歌論書『無名抄』、仏教説話集『発心集』などを著した。鎌倉幕府の滅亡後、足利尊氏によって室町幕府が開かれるが、やはりその混乱の世相のうちに、二条派の歌人でもある兼好法師によって『徒然草』が執筆された。いずれも激動の時代に遭遇し、隠者として閑居生活を送っているが、その中でどのように思索し、表現したのか。『方丈記』『徒然草』を読むことにより、中世の表現世界について考える。

一 中世文学における『方丈記』

1 中世の草庵と隠者文学

中世の文学では、西行法師のように出家・遁世し、俗世を離れて山里の草庵において閑居生活を営み、あるいは自由に山野を旅する人々が登場する。またそのような生き方に共感し、あこがれる人々も多くあらわれるようになり、**隠者文学**や草庵文学といわれる表現世界の伝統が形成された点に大きな特色を認めることができる。

鴨長明は、『方丈記』の後半部において、出家後の閑居生活の様子や心境について述べているが、次にあげるように草庵の内部にいたるまで実に具体的に描いており、典型的な草庵文学ともいってよい。

いま、日野山の奥に跡をかくして後、東に三尺あまりの庇《ひさし》をさして、柴折りくぶるよすがとす。南、竹の簀子《すのこ》を敷き、その西に閼伽棚《あかだな》を作り、北に寄せて障子をへだてて阿弥陀の絵像を安置し、そばに普賢を掛き、前に法華経を置けり。東のきはに蕨《わらび》のほどろを敷きて、夜の床とす。西南に竹の吊棚をかまへて、黒き皮籠《かはご》三合を置けり。すなはち、和歌・管絃・往生要集ごときの抄物《せうもつ》を入れたり。かたはらに、琴・琵琶おのおの一張を立つ。いはゆる、折琴・継琵琶これなり。仮の庵のありやうかくのごとし。①

以下の叙述部分にも、草庵での生活、体験、思索などが描かれているが、和歌・管絃など「黒き皮籠」に収められた書物によって、孤独な心を慰められることも多かったようである。また実際に『方丈記』の中には多様な古典作品の引用が認められることもよく知られている。

兼好も『徒然草』において、「心細く住みなしたる庵」（第一一段）への共感を示し、「つれづれわぶる人は、いかなる心ならん。まぎるるかたなく、ただひとりあるのみこそよけれ」（第七五段）と記して閑居をすすめているが、その孤独な生活での心を慰めるものとして、古典とのふれあいについても述べている。

ひとり灯のもとに文をひろげて、見ぬ世の人を友とするぞ、こよなうなぐさむるわざなる。

文は、文選のあはれなる巻々、白氏文集、老子のことば、南華の篇。この国の博士どもの書ける物も、いにしへのはあはれなる事多かり。②（第一三段）

前段では「まめやかな心の友」（第一二段）を得ることの

難しさを嘆いているが、本段ではそれに代わるものとして、書物（古典）を媒介にして「見ぬ世の人を友とする」ことを説いている。本章では、『方丈記』と『徒然草』という中世の隠者たちによる随筆文学をとりあげ、その表現世界の諸相や特質について確認し、また前述したような古典との関わりをめぐる問題も考えていくこととしたい。

2　鴨長明とその文学活動

鴨長明は、京都の下鴨神社（賀茂《かもの》御祖《みおや》神社）の正禰宜長継の二男として生まれた。応保元年（一一六一）、中宮叙爵により従五位下となった。この折の中宮は、二条天皇の中宮で、妹子内親王（後に高松女院）であった。長明は父とは早く死別し、「みなし子」（『源家長日記』など）意識をもっていたことが知られる。和歌を歌林苑の主宰者でもあった俊恵法師に学び、琵琶を中原有安《なかはらのありやす》（建久五年〔一一九四〕に楽所預）に師事した。和歌は、勅撰歌人としては『千載和歌集』初出（一首入集）であり、その前後から活躍するようになる。やがて『正治二年院第二度百首』に詠進するなど、後鳥羽院主催の歌会・歌合に参加し、院に認められるようになった。建仁元年（一二〇一）年和歌所再興の時に寄人に任命され、「夜昼奉公怠らず」（『源家長日記』）和歌所に精勤するが、元久二年（一二〇五）、院主催の『元久詩歌合』に四首詠進した後、洛北大原山に出家した。法名は蓮胤と称した。

承元二年（一二〇八）頃、京都の南、日野に移住し、建暦元年（一二一一）飛鳥《あすか》井《い》雅経《まさつね》の推挙により鎌倉に下向、将軍源実朝《みなもとのさねとも》に面会する。翌年三月末、日野の外山の方丈の庵において『方丈記』を執筆し、その四年後の建保四年（一二一六）に没する。行年六十二歳とする説に従えば、久寿二年（一一五五）の出生となる。長明の没年月については、陽明文庫所蔵『月講式《がっこうしき》』が伝存し、建保四年（一二一六）閏六月十日（八日、または九日とも）であることが知られる。『月講式』は、執筆者である禅寂《ぜんじゃく》（日野長親《ながちか》。大原如蓮上人）の識語によれば、親交のあった蓮胤（長明）から生前依頼されていたものであったが、事を果たせぬまま蓮胤が没したので、建保四年七月十三日に式文をしたため、三十五日の追善供養の夜、霊前にささげたとされるものである。

長明の著作には『方丈記』のほか、説話集『発心集《ほっしんしゅう》』、歌論書『無名抄《むみょうしょう》』がある。歌学書『瑩玉集《えいぎょくしゅう》』も伝わるが、長明仮託書とみられる。家集に『鴨長明集』、紀行文に『伊勢記』（『夫木和歌抄』などに逸文が伝存）がある。『徒然草』（第一三八段）に引かれる『四季物語』も長明作とされるが、現存本は後人の偽作である。勅撰歌人としては前述のように『千載和歌集』初出であるが、『新古今和歌集』には一〇首入集し、それなりの評価を得た。『無名抄』では、後鳥羽院歌壇の様子や主要歌人たちの逸話を記すとともに長明自身の活躍、和歌観などについても語っている。

長明の生涯をみると、文芸面では歌人として出発し、その才能も認められて、後鳥羽院歌壇に参加することになるので、とりわけ和歌活動が重要な意義をもった。鎌倉期の説話集『十訓抄《じっきんしょう》』（建長四年（一二五二）成立）にも長明の出家や『方丈記』の著作についての逸話が記され、

近ごろ、鴨社の氏人に菊大夫長明といふものありけり。和歌、管絃の道に、人に知られたりけり。社司を望みけるが、かなはざりければ、世を恨みて、出家してのち、同じくさきだちて、世を背きける人のもとへ、いひやりける、

いづくより人は入りけむ真葛原《まくずはら》秋風吹きし道よりぞ来《こ》し

深き恨みの心の闇は、しばしの迷ひなりけれど、この思ひをしもしるべにて、真の道に入るといふこそ、生死《しやうじ》、涅槃《ねはん》ところ同じく、煩悩、菩提一つなりけることわり、たがはざりとおぼゆれ。…③

（『十訓抄』第九）

と語られている。和歌・管絃の両道にすぐれていたことが伝えられていて、その時代における歌人・楽人としての長明像をうかがわせる点でも注意されよう。

3 『方丈記』の伝本

『方丈記』の諸本は、（一）広本系統と（二）略本系統の二種に分けて考えるのが通説となっている。

●広本系統

①古本系統、②流布本系統。

●略本系統

③長享本系統、④延徳本系統、⑤真字本。

二種の伝本において、広本系統の①古本系統のうち、大福光寺本（鎌倉時代写）が最も古く、長明自筆とも伝えられる。②流布本系統は、古本系統にはない次のような

異文A・Bを有している。

A その中に、ある武者のひとり子の、六つ七つばかりに侍りしが、築地《ついぢ》のおほひの下に、小家をつくりて、はかなげなるあどなしごとをして、遊び侍りしが、俄《にはか》にくづれ、埋められて、跡かたなく、平にうちひさがれて、二つの目など、一寸ばかりづつうち出だされたるを、父母かかへて、声を惜しまず悲しみあひて侍りしこそ、あはれに、かなしく見侍りしか。子のかなしみには、たけきものも恥を忘れけりと覚えて、いとほしく、ことわりかなとぞ見侍りし。

B おほかた、世をのがれ、身を捨てしより、恨みもなく、恐れもなし。命は天運にまかせて、惜しまず、いとはず。身は浮雲になずらへて、頼まず、まだしとせず。一期《いちご》の楽しみは、うたたねの枕の上にきまり、生涯の望みは、をりをりの美景に残れり。④

Aの異文は、地震によりわが子を亡くした痛ましい光景の描写で、古本系統における大地震の記事「恐れの中に恐るべかりけるは、ただ地震なりけりとこそ覚え侍りしか」の後にある。Bの異文も、古本系統の後半部にみえ、「それ三界は、ただ心一つなり」で書き出される部分の直前に位置している。それぞれ作者自身による推敲のあとをとどめるものか、後人による加筆か、議論の分かれるところでもある。

略本系統の本文は、広本系統にある五大災厄（安元の大火・治承の辻風・福原遷都・養和の飢饉・元暦の大地震）の記述がないのを大きな特徴とする。作品の後半部の方丈の庵の情況、文の末尾も異なっている。

③長亨本は、長亨二年（一四八八）英源の奥書を有し、延徳本にはない閻魔《えんま》法皇呵責《かしゃく》の条を有する。④延徳本は、延徳二年（一四九〇）三月上旬、肖栢の奥書があり、長亨本には見えない折琴・継琵琶の条を有する。

略本の真偽をめぐる問題のほか、略本間の本文の差異や、また広本と略本との関係についても、その成立の前後関係の問題を含めて諸説がある。『方丈記』広本にみえる五大災厄の記事は、『平家物語』諸本が利用していることが知られ、すでに中世においても、その災害描写についてはすぐれた表現として、かなり早くから受容されたことが確認できるので、そうした享受史との関連からも検討すべき問題がある。

4 『方丈記』の構想

『方丈記』前半部が、安元の大火・元暦の大地震など、五大災厄をさながら地獄絵巻のように描くのに対して、後半部は、日野の方丈の庵での「閑居の気味」を語るもので、作品構成としても好対照をなしている。草庵の内部の様子や四季を描写、そこでの閑居生活を賛美し、和歌・管絃により心を慰め、好寄《すき》の生活を楽しむ長明の姿が、実にのびやかに格調高く語られている。前半部の無常な「都」のありようと対比されたかたちで、草庵での閑居生活の充足感が強調されていて、それだけで完結した作品としても読める内容である。しかし、後半部末尾においては、そうした草庵生活に執着する心のあり方をも汚れたものとして自己批判する作者の姿が記される。

> 静かなるあかつき、このことわりを思ひつづけて、みづから心に問ひて言はく、世を逃れて、山林にまじはるは、心を修めて道をおこなはむとなり。しかるを、汝、姿は聖人《ひじり》にて、心は濁りに染めり。栖《すみか》はすなはち、浄名居士《じやうみやうこじ》の跡をけがせりといへども、たもつところは、わづかに周梨槃特《しゆりはんどく》が行ひにだに及ばず。もし、これ、貧賤の報のみづからなやますか、はたまた、妄心《まうしん》のいたりて狂せるか。その時、心、さらに答ふる事なし。ただ、かたはらに舌根《ぜつこん》をやとひて、不請阿弥陀仏《ふしやうのあみだぶつ》、両三遍申してやみぬ。
>
> 時に、建暦の二年、弥生のつごもりごろ、桑門の蓮胤、外山の庵にして、これをしるす。①

このようなきびしい自問自答によって、結局のところ答えが得られないままに作品は閉じられることになるが、その結末部分の表現のあり方、理解については、「不請阿弥陀仏」の解釈の問題とともに諸説があり、いまだに定説をみない。

『方丈記』が慶滋保胤《よししげのやすたね》の『池亭記』（『本朝文粋』所収）に依拠して作られたことは、すでに江戸時代の方丈記注釈書などにも指摘されており、用語、措辞の面だけではなく、構想・形式においてきわめて深い関わりをもっていることがその後の研究においても明らかにされている。したがって平安時代からの漢文学の伝統でもある「記」の文学として執筆、構想されたことを重くみて、そうした表現形式をも踏まえ、漢文ではなく仮名によって書いたところに革新的な創作意図が認められるとする見解もある。長明の『無名抄』には、「仮名に物を書くこと」について、和語・漢語の使用方法、対句の頻用の問題などを含めて、具体的な見解が記されているので、文章形式、文体については、かなり自覚的であったことは確かである。また、『発心集』という仏教説話集の編纂者としての長明像や、その思想的な立場との関連から、『方丈記』末尾の一節に、レトリックや長明のポーズなど、計算された表現、用意周到な構成があるとする読み方もある。

二 『方丈記』の表現世界

1 『方丈記』序章の表現

ゆく河の流れは絶えずして、しかももとの水にあらず。よどみに浮かぶうたかたは、かつ消えかつ結びて、久しくとどまりたるためしなし。世の中にある人と栖と、又かくのごとし。……①

右の『方丈記』序章部分の表現については、『文選《もんぜん》』の「歎逝賦《たんせいふ》」によるとする見解（『十訓抄』など）もあるように、古くからさまざまな漢籍・仏典などの先行作品を踏まえながら書かれたものとする読み方がなされている。以下に続く「人と栖」の「無常」の表現は、『和歌初学抄』（藤原清輔著）の「昔より言ひならはしたる事」の条にも記されるように、「はかなき事には、ツユ　アサガホ　ウタカタ　ユメ　マボロシ　水ニヤドル月　ウキグモ　ツキクサ」という和歌的な用語、修辞表現などによっているとみられる。『方丈記』は、歌語・漢語が巧みに用いられた和漢混交文による作品として、すぐれた文学的達成が認められるとして評価されているが、それらは歌人としての長明の文学的素養によるところもあろう。

2 『方丈記』と『平家物語』

『方丈記』前半部の安元三年（一一七七）の大火の描写は、前述したように『平家物語』にも取り込まれていく。

同《おなじき》四月廿八日亥剋斗《ゐのこくばかり》、樋口富小路《ひぐちとみのこうぢ》より火出で来て、辰巳《たつみ》の風はげしう吹ければ、京中おほく焼けにけり。大きなる車輪の如くなるほむらが、三町五町へだてて戌亥《いぬい》のかたへすぢかへに、とびこえとびこえ焼けゆけば、おそろしなどもおろかなり。或は具平親王の千種殿《ちくさどの》、或は北野の天神の紅梅殿、橘逸成《きついつせい》のはひ松殿、鬼殿・高松殿・鴨居殿《かもゐどの》・東三条、冬嗣《ふゆつぎ》のおとどの閑院殿、昭宣公《せうぜんこう》の堀川殿、是を始めて、昔今の名所卅余箇所、公卿の家だにも十六箇所まで焼けにけり。其外、殿上人、諸大夫《しよだいぶ》の家々は記すに及ばず。はては大内にふきつけて、朱雀門《しゆしやくもん》より始めて、応天門《おうでんもん》・会昌門《くわいしやうもん》、大極殿《だいこくでん》・豊楽院《ぶらくゐん》、諸司、八省、朝所《あいたんどころ》、一時が内に灰燼《くわいじん》の地とぞなりにける。家々の日記、代々の文書、七珍万宝さながら塵灰《ちりはひ》となりぬ。其間の費《つひ》へいか斗ぞ。人の焼け死ぬる事数百人、牛馬のたぐひは数を知らず。是ただ事に非ず、山王の御とがめとて、比叡山より大きなる猿どもが二三千おりくだり、手々《てんで》に松火《まつび》をともいて京中を焼くとぞ、人の夢にはみえたりける。⑤

（『平家物語』覚一本、巻一、内裏炎上）

安元の大火は、平家一門の滅亡の歴史の一齣として位置付けられ、語られていくが、『方丈記』においては「人と栖」の無常なさまを示すものとしてリアルに描いており、事件の捉え方、視点が明らかに異なる。それは、同様に内裏近くで起こった火災をとりあげている『建礼門《けんれいもん》院右京大夫集《いんのうきょうのだいぶしゅう》』の視点などとも異なるといえる。

いづれの年やらむ、五節《ごせち》のほど、内裏ちかき火の事ありて、すでにあぶなかりしかば、南殿《なでん》に腰輿《えうよ》まうけて、大将をはじめて衛府のつかさのけしきども、心々におもしろく見えしに、おほかたの世のさわぎも、ほかにはかかることあらじとおぼえしも、忘れがたし。宮は御手車にて行啓あるべしとぞ聞こえし。小松のおとど、大将にて、直衣《なほし》に矢負ひて、中宮の御方へ参り給へりしことがらなど、いみじうおぼえき。

雲のうへはもゆるけぶりにたちさわぐ人のけしきも目にとまるかな⑥　（五八）

建礼門院右京大夫が家集中に記したこの火災は、安元元年（一一七五）十一月二十日の火事（『清獬眼抄《せいかいがんしょう》』）の折のことかとも推定されているが、火災のありさまよりも、「南殿」（紫宸殿）において、高倉天皇の中宮徳子（建礼門院。平清盛の娘）たちを避難させるために、「小松のおとど」（平重盛。清盛の嫡男）たち平家の公達が凛々しくふるまう姿を描いているのである。建礼門院の女房として自らもその宮廷の中で過ごした日々を回想し、今は滅亡した平家一門の過去の栄華の一場面を記憶として記しとどめようとするもので、女房日記的な視点といえよう。

また、治承四年（一一八〇）の辻風についても、『平家物

語』においては、『方丈記』の描写を取り込みながら、

　同《おなじき》五月十二日午剋ばかり、京中には辻風おびたたしう吹いて、人屋おほく顚到《てんだう》す。風は中御門京極よりおこッて、未申《ひつじさる》の方へ吹いて行くに、棟門平門《むねかどひらかど》を吹きぬきて、四五町十町吹きもてゆき、けた・なげし・柱などは虚空《こくう》に散在す。檜皮《ひはだ》、ふき板のたぐひ、冬の木葉《このは》の風に乱るるが如し。おびたたしうなりどよむ事、彼の地獄の業風なりとも、これには過ぎじとぞみえし。ただ舎屋の破損するのみならず、命を失なふ人も多し。牛馬のたぐひ、数を尽して打ころさる。是ただ事にあらず、御占《みうら》あるべしとて、神祇官にして御占あり。「いま百日のうちに、禄をおもんずる大臣の慎み、別しては天下の大事、並に仏法王法共に傾《かたぶ》いて、兵革《ひやうがく》相続《さうぞく》すべし」とぞ、神祇官、陰陽寮《おんやうれう》ともにうらなひ申しける。⑤

（覚一本、巻三・飇《つじかぜ》）

と記すが、前の事件の記述との関連から、「同」は、治承三年（一一七九）のこととなり、史実（治承四年四月二十九日。玉葉・明月記・山槐記など）とは明らかに異なる年時の災害として語っている。それは、次章の「医師問答」において重盛の死去（治承三年八月一日）に繋がる予兆的事件として描くためで、物語としての虚構によるものである。

　このように、『平家物語』や周辺の関連作品と比較対照しながら読み進めていくと、『方丈記』の表現世界はもとより、それぞれの作品の構想や特質もより明らかになる。

三　中世文学における『徒然草』

1　兼好とその文学活動

　兼好《かねよし》は、治部少輔卜部兼顕《じぶのしょううらべのかねあき》の子として生まれた。俗名は兼好。出家後は、音読して法名としている。兄弟には天台宗の大僧正慈遍《じへん》や後二条天皇に仕えた兼雄《かねお》などがいる。卜部家は神職の家で、吉田神社の祠官を勤めたために、兼熙《かねひろ》の代から吉田氏と称するが、これは兼好の没後のことであり、吉田神社と直接の関係はない。吉田兼好と称するのは後世の俗称ということになる。若くして久《こ》我《が》家、とくに堀河具守《とももり》の家司（諸大夫）を勤め、具守の娘の基子の生んだ邦治親王が後二条天皇（後宇多天皇の第一皇子）となった縁により、六位蔵人として出仕、さらに従五位下左兵衛佐に任ぜられた。その後、天皇の崩御など

に遭い、宮廷を退出、正和二年（一三一三）以前に出家し、修学院や横川《よかわ》に隠棲した（以上の兼好伝は、『尊卑分脈』所載の「卜部氏系図」等による推定であったが、最近この系譜が後世に捏造されたものであることが指摘され、兼好の出自・経歴については不明ともされる）。『兼好法師集』によると、関東の武蔵国金沢に少なくとも二度は下向していることが知られる。

兼好は、歌人としても知られ、頓阿《とんあ》・慶運《けいうん》・浄弁《じょうべん》らとともに二条為世（建長二年〔一二五〇〕～延元三年〔一三三八〕）門下の和歌四天王の一人に数えられている。為世からは『古今集』の二条家説を受講、二条家証本を借覧、書写している。『続千載和歌集』に一首入集したほか、『続後拾遺和歌集』『風雅和歌集』にも各一首入集し、生前に勅撰歌人としての名誉に輝いている。康永三年（一三四四）、足利直義《なおよし》勧進の「高野山金剛三昧院奉納短冊」の作者となり、五首詠進するなど、公武双方に関わりながら和歌活動も行っている。『兼好法師集』は、自撰家集であり、自筆本（前田尊経閣文庫所蔵）が現存している。

貞和二年（一三四六）、醍醐寺三宝院の賢俊《けんしゅん》僧正（足利尊氏の政治顧問）に従って伊勢に下向した（『賢俊僧正日記』）ことが知られるほか、同四年には高師直《こうのもろなお》（尊氏の執事）に近侍するなど武家への接近もみられる。

兼好が死去した年時、場所は不明であるが、最晩年とみられる事跡として、観応三年（一三五二）八月二十八日の日付をもつ『後普光園院殿《ごふこうおんいんどの》御百首』（後普光園院は、摂政関白となった二条良基の諡《おくりな》）に頓阿・慶運とともに加点していることが知られるので、この時までの生存が確認できる。かりに弘安六年（一二八三）誕生説に従えば、この年は七十歳にあたる。

2 兼好と宮廷社会

『徒然草』の作者としての兼好について記された文献のうち、最も古いものは、次に示す『正徹物語《しょうてつものがたり》』である。

「花は盛りに、月はくまなきをのみ見るものかは」と、兼好が書きたる心根を持ちたる者は、世間に、ただ一人ならではなきなり。この心は生得にてあるなり。兼好は俗にての名なり。久我か徳大寺かの諸《しょ》大夫《だいぶ》にてありしなり。官が瀧口にてありければ、内裏の宿直に参りて、常に玉躰を拝し奉りける。後宇多院崩御なりしによりて遁世しけるなり。やさしき発心の因縁なり。随分の歌仙にて、頓阿・慶運・浄弁・兼好とてその比四天王にてありしなり。つれづれ草のおもふりは清少納言が枕草子の様なり[7]。」

「歌仙」「四天王にてありし」と記されているが、兼好の和歌四天王としての評価については、『了俊歌学書』（今川了俊著。応永一七年〔一四一〇〕成立）などにもみえている。

また、兼好について「久我か徳大寺かの諸大夫にてありし也」とも述べているが、とくに繋がりが深かったのは堀川家（村上源氏に属し、『徒然草』第一〇七段に堀川の内大臣具守が登場する）と考えられている。「諸大夫」とは、公卿に次ぐ家柄で、朝廷から親王・摂関・大臣家などの家司《けいし》に補せられた四位・五位の官人であり、兼好がそうした官人として活動した時期の見聞、体験が『徒然草』の作品世界と深く結びついていることも確かである。

衰へたる末の世とはいへど、なほ、九重《ここのへ》の神さびたる有様こそ、世づかず、めでたきものなれ。露台《ろだい》・朝餉《あさがれひ》・何殿・何門などは、いみじとも聞ゆべし。あやしの所にもありぬべき小蔀《こじとみ》・小板敷・高遣戸《たかやりど》なども、めでたくこそ聞こゆれ。「陣に夜の設《まうけ》せよ」と言ふこそいみじけれ。夜の御殿《おとど》のをば、「かいともしとうよ」など言ふ、まためでたし。上卿《しやうけい》の、陣にて事行へるさまはさらなり、諸司の下人《しもうど》どもの、したり顔に馴れたるも、をかし。さばかり寒き夜もすがら、こゝ・かしこに睡《ねぶ》り居たるこそをかしけれ。「内《ない》侍所《しどころ》の御鈴の音は、めでたく、優なるものなり」とぞ、徳大寺太政大臣は仰せられける[2]。（第二三段）

本章段では、「九重」（内裏）の古風な有様を礼賛しているが、こうした宮廷文化や王朝的伝統を賛美する姿勢は、この作品の基本的態度といえるものである。前段も「何事も古き世のみぞ慕はしき」（第二二段）という見解で始まり、古代を賞賛するが、いずれも観念的なものではなく、兼好自身の内裏での体験・見聞にもとづくものであろう。内裏に関する故実・故事について語った話も多く、第一七六段において「黒戸」の御所についての由来を記した部分などや、第一七八段の「内侍所の御神楽」を見物した者に関する話も、内裏での見聞によるものと考えられる。こうした宮廷社会での経験、記憶が『徒然草』の表現世界を形成し、特色づけていることが知られる。

3　『徒然草』と中世の武士社会

『徒然草』には、京都の宮廷文化だけでなく、兼好の生きた中世という時代社会の状況を反映して、地方に対する眼差しや武士たちの行動に対する関心も認められる。

鎌倉の海に、鰹《かつを》といふ魚は、かの境《さかひ》には、さうなきものにて、このごろもてなすものなり。それも、鎌倉の年寄の申し侍りしは、「この魚、おのれら若かりし世までは、はかばかしき人の前へ出づる事侍らざりき。頭《かしら》は、下部《しもべ》も食はず、切り捨て侍りしものなり」と申しき。

かやうのものも、世の末になれば、上ざままでも入りたつわざにこそ侍れ。②　　（第一一九段）

すでに第三四段において、「甲香」（煉香《ねりこう》の調合に用いる香料）が「武蔵国金沢」では、「へなたり」と呼ばれることに対する違和感を述べているが、この第一一九段も、京の都の文化との落差を指摘する点では、鎌倉では鰹が上流階級にまで珍重されることに対する違和感を述べていて、同様の問題意識がみえる。

兼好は、京の都だけでなく、東国、鎌倉において武士たちの生活、文化も目の当たりにしているのである。そうした東国体験によって得た知見も『徒然草』の表現世界を彩っていて、印象深いものとなっているといえよう。

また、次にあげるような鎌倉武士たちに関する章段群も、兼好の人間観をうかがい知るうえで注目される。

❶　相模守時頼《さがみのかみときより》の母は、松下禅尼《まつしたのぜんに》とぞ申しける。守《かみ》を入れ申さるゝ事ありけるに、煤《すす》けたる明り障子の破ればかりを、禅尼、手づから、小刀して切り廻しつゝ張られければ、兄の城介義景《せうとじやうのすけよしかげ》、その日のけいめいして候ひけるが、「給はりて、某男《なにがしをのこ》に張らせ候はん。さやうの事に心得たる者に候ふ」と申されければ、「その男、尼が細工によも勝り侍らじ」とて、なほ、一間《ひとま》づつ張られけるを、義景、「皆を張り替へ候はんは、はるかにたやすく候ふべし。まだらに候ふも見苦しくや」と重ねて申されければ、「尼も、後は、さはさはと張り替へんと思へども、今日ばかりは、わざとかくてあるべきなり。物は破れたる所ばかりを修理して用ゐる事ぞと、若き人に見習はせて、心づけんためなり」と申されける、いと有難かりけり。

世を治むる道、倹約を本《もと》とす。女性《によしやう》なれども、聖人の心に通へり。天下を保つほどの人を子にて持たれける、まことに、ただ人にはあらざりけるとぞ。

（第一八四段）

❷ 城陸奥守泰盛《じやうむつのかみやすもり》は、双《さう》なき馬乗りなりけり。馬を引き出させけるに、足を揃へて閾《しきみ》をゆらりと越ゆるを見ては、「これは勇める馬なり」とて、鞍を置き換へさせけり。また、足を伸べて閾に蹴《け》当てぬれば「これは鈍《にぶ》くして、過《あやま》ちあるべし」とて、乗らざりけり。道を知らざらん人、かばかり恐れなんや。（第一八五段）

❸ 平宣時朝臣《たひらののぶときあそん》、老の後、昔語りに、「最明寺入道《さいみやうじのにふだう》、ある宵の間に呼ばるる事ありしに、『やがて』と申しながら、直垂《ひたたれ》のなくてとかくせしほどに、また、使来りて、『直垂などの候はぬにや。夜なれば、異様《ことやう》なりとも、疾《と》く』とありしかば、なえたる直垂、うちうちのままにて罷《まか》りたりしに、銚子《てうし》に土器《かはらけ》取り添へて持て出でて、『この酒を独りたうべんがさうざうしければ、申しつるなり。肴こそなけれ、人は静まりぬらん、さりぬべき物やあると、いづくまでも求め給へ』とありしかば、紙燭《しそく》さして、隈々《くまくま》を求めし程に、台所の棚に、小土器《こがはらけ》に味噌の少しつきたるを見出でて、『これぞ求め得て候ふ』と申ししかば、『事足りなん』とて、心よく数献《すこん》に及びて、興に入られ侍りき。その世には、かくこそ侍りしか」と申されき。（第二一五段）

右の章段群にみえる「相模守時頼」❶、「最明寺入道」❸は、二十歳で鎌倉幕府第五代執権となった北条時頼のことで、三十歳で職を辞し、出家したが、弘長三年（一二六三）に三十七歳で没している。これらの章段に語られるのは、北条宣時（元亨三年〔一三二三〕没、八十六歳）が、最明寺入道時頼と味噌を肴に酒を酌み交わした逸話❸や、時頼の母である「松下禅尼」（秋田城介安達景盛の女。北条時氏の妻。時氏二十七歳の折に死別して出家した。生没年未詳）が、自ら障子の張り替えを実践してみせる逸話❶などである。いずれも鎌倉武士やその母たちの質素倹約の精神や、乗馬の際の周到な用心❷を紹介し、それらの行為について共感をもって記している。これらの章段に登場する人々は、兼好よりも一時代前に活躍した鎌倉幕府関係者たちであり、いわば古きよき時代の武士たちの精神を称揚したものと考えられる。その話を記しとどめようとする背景に、現実の武士たちの生活がかなり奢侈に傾いていたことに対する批判も読み取るべきであろう。それはたとえば、東国の武士であった「悲田院尭蓮上人」

によって語られる次のような話において、「賑《にぎは》ひ豊かな」「吾妻人」に対して京の都人たちの経済的な貧しさが対比されていることなどにもうかがえよう。

悲田院堯蓮《ひでんゐんのげうれん》上人は、俗姓は三浦の某《なにがし》とかや、双《さう》なき武者なり。故郷《ふるさと》の人の来りて、物語すとて、「吾妻《あづま》人こそ、言ひつる事は頼まるれ、都の人は、ことうけのみよくて、実《まこと》なし」と言ひしを、聖《ひじり》、「それはさこそおぼすらめども、をのれは都に久しく住みて、馴れて見侍るに、人の心劣れりとは思ひ侍らず。なべて、心柔《やは》らかに、情《なさけ》ある故に、人の言ふほどの事、けやけく否《いな》び難くて、万《よろづ》え言ひ放たず、心弱くことうけしつ。偽《いつは》りせんとは思はねど、乏《とも》しく、叶《かな》はぬ人のみあれば、自《おのづか》ら本意《ほい》通らぬ事多かるべし。吾妻人は、我が方なれど、げには心の色なく、情《なさけ》おくれ、偏《ひとへ》にすぐよかなるものなれば、始めより否《いな》と言ひて止《や》みぬ。賑《にぎは》ひ豊《ゆた》かなれば、人には頼まるゝぞかし」と、ことわられ侍りしこそ、この聖、声うちゆがみ、荒々しくて、聖教《しやうげう》の細《こま》やかなる理《ことわり》、いと辨《わきま》へずもやと思ひしに、この一言の後、心にくゝ成りて、多かる中に寺をも住持せらるゝは、かく柔《やは》ぎたる所ありて、その益《やく》もあるにこそと覚え侍りし。②

（第一四一段）

京の都人としての貴族的、文化的な優位性を指摘するだけにとどまらず、鎌倉武士や東国人たちの慎ましやかなふるまいや、的確な人間観察などに対しては謙虚に耳を傾けるという態度には、きわめてバランスのとれた兼好の人間観のありようを読み取ることができよう。

四　『徒然草』の表現世界

1　『徒然草』の表現と古典文学

『徒然草』の早い理解者の一人であった正徹が、この作品を書写し（正徹本は現存最古写本）、さらに「枕草子は何のさまともなく書きたるものなり。三冊あるなり。つれづれ草は枕草子をつぎて書きたるものなり」（『正徹物語』）とも指摘しているように、『枕草子』の文学形態や発想・表現などとの類似点は明らかである。『徒然草』の成立時点において、『枕草子』という古典に依拠して執筆することが、異色で斬新なものとして注目されたことも想像にかたくない。

『徒然草』には、『万葉集』『古今和歌集』『新古今和歌集』などの和歌の伝統はもとより、『論語』『文選』『白氏文集』などの中国の古典も多く引用されている。そうした古典文化やさまざまな書物との出会いが『徒然草』を成立させている重要な基盤といえ、とりわけ注目されるのが、『枕草子』と『源氏物語』であるといえる。

法師ばかりうらやましからぬものはあらじ。「人には木の端のやうに思はるるよ。」と、清少納言が書けるも、げにさることぞかし。……　（第一段）

と、第一段から『枕草子』を引用しながら、理想的男性像について述べ、また、

言ひつづくれば、みな源氏物語・枕草子などにことふりにたれど、同じ事、また今さらに言はじとにもあらず。おぼしき事言はぬは腹ふくるるわざなれば、筆にまかせつつ、あぢきなきすさびにて、かつ破《や》り捨つべきものなれば、人の見るべきにもあらず。……②　（第一九段）

というかたちで、両作品をふまえながら、四季折々の情趣について説くなど、それらの古典文学に着想を与えられつつ思索し、執筆している兼好の姿がきわめて明確に語られてもいるのである。

また、『徒然草』の内容は実に多方面にわたり、その表現・文体も多様である。『源氏物語』の場面を思わせるような王朝物語的な描写や、『枕草子』の事物列挙の叙述形式を模倣した文体、中世の説話集にみられるような説話的文体、さらには人生の道を説く漢文訓読体の文章など、語る対象やテーマによって自在に変化する多彩な表現世界が『徒然草』の特色ともなっている。

2　『徒然草』の説話的章段

『徒然草』には、説話的章段ともいうべき内容をもつものがかなり多くみられることも注目されている。

後鳥羽院の御時、信濃前司行長《しなののぜんじゆきなが》、稽古《けいこ》の誉《ほま》れありけるが、楽府《がふ》の御論議《みろんぎ》の番に召されて、七徳の舞を二つ忘れたりければ、五徳の冠者《くわんじや》と異名を付きにけるを、心憂き事にして学問を捨てて遁世したりけるを、慈鎮和尚《じちんくわしやう》、一芸ある者をば、下部《しもべ》までも召し置きて、不便《ふびん》にせさせ給ひければ、この信濃入道を扶《ふ》持《ち》し給ひけり。

この行長入道、平家物語を作りて、生仏《しやうぶつ》といひけ

る盲目に教へて語らせけり。さて、山門の事を殊にゆゆしく書けり。九郎判官《くらうはうがん》の事は委しく知りて書き載せたり。蒲冠者《かばのくわんじや》の事はよくよく知らざりけるにや、多くの事どもを記しもらせり。武士の事、弓馬の業《わざ》は、生仏、東国の者にて、武士に問ひ聞きて書かせけり。かの生仏が生まれつきの声を、今の琵琶法師は学びたるなり。②　（第二二六段）

『徒然草』に記されるこの後鳥羽院時代の説話は、『平家物語』の成立、作者について語った伝承として著名なもので、天台座主である「慈鎮和尚」（慈鎮は慈円の諱《いみな》）の周辺にその成立の文化圏が存在することを指摘しているという点で、貴重な資料でもある。このような成立を語る説話が、どのような経緯や背景があって兼好のもとにもたらされたのか、興味深い問題であるが、後鳥羽院や新古今時代に関する説話は、第二三八段にもみえ、歌人としての後鳥羽院と定家とが登場している。その他にも第二二五段には、

多久資《おほのひさすけ》が申しけるは、通憲《みちのり》入道、舞の手の中に興ある事どもを選びて、磯の禅師《ぜんじ》といひける女に教へて舞はせけり。白き水干《すいかん》に、鞘巻《さやまき》を差させ、烏帽子《えぼし》をひき入れたりければ、男舞とぞいひける。禅師がむすめ、静《しづか》といひける、この芸を継げり。これ白拍子《しらびやうし》の根元なり。仏神の本縁をうたふ。その後、源《みなもとの》光行《みつゆき》、多くの事を作れり。後鳥羽院の御作もあり。亀菊に教へさせ給ひけるとぞ。②　（第二二五段）

とみえ、「白拍子」の起源説話が記されるとともに、今様文化の継承者としての後鳥羽院像が紹介されている。また、「和歌こそなほをかしきものなれ。」として古今の和歌を対比して論じた第一四段では、後鳥羽院時代の和歌について、『源家長日記』を引用し、『新古今集』所収歌（祝部成茂の一首）の表現に対する評価の妥当性を確認している。また、藤原定家については、第一三九段「家にありたき木は、松、桜。……」において、「一重梅」の美に対する定家の好みを例話として紹介している。このような説話的章段や、それに準ずる章段を通して、さまざまな視点によって、中世の僧侶、歌人たちなどの人間群像が描かれる点も『徒然草』の魅力といえよう。

3 『徒然草』の無常観

中世文学は、無常観を表現した作品が多いが、無常は

当時の知識人共通の問題でもあった。『方丈記』『平家物語』と同様に、『徒然草』においても多様なかたちで無常の表現がみられるのである。

　飛鳥川の淵瀬、常ならぬ世にしあれば、時移り、事去り、楽しび、悲しび行きかひて、はなやかなりしあたりも人住まぬ野らとなり、変らぬ住家は人あらたまりぬ。桃李もの言はねば、誰とともにか昔を語らん。まして、見ぬ古のやんごとなかりけん跡のみぞ、いとはかなき。京極殿・法成寺など見るこそ、志とどまり、事変じにけるさまは、あはれなれ。御堂殿の作り磨かせ給ひて、庄園多く寄せられ、我が御族《おんぞう》のみ、御門《みかど》の御後見《おんうしろみ》、世の固めにて、行末までとおぼしおきし時、いかならん世にも、かばかりあせ果てんとはおぼしてんや。大門《だいもん》、金堂《こんだう》など近くまでありしかど、正和《しやうわ》の比、南門は焼けぬ。金堂は、その後、倒れ伏したるまゝにて、とり立つるわざもなし。無量寿院ばかりぞ、その形《かた》とて残りたる。丈六の仏九体《くたい》、いと尊くて並びおはします。行成《かうぜいの》大納言の額、兼行《かねゆき》が書ける扉、なほあざやかに見ゆるぞあはれなる。法華堂なども、いまだ侍るめり。これもまた、いつまでかあらん。かばかりの名残だになき所々は、おのづから、あやしき礎《いしずえ》ばかり残るもあれど、さだかに知れる人もなし。されば、よろづに、見ざらん世までを思ひ掟《おき》てんこそ、はかなかるべけれ。②（第二五段）

　すでに述べたように『方丈記』序章は、「人と栖」の「久しくとどまりたるためしなし」という無常なさまを、「ゆく川の流れ」やその風景などによせて均斉のとれた美文で表現している。本段も「飛鳥川の淵瀬、常ならぬ世」以下、発想においては共通する部分があるものの、「見ぬ古のやんごとなかりけん跡のみぞ」と、王朝時代の華やかさを想像させる「京極殿・法成寺」などの建造物の「跡」そのものに人間の行為の「あはれ」「はかなさ」を感じるという点においては異なるものがある。時間の推移のみならず、その建物にまつわる人間の営み、「志」や想いのみが残り、むなしさを感じさせるという「あはれ」に共感しているのである。それは、「あだし野の露消える時なく、鳥部山の煙立ち去らでのみ住みはつる習ひならば、いかにもののあはれもなからん。世はさだめなきこそいみじけれ」（第七段）と述べるように、「さだめなき」世ゆ

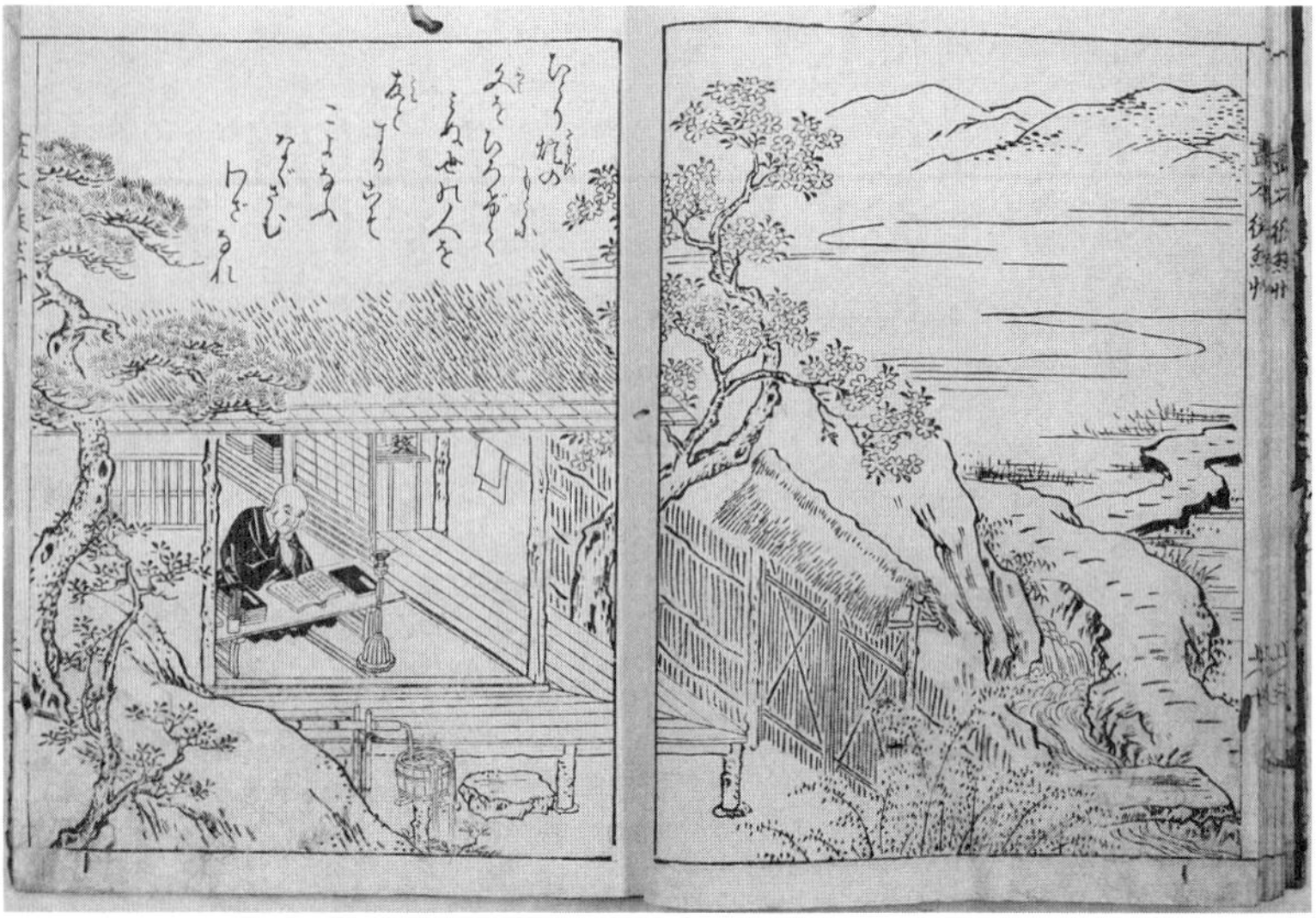

図 5-1　兼好法師像（西川祐信画・元文五年〔1740〕刊『絵本徒然草』より）

えに「もののあはれ」を感じとることができるという、無常に積極的な意義を認め、肯定する思想にもつながるものである。また、無常迅速についての考えは、「若きにもよらず、強きにもよらず、思ひかけぬは死期《しご》なり。今日まで遁《のが》れ来にけるは、ありがたき不思議なり。しばしも世をのどかに思ひなんや」（第一三七段）、「死は前よりしも来らず。かねて後ろに迫れり。人皆死あることを知りて、待つこと、しかも急ならざるに、覚えずして来る。沖の干潟《ひがた》遥かなれども、磯より潮の満つるがごとし」（第一五五段）などにもみえるほか、『徒然草』ではしばしば繰り返されるもので、本作品の基調をなしている（第四九段・五九段・一一二段・一八八段など）。それらの無常観の表現の諸相に兼好自身の思想的な発展をみる説があり、『徒然草』の執筆、成立の問題としても重要であるが、その多彩な視点や比喩的表現のありようについても注目すべき点があろう。兼好が無常観について書き記す時、それぞれに印象深いことば、題材が用いられ、その説得力にも富んだ卓抜な表現が、時代を超えて多くの読者の共感を得ることにつながっていると考えられるからである。

トピック 中世文学における東国・鎌倉

中世文学においては、その表現世界が宮廷社会を中心とした京の都という限られた空間だけでなく、地方に拡大した点に特質が認められる。とりわけ武家政権が誕生した東国・鎌倉の地が中世の紀行文学などを成立させ、重要な意義をもった。鴨長明や兼好にとっても東国・鎌倉の存在は無視できない位置を占めている。

鴨長明は、建暦元年（一二一一）に飛鳥井雅経の推挙により鎌倉に下向、将軍源実朝に面会するが、頼朝の忌日に法華堂に参じ、その柱に次の歌を書き付けた。

草も木も靡きし秋の霜消えて空しき苔を払う山風

（『吾妻鏡』建暦元年十月十三日）

翌年三月末、日野の外山の方丈庵において『方丈記』が執筆されている。この鎌倉体験とその後の長明の執筆活動との関係については不明な点が多いが、さまざま憶測を含めて我々の想像力をかきたてる出来事といえる。中世紀行文学の『海道記』『東関紀行』などを長明の鎌倉往還の著作として享受した人々もいるが、長明像について、西行と同様に旅する隠遁者のイメージが付与されることも興味深い問題といえよう。

兼好も、家集に東国下向関連の歌を収めている。

武蔵の国金沢といふところに、昔住みし家のいたう荒れたるに泊りて、月あかき夜

ふるさとの浅茅が庭の露のうへに床は草葉とやどる月かな⑧

（『兼好法師集』七六）

詞書にみえる「武蔵の国金沢」は、六浦庄金沢で、現在も称名寺・金沢文庫などで知られる。「昔住みし家」は、初度の東国滞在をさすといわれ、この旅は金沢貞顕（鎌倉幕府十五代執権）が六波羅探題となった正安三年（一三〇一）以後のこととも見なされている。『徒然草』において、鎌倉幕府にゆかりある武士や人々の言動（北条時頼・松下禅尼らの質素倹約の精神など）を記す兼好は、観念的な考え方ではなく、自分の美的感受性、感性を頼りにして、それを手がかりに抽象的な物事を判断していく、柔軟で現実的な思考の持ち主といえる。東国で見聞した文化を単に伝統として受けとめるのではなく、現実を批判、相対化し、今を生きるための拠り所としているともいえよう。中世の人々にとって鎌倉とは何であったのか、そうした視点で作品の読みを深めていくこともできよう。

参考文献

● 市古貞次校注『新訂　方丈記』岩波文庫、昭和六十四年。
● 大曽根章介・久保田淳編『鴨長明全集』貴重本刊行会、平成十二年。
● 浅見和彦校訂『方丈記』ちくま学芸文庫、平成二十四年。
● 西尾実・安良岡康作校注『新訂　徒然草』岩波文庫、昭和六十年。
● 三木紀人『徒然草一～四』講談社学術文庫、昭和五十四年～五十七年。
● 佐竹昭広・久保田淳校注『方丈記　徒然草』新日本古典文学大系39、岩波書店、昭和六十四年。

理解を深めるための参考文献

● 三木紀人『鴨長明』講談社学術文庫、平成七年。
● 五味文彦『徒然草の歴史学』朝日新聞社、平成九年。
● 稲田利徳『徒然草論』笠間書院、平成二十年。
● 小林保治編『超訳方丈記を読む』新人物往来社、平成二十四年。
● 小林一彦『鴨長明と寂蓮』（コレクション日本歌人選）笠間書院、平成二十四年。

関連作品の案内

● 三木紀人校注『方丈記　発心集』新潮日本古典集成、昭和五十一年。
● 久保田淳訳注『無名抄』角川文庫、平成二十五年。
● 齋藤彰ほか著／久保田淳監修『草庵集／兼好法師集／浄弁集／慶運集』和歌文学大系65、明治書院、平成十六年。

知識を確認しよう

問題

(1)『方丈記』『徒然草』について、それぞれ中世文学としての特質について説明しなさい。

(2)『方丈記』『徒然草』について、それぞれ先行文学作品との関係やその後の作品との影響関係について説明しなさい。

解答への手がかり

(1)『方丈記』『徒然草』の両作品にみえる「無常」に関する表現や題材を手がかりに、それぞれの執筆態度、方法など、その傾向、特質についてまとめてみよう。

(2)『方丈記』と『平家物語』について、五大災厄の描写部分などを具体例として比較しながらまとめてみよう。また、『徒然草』が典拠とした『枕草子』の関連章段について、両作品の表現内容を比較し、どのような影響関係が認められるか、まとめてみよう。

第6章　中世（二）新古今和歌集を読む

本章のポイント

鎌倉時代初頭、『方丈記』に描かれたような天災が相次ぎ、京都は荒廃し、また源平の戦いやその後の鎌倉幕府の成立など政治的にも混乱した時代であった。その頃、文学の世界では、後鳥羽天皇を中心とする大規模な歌壇（天皇など権力者を中心とした和歌創作の集団）が形成され、『新古今和歌集』という大規模な第８番目の勅撰和歌集の編纂が行われた。『新古今和歌集』は、平安時代和歌の集大成であり、中世和歌への扉を開く平安的な要素と、中世的な要素を併せ持つ作品であり、後世への影響も強い。本章では、この『新古今和歌集』の概略を説明するとともにその代表歌を味読する。

はじめに

　平安時代の特徴は、その名の通り戦乱のない平安な時代であったということである。地方での内乱はあったが京都を戦場とする大規模な戦乱は平安遷都後、およそ四百年間にわたり皆無であった。その間上級貴族の間では、熾烈な権力闘争があったが、武力を使っての政治的解決は行われなかった。しかし、十二世紀に入り、鳥羽上皇と、その子崇徳天皇との確執が発端となり、上皇と天皇との対立に摂関家内部の対立とがからまって、ついに鳥羽上皇の没後、崇徳上皇《すとくじょうこう》とその弟後白河天皇双方が武士を味方にして武力衝突に発展する。これが保元の乱（保元元年〔一一五六〕）である。乱は、後白河天皇側の勝利で終わり、崇徳院は讃岐に配流、源為義らは、死罪となったが、戦乱はそれで収まらず、今度は後白河院近臣の信西と藤原信頼らが対立、それに保元の乱では勝者側であった源義朝らと平清盛らとがそれぞれ二派に分かれて、平治の乱（平治元年〔一一五九〕）が勃発する。

　このように政治的対立を武力で解決する最悪の選択は、際限ない戦いと武士というそれまで貴族たちの下に置かれていた階層の台頭を生んだ。勝利した平清盛一門は、高倉天皇と清盛の娘建礼門院徳子との間に安徳天皇を擁立して大きな権勢を持ったが、しかし、まだ武士が完全に日本を支配する権力を握るのは先のことであり、後白河上皇とその近臣、従来の摂関家など貴族勢力などが混在した混沌とした時代であった。

　一時隆盛を見た平家一門であったが、清盛の死後勢力を盛り返した源氏に追われて安徳天皇とともに壇ノ浦で滅亡する。安徳天皇の代わりに急遽践祚したのが、当時まだ三歳であった高倉天皇の第四皇子、**後鳥羽天皇**《ごとばてんのう》であった。第八十二代天皇後鳥羽院は、四歳で即位したが、やがて成長すると自身の皇子土御門天皇、順徳天皇を順に即位させその間実質的権力を握る院政を敷いた。後鳥羽院は、文化的な政策においても鳥羽殿（離宮）の再興、水無瀬殿の建設を進め、闘鶏、蹴鞠、競馬などにも熱心であり、また和歌においては、後鳥羽院歌壇を主催し、自身で『新古今和歌集』（以下『新古今集』とする）編纂を終始指揮した。

　政治面においては、院は、当初、鎌倉の三代将軍源実朝の官位を上げるなど鎌倉幕府を支配下に置くべく宥和

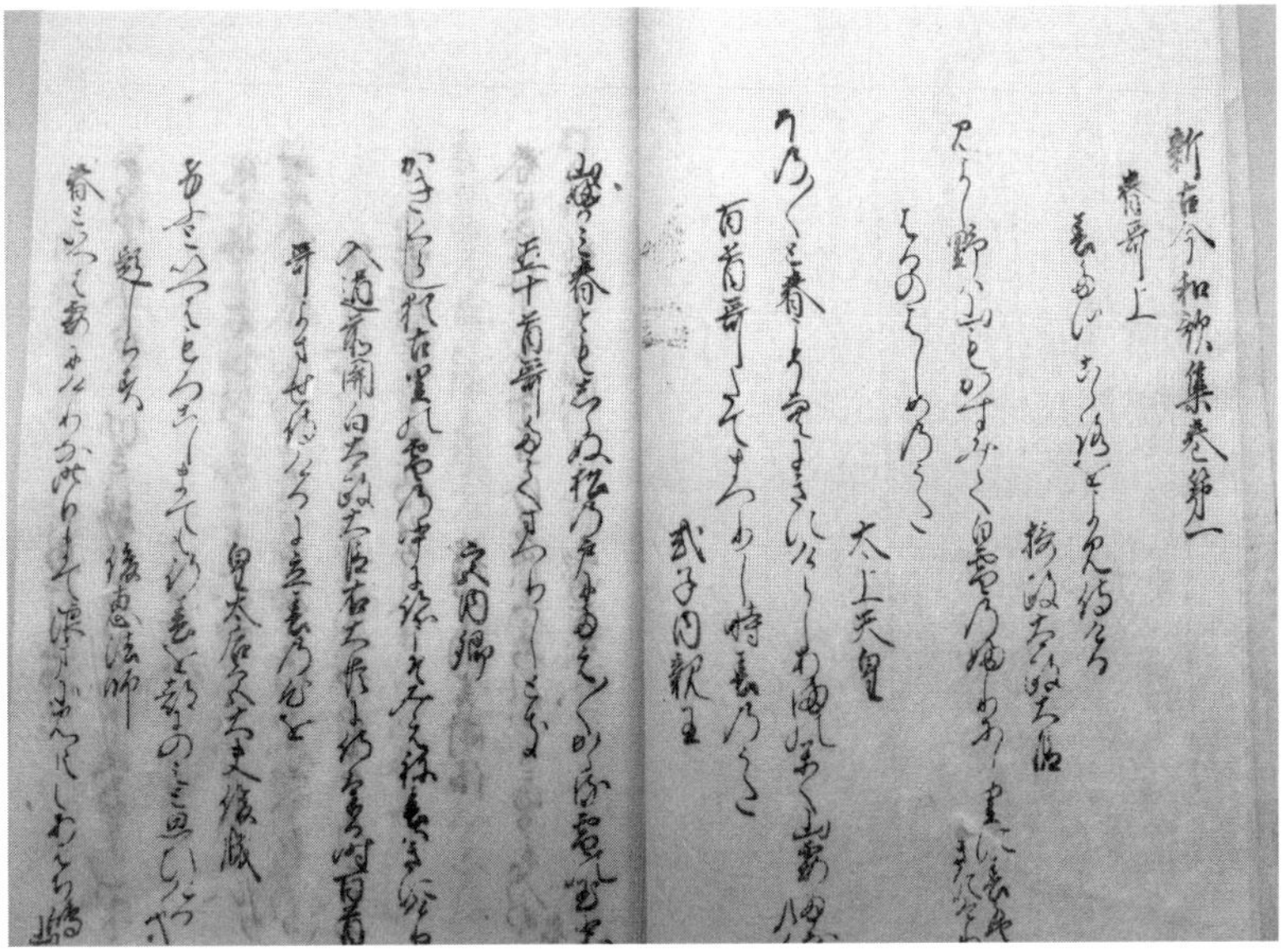

図 6-1 『新古今和歌集』（江戸期版本二十一代集）

政策を取り、実朝もまた院への臣従を誓っていたが、実朝の暗殺後、鎌倉幕府への不信を深め、承久三年（一二二一）六月北条追討の院宣を発して承久の乱が勃発する。幕府軍に敗北した後鳥羽院は、日本海の隠岐島に配流され、そのまま帰京することなく没することになり、ここに政治的実権は鎌倉武士に移る時代となっていく。

『新古今集』は、そのような平安から鎌倉時代へと転換する激動の時代に生まれた作品である。『新古今集』の歌風は、平安時代和歌の伝統と新しい時代の新風とが融合する文学史上でも重要な作品であり、『万葉集』『古今和歌集』とともに後世への影響力も強い。

一 新古今集編纂の時代

後鳥羽天皇は、兄安徳天皇が平家一門とともに西国に逃れ都を離れたために急遽践祚、即位した天皇であり、即位時には、わずか四歳であったが、成長するに従って指導力を発揮し、村上源氏の源通親、**藤原良経**《ふじわらのよしつね》など当時の権門（上級貴族）を巧みに支配し、子の土御門天皇、順徳天皇を順に帝位につけ、自身はその間終始院政を敷いて権勢をふるった。

　当初は、さほど和歌に興味を示さなかった後鳥羽院であったが、藤原定家《ふじわらのさだいえ》らの新風和歌に触れ、俄然歌作に興味を持ち、歌壇の中心として旧来の歌人たちを糾合するとともに、鴨長明（方丈記作者）、藤原秀能（院北面の武士）、宮内卿（院の女房）のような新進の歌才のある人物を発掘登用して大規模な歌壇を形成した。

　　藤原定家の新風和歌

霜まよふ空にしほれしかりがねの帰るつばさに春雨ぞふる　（新古今集　春上）①

見わたせば花も紅葉もなかりけり浦のとまやの秋の夕暮　（新古今集　秋上）

忘れずは馴れし袖もやほほるらんねぬ夜の床の霜のさむしろ　（新古今集　恋四）

　院自身も熱心に新風歌風の和歌を詠作しながら、終始指導力を発揮して『千五百番歌合』『水無瀬恋十五首歌合《みなせこいじゅうごしゅうたあわせ》』『三体和歌《さんたいわか》』等、特徴的で大規模な歌合、歌会を主催し藤原定家らを指揮して『新古今和歌集』編纂への道を拓いた。

二　後鳥羽院と藤原定家

『新古今集』編纂の中心となったのは、撰集を下命し、自らも率先して多くの歌合、歌会を主催、出詠した後鳥羽院と、藤原定家である。藤原定家は、平安末期から鎌倉時代初頭において抜きん出た存在であり、父藤原俊成《ふじわらのとしなり》の歌風を受け継ぎさらに発展させた新風和歌を作るだけではなく、『源氏物語』『伊勢物語』『土佐日記』など平安時代の主要な文学作品多数を研究・書写し、また仮名遣い、有職などその研究は多岐にわたり巨大な業績を残した。しかし、その新風の歌風は、当初から受け入れられたものではなく、その作風は非常に難解であるとして「新《しん》儀非拠達磨歌《ぎひきょだるまうた》」と酷評を受け、定家らの後援者であった権門九条家が、源通親との政争に敗れ一時失脚したこともあり、建久期（一一九〇年〜）には、九条家以外の歌壇において孤立していた。

　正治元年（一一九九）内大臣源通親が主導して勅撰和歌集への準備ともなる百首和歌が計画された。天皇・上皇が臣下に命じて詠進させる百首を「応製百首」という。しかし当初計画された歌人は、年配の保守的な歌風の男性歌人に偏り、定家ら御子左家《みこひだり》（俊成、定家らの家の呼称）の歌人や、女流歌人は選ばれていなかった。これを危惧した藤原俊成は、後鳥羽院に後世「正治奏状《しょうじそうじょう》」と呼ばれる書簡を提出し、これまでの前例などを挙げながら、通親の人選を批判し、息子定家らを推挙した。これをきっかけに後鳥羽院は、定家の新風和歌に接し、俄然その新しい歌風に魅了され定家を登用し、自身も詠作に力を入れるようになる。

　院が、新風歌人の中でも特に定家を高く評価したことは、院と定家二人だけの歌合『水無瀬釣殿六首歌合』（建仁二年（一二〇二）六月）を企画し、提出させた定家歌と自詠を歌合の形にして、院自身が勝負をつけ、定家の勝三、持（引き分け）二で院は一勝のみと圧倒的に定家の勝としている点からもわかり、また後に書かれる『後鳥羽院御《ごとばいんご》口伝《くでん》』（院の歌論書、承久の乱後に書かれたとされるが、乱以前成立説もある）においては、定家の頑迷で自説を曲げない性格を厳しく批判する一方

　定家はさうなき者なり。さしも殊勝なりし父（俊成）の詠をだにも、浅浅と思ひたりし上はまして余人の歌沙汰にもおよばず。やさしくもみもみとあるやうに見ゆる姿、まことにありがたく見ゆ。道に達したるさまなど、殊勝なりき。歌見知りたるけしき、ゆゆしげなりき、

と父俊成以上の歌人として賞賛し、さらに

　すべて彼の卿が歌の姿、殊勝の物なれども、人のまねぶべきものにはあらず。心あるやうなるをば庶幾せず、ただ詞姿の艶にやさしきを本体とするあひだ、その骨すぐれざらん初心の者まねばば、正体なき事になりぬべし。[2]

とその天才を高く評価しながら、安易に模倣することはできず初心者はまねるべきではないとしている。[2]

　しかし、独裁的で気まぐれな性格の後鳥羽院と、芸術家肌で自説に固執する定家とは、性格的な面で合わず『新古今集』編纂の過程で徐々に対立を深めていった。承久二年（一二二〇）二月の内裏二首歌会における定家の和歌が後鳥羽院の逆鱗に触れ（定家が自身の昇進が遅いことを当て擦った内容だったためとも、自身を菅原道真に擬したためともいわれる）蟄居を命じられ、そのまま承久の乱が勃発、両者は和解しないまま隠岐と京都に別れることになる。

　乱後も隠岐の後鳥羽院と定家は、お互いの存在を意識

しあっており、定家が貞永元年（一二三二）七月の『光明峰寺摂政家歌合』において使用を戒めた「ひとごころ」という歌語を、後鳥羽院は、隠岐で行った『遠島歌合《えんとううたあわせ》』（嘉禎二年（一二三六）成立）において

人心うつりはてぬる花の色に昔ながらの山の名も憂し③

と詠んで定家に挑戦挑発するような態度を示している。定家は、自身が編纂した九番目の勅撰集「新勅撰和歌集《しんちょくせんわかしゅう》」において当初後鳥羽院の和歌多数を撰入させる予定であったが、鎌倉幕府の態度を懸念する権門九条道家の指示により、削除せざるを得なくなる。

両者は、感情的な対立を生涯残していたと思われ直接の接触を持たなかったが、常に相手の動向に注目しており、定家の晩年の『小倉百人一首』の撰定は、後鳥羽院の同種の作品『時代不同歌合』制作に触発されたものと思われる。ともに作成した秀歌撰（院は、『定家家隆両卿選歌合』『時代不同歌合』等、定家は、『小倉百人一首』等）においてお互いの秀歌を選出しており、歌人としての評価は、最後までお互いに高かったと思われる。

三　新古今和歌集の編纂

正治二年（一二〇〇）七月、後鳥羽院は、百首和歌の詠進を歌人たちに下命する。当初保守的な歌風の年配の歌人中心の人選であったが、藤原俊成の「正治奏状」の訴えもあり、後鳥羽院の指示により、同年八月藤原定家らを追加し、院自身も歌人として詠作した。この百首の企画は、さらに同年十月～十二月には、歌人を入れ替えて「正治二度百首」が行われ、建仁元年（一二〇一）六月には第三度目に詠進された百首は、机上で歌合の形式にされ藤原定家らが判を付した史上最大の歌合『千五百番歌合』として結番された。さらに後鳥羽院は、同元年七月選和歌所を自身の御所に設置、寄人として左大臣藤原良経、内大臣源通親、天台座主慈円、釈阿（俊成）、藤原定家、家隆《いえたか》、有家、寂蓮らを任命、同年十一月三日に藤原定家、藤原家隆、藤原有家、藤原雅経《まさつね》、源通具、寂蓮の六人を選者として、八番目の勅撰集撰集を下命する。（寂蓮は、編纂中に死去し最終的には五人となる）。撰者たちは、まず勅撰集撰集の資料として、それまでの勅撰集に入集していない『万葉集』以来現代までの和歌から、撰入すべき歌

を選んだ（この時期に撰者たちが、選んだ和歌は、『新古今集』の一部伝本に、各撰者の名を記号や頭文字で和歌に付した撰者名註記として付記されており、各撰者がどの和歌を選んだかがわかる）。撰歌の締め切りは、建仁三年（一二〇三）四月二十日頃で、その後、後鳥羽院が直接指示し、さらに撰歌が行われた。元久元年（一二〇四）七月部類（選ばれた和歌の分類および排列）が開始され具体的な編纂作業が行われる一方、和歌所においては連日のように歌会、歌合が行われ、そこで詠まれた和歌からも『新古今集』に撰入された。

元久二年（一二〇五）三月二十六日には、『新古今集』の完成を祝う竟宴が行われたが、実際には目録と真名序など一部の清書が終わった中書段階で、竟宴後もさらに編纂作業が続いた。特に建永元年（一二〇六）三月七日、後鳥羽院の腹心で、自身も優れた歌人であった藤原良経が急死し、その遺稿により大改訂が行われ、その後も小規模な改訂作業が承元四年（一二一〇）九月まで続き、最終的には、建保四年（一二一六）十二月二十六日の源家長清書本で一応の完成をみた。

しかし、承久の乱後、後鳥羽院は、隠岐島に持参した『新古今集』から、約三百首を削除し（補入歌はなし）約千六百首にした『隠岐本新古今集』を編纂している。

四　新古今集の構造

勅撰和歌集は、第五番目の『金葉和歌集』、第六番目の『詞花和歌集』が十巻であることを除くと、すべて最初の勅撰和歌集『古今集』と同様の二十巻から成っている。『新古今集』も春上、春下、夏、秋上、秋下、冬、賀、哀傷、離別、羇旅、恋一、恋二、恋三、恋四、恋五、雑歌上、雑歌中、雑歌下、神祇、釈教歌の構成となっている。『新古今集』には、仮名序と真名（漢文）序があり、撰者の立場に立つ他の勅撰和歌集と異なり、仮名序は、下命者の後鳥羽院の立場に立って藤原良経が書いている。全一九七九首（宮内庁書陵部鷹司城南館本）『新古今集』の排列（和歌の並べ方）は、他の勅撰集に類を見ないほど非常に繊細、緻密で、歌語同士の連関、歌題の排列、歌人の時代、歌のイメージの連想、時間的推移、空間的推移などの観点から幾重にも計算されて排列されており、各巻全体が緊密に構成されている。また歌題（和歌の題）、歌材（和歌を構成する素材）においても夕立、などそれまでの勅撰集にない新しいものを採歌している。各巻の歌数においても、秋部が、春部に対して圧倒的に多いこと、冬部に対して夏部が多いそれまでの勅撰集と異なり、歌数が、冬部が夏部を逆転している（夏部一一〇首、冬部一五六首）ことなどその後の勅撰集にも影響を与える特徴がある。

トピック　勅撰集

勅撰集とは、天皇、もしくは上皇（室町期には足利将軍が代行する場合もあった）が正式に下命して編纂される詩歌集で、『経国集』『凌雲集』『文華秀麗集』の三つの漢詩集と、二十一の和歌集、他に南北朝時代に南朝が編纂した『新葉和歌集』と準勅撰集として連歌集の『新撰菟玖波集』（明応四年〔一四九五〕）がある。一般的に勅選集といえば、和歌集を指す。最初の勅撰和歌集は、『古今集』（延喜五年〔九〇五〕一応成立）、最後の勅撰和歌集は第二十一代の『新続古今和歌集』（永享十一年〔一四三九〕）である。『万葉集』は、平安時代には、勅撰集として扱われていたが、現在では、私撰集に分類されている。

五　新古今集秀歌鑑賞

春歌上

春立つ心をよみ侍りける　　摂政太政大臣

1み吉野は山もかすみて白雪のふりにし里に春はきにけり

語釈　吉野＝現在の和歌山県吉野地方の山々、古くは持統天皇の離宮のあった場所として有名。平安時代には、修験者の修行の場であり、平安後期になって桜の名所としても和歌に詠まれるようになった。

霞＝古代から春の訪れを告げる最初の証とされてきた。

通釈　吉野に山は春の霞に霞んで、まだ白雪の降る里にも春はやってきたのだなあ。

鑑賞　「勅撰和歌集」において各巻の最初の歌（巻頭歌）と最後の歌（巻末歌）は、慎重に撰歌され、それぞれの勅撰集の特徴が現れるような歌が配列される。「新古今集」の巻頭歌は、後鳥羽院の腹心で、当時の最高権力者、後京極摂政藤原良経の歌が選ばれている。春歌の冒頭は、立春の歌から始まるのが、『古今集』以来の伝統であり、以下時間的推移に従って春下部の最後の三月尽まで配列されている。遠く吉野の山々は、春の証である霞に白く靄っているが、麓の里では、まだ冬のものである白雪が降り続いている。山の中に訪れた春は、次の二番歌の後鳥羽院歌へと連続すると同時に、吉野が持統天皇の離宮として『万葉集』で人麿が、天皇を祝賀する吉野賛歌を詠んでいることを読者に想起させる。

作者　巻末「解題」参照

春のはじめの歌　　　太上天皇

2ほのぼのと春こそ空にきにけらし天の香具山霞たなびく

語釈　天の香具山＝奈良の山。畝傍山、耳成山とともに大和三山として『万葉集』以来の歌枕

太上天皇＝上皇のこと。新古今集の場合後鳥羽院を指す。

通釈　ほのぼのと春こそが空に来たらしいなあ。天の香具山に霞がたなびいているよ。

鑑賞　後鳥羽院がこの歌を詠作したのは、院の家集『後鳥羽院御集』によれば、元久二年（一二〇五）三月十六日のことであり、新古今集の竟宴が行われる三月二十六日は目前に迫っていた。当然清書も進んでいたはずであるこの時期に詠作した和歌をあえて、巻頭二首目に切り入れているところに後鳥羽院のこの和歌への執着が知られる。しかし、後、承久の乱で流された隠岐島で後鳥羽院自身が、再度編纂し直した「隠岐本新古今集」では、この和歌を削除している。天の香具山は、持統天皇の有名な『百人一首』にも選ばれた

持統天皇御製

春すぎて夏きにけらししろたへの衣ほすてふ天の香具山　（夏一七五）

が、『新古今集』に入集しており、一番歌の吉野歌と並べることで、古代の天皇持統天皇のイメージが浮かび上がり、さらに春下の巻末歌の巻頭と同じ藤原良経の歌が、「志賀の花園＝天智天皇の大津近江宮」を詠んでいることと対応している。天智・持統天皇は、「小倉百人一首」冒頭がそうであるように、平安朝の皇統の直接の先祖にあたると認識されており、後鳥羽院にとって古代の力強い天皇像を象徴する存在であった。春上の巻頭二首は、山の中に訪れて春という内容で連続するとともに、背後に古代の天皇をイメージさせて、春部巻末歌と対応して

いる。

作者　巻末「解題」参照

百首たてまつりし時　　藤原家隆朝臣

17谷川のうちいづる波もこゑたてつ鶯さそへ春の山風

通釈　谷川の氷を割って吹き上がる雪解けの水も音を立てている（その音とともにこの春の初花の香を運んで）山奥の鶯をさそっておくれ春の山風よ。

本歌　谷風に解くる氷のひまごとにうち出づる波や春の初花　（古今集　春上　源当純）

花の香を風のたよりにたぐへてぞ鶯誘ふしるべにはやる　（古今集　春上　紀友則）[4]

鑑賞　『古今集』の二首の歌を本歌として、冬の間氷結していた谷の氷が割れて、雪解けの水が割れ目から吹き上げる際の白い水しぶきを春の最初の花に見立てた本歌の視覚的イメージに、「声たてつ」と聴覚的表現を加えている。さらに、もう一首の本歌によってその初花の香りを運んで山にいる鶯を誘い出しておくれと春風に呼びかけ、二首の本歌を巧みに融合させるとともに、聴覚的、嗅覚的要素を加えて、一首の中にいくつもの感覚表現を入れる新古今時代の和歌に特徴的な「共感覚表現」を用いている。

作者　藤原家隆　保元三年（一一五八）～嘉禎三年（一二三七）四月九日。父は権中納言光隆。母は、藤原実兼女。侍従、越中守、宮内卿、文暦二年（一二三五）従二位。歌人として藤原定家と並び称された。承久の乱後も、終生後鳥羽院に忠実で院から歌人として高く評価された。

春歌下

千五百番歌合に　　皇太后宮大夫俊成女

夢

112風かよふ寝覚めの袖の花の香にかをる枕の春の夜の夢

語釈　風かよふ＝閨《ねや》（寝室）に吹き込む風、同時に外の桜の花の香を運ぶ。

通釈　風が吹き込みふと寝覚めると私の袖は、ほのかに花の香りがしている。そのような花の香に香る枕で春の夜の夢を見ていることであるよ。

鑑賞　上の句では、「寝覚めの」と寝室に吹き込む風に目覚めたとしているが、結句まで読むと「春の夜の夢」とすべてが夢の中の出来事であるかのように読みとれ、夢の中の出来事か現実の体験なのか分明でない。意味上の論理性よりも美しい詞の重なりから生まれる情緒性を重んじているこの時代の歌風である。また「袖の香」は、平安時代の和歌においては、恋人の移り香を意味することが多く、現実の外の桜の花の香りであると同時に、夢の中の過去の恋人の袖の香を想起させ恋のイメージを含んでいる。現実と夢、過去と現在が交錯する夢幻的な歌である。なお出典である『千五百番歌合』では、相手の歌から考えてこの花は、梅の花であり、作者自身は、梅香として詠んでいると思われる。しかし、新古今集の撰者たちは、それを承知であえてこの歌を桜の歌群の中に排列している。強い梅香よりも、ほのかな桜の香と捉え直しているのである。和歌はこのように前後の歌の排列によって内容の解釈が異なってくる場合がある。

作者　俊成卿女　生年不詳〜建長三年（一二五一）以後。祖父藤原俊成の養女。実父は藤原盛頼。母は藤原俊成女（八条院三条）。源通具の妻。数少ない女流歌人として後鳥羽院歌壇で活躍、承久の乱後も後嵯峨院時代まで歌人として活動した。晩年出家して嵯峨禅尼、越部禅尼と呼ばれた。

夏歌

（題しらず）　西行法師

263 よられつる野もせの草のかげろひてすずしくくもる夕立の空

語釈　野もせ＝雑草が生い茂った野原。

通釈　干からびてねじれ絡み合う野の草が不意に陰り、（今にも雨が降ってくるように）涼しく曇ってくる夕立の空よ

鑑賞　日照りで暑苦しく干からびた雑草の絡み合う野が、不意に陰り見上げると黒い夕立の雲が空を覆っていく。夕立の降る直前の瞬間を印象的な表現で、写述的に捉えている。**西行**の表現は、実体験に基づいて伝統に囚われない独自性があり、しかし歌の格調を失うことがない。新古今歌人たちは、自分たちの詠法とは異なる方法で、和歌の抒情性を回復した西行を尊崇した。

作者　**トピック**、巻末「**解題**」参照

千五百番歌合に　権中納言公経

265 露すがる庭の玉笹うちなびきひとむら過ぎぬ夕立の雲

語釈　露すがる＝露のしずくが取り付いている。
通釈　露のしずくがついている庭の笹が風になびいて、たった今夕立を降らせた一群の雲が通り過ぎていくよ。
鑑賞　夏の歌材としての夕立は、平安時代の勅撰集には、『金葉集』『詞花集』『千載集』に各一首のみ、夕立を主体とする歌は、『詞花集』の歌のみで、ほとんど見いだせない新しい歌材であり、新古今時代に入って注目され、夏部に、六首入集している。さっと降って通り過ぎた夕立の露がついた笹が、風に吹かれて揺れ、上空を一群の夕立の雲が過ぎていく。動きのある映像的な歌である。
作者　藤原公経　西園寺　承安元年（一一七一）〜寛元二年（一二四四）八月二十九日。七十四歳。建久元年（一一九〇）正四位下、建仁元年（一二〇一）正三位、同二年権中納言、建永二年（一二〇七）正二位権大納言、承久の乱の際には、事前に乱の情報を幕府に知らせ幕府の勝利に貢献した。乱後、幕府との結びつきを強め、貞応元年（一二二二）に太政大臣となり実権を握った。藤原定家の妹婿にあたる。

秋上

西行法師すすめて百首歌よませ侍りけるに
藤原定家朝臣

363見わたせば花も紅葉もなかりけり浦のとまやの秋の夕暮

語釈　浦のとまや＝苫屋　苫（カヤの一種）で屋根や壁を作った粗末な小屋。
通釈　見渡すとそこには春の花も秋の紅葉もなにもない。ただ漁師の苫屋だけがぽつんと見える秋の夕暮であることよ。
鑑賞　初句二句で、読者は、絢爛たる春の満開の桜、真紅の秋の紅葉を想起するが、次の瞬間第三句「なかりけり」でそれを全否定させる。しかし、その残像的なイメージは消えず第四句、五句の寂しい海岸の秋の夕暮の風景がより寂寥感を増すことになる。「花も紅葉もなかりけり」の解釈には、❶実景的な表現説　❷観念的な表現説がある。『花』と『紅葉』はいわば平安時代の美意識の代表ともいえる景物であり、それを大胆に「なかりけり」と全否定し、その代わりに見えるのは、「浦の苫屋の秋の夕暮」の風景という物寂しさの中に優艶な美を見る中世的な美意識が示されている。

作者　巻末「解題」参照

摂政太政大臣家百首歌合に　　藤原有家朝臣

377風わたるあさぢが末のつゆにだに宿りもはてぬよゐの稲妻

語釈　宿りもはてぬ＝完全に映りきることがない。

通釈　風の吹き渡る浅茅の葉末についた（次の瞬間には消える）露の中にさえ、宿りきることのない（一瞬の）宵の稲妻であることよ。

鑑賞　稲妻は、本来、恋歌に用いられることの多い歌材であるが、『新古今集』では、秋部に置かれ、一瞬の輝きに注目した内容となっている。風に吹かれ、次の瞬間には飛び散る短い一瞬だけ付く露の中にさえ、映りきることのない稲光の一瞬の輝きを捉えている。

作者　藤原有家　久寿二年（一一五五）～建保四年（一二一六）。六二歳。父は藤原重家、母は、藤原家成女。従三位大蔵卿。定家ら御子左家と対立した保守的な歌風の六条藤家の出身であるが、歌風は、新風和歌に近く後鳥羽院歌壇で活躍した。

秋歌下

川霧といふことを　　左衛門督通光

493あけぼのや河瀬のなみの高瀬舟くだすか人の袖の秋霧

語釈　高瀬舟＝底の平たい川用の小舟。

本歌　あけぬるかかはせのきりのたえまよりおちかた人のそでのみゆるは　（後拾遺集　秋上　源経信母）

通釈　曙よ。川の浅瀬の波が騒ぐあたりを高瀬舟を下していくのか、ちらりと秋霧の中に舟人の袖がひらめくのが見えるよ。

鑑賞　源通光は、新古今集編纂時期になって登場した新進の歌人である。その歌風は、難解な歌が多く、この歌も「くだすか」「人の袖の」「秋霧」と意味的につながらない歌句が断片的に提示されている。読者は、本歌の内容を重ねて、これらの歌句のイメージをつなぎ合わせ、深い川霧の中を舟の梶音が聞こえ、川の中の霧の合間からちらちらと人の袖が動くのが見えることから、舟人が高瀬舟を下していくのか。と想像するという歌意を理解することになる。新古今時代末期の難解な歌風の典型といえる。

作者　源通光　文治三年（一一八七）〜宝治二年（一二四八）一月十八日。父は源通親。母は、藤原範兼女。建保七年（一二一九）内大臣、『千五百番歌合』等に出詠。後嵯峨院歌壇でも活躍した。承久の乱後一時失脚するが、後嵯峨院時代には、復権し寛元四年（一二四六）従一位太政大臣となる。『続歌仙落書』の作者ともいわれる。

冬歌

摂政太政大臣家歌合に湖上冬月　藤原家隆朝臣

639志賀の浦や遠ざかりゆく波間よりこほりて出る有明の月

語釈　志賀の浦　琵琶湖の湖畔。

通釈　志賀の浦よ。氷結して次第に遠ざかっていく冷たい波間から、凍りついて出ている明け方の冷えさびた月であるよ。

鑑賞　冬の月は、平安末期から鎌倉時代初頭にかけて詠まれることの多くなった歌材で、特に新古今時代には、好まれた。真冬の深夜から明け方、氷結していこうとする琵琶湖の波打際は、次第に沖へと遠ざかっていく。その凍りつこうとする波の間から、凍りついた冷たい光をはなつ明け方冬の月が出てくる。冷えさびた冬の美は、新古今歌人たちが愛好した新しい美意識であった。

作者　本章一一八頁17番歌参照

百首歌たてまつりし時　定家朝臣

671駒とめて袖うちはらふかげもなしさののわたりの雪の夕暮

語釈　佐野のわたり＝紀伊国の歌枕。新古今時代には大和国の歌枕と考えられていた。

本歌　苦しくも降りくる雨かみわの崎さのの渡りに家もあらなくに　（万葉集巻三　長忌寸奥麿）

通釈　馬をとめて袖につもる雪を打ち払う物陰さえない。この佐野の渡しの雪の夕暮よ。

鑑賞　本歌の万葉集歌では、雨に降られ雨宿りをする家さえないと旅の苦しさと寂しさを直叙するが、定家歌は、本歌から直接には、「佐野のわたり」という歌枕だけを引用しているが、旅の途中での孤独感、寂寥感という点で本歌と共通しており、降るものを雨から雪に変え、見渡す限り物陰もない白一色の夕暮れ時の雪景色に転じている。夕闇の迫る中どこか死に向かっていくような本歌よりさらに深い不安感と寂寥感を表出している。その一方で雪に覆われた白一色の世界は、妖艶な美しさも持っている。白は定家が特に好んだ色といわれる。

トピック　西行

『新古今集』入集歌数第一位は、定家でも後鳥羽院でもなく、西行である（九十四首。伝記は巻末「解題」参照）。後鳥羽院自身は三十三首、第二位の慈円九十二首、第三位良経七十九首と比較しても慈円と共に圧倒的な入集数である。しかし西行の歌風が、いわゆる新古今風ではないことは、後に例として掲げた歌を定家ら新古今時代の歌人の歌と比較しても明らかである。新古今歌人たちの西行への尊崇は、むしろ模倣できない西行のみの個性に対するものであった。西行の表現は、平易でわかりやすいが、その実人生が裏打ちした実感の重みがあり、表現は平易であっても通俗に堕ちることがない独特の格調を備えている。西行は、生前から伝説的人物であったらしく、特に

ねがはくは花のもとにて春死なむそのきさらぎのもちづきのころ　（山家集③）

という詠歌そのままに文治五年（一一九〇）二月十六日に没して、定家たちに衝撃を与え西行像の伝説化を促進した。西行の影響はその後長く続き各時代に信奉者を生み現代にいたっている。

西行の代表歌

風になびく富士の煙の空に消えてゆくへも知らぬわが思ひかな　（新古今集　雑中）

道のべに清水ながるる柳かげしばしとてこそ立ちどまりつれ　（新古今集　夏）

年たけてまた越ゆべしと思ひきやいのちなりけり佐夜の中山　（新古今集　羇旅）

哀傷

母みまかりにける秋、野分しける日、もと住み侍りける所にまかりて　定家朝臣

788 玉ゆらの露もなみだもとどまらずなき人恋ふる宿の秋風

語釈　玉ゆら＝ほんの少しの間。たまに玉（水晶または真

珠）をかける。
通釈　ほんの少しの間も、庭の草木に置いた露も私の涙も留まらない。亡き母をしのんでいるこの父の家を吹く秋風のために。
鑑賞　藤原俊成の妻で定家の母、美福門院加賀は、建久四年（一一九三）二月十三日に没した。父俊成の家集『長秋草』によると定家は、台風の翌日、母（美福門院加賀796番歌参照）の思い出の残る京都五条室町の父俊成邸を見舞いに訪れて退出に際してこの歌を残したとされる。実父に実母の死を嘆く歌でありながら、悲哀の情は直叙されず、悲嘆の涙を流す定家自身が客観的に外から描写され、その美しい光景はあたかも物語の一場面のようである。眼前の景と融合させて象徴的に情緒化されている。定家の詠歌態度は、このような現実体験の個人的な内容であっても変わることがない。

定家朝臣母、みまかりてのち、秋ごろ墓所ちかく堂にとまりてよみ侍りける

（皇太后宮大夫俊成）

796まれにくる夜はもかなしき松風にたえずや苔の下にきくらん

語釈　松風＝松林を抜ける風音、もの悲しい音をたてるとされた。
通釈　まれに来て聞くだけでももの悲しい夜半の松風の音を、墓の下でわが妻は絶えず聞くのであろうか。
鑑賞　この歌は、俊成の家集『長秋草』に見え、前掲の788番歌と同様、俊成の妻、定家の母美福門院加賀を追慕する歌で、詞書に「建久五年忌日に法性寺に泊まりたる夜、松の風はげしきを聞きて」とある。定家の歌と比較すると、同じ人物への哀傷歌であるが、父俊成と息子定家の詠風には、共通点と異なる点がある。ともに景の中に悲哀の気分を象徴的に表現している点では共通しているが、俊成は、苔の下に眠る亡き妻を思いやり、「夜はもかなし」と感情表出語を直叙して、主情的に表現しているのに対して、定家歌には、叙景だけで感情を表出する語はない。定家の方が、父俊成より客観的であるといえる。
作者　巻末「解題」参照

羇旅

五十首の歌たてまつりし時　　藤原家隆朝臣

939あけば又こゆべき山の峰なれや空ゆく月のすゑの白雲

通釈　夜が明けたならまた越えなければならない山の峰なのだろうか。空をゆく月の行き着く末あの白雲のかかるあたりが。

鑑賞　出典は、建仁元年（一二〇一）の『老若五十首歌合』であり、作者家隆が実際に旅をしているわけではないが、山々を越えていく旅人の寂しく苦しい心情を想像している。行く手の山の峰を見上げると、空を渡っている月が傾き明け方の白雲がかかる山の峰が見え、翌朝には、越えていくのであろうかと思うという旅人の心情が景に融合している。優美で、叙情的な新古今時代の観念的な羈旅歌である。

作者　一一八頁17番歌参照

恋一

（百首歌の中に忍恋を）　　（式子内親王）

1035忘れてはうち歎かるるゆふべかなわれのみ知りてすぐる月日を

語釈　うち歎かるる＝ふと嘆きがもれる。うちは接頭語。

通釈　忘れてしまっては、ふとため息の漏れる夕暮時よ。私だけが知っていて密かに堪え忍んできたこの月日のことを。

鑑賞　倒置法の歌で、まず「忘れては」と初句に置き、「うち歎かるるゆうべかな」と夕暮時の嘆き＝恋人に受け入れられない。恋人が訪れない嘆きであろうと読者に想像させ、実は恋は、自分の内側にだけ秘められた「われのみ知る」ものであることが結句で明らかになる。内省的な和歌である。歌の中の主体は、女性ともとれるが、忍恋歌は、通常恋の思いをひた隠す男性が詠むものなので、歌の「われ」は男性であるとする説もある。男性歌人が、女性になった立場で、女性歌人が、男性になった立場で歌を作ることはこの時代には、一般的に行われていた。

作者　式子内親王《しょくしないしんのう》　久安五年（一一四九）～建仁元年（一二〇一）正月二十五日。後白河院第四皇女。後鳥羽院の叔母にあたる。平治元年（一一五九）賀茂斎院。嘉応元年（一一六九）退下。建久五年（一一九〇）出家。藤原俊成に和歌を学び、『正治初度百首』に出詠。

恋二

水無瀬恋十五首歌合に春恋といふ心を

皇太后宮大夫俊成女

1136 面影のかすめる月ぞやどりける春や昔の袖の涙に

通釈　あの人の面影が霞んで映る月が宿っているよ。春は昔の春ではないのかと歎く私の袖にこぼれ落ちた涙の上に。

本歌　月やあらぬ春や昔の春ならぬわが身ひとつはもとの身にして（古今集　恋五　在原業平。『伊勢物語』にも）

鑑賞　本歌は、『古今集』『伊勢物語』によると、男が行き通っていた恋人と引き離され無人となった恋人の住まいで月を見ながら恋人と見た昨年の春を思い出して一人涙する場面の歌である。頭上の大きな月を振り仰ぐ大景のように上の句で読者に想像させて、実はすべては恋人を思う自分の袖にこぼれ落ちた涙の粒の中に、頭上の月が小さく映り、さらにその朧な月の中に消えようとする霞んだ恋人の面影が映っているという極小の世界である。主題はあくまで春の歌であるが、恋歌を本歌にすることによって季節歌に恋の要素を含ませ内容を、重層化させる**本歌取り**の手法である。出典『水無瀬恋十五首歌合』は、建仁二年（一二〇二）に後鳥羽院の水無瀬離宮で行われた恋題のみの十五首歌合、後鳥羽院の他良経、定家、家隆など新古今時代の最も優れた歌人が結集した歌合で『新古今集』の撰集資料とされた。

作者　一一八頁**112番歌**参照

恋三

中関白通ひそめ侍けるころ

儀同三司母

1149 忘れじの行く末まではかたければけふをかぎりの命ともがな

通釈　私を忘れまいというあなたの言葉は、遠い将来までは頼みがたいので、こうして逢うことができた今日限りの命でありたいものです。

鑑賞　『新古今集』恋部は、恋二の巻末歌が西行の

1147 なにとなくさすがにをしき命かなありへば人や思ひしるとて

1148 思ひしる人ありあけの夜なりせばつきせず身をば恨みざらまし

と、女性が思いを受け入れてくれずその苦しみに悶々とする男性の思いを述べた歌で終わり、続いて恋三の巻頭歌が、恋人との一夜を過ごした後の後朝（きぬぎぬ）歌のこの歌である。男性が夕方、女性の家を訪れ、朝、夜が明けきる前に帰る通い婚という結婚の仕方で、しかも一夫多妻制であった平安時代には、一度男性を受け入れてしまうと、女性は、不実な男性の訪れをひたすら待ち続けなければならないことも往々にしてあった。男性の決して忘れないという今朝の誓いの言葉も、将来まではあてにならない。それならば、いっそ今幸福な今日の内にわが命が絶えてしまいたい。と訴える。後に定家が『小倉百人一首』に採歌しているように、この時代愛誦された歌である。『新古今集』の恋部の歌は、歌合や定数歌など、題を設定してその内容を詠む「題詠歌」であるが、この歌は、現実に、夫（藤原兼家）に送った現実体験に基づく「実詠歌」である。

作者　儀同三司母　生年未詳〜長徳二年（九九六）。高階成忠女貴子。夫は、藤原道隆。藤原伊周、隆家、一条天皇后定子の母。儀同三司は、藤原伊周のこと。

恋四

（千五百番歌合に）　定家朝臣

1332 たづね見るつらき心の奥の海よしほひの潟のいふかひもなし

語釈　奥の海＝陸奥国の歌枕。心の奥と掛ける。

本歌　伊勢島や潮干の海にあさりてもいふかひなきはわが身なりけり（源氏物語　須磨④）

通釈　探して行くあのつれない人の心の奥の海よ。その海岸には、もはや貝さえもなくいう甲斐もなく（あの人の愛情はすっかり引いて）ただ深く暗い海だけが広がるばかりだ。

鑑賞　つれなくなった恋人の心の奥に、もしやわずかでも自分への愛情が残ってはいないかと訪ね見ても、そこには、陸奥国の奥の海のように、ただ暗い海が広がるだけて、貝殻ひとつも（私への愛情のかけらも）なく、もはや何も言う甲斐もない。と相手の心を海にたとえ、そこへもしや自分への愛情は残っているか、と訪ね入るという象徴的な表現である。陸奥の荒涼とした寂しい貝さえない海岸だけが広がる光景は、もはや自分への愛情も枯れ果てた恋人の心の奥の風景でもある。

　掛詞を巧みに使いながら、荒涼とした風景の中に終わろうとしている恋の状況が象徴的に表現されている。

恋五

水無瀬恋十五首歌合に　　藤原定家朝臣

1336 白妙の袖の別れに露落ちて身にしむ色の秋風ぞ吹く

通釈　（朝恋人と別れていく）私の袖に朝露と（後朝の）別れの涙が落ちて、身にしみるような（冷たい）色の秋風が吹くことであるよ。

鑑賞　白妙は、袖にかかる枕詞であるが、同時に「白」の色彩的イメージを読者に想起させる。袖の別れは、恋人同士が、夜を過ごし、明け方男性が女性と別れて帰っていく別れ。「身にしむ色の風」は、定家の造語で、本来色のない「風」に肌で感じる触覚的表現である「身にしむ」と視覚的な表現「色」をつなげてイメージの重なりによって詩的に表現している。白妙と呼応してこの「色」が、悲嘆が強いと流すという血の涙「紅涙」を暗示する。秋風には、恋人の心が自分に「飽きて」きていることを暗示する。

雑歌中

住吉歌合に山を　　太上天皇

1635 奥山のおどろが下もふみ分けて道ある世ぞと人に知らせむ

語釈　おどろが下＝いばらなど灌木の総称。ここでは、公卿を指す。

通釈　奥深い山の草を踏み分けて、道というものがある世の中であることを人々に知らせなければならぬ。

鑑賞　『増鏡』の章名にも使われ、後鳥羽院の政治的決意を示した歌として有名。おどろが下は、ここでは配下の公卿たちを示し、それらを従えて、道＝王道というものがある世の中であることを、上皇である自分が民に示そうという決意を示している。鎌倉幕府を意識している歌として紹介されることが多いが、出典の『住吉歌合』は、承元二年（一二〇八）五月に行われたもので、その時期は、将軍実朝の暗殺前であり、後鳥羽院は、まだ鎌倉幕府打倒を具体的に意識しているわけではない。一般的な意味での政治的決意を示した歌といえる。

六●新古今集の政教性

『新古今集』は、単に秀歌を集めた歌集というだけではなく、鎌倉幕府成立後の不安定な政治状況を背景として、多分に政治的思想的な側面を持っている。先に挙げた春部巻頭歌とそれに続く二番歌の後鳥羽院の歌の排列は、第一番歌の良経歌が「吉野」（持統天皇の離宮があった場所として『万葉集』に見られる）に続き、「天の香具山」を詠んでいる。これは、持統天皇の有名な歌

　　題しらず　　　　　　　　　　　　　持統天皇

春過ぎて夏きにけらし白妙の衣ほすてふ天の香具山

（夏部巻頭　一七五）

を想起させ、一番、二番の連続は、立春を詠むだけではなく、読者に古代の持統天皇のイメージを想起させる。この春部の巻頭部分は、春部の巻末歌（最後の歌）の藤原良経の歌

　　百首歌たてまつりし時　　　　　　　摂政太政大臣

明日よりは志賀の花園まれにだにたれかはとはむ春のふるさと

（春下　一七四）

が、志賀＝持統天皇の父、天智天皇の大津近江宮のあった場所を詠んでいることと対応しており、古代の強力な指導力を発揮し、平安時代の皇統の直接的祖となる天智天皇、持統天皇を強く読者に意識させる構成となっている。

また雑下部巻頭においては、

　　山　　　　　　　　　　　　　　　　菅贈太政大臣

あしびきのこなたかなたに道はあれど京こへいざといふ人ぞなき

（雑下　一六九〇）

以下菅原道真の和歌を十二首連続で排列している。全勅撰集を通して同一歌人の歌を十二首連続して排列した箇所は、『新古今集』のこの箇所のみで非常に読者の目を引く。これは、藤原氏の専横に対抗してあくまで天皇親政の政治を守ろうとした道真を顕彰し、道真を左遷させた醍醐天皇の失策を補おうとする後鳥羽院の意志が反映していると思われる。

先に挙げた『新古今集』一六三五番「奥山の」歌は、

詠作された時期（承元二年〔一二〇八〕三月住吉社歌合）から考えてまだ鎌倉幕府の存在を脅威として強く意識したものではないと思われるが、古代の天皇を理想として強い指導性を発揮するという後鳥羽院のいわば政治的思想的な決意を示したものであり、『新古今集』の政教的一面を示している。

七 新古今歌風とは

新古今集編纂時代の主流をなした藤原俊成とその一門の「御子左家」の歌風は、『古今集』成立以前、寛平年間以前の抒情性豊かな和歌への回帰を理想とする古典主義的立場を標榜した。具体的には、古歌（基本的には、三代集〔古今集・後撰集・拾遺集〕や『伊勢物語』などの範囲）を摂取し、単に表現を引用するだけではなく自歌の背景としてそこに新歌を創作する本歌取りや、漢詩文、物語を摂取し、本歌取りと同じ技法で詠作する本説取り、余韻を残す体言止めなどの手法を用いて。、直接的に表現したい感情、内容を直叙せず風景などに象徴化させ、音韻的にも美しい響きを求めている。

『新古今集』の歌風は、現代でも「幽玄」という言葉で説明されることがあるが、定家らの新風和歌の歌風を「幽玄」と呼んだのは、新古今集編纂のための撰和歌所の寄人で、『方丈記』の作者でもある鴨長明や、定家の和歌の弟子で後鳥羽院の子順徳院など歌壇の中心ではなくどちらかといえば傍流や、後進の歌人であり、新古今歌風を主導した藤原俊成、定家ではない。「幽玄」とは、本来は、仏法の難解さ深遠さを表す語であったが、後に和歌の評語として、藤原基俊らが用いた。藤原俊成、定家も優れた和歌の一歌体として歌合における評語などで用いているが、彼らの理想とする最高の歌体であるとしたことは一度も無く、あくまで優れた和歌の風体の一つとしている。新古今時代の「幽玄」は、おおよそ声調的な美しさを踏まえ、重層的な情調表現の上に生まれる深遠で静謐な美を表すが、その後、南北朝以降、歌論に留まらず、世阿弥の能楽論、二条良基・心敬の連歌論など中世文芸全体にわたって理想美を表す語として享受された。

八　新古今集以後の和歌

承久三年（一二二一）後鳥羽院は北条氏追討の院宣を発して承久の乱が勃発し、敗れた院は、隠岐に、子の順徳院は、佐渡に、土御門院は、土佐に配流となり、京都の歌壇は壊滅的打撃を受ける。定家と後鳥羽院の関係は、前述した通り承久の乱以前に、定家が後鳥羽院の逆鱗に触れ蟄居を命じられて破綻しており、それがかえって承久の乱後は、定家を、歌壇の第一人者として押し上げることにもなった。

天福二年（一二三四）定家は、第九番目の勅撰和歌集『**新**《しん》**勅撰和歌集**《ちょくせんわかしゅう》』を編纂するが、鎌倉幕府の目を恐れる九条道家の指示により、草稿から後鳥羽院、順徳院の和歌をすべて削除させられるなど、必ずしも定家の本意にかなうものにはならなかった。

定家の没後、歌壇の主導者は、息子**藤原為家**が継承したが、為家の息子たち、二条為氏、京極為教その子為兼、冷泉為相は、歌道家の主導権と財産の分与をめぐって対立し、御子左家は分裂し、以後**二条家**、**京極家**、**冷泉家**としてそれぞれ自身の正統性を主張して対立を続ける。

参考文献

さらに『新古今集』を読みたい人のために

- 久保田淳『新古今和歌集全注釈』角川学芸出版、平成二十三年。
- 窪田空穂『完本新古今和歌集評釈　上・中・下』東京堂、昭和三十九～四十年。
- 田中裕・赤瀬信吾校注『新古今和歌集』新日本古典文学大系、岩波書店、平成四年。
- 峯村文人校注・訳『新古今和歌集』日本古典文学全集、小学館、昭和四十九年。
- 久保田淳校注『新古今和歌集　上・下』新潮日本古典集成、新潮社、昭和五十四年。

より深く研究したい人のために

- 島津忠夫編『新古今集を学ぶ人のために』世界思想社、平成八年。
- 有吉保『新古今和歌集の研究――基盤と構成』三省堂、昭和四十三年。
- 『新古今歌風の形成』藤平春男著作集一、笠間書院、平成九年。
- 『新古今とその前後』藤平春男著作集二、笠間書院、平成九年。

関連作品の案内

- 『古来風体抄』『近代秀歌』定家・俊成の歌論書。現代語訳付き。（「歌論集」小学館　日本古典文学全集）
- 『無名抄』鴨長明の歌学書、新古今時代のエピソードを記録する。（「無名抄」現代語訳付き　角川ソフィア文庫）
- 『後鳥羽院御集』後鳥羽院の家集。（和歌文学大系24　明治書院）

知識を確認しよう

問題

「『新古今集』哀傷部の七八八番歌（俊成歌）と七九六番歌（定家歌）を比較しながら、両者の詠風の違いを考えてみよう。

解答への手がかり

藤原俊成と定家は、親子であり、俊成は定家の和歌の師でもある。したがって両者の歌風は基本的に同じものである。しかし、定家は、父の詠風を基礎にさらにそれを進めている。同じ俊成には妻、定家には母の、加賀を追討する歌であり、両者の追慕の気持ちは同じであるが、それを表現する方法に同じ部分と異なる部分とがあることに注意して二首の和歌を味読しよう。

第7章

近世（一）近松と西鶴の文学を読む

本章のポイント

井原西鶴と近松門左衛門は元禄時代の文芸を代表する作者で、共に上方（京阪地方）を拠点に活躍した。談林俳諧師として出発した西鶴は浮世草子と称されるジャンルに画期的な作品を数多く残した。近松は人形浄瑠璃作者として出発し、一時京都で歌舞伎を執筆していたが、竹本座の専属作者として再度浄瑠璃に専念した。

二人が登場する背景として江戸時代になって成立した出版界や二大悪所——遊里と芝居——の興隆が挙げられる。町人階層の経済的余裕が趣味・娯楽としての読書や芝居見物を定着させた。西鶴も近松も時に出版者や興行主の意向を受けて、読者や観客らを常に意識して創作している。その結果今日にも繋がる文化の大衆化路線を推進し、後続の文芸に与えた影響は多大であった。

一 西鶴と近松の登場

1 西鶴と近松の評価

元禄時代を近世前期の文化的ピークと見る見解は、一般に定着している。この場合の元禄時代とは、ほぼ五代将軍徳川綱吉の治世と考えてよかろう。元禄の三大家として国際的な評価を獲得している井原西鶴・松尾芭蕉・近松門左衛門のうち、本章では西鶴と近松の二人を取り上げる。多少前後するが時系列的に二人の活動を追い、元禄期から享保期の文芸界の動向を概説する。

西鶴は近松より十一歳年長であり、元禄六年（一六九三）に西鶴が五十二歳で没した時近松は四十一歳で、二人が活躍した全盛期は、実際は多少ずれている。それでも画期性や後続文芸への影響という点で、二人は並称されるべき存在である。

2 十七世紀上方の社会状況

西鶴も近松も上方、特に大坂で活躍した。西鶴は寛永十九年（一六四二）に出生したが、この時期は寛永文化の開花した皇都京都が文化的にも経済的にもいまだ日本の中心を占めていた。一方大坂には諸藩の蔵屋敷が集中しており、河村瑞賢による東西航路の開発事業もあって大坂は高度経済成長期を出現させ、まさに「天下の台所」を自負する「町人の町」としての性格を強めていった。権力と結託した伝統的特権町人の多かった京都に対し、大坂は新興町人が成功する可能性に満ちた都市として、次第に京都を経済的に圧倒するのである。

経済的余裕の出来た町人たちが、生活に文化的潤いを希求するのは当然の成り行きである。加えて近世になって民間の出版業がまずは京都に興り、読者人口を拡大させた。漢籍類の出版が先行したが、寛永期（一六二四〜）頃から仮名草子《かなぞうし》や貞門《ていもん》系俳書、謡本《うたいぼん》・浄瑠璃本《じょうるりぼん》等国書の刊行が盛んになった。遅れて大坂で寛文十一年（一六七一）頃から俳書が出版されるようになるのは、西鶴の俳諧活動を刺激したであろう。

3 談林俳諧師西鶴と矢数俳諧

出自を含め井原西鶴の伝記については不明な点が多い。伊藤仁斎《じんさい》の次男梅宇《ばいう》の随筆『見聞談叢《けんもんだんそう》』の記事から、大坂の比較的富裕な町人層の出身であろうことが窺える。本名を「平山藤五」と記すが傍証はない。逆算して寛永十九年の出生。十五歳で俳諧《はいかい》を志し、二十一歳で点者（＝プロの俳諧師）となったという。俳諧活動の初見は寛文六年（一六六六）刊の西村長愛子編『遠近集《おちこちしゅう》』で、鶴《かく》永《えい》の号で三句入集する。

そのいまだ無名であった鶴永が突如俳壇の表舞台に躍り出たのが寛文十三年（一六七三）春、生玉社南坊における十二日間の『生玉万句《いくたままんく》』興行である。時に三十二歳、出句者一六一名には当時無名の者も多く、かなり強引に俳人を動員した可能性が強い。あるいは西山宗因《そういん》の援助があったのかも知れないが、これが六月に刊行され西鶴の処女撰集となったのである。

『生玉万句』の序文に、西鶴が俳壇で「阿蘭陀流《おらんだりゅう》」と呼ばれて異端視されていると言う。この文言は異端性を旗印とする西鶴の自己顕示を感じさせるが、結果的に談林《だんりん》俳諧創立宣言となったのは確かである。

同年九月には『哥仙《かせん》大坂俳諧師』初撰本を刊行した。歌仙絵の伝統に倣い、三十六人の俳諧師を自画の姿絵に発句を添えて描く。自らも鶴永として入集させ、俳壇における存在をアピールする姿勢がここでも濃厚である。

翌延宝二年（一六七四）歳旦《さいたん》吟で自ら西鶴と改号、宗因への接近を図ったが、宗因にはさほど積極的に応じた様子がない。二人の関係には常にこうした温度差が伴っていたようだ。

延宝三年（一六七五）四月三日、二十五歳の妻が三児を遺して死ぬ。亡妻追善のため、『独吟一日千句』を興行、宗因をはじめ一〇五名の発句を得て刊行に及ぶ。亡妻への哀悼の意という私事を出版したことは当時としては稀有なことで、同時に西鶴の速吟の才能を窺わせる。年末には薙髪法体《ちはつほったい》して家業は手代に譲ったものと見られる。文芸創作活動に専念する環境が整ったと言えよう。

西鶴は新たな境地を目指し、**矢数《やかず》俳諧**興行を試みる。一昼夜で何句独吟できるかを競う、京都三十三間堂の通し矢「大矢数《おおやかず》」に着想したイベントである。延宝五年（一六七七）五月、生玉本覚寺『俳諧大句数』の千六百句で矢数俳諧の先鞭を付け、談林俳諧もピークを迎える。記録を争うライバルも出現し、同八年五月再度大坂生玉社別当南坊『西鶴大矢数』で四千句を達成、興行的には大成功と言える快挙である。

しかし得意げな西鶴に対し、宗因は矢数俳諧に好意的とは言い難かった。天和二年（一六八二）三月に宗因は没した。ある意味で西鶴は〝解き放たれた〟ようである。終生俳諧師をもって任じた西鶴だが、別の興味関心を模索するようになったと見られる。

4　近松芝居の世界へ

西鶴に比して近松門左衛門の出自はかなり明確である。越前福井藩三代藩主松平忠昌に仕えた杉森信義の次男で、承応二年（一六五三）に福井で出生、母は藩医岡本為竹の娘という。父の異動先である支藩吉江藩（現鯖江市）で成長し、元服後信盛と称す。寛文七、八年（一六六七〜一六六八）頃事情は不明ながら父は浪人、一家は京都に移住する。兄弟は大和の宇陀《うだ》松山藩織田家に奉公したが、近松は寛文十年頃、後水尾天皇の弟一条禅閤恵観《ぜんこうえかん》に出仕、同十一年刊山岡元隣編『宝蔵《たからぐら》』に実名で一句入集し、これが現存最古の作品と言える。西鶴同様まずは俳諧に手を染めたのは、当時文芸的素養のある若者の常套《じょうとう》である。恵観没後も数家に公家侍《くげざむらい》として奉公し、こうした成育環境が、近松の人脈や教養基盤に多大な影響を与えたことは確かである。

西鶴の俳事が活発になった延宝初年（一六七三）頃、近松にも大きな転機が訪れる。宇治加賀掾嘉太夫《うじかがのじょうかだゆう》の元で**人形浄瑠璃**作者として修行を始めたのである。加賀掾は温雅で優美な洗練された独自の曲風嘉太夫節を確立し、当時公家たちをはじめ絶大な支持を集めていた。近松が奉公した正親町公道《おおぎまちきんみち》も熱心な愛好者だった縁で、出入りするようになったと見られている。

今日的感覚からすれば、演劇好きの青年の転身にさしたる不思議はないが、当時は事情が違っていた。日本は古来芸能民に対する差別的卑賤視が根強く存在した。権力者や富裕層のパトロンがいた能役者や歌舞伎役者にしても例外ではない。武士の出自に加え高位の公家に仕えた近松の芸能界入りは、当時は奇異の目で見られたことは想像に難くない。さらに作者の地位が語り手の太夫や演技者の役者の下という扱いである。作者名が正本に明記されないケースがほとんどであった。このことはまた近松初期作品の認定を困難にし、延宝五年（一六七七）宇治座初演の『てんぐのだいり』以下、近松修行時代における存疑作がある。いずれにせよ、加賀掾も気鋭の若手を作者に得、双方にとって好運な出会いであった。

二　浮世草子の成立とその背景

1　『好色一代男』の画期性

　常に耳目を驚かすことを狙う西鶴は、新たな企画作品を世に問う。それが天和二年（一六八二）十月刊『好色一代男』八巻八冊である。時に西鶴四十一歳、これを現在の文学史でいう「浮世草子《うきよぞうし》」の第一作とする。『一代男』の執筆事情や創作意図を考える場合、常に問題となるのが西鶴の俳人仲間水田西吟《さいぎん》による跋文の解釈である。中に「転合書《てんがふがき》（＝いたずら書き）のあるを取集」てあらましに写した、との記述がある。総じて草子類を慰み物とする発想は従来の常套ではある。『一代男』の場合、文芸と最も縁遠い無教養な田舎の農婦にさえも読み聞かせたら面白がられた、とその艶笑性を強調するところに、「浮世」を活写した草子の画期性がある。西吟が西鶴の意図と読者の興味を代弁する存在なのであろう。本文冒頭に

　桜もちるに嘆き、月はかぎりありて入佐山《いるさやま》、ここに但馬の国かねほる里の辺《ほとり》に、浮世の事を外になして、色道ふたつに寝ても覚めても夢介《ゆめすけ》と替名《かへな》よばれて、名古屋三左・加賀の八などと、七つ紋の菱にくみして身は酒にひたし、一条通夜更けて戻り橋、ある時は若衆出立、姿をかへて墨染の長袖、又は立髪《たてがみ》かづら、化物が通るとは誠にこれぞかし。[1]

とある。桜や月に代表される伝統的な自然美の有限性より、男色・女色の愛欲の無限性が勝ると肯定した近世的価値観を提示したところに斬新さが認められる。生野《いくの》銀山で財を成した放蕩者を父、当時高名な元遊女を母とする主人公世之介は、色道のスーパーヒーローとなる資質を備えた人物として設定されている。

　『一代男』五十四章は世之介の誕生から六十歳で女護《にょご》の島《しま》に出船するまでの好色遍歴を『源氏物語』『伊勢物語』等先行古典を利用しつつ、独特の雅俗折衷文体で記す。前半四巻は世之介が家督相続して大臣となるまでを、後半四巻は吉野を巻頭に遊女列伝のスタイルで描く。世之介は粋《すい》にも野暮《やぼ》にもなる変幻自在な存在として登場する。

　『一代男』の挿絵は西鶴自画（異説あり）、版下書《はんしたがき》は西吟、荒砥屋《あらとや》孫兵衛可心という、これも俳人仲間と思しい素人出版者から刊行された。前例のない書であり、俳書の刊行で付き合いのあった大坂の専業出版者に持ち掛けて、

おそらく二の足を踏まれたのであろう。しかし、これが大ヒットし、初版荒砥屋版は後に大坂の書肆《しょし》秋田屋大野木市兵衛に求版された。

一方『一代男』は江戸でも出版された。江戸版も八巻八冊ながら前述上方版の用字や文章を平易にし、内容も縮約した半紙本で、挿絵には江戸の人気浮世絵師菱川師《ひしかわもろ》宣《のぶ》を起用し、こちらも版を重ねた。

さらに『一代男』を菱川師宣の絵を主体に、本文荒筋を細字で上部に記す絵本形式の貞享三年（一六八六）刊『好色世話づくし』、刊年未詳の改題本『大和絵のこんげん』も刊行された。文体には西鶴らしいテンポが失われたが、師宣の技量を遺憾なく発揮した初期浮世絵本の傑作である。

このように『一代男』の成功は西鶴作品の商品的価値を一気に高めた。京都の後塵を拝していた大坂出版界にとって、西鶴本という新たなヒット商品の可能性が開けたのである。

2 『諸艶大鑑』以後と矢数俳諧の終焉

『一代男』の好評を受け、浮世草子は好色物を中心に展開する。西鶴の第二作『諸艶大鑑《しょえんおおかがみ》』が貞享元年（一六八四）四月に刊行された。傍題「好色二代男」とし一代男世之介が捨て子した遺児世伝《よでん》を主人公と設定する。内容は悪所と呼ばれた遊里を舞台にした短編小説集で、客と遊女の虚実こもごもの恋愛や駆け引きを描く。後続の好色物の一定型を確立し、西鶴を好色本作者とする世間の評価が定着していく。同時期に西鶴の追随者として、山の八こと山本八左衛門、西村本を刊行した西村市郎右衛門ら京都の本屋作者が登場したが、所詮亜流作者であり長くは続かなかった。

六月には大坂住吉社にて一昼夜二万三千五百句を独吟する大記録を達成し、西鶴は「二万翁《にまんおう》」と自称する。浮世草子で成功した高揚感が四年ぶりの矢数俳諧にも反映したと思われ、自らの限界に挑みつつ、レコードホルダーとして矢数俳諧の幕引をしたのであろう。以後大坂俳壇の凋落も手伝って、西鶴の俳諧活動は停滞気味となる。

3 歌舞伎関係者と野郎評判記

西鶴作品成立の背景として歌舞伎界の存在を逸することはできない。大坂道頓堀興行街の創業は寛永三年（一六二六）に遡り、歌舞伎・浄瑠璃の他からくり芝居や見世物小屋がひしめき合っていた。延宝七年（一六七九）に俳書『句箱《くばこ》』『道頓堀花みち』が大坂深江屋《ふかえや》太郎兵衛から刊行された。後者の編者辰寿は狂言作者富永平兵衛で、入集者から歌舞伎関係者と西鶴ら談林俳諧師との親交が窺える。俳号を持ち、俳諧を嗜む役者は多かったが、それは俳諧の座における子弟関係のみならず、酒宴や遊山等遊興の場にも及んでいる。西鶴が贔屓にしたのは上村辰《うえむらたつ》弥《や》らの野郎たちで、舞台を離れた接客も彼らの仕事であった。こうした野郎たちが歌舞伎界の情報提供者であったことは想像できる。あるいは西鶴に歌舞伎狂言の作があった可能性もなしとしないが、今日では未詳である。

西鶴は天和三年（一六八三〈推定〉）に野郎評判記『難波《なにわ》の皃《かお》は伊勢《いせ》の白粉《おしろい》』五巻五冊を刊行した（現存巻二・三の二巻のみ）。野郎の評判記自体は先行例があるが、西鶴自ら若衆方《わかしゅがた》・若女方《わかおんながた》の姿絵を描き、その評判――ほぼ褒め言葉だが――を記したものである。前掲『哥仙大坂俳諧師』の野郎版ともいうべき性格の書で、役者との昵懇を誇示するような姿勢も看取される。

三　西鶴・近松の浄瑠璃対決とその顛末

1　近松の鮮烈デビュー

一方近松もこの時期に頭角を現しつつあった。確実視される最初の作、加賀掾正本《しょうほん》『世継曾我《よつぎそが》』が天和三年に初演され大好評を博す。曾我兄弟仇討の後日譚に近世的な廓場《くるわば》を挿入した大胆な当世化の手法は、時代浄瑠璃の方向性を決定付けた作品として評価し得る。

翌貞享元年（一六八四）には、宇治座から独立して道頓堀で竹本座を旗揚げした竹本義太夫《たけもとぎだゆう》もこれを語り、大人気を博した。特に曾我五郎の愛人化粧坂《けはいざか》の遊女少将が、姉女郎で十郎の愛人虎に述懐する二段目「待夜の恨み」

> げに受けがたき人の胎《たい》を受けながら、ためしすくなき河竹のながれの身こそ定かならね。思ふも思はざりつるも、夜毎にかはる憂き枕、つらきながらも勤とて、朝な夕なの化粧坂。[2]

の一節、また三段目「虎少将道行」冒頭の

> さりとても恋は曲者《くせもの》、皆人の迷ひの淵や気の毒の、山より落つる流れの身、うきねの琴のしらべかや。引く手あまたにしげけれど、思ひ出すはかのひとり。[2]

の一節はともに遊女勤めの辛さを嘆く場面だが、「立つ子這《は》ふ子（＝幼児）」でさえ皆口真似するほどの流行歌となったという（『今昔操年代記《いまむかしあやつりねんだいき》』上）。当時は浄瑠璃の詞章や歌舞伎狂言中で役者が歌う歌謡から、ヒット曲が生まれたのである。すると加賀掾一座も京都から道頓堀に向けて下るという挙に出た。この真相には不明な点もあるが、人形浄瑠璃が熾烈な競争意識のもと、さらに飛躍の時期を迎えたことは特筆してよい。

2 貞享改暦と浄瑠璃太夫の競演

まず加賀掾は新天地での話題性を狙ったものか、西鶴に初体験となる浄瑠璃執筆を依頼し、貞享二年（一六八五）正月『暦《こよみ》』が宇治座で上演された。同時期竹本座では『賢女《けんじょ》の手習并新暦《てならいならびにしんごよみ》』を上演、近松作と推定されるが井上《いのうえ》播磨掾《はりまのじょう》『賢女手習鑑』の補綴《ほてい》という（この〝競演〟は存在しなかったとする説もある）。ともに前年の貞享改暦という社会問題を当て込んだタイムリーな企画であった。しかし興行的には竹本座に軍配が上がった。翌月二の替りに宇治座は再度西鶴作と推定される『凱陣八島《がいじんやしま》』を、竹本座はやはり近松の『出世景清《しゅっせかげきよ》』を上演した。今回は西鶴作が好評を得ていた矢先、宇治座側が出火するという不測の事態に見舞われた。その結果失意の加賀掾は京都に戻る。西鶴も相変らず嘉太夫節を愛好していたものの、この後浄瑠璃と積極的な関わりを持つことはなかった。この時西鶴と近松が果たして直接面談する機会があったか否かは、興味深いが未詳である。結果として自身の活躍の場は現状では浮世草子執筆であると、西鶴は覚悟したのではないだろうか。

3 近松『出世景清』の意義

興行的には加賀掾の退転に助けられる幸運はあったが、近松が初めて義太夫と組んだ新作『出世景清』は画期的な作品となった。これをもってそれ以前の「古《こ》浄瑠璃」と一線を画すとするのは後世の評価であって、当時の観客の意識や評判とは食い違う面はあろう。それでも嫉妬の余り景清を裏切り、ともに破滅へと向う愛人阿古《あこ》屋《や》の屈折した真情など、新たな人物造型の可能性を感じさせ、『世継曾我』の方向性を発展させた作と言えよう。

翌年の義太夫正本『佐々木先陣』では内題下に「作者近松門左衛門」と署名され、作者として名実共に自立を果たした。ただしこれを批判するむきは少なからずあった。翌年刊の役者評判記『野郎立役舞台大鏡《やろうたちやくぶたいおおかがみ》』に、近松が浄瑠璃のみならず歌舞伎狂言にも作者名を明示するのは僭越だとする批判が見える。このことはまた、この時期近松がすでに歌舞伎にも手を染めていたことを示すが、具体的な作品は未詳である。さらに同書は、近松が都万太夫座《みやこまんだゆうざ》の道具直しに出勤するとか、堺の戎島《えびすじま》で原栄《はらえい》宅《たく》と組んで『徒然草』の講釈をするとかの〝副業〟に従事している旨を言う。真偽未詳ながら、いまだ近松が経済的に安定していなかったとの推測が成り立つ。また近松と義太夫との提携が一気に進んだわけでもなく、依然加賀掾に作品を提供し、それを義太夫が語ることが多かった。

四　流行作家西鶴の活躍

1　好色本作家として

貞享二年（一六八五）二月刊『椀久一世《わんきゅういっせ》の物語』は延宝四年（一六七六〈異説あり〉）に水死した椀屋九右衛門をモデルにしている。貞享元年大和屋甚兵衛による顔見世二の替り狂言『椀久袖の海』に刺激を受けた際物《きわもの》的作品だが、遊廓で蕩尽し破産・発狂する蕩児の末路を描き、成功した作と言えよう。ちなみに『椀久二世の物語』を元禄四年（一六九一〈推定〉）に刊行している。急死した大臣が椀久の案内で地獄巡りをするという趣向である（改題本『新小夜嵐《しんさよあらし》』のみ存）。

貞享三年二月には、実在した素人男女五組の恋愛事件を描く『好色五人女』を刊行する。事件の風聞を基に虚構を交えるスタイルは、後続の好色物や演劇にも大きな影響を与えた。またここで初めて江戸の書肆万屋《よろずや》清兵衛が相版元に名を連ね、以後江戸での販売ルートが拡大した。この後二年間の西鶴の旺盛な執筆活動は瞠目《どうもく》に値する。

同年六月に、女性の好色遍歴から発心までを老女の回想として描く『好色一代女』を刊行する。好色絶倫の美女という設定の一代女が経験する様々な職業遍歴を通して、好色風俗の諸相を滑稽味を交えた筆致で描く。一人の女性の一代記としては無理な設定もあり、最後老残の身を恥じ出家に至る過程は仮名草子以来の「懺悔物《さんげもの》」の常套ではあるが、読後感には不自然さや悲惨さがない。

同五年六月若隠居した浮世の外《ほか》右衛門の破滅を描く『色里三所世帯《いろざとみところせたい》』（フランス国立国会図書館蔵本）、大臣客の栄枯盛衰を描く同年刊『好色盛衰記《こうしょくせいすいき》』等好色物が陸続と刊行されるが、次第に遊興の否定面が強調されるようになるのは、晩年の傑作『西鶴置土産《おきみやげ》』の境地に通じるものがあろう。

2 雑話物・武家物の創出

前述道頓堀で『暦』上演中の貞享二年正月には『西鶴諸国はなし』を刊行、こうした諸国話形式の奇談短編集は仮名草子怪異小説にも見られ、後続浮世草子から初期読本に至るまで一ジャンルを形成している。目録題「近年諸国咄　大下馬《おおげば》」とあり、当代の見聞を集めたとの意図を強調するものであろう。遊里や好色生活に留まらず、不可思議な人間のありように西鶴は広く目を向けている。同四年三月刊『懐硯《ふところすずり》』も、旅僧伴山の諸国見聞記という形式をとるが、同様の性格を持つ

同四年正月には『本朝二十不孝』を刊行、御伽草子以来の『二十四孝』物や幕府の孝道奨励政策を意識しつつ、そのアンチテーゼとして諸国の親不孝譚を集成した短編集である。平凡な教訓を弄する箇所もあるが、泰平の世の中で、歪んだ欲望から破綻する親子関係を淡々と描くところが特徴的である。

同時期『男色大鑑《なんしょくおおかがみ》』を刊行、衆道《しゅどう》を扱い、副題「本朝若《わか》風俗」とするゆえんである。前半四巻は武家の衆道の意気地を、後半四巻は歌舞伎若衆を実名で登場させ、ルポルタージュ的に描く。巻八の一に後述坂田藤十郎《さかたとうじゅうろう》らと並んで名前の出る嵐《あらし》三郎四郎は美貌で人気の立役だったが同年十二月に自殺、西鶴は翌年正月に『嵐無常物語』を刊行した。これが独立した役者最期物語の第一作で、以後人気役者の最期物語が多く出版されている。

『大鑑』の四ヵ月後に刊行された『武道伝来記』は目録に「諸国敵討」とあり、衆道をめぐる確執等『大鑑』と内容的に重複する面がある。江戸の武家読者を意識したとする見解は首肯できよう。ただし、敵討ちが目出度く成就する話ばかりではなく、時に非条理で数奇な運命の中で武士が意地を通す姿を町人西鶴の視点で描く点が後続作品にも共通している。ただし翌年刊武家物『武家義理物語』や、仮名草子『可笑記』を意識して武士訓話が多い『新可笑記《かしょうき》』となると、やや低調さが目立つ章も散

見する。流行作家の多忙さに加え、西鶴が武士に対する新たな切り口を用意できなかった点は、やむを得ない面もあろう。元禄二年（一六八九）正月には『本朝桜陰比事《ほんちょうおういんひじ》』を刊行、中国の『棠陰比事《とういんひじ》』に倣った日本の裁判小説集である。

3　町人物の展開

貞享五年（一六八八）正月、西鶴は満を持して町人物の第一作『日本永代蔵《にっぽんえいたいぐら》』を世に問う。成立過程が複雑なのは、西鶴が以前から構想を温めていたことの証左ともなる。また異版を含めた伝本の多さは江戸期を通じて広く読まれたことを物語る。仮名草子『長者教』を意識して「大福新長者教」と副題し、実在する町人をモデルに創作を交えて描く。藤屋市兵衛や三井《みつい》八郎右衛門（作中では九郎右衛門）はその代表例である。町人は利益を出すことが社会貢献に繋がるとの理念に貫かれた本作は、蓄財や経済活動を小説のテーマとしたところに従来にない斬新さがある。致富譚ばかりではなく、二代目を含む没落譚をも描き、浮沈の激しい社会で家業を存続させる経営者の厳しさを実感させ、町人読者の共感を勝ち得たと言える。元禄二年以降西鶴は体調を崩していたらしく、この時期に執筆した原稿が遺稿集に収められた可能性がある。また再び俳諧活動に手を染めている。

同五年正月『世間胸算用《せけんむねさんよう》』が刊行された。副題に「大晦日は一日千金」とあるように、大晦日は大節季と呼ばれ当時最も重要な収支決算日であった。その一日に限定して諸人の言動を描いた短編集で、この形式自体も先例を見ない。西鶴は「大晦日さだめなき世の定かな」の発句を遺した。借金取りから逃れようとする人々の悲喜こもごもの駆け引きを、ユーモアを交えて描く章が多く、西鶴晩年の境地を示す傑作との評価は揺るがない。

4　西鶴晩年の動向

『胸算用』刊行後、秋に熊野行脚した際の独吟に、注を付した画巻『独吟百韻自註絵巻』を作製している。翌六年正月刊『浮世栄花一代男』は存疑作で、独身男が隠れ笠を被ると透明人間となり、忍之介《しのび》と名乗って諸国の閨房を覗き見るという趣向である。絶筆がこうした好色本だとすれば、書肆からの要請によるものと思わせる。

西鶴は同年八月十日に、おそらく大坂谷町筋錫屋町の西鶴庵で病没したのであろう。享年五十二。

5　団水による遺稿集編纂と追善

西鶴の遺稿集五作を刊行したのは俳諧の弟子であった北条団水である。元禄六年（一六九三）冬刊第一遺稿集『西鶴置土産』は、巻頭に西鶴肖像と辞世「浮世の月見過しにけり末二年」、団水らの追善発句を掲載する。西鶴自序に

世界の偽《うそ》かたまつて、ひとつの美遊《びゆ》となれり。これをおもふに、真言をかたり揚屋《あげや》に一日は暮しがたし。女郎はない事をいへるを商売、男は金銀を費しながら気のつきぬるかざりごと、太鼓はつくりたはけ、遣手《やりて》はこはい顔、禿《かぶろ》は眠らぬふり、宿の嚊《かゝ》は無理笑ひ、かみする女は間ぬけの返事、祖母《ばゞ》は腰ぬけ役に酒の横目、亭主は客の内証を見立てけるが第一、それ〴〵に世を渡る業をかし。さる程に女郎買ひ、さんごじゆの緒じめさげながら、この里やめたるは独りもなし。手が見えて是非なく身を隠せる人、そのかぎりなき中にも、凡万人のし連《つれ》る色道のうはもり、なれる行末あつめてこの外になし。これを大全とす。③

とあるように、遊廓における遊興は嘘が集約された虚構の美であると断じ、女郎買いの果てに零落した大臣たちの話を集めたものである。貧窮の中でもしぶとく生きる者たちを滑稽味を交えつつ同情的な筆致で描き、傑作が多いとされる。翌年二月に江戸版改題本『西鶴彼岸桜』が江戸俳人の追善発句を補記して刊行された。元禄十一年（一六九八）に序跋を差し替えた改題本『朝くれなゐ』が、宝永五年（一七〇八）さらに奥村政信画に差し替えた改題改竄《かいざん》本『風流門出加増蔵』が刊行されたことは注目される。

元禄七年（一六九四）三月刊第二遺稿集『西鶴織留《おりどめ》』は元禄原刻本と元禄通行本が知られ、後者は「本朝町人鑑」「世の人心」から成り、団水序に『永代蔵』と三部作の計画であったという。元禄八年正月刊第三遺稿集『西鶴俗つれ〴〵』は雑多な内容の短編集で、酒色の戒めが多く見られる。元禄九年正月刊第四遺稿集『万《よろず》の文反古《ふみほうぐ》』は書簡体小説集で、A・B二系列の成立時期の問題が付きまとう。書き手が当時の社会の現実や、自らの恥多い人生を露呈する内容に総じて評価が高い。元禄十二年四月

刊第五遺稿集『西鶴名残の友』は貞徳・芭蕉・其角らも登場する俳人逸話集で、伝記資料としても興味深い内容である。

団水は元禄七年から十三年まで西鶴庵を守り、後京都に帰った。宝永二年（一七〇五）八月に西鶴の十三回忌を誓願寺で行い、翌年正月追善句集『こゝろ葉』を出版した。「秋の夜の記念《かたみ》也けり俗源氏　珊瑚」「世のすけの名残を見せよ朝の月　如水」等の発句が見え、『好色一代男』作者の西鶴として認識されていたことを改めて示す。

五　元禄期浮世草子の展開と後継者

1　好色物短編集の流行

西鶴没後の浮世草子界は絶対的な存在を失ったが、好色本の商品価値を知る書肆は、代替する作者の発掘に努めた。中でも雲風子林鴻《りんこう》『好色産毛《うぶげ》』・夜食時分《やしょくじぶん》『好色万《まん》金丹《きんたん》』『好色敗毒散《はいどくさん》』は西鶴の亜流という位置付けにはなろうが、作品は落ちの効いた艶笑コントに仕上がっている。特に後者は技巧派で、後述江嶋其磧《えじまきせき》にも少なからず影響を与えている。ただし寡作の匿名作者がほとんどで、浮世草子界は次第に行き詰まりを見せていた。

2　西沢一風と江嶋其磧

マンネリ化していた元禄末年の浮世草子界に新たな展開をもたらしたのが大坂の西沢一風《にしざわいっぷう》と京都の江嶋其磧《えじまきせき》の二人である。両者は西鶴の追随者として出発して次第に独自色を出し、近松とも交流のあった作者たちである。

一風は『好色五人女』に着想した処女作元禄十一年（一六九八）刊『新色五巻書《しんしきごかんしょ》』で、実際に起きた五つの情痴事件を取り上げた。愛欲の果てに破滅する男女を、やや扇情的でリアルな筆致で描き、世相を反映し時好に投じた。結局其磧に敗北した形で浮世草子執筆からは撤退したが、西沢九左衛門の名で演劇書出版を手掛ける正本屋《しょうほんや》でもあり、豊竹座《とよたけざ》付浄瑠璃作者に転身した。近松等浄瑠璃研究に欠かせない『今昔操年代記』（享保十二年〔一七二七〕刊）で、的確な同時代評を書き残したことは特筆に価する。

一方名物大仏餅屋の主人其磧は後述『役者口三味線《やくしゃくちじゃみせん》』で版元八文字屋八左衛門と提携関係ができ、元禄十四年（一七〇一）浮世草子の第一作好色物『けいせい色三味線《いろじゃみせん》』

を執筆した。その後一風と対抗しつつも圧倒、八文字屋との確執・書肆江嶋屋の開業・八文字屋との和解を経験するが、役者評判記と八文字屋本の浮世草子を晩年まで精力的に執筆した。

六　近松と坂田藤十郎・竹本義太夫

1　浄瑠璃から歌舞伎へ

近松は元禄期になると京都の歌舞伎界へと接近する。浄瑠璃界よりさらに作者の地位が低いとされた歌舞伎界への進出には相応の理由があったはずである。一つには前述のごとく経済的な問題、また一つには**坂田藤十郎**《さかたとうじゅうろう》という潜在的魅力に富む役者の存在があったのであろう。

近松が歌舞伎界入りする経緯は詳細不明である。確実視される現存最古の歌舞伎狂言は『仏母摩耶山開帳《ぶつもまやさんかいちょう》』で、元禄六年（一六九三）春万太夫座で坂田藤十郎が主演している。同八年同座顔見世狂言『姫蔵大黒柱《ひめぐらだいこくばしら》』では藤十郎が座本を勤めるようになる。以後宝永二年（一七〇五）夏上演の『傾城金龍橋《けいせいきんりゅうのはし》』まで十余年間、近松は藤十郎と提携して万太夫座の座付作者の立場で歌舞伎狂言を執筆する。

坂田藤十郎と言えば、元禄歌舞伎を代表する名優との令名が高い。俳号冬貞で『道頓堀花みち』に入集、『西鶴大矢数』で西鶴と一座した仲でもある。延宝六年（一六七八）正月に病死した新町の名妓で、西鶴の俳諧の弟子でもあった扇屋夕霧――『好色一代男』巻六の二に登場――の追善狂言『夕霧名残の正月』で藤十郎は藤屋伊左衛門を演じた。当時三十二歳、終生の当たり役となり十八回同役を演じたという。ただ『野郎立役舞台大鏡』時点の位付は「中」、元禄五年（一六九二）の『役者大鑑合彩《やくしゃおおかがみがっさい》』立役の項に掲載されるが位付がない扱いである。夕霧狂言以外では、今一つ伸び悩んでいたと言ってよい。そこへ近松との提携関係が出来た。元禄十年本『役者大鑑』では「上々立役坂田藤十郎」となり、座本になった旨をいう。早くも近松効果が現れたというべきで、以後近松は藤十郎のために健筆を振るう。

そこへさらなる追い風となったのが同十二年三月刊江嶋其磧作『役者口三味線』（八文字屋八左衛門版）である。画期的役者評判記としての評価は不動だが、其磧は京之巻立役巻頭「上々吉　坂田藤十郎　替名　伊左衛門」とし、大和屋甚兵衛や山下半左衛門の後塵を拝していた藤十郎を〝特進〟させたのである。法師と大臣による対話形式の評判で、藤十郎を巻頭に置くのを不審がる法師に対し大臣が答えて、二の替りの『けいせい仏《ほとけ》の原《はら》』は仕組みも配役もよく出来ていると褒め、藤十郎には「当世京風のねおい役者と申は此人の御事」と最大限の賛辞を送っている。同年六月の反駁書『口三味線返答役者舌鼓《したつづみ》』ではこの箇所が批判されたが、同十三年三月刊『役者談《やくしゃだん》合衝《こうずく》』（正本屋太郎兵衛版）でも藤十郎が立役巻頭の「上上吉」とされ、以後藤十郎の評価は定着していく。

さらに其磧は好評・悪評入り混じる複数人による役者評判という娯楽を、京都・江戸・大坂三都の観客男女を巻き込む形で一部の批評家から開放したのである。

この時期、お家騒動物に廓場を仕組み、若殿が零落して馴染みの傾城を訪ねる「やつし」の手法による写実芸「和事《わごと》」が確立する。藤十郎はその得意芸を生かして元禄十二年『けいせい仏の原』『龍女《りゅうにょ》が淵《ふち》』『つるがの津三《さん》階蔵《がいぐら》』三部作、同十五年『けいせい壬生大念仏《みぶだいねんぶつ》』『女郎来《らい》迎柱《ごうばしら》』『壬生秋の念仏』三部作と近松作品に主演、文字通り、上方元禄歌舞伎円熟期の立役者となったのである。

2　『金子一高日記』が物語るもの

和田修が平成三年に東京都立中央図書館加賀文庫で見出した『金子一高日記《かねこいっこうにっき》』は元禄歌舞伎に関する戦後最大の発見であろう。歌舞伎狂言の筋書「八幡太郎」の紙背に記された道外方役者兼作者金子吉左衛門、別名一高によると見られる元禄十一年二月四日から十二月四日までの日記である。一高が出勤した万太夫座の動向を中心に興味深い記事が多々見られる。座本藤十郎は「長政」の名で登場するが、何より近松が頻繁に狂言の相談のため一高宅へ通い、役者兼業の一高が作者専属の近松を「信盛」と呼び、むしろリードする立場にあったらしいことが判明した。近松は看板絵の下書や小道具の点検といった雑用にも従事し、狂言作者の仕事の実態が知られる。

また近松作と推定される従来知られない名題が記されている。「播摩にすげがさ」「おなつ清十郎」「おさん茂兵衛」「八百屋お七」（以上仮題か）が盆狂言『曾我花洞額《かとうびたい》』の切《きり》狂言として上演されている。『好色五人女』の内の三話が素材になっており、浮世草子と歌舞伎の影響関係を考える上で興味深い事例と言えよう。

3 再び歌舞伎から浄瑠璃へ

元禄十六年（一七〇三）頃から藤十郎が病気がちになり、逆に筑後掾《ちくごのじょう》を受領《ずりょう》した義太夫は円熟期を迎えていたが、竹本座は興行的には不振をかこっていた。作者として自信を深めた近松が、浄瑠璃に傾注する下地は整っていた。

元禄十六年五月竹本座で『日本王代記』の切狂言として上演された『曾根崎《そねざき》心中』が、近松最初の世話浄瑠璃であるとの意義は揺るがない。興行的にも大成功を収め、竹本座の経営を黒字に転換させたことは喧伝されている。この成功には様々な要因が絡むが、まずは近松自身による歌舞伎の切狂言（＝世話狂言）作劇体験の延長線上に把握すべきである。実際この同年四月に起きた天満屋の遊女お初と醤油屋の平野屋手代徳兵衛との心中事件を仕組んだのは複数の歌舞伎が先行し、冒頭「観音めぐり」等、手法面でも歌舞伎の利用が指摘されている。お初を遣ったのは人形操り師辰松《たつまつ》八郎兵衛で、一人遣いの手妻《てづま》人形も大きな評判となった。道行冒頭の

> この世のなごり、夜もなごり、死にに行く身をたとふれば、あだしが原の道の霜、一足づゝに消えて行く、夢の夢こそあはれなれ。あれ数ふれば暁の、七つの鐘が六つ鳴りて、残る一つが今生《こんじょう》の、鐘の響の聞き納め、寂滅為楽《じゃくめつゐらく》と響くなり。[4]

は、儒者荻生徂徠《おぎゅうそらい》が激賞したとされ、名文として名高い。

宝永二年（一七〇五）竹田からくりの一族で興行師の竹田出雲が竹本座の座本、近松が専属作者となり『用明天王職人鑑《ようめいてんのうしょくにんかがみ》』を上演、出雲発案のからくり等趣向に富んだ作で、総合舞台芸術としての可能性を開いた。翌年近松は京都を去って大坂に移住したのである。

4 世話浄瑠璃の意義

近松は二十四篇に及ぶ世話浄瑠璃を執筆している。異常な事件をいち早く上演する際物は、従来も歌舞伎・浄瑠璃に見られた。それらは往々に興味本位な大衆に迎合する視点で扱われていたが、近松はこの傾向を一新させた。実説は如何にあろうとも、主人公の男女を無分別な社会の敗残者としてではなく、自らの人間性を貫こうとして破滅を余儀なくされる者として描いている。この作風が当時大坂の観客の絶大な共感を呼び、今日に至るまで近松の世話浄瑠璃が愛好され、現代演劇としても脚色され続ける原点といって差し支えなかろう。

七　円熟期の近松

1　明末清初の動乱と『国性爺合戦』

正徳四年（一七一四）に義太夫が没し、竹本座存亡の危機が訪れたが、正徳五年十一月に上演された『国性爺合《こくせんやかっ》戦《せん》』は、三年越しのロングランとなった。先行する錦文《にしきぶん》流《りゅう》作浄瑠璃『国仙野手柄日記』を参考に通俗軍書『明清《みんしん》闘記《とうき》』に大筋を拠り、日中混血児和藤内《わとうない》の明朝復興運動を扱うスケールの大きい作品である。今回も戦闘場面等に出雲発案のからくりを多用、時代浄瑠璃の集大成となった。特に三段目錦祥女《きんしょうじょ》と和唐内母が自害する悲劇が痛切である。ここの語りに義太夫の息子政太夫《まさたゆう》が二十五歳の若さで起用され、二代目としての面目を保った。

さらに歌舞伎でも享保元年（一七一六）秋に万太夫座、同年顔見世替り狂言に大坂沢村長十郎座と嵐三五郎座で上演された。特に前述の母役は「日本の母」と呼ばれて評判となった。翌年五月には江戸三座が上演し（森田座は後日譚の『国性爺後日合戦』）、義太夫狂言を江戸歌舞伎で上演する最初となった。

また一風は享保元年に、序と内題下に「近松門左衛門作」と明記して補綴した浮世草子仕立ての『国姓爺《こくせんや》御前軍談』を、其磧は同二年に、『明清闘記』に拠り直して独自色を出した浮世草子『国姓爺明朝太平記』を刊行した。一般にも人形や幟《のぼり》などの関連商品が飛ぶように売れ、「猫も杓子も国性爺」という一大ブームを巻き起こした。今日のヒーローフィギュア商法のはしりと言うべきか。

2　心中物の禁止と出版統制

その後も毎年のように時代物・世話物双方に傑作を残した近松は、享保七年（一七二二）『心中宵庚申《よいごうしん》』を執筆する。実説に基づくお千代半兵衛夫婦の心中事件を、半兵衛養母との確執を絡めて濃密な人情の世界を描く。ところが同八年二月に心中事件の絵草紙・狂言化を禁止する触《ふれ》が三都で出された。以前から単発的な禁令はあったが、前年のいわゆる「出版条目」に続き、将軍吉宗による**享保の改革**の一環で、日本最初の明確な〝マスコミ統制〟といってよいであろう。これは幕末まで効力を保った。さすがの近松もこれには抵抗できず、体調不良も手伝い、結局これが近松最後の心中物となったのである。

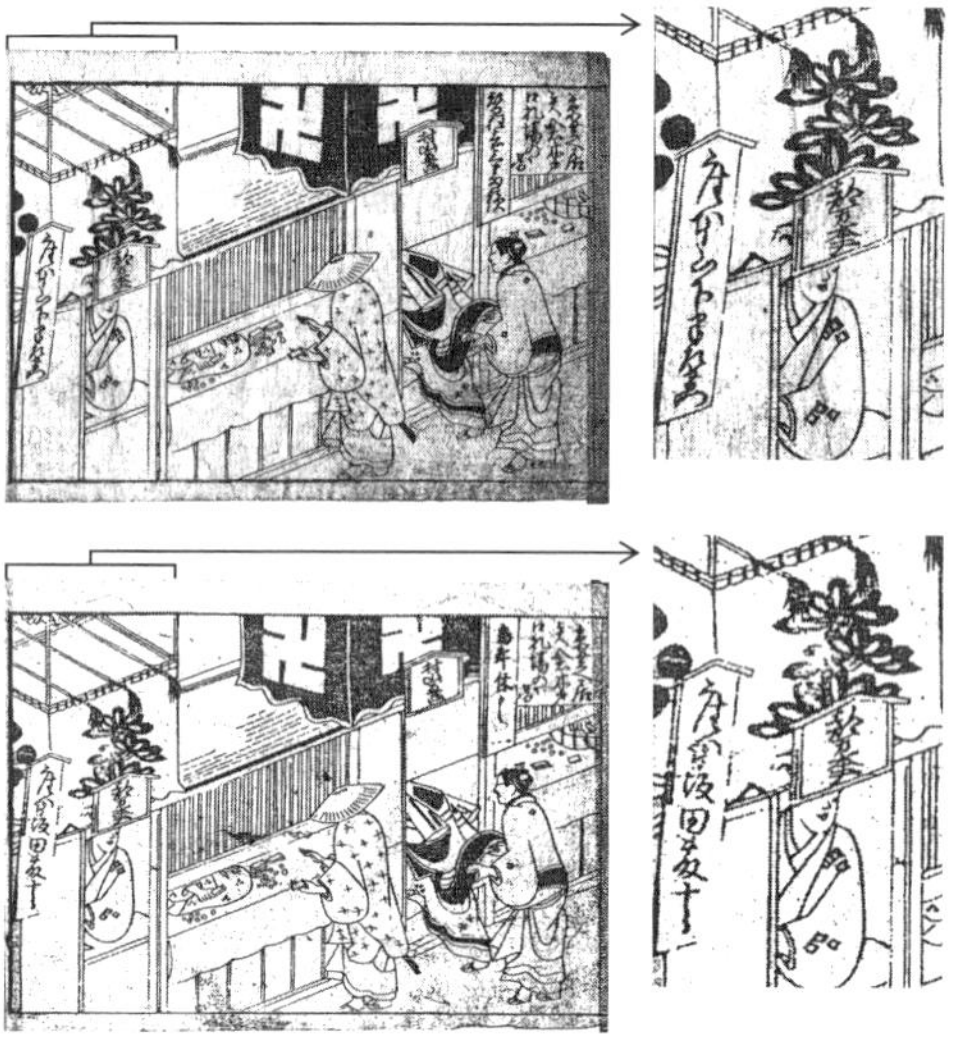

図7-1　役者評判記挿絵に見る万太夫座と坂田藤十郎

『役者大鑑』（京都和泉屋三郎兵衛刊）元禄六年本（上）と元禄十年本（下）の挿絵を比較する（右は部分の拡大）。「京芝居矢倉木戸口札場の図」において、名代「都万太夫」の座本看板の氏名が「山下半左衛門」から「坂田藤十郎」へと入木訂正されている。名代は興行権所有者、座本は役者の興行責任者である。櫓幕（やぐらまく）に描かれた三蓋松（さんがいまつ）は都万太夫の座紋、梅鉢は坂田藤十郎の紋である。
出典：園田学園女子大学近松研究所編『役者評判記の世界』園田学園女子大学近松研究所、平成21年。

3　絶筆『関八州繋馬』

享保九年（一七二四）正月、近松は二年ぶりの新作で「前太平記」の世界を扱う時代物『関八州《かんはっしゅう》繋馬《つなぎうま》』を執筆した。平将門《たいらのまさかど》の遺児将軍太郎良門と小蝶兄弟による謀反をテーマに錯綜した筋立ての力作である。四段目に大文字《だいもんじ》送り火の演出があり好評を博していたが、「大」の字が焼けるのは大坂にとっては不吉だとの評判もあった。まさしく三月二十一日、大坂の大火で竹本座も類焼する不運が襲い、結果としてこの作品が絶筆となった。若き日の西鶴との浄瑠璃対決では火災に助けられたことを思うと皮肉な結末だが、最後まで興行的な話題性に事欠かないのは近松らしいと言うべきであろう。同年十一月二十二日天満にて没した。享年七十二。墓所は大坂の法妙寺と尼崎の広済寺にある（両方とも供養墓との説あり）。

トピック　都市大坂の水害と西鶴・近松

近年大阪は「水都大阪」プロジェクトを展開しているが、江戸時代の大坂は「水の都」と呼ばれた。多くの水路が開削され、橋の多さから「八百八橋《はっぴゃくやばし》」と例えられた――江戸の「八百八町」に対抗した呼称であろう。そうした地理的条件が大坂に特徴的な都市の光景を演出したが、水害に見舞われることも当然ながら多かった。

西鶴は『諸艶大鑑』巻二の二「津波は一度の濡《ぬれ》」に、寛文十年（一六七〇）八月二十三日に、大坂新町《しんまち》一帯を襲った洪水を扱う。当日は江戸でも大きな被害が出たが（『玉露叢』）、九軒町《くけんまち》の揚屋住吉屋四郎兵衛付近も小舟で通行するほどで、挿絵にもその様子が描かれている。夕方からは洪水見舞いの客で賑わったという。ただし刊行から十四年以前のことであり、西鶴の実体験ではなかろう。遊里関係者の回想に基づいて情報を再構成し、続く太夫香具山《かぐやま》の密会咄のリアルさを演出したのである。

下って宝永四年（一七〇七）十月四日、五畿内・南海道をはじめ全国的な大地震が襲い、津波も起きた。道頓堀川と西横堀川に船が充満し、一説に大坂中の死者一万五千六百二十人余、橋の破損三十七箇所という悲惨な状況であった（『月堂見聞集』）。道頓堀辺も水死者が多かった（『元禄宝永珍話』）。同年十二月には竹本座で近松作『心中重井筒《かさねいづつ》』が上演された。重井筒屋抱えの女郎お房と客紺屋徳兵衛の心中事件を扱う。その下之巻道行「血潮《ちしお》の朧染《おぼろぞめ》」に、「浜側（＝道頓堀）の七つの芝居」を全て読み込んでいる。歌舞伎が大坂九左衛門座（座本片岡仁左衛門）・大坂太左衛門座（同篠塚次郎左衛門）・塩屋九右衛門座（同岩井半四郎）・松本名左衛門座（同嵐三右衛門）の四座、操りが竹田近江《おうみ》・伊藤出羽掾《でわのじょう》・竹本筑後掾の三座である。自身所属の竹本座のみならずライバル他座にも言及しているのは、道頓堀興行界全体の復興宣言という面があるとする阪口弘之の指摘は首肯できる。加えて末尾「水のあはれや汲上げて重井筒の心中と、御法《みのり》の水をぞ湛《たた》へける」は災害の死者を含め、観客として大坂の興行界を支える庶民への手向けの言葉ではないだろうか。

『曾根崎心中』のお初徳兵衛「道行」にも、梅田橋上で川面を見つめる二人が印象的に描かれる。大坂の都市空間に不可欠な水と橋は、近接する悪所（遊里と歌舞伎小屋）とともに、作者の創造力を刺激したのではないか。

参考文献

- 信多純一『近松の世界』平凡社、平成三年。
- 江本裕・谷脇理史編『西鶴事典』おうふう、平成八年。
- 神戸女子大学古典芸能研究センター編『近松再発見――華やぎと哀しみ』和泉書院、平成二十二年。

理解を深めるための参考文献

- 近松研究所十周年記念論文集編集委員会編『近松の三百年』近松研究所叢書3、和泉書院、平成十一年。
- 原道生・河合眞澄・倉員正江編『西鶴と浮世草子研究』第五号、笠間書院、平成二十三年。
- 中嶋隆編『21世紀日本文学ガイドブック4 井原西鶴』ひつじ書房、平成二十四年。
- 暉峻康隆・東明雅ほか校注・訳『井原西鶴集 一～三』日本古典文学全集38～40、小学館、昭和四十六～四十八年。
- 森修・鳥越文蔵・長友千代治校注・訳『近松門左衛門集 一～二』日本古典文学全集43、44、小学館、昭和四十七年、五十年。

関連作品の案内

- 藝能史研究會編『日本芸能史5 近世』法政大学出版局、昭和六十一年。
- 大阪女子大学国文学研究室編『上方の文化――元禄の文学と芸能』上方文庫6、和泉書院、昭和六十二年。
- 竹内誠『元禄人間模様――変動の時代を生きる』角川書店、平成十二年。

知識を確認しよう

問題

(1) 井原西鶴の浮世草子作品を好色物・雑話物・武家物・町人物に分類し、それぞれの作品名と特徴を説明しなさい。

(2) 近松門左衛門が人形浄瑠璃作者から歌舞伎界へと進出し、再度浄瑠璃作者へと戻った経緯について説明しなさい。

解答への手がかり

(1) 西鶴の生前に刊行された『好色一代男』から『浮世栄花一代男』までと、北条団水が編集した遺稿集のすべてについて刊行年次順に触れよう。

(2) 近松が演劇の世界に入った時、京都の万太夫座に招かれた時、大坂の竹本座の専属作者となった時の状況を、宇治加賀掾、坂田藤十郎、竹本義太夫の動向を踏まえて触れてみよう。

第8章 近世（二）芭蕉の文学を読む

本章のポイント

俳諧は江戸時代（一六〇三～一八六八）初期の貞門俳諧を始発に、以後、盛衰を繰り返しながら、現在まで命脈を保っている文芸ジャンルの一つである。本章ではその俳諧の歴史において、もっとも重要な役割を果たした松尾芭蕉をとりあげる。

芭蕉は寛文末年（一六七二）頃から俳諧に親しみ、俳風転換期の天和期を経て、元禄に入ってから独自の俳風を樹立した人である。蕉風という元禄俳諧の一翼を担った俳人として、さらに江戸時代を代表する俳人として、高く評価され、愛されてきた。今日、旅に生き旅に死んだ漂泊の詩人、というイメージは根強くあるが、果たしてその実像はどうだったのか。まずは先入観を排し、彼の残した主要な作品をたどりながら、芭蕉や蕉風の特質を把握し、読者各様の芭蕉像が描けるようにしたい。

一　宗房の時代――伊賀

1　誕生

芭蕉は、正保元年（一六四四）、伊賀国上野に松尾与左衛門の次男として生まれた。十三歳の時に父を亡くし、以後、松尾家は長男の半左衛門命清《のりきよ》が継いだ。芭蕉自身は、藤堂《とうどう》藩の禄高五千石当主藤堂新七郎（良精《よしきよ》）家に武家奉公人として仕えた。その藤堂家で跡継ぎの立場にあったのが良忠《よしただ》で、京の**北村季吟《きぎん》**に俳諧を学び、蟬吟《せんぎん》と号していた。芭蕉より二歳年長であった。身分差があったにしても、芭蕉にとっては願ってもない環境に身を置くことになった。ただし、その蟬吟は寛文六年（一六六六）四月二十五日、二十五歳の若さで亡くなり、藤堂家は蟬吟の遺児で後に探丸《たんがん》と号す良長《よしなが》が継いだ。その縁あって、元禄元年（一六八八）、芭蕉は探丸の別邸の花見に招かれ、懐旧の作品を残している。なお、この時代の芭蕉の俳号は宗《そう》房《ぼう》である。

2　俳書への初入集

宗房号による発句作品の文献上の初出は寛文四年（一六四四）刊『佐夜中山集《さよのなかやましゅう》』で、次の二句が入集している。

月ぞしるべこなたへ入《い》らせ旅の宿
姥桜《うばざくら》さくや老後の思ひ出《いで》①

いずれも当時流行の謡曲の文句取りの技法が駆使された典型的な**貞門《ていもん》俳諧**の仕立て方である。

寛文五年（一六六五）には、蟬吟主催の「貞徳翁十三回忌追善五吟百韻《ひゃくいん》俳諧」に一座、その表八句《おもてはちく》は次の通り。

野は雪にかるれどかれぬ紫苑《しをん》哉　蟬吟公
鷹の餌ごひと音《ね》をばなき跡　季吟
飼狗《かひいぬ》のごとく手馴し年を経て　正好
兀《はげ》たはりこも捨《すて》ぬわらはべ　一笑
けふあるともてはやしけり雛《ひひな》迄　一以
月のくれまで汲むもゝの酒　宗房
長閑《のどか》なる仙《せん》の遊《あそび》にしくはあらじ　執筆
景よき方にのぶる絵むしろ　蟬②

この時代の俳諧はこうした百韻形式が一般的である。右は芭蕉が一座したもっとも古い**連句**作品でもあり、連衆のうち、季吟以外はいずれも当時の伊賀俳壇を代表する俳人たちである。発句の「紫苑」には「師恩」を掛け、師匠に対する恩義を託す。以下の付合の展開は、五句目までは詞付《ことばづけ》（物付《ものづけ》）で進み、六句目以降も直接的な詞付ではないものの、言葉の縁によって付け進められている。これもまた貞門俳諧の典型的な手法であった。

その後の芭蕉は、風虎編『夜の錦《にしき》』（寛文六年〔一六六六〕）、湖春編『続山井《ぞくやまのい》』（同七年〔一六六七〕）、安静編『如意宝珠《にょいほうじゅ》』、正辰編『大和順礼《やまとじゅんれい》』、友次編『藪香物《やぶのこうのもの》』（同十一年〔一六七一〕）などに入集するが、そのうち、句数で伊賀俳人の目立つ撰集が『続山井』である。同年刊の季吟編『増山井』が季寄せであるのに対し、例句集の性格を持った撰集である。ここに芭蕉は、発句二十八、付句三が入集し、伊賀俳人としては誰よりも多かった。つまり芭蕉もすでに伊賀上野という地域では一頭地を抜く存在にまで成長していたことを物語る証左となろう。

3 処女撰集『貝おほひ』

寛文十二年（一六七二）、芭蕉は三十番発句合《ほっくあわせ》『貝おほひ』を編集し、伊賀上野の菅原社に奉納する。本書の性格は後の芭蕉の作風とは大きく異なり、享楽的かつ嬌笑性に富んだものであった。自序の一部は以下の通り。

小六《ころく》ついたる竹の杖《つゑ》。ふし〲多き小歌にすがり。あるはやり言葉のひとくせあるを種《たね》として、いひ捨《すて》られし句共《ども》をあつめ、右と左にわかちて、つれぶしにうたはしめ。其《その》かたはらにみづからがみじかき筆のしんきばらしに、清濁高下をしるして、三十番の発句あはせをおもひ太刀折紙《たちをりがみ》の式作法もあるべけれど、我まゝ気まゝにかきちらしたれば、世に披露せんとにはあらず。〈下略〉[3]

冒頭から小唄の小六節の歌詞を踏まえた文言が続く。全体としても軽快な節回しに乗った弾んだ調子のよい文章で構成されている。判詞の部分にも同様な調子がみられ、若い芭蕉がどれほど謡に熱中していたのかがわかる。ところで、本書が芭蕉の著作であることは、序文末尾の年記に続けて「伊賀上野松尾氏宗房釣月軒《ちょうげつけん》にしてみづから序す」とあって明白だが、このように芭蕉作であることを自身で明記した例は、本作以外にはない。

次に、句合から芭蕉の句が出る九番を引いておく。

左勝　露節
鎌《かま》できる音《おと》やちよい〱花の枝

右　宗房
きてもみよ甚《ちん》べが羽織《はをり》花ごろも

左、花の枝をちよい〳〵とほめたる作意は、誠に俳諧の親《おや》〳〵ともいはまほしきに、右の甚べが羽織は、きて見て我《が》をりやと云《いふ》こゝろなれど、一句のしたてもわろく、そめ出《いだ》す言葉の色もよろしからず。みゆるは愚《ぐ》意《ゐ》の手づゝとも申《まうす》べし。そのうへ左のかまのはがねもかたさうなれば、甚べがあたまもあぶなくて、まけに定《さだめ》侍りき。③

二 桃青から芭蕉の時代へ

1 江戸の生活と宗匠立机

寛文十二年（一六七二）三月、芭蕉は江戸に出た。この頃の身辺の状況については諸説あって一定しないが、住居は日本橋小田原町で、延宝八年（一六八〇）の時点における仕事は、神田上水の浚渫《しゆんせつ》作業の請負人であった。

前出『貝おほひ』は、延宝三年（一六七五）刊『新増書《しよ》籍《じやく》目録』に掲載されているので、同年までには出版されていることが確実で、これが芭蕉の処女出版となった。この事実からしても、芭蕉は、俳諧師として生きることを望んで、江戸の地を踏んだとみてまちがいない。

延宝三年、大坂の宗因流——**談林《だんりん》俳諧**の中心人物、**西山宗因《そういん》**が江戸にやって来た。磐城平《いわきたいら》の藩主で俳人の内藤風虎《ふうこ》が江戸藩邸に招いたのである。早速、宗因を歓迎する百韻が興行され、芭蕉も桃青《とうせい》という新しい号で同座した。連衆の中にはこの後、親友となって蕉風樹立へ向けて歩みを共にする素堂《そどう》（当時は信章）もいた。同じ頃、其角《きかく》・嵐蘭《らんらん》・嵐雪《らんせつ》らも芭蕉に入門している。その後の五年ほどを見渡しても、桃青・信章著『江戸両吟集《えどりょうぎんしゅう》』、桃青編『桃青門弟独吟廿歌仙《とうせいもんていどくぎんにじっかせん》』、信徳編『江戸三吟』などの刊行が相次ぎ、其角編『田舎句合《いなかのくあわせ》』や杉風編『常磐屋句合《ときわやのくあわせ》』で判詞を加えたりするなど、順調に門人たちを増やしている様子がうかがえる。

なお、延宝六年（一六七八）には『桃青歳旦帳《さいたんちょう》』（原本未詳）なる**歳旦帖**を出しており、その時点で宗匠として立机《りっき》していたことも判明する。その翌年の歳旦句では、

発句也松尾桃青宿の春① （知足筆『江戸衆歳旦写』）

と詠んでいる。風変わりな句だが、俳諧宗匠としての自信に裏付けられた作とみてよかろう。

2　深川移住と天和調の時代

前述したように、芭蕉は江戸下向当初から市中に住んでいた。ところが延宝八年（一六八〇）の冬、そこから隅田川東岸に位置する深川へ転居する。移住の動機・理由などは一切不明である。深川は郊外で、江戸市中とは大分異なった環境にあった。しかも、芭蕉は点者活動から身をひいてしまう。このことは俳諧師としての営みを放棄することを意味する。深川移住を隠棲とか退隠とみなすのは、こうした一連の動向にもとづくものである。

移住した翌年の天和元年（一六八一）には、庵号として**芭蕉庵**を採用。やがて俳号としても芭蕉を用いるようになるが、俳書への芭蕉号の初出は天和二年（一六八二）三月刊『武蔵曲《むさしぶり》』で、従前の桃青号も併用していく。こうした動きと連動するように、芭蕉は以前にも増して活発に俳諧活動を展開していく。この時期もっとも注目されることは、作風が大きく変化したことである。その典型例が、次のような漢詩文調の句で、同時に極端な字余りによる破調句の数々も生み出された。

夜ル竊《ひそか》ニ虫は月下の栗を穿《うが》ツ　（『東日記』）

雪の朝《あした》独《ひと》リ干鮭《からざけ》を噛《か》み得タリ　同

櫓《ろ》の声波ヲうつて腸《はらわた》氷ル夜やなみだ　（『武蔵曲』）

芭蕉野分《のわき》して盥《たらひ》に雨を聞《きく》夜哉　同

貧《ひん》‐山《ざん》の釜《かま》霜に啼《なく》声寒し　（『みなしぐり』）

氷苦く偃鼠《えんそ》が咽《のど》をうるほせり　同

髭《ひげ》風ヲ吹《ふい》て暮《ぼ》‐秋《しう》歎《たん》ズルハ誰《た》ガ子ゾ[1]　同

清貧を愛するような隠者的な姿勢を彷彿させる作風を示し、それがこの時代の芭蕉のイメージを決定づける。実生活はともかく、作品上では、ことさらに反俗的姿勢を誇張する傾向を強め、生硬さやわざとらしさを感じさせつつ、これまでとはまったく異なる独自な俳諧世界を演出していった。とりわけ『みなしぐり』の世界にそれは顕著であった。もちろん、そこにみられる風狂精神の横溢ぶりだけがこの時代の芭蕉俳諧のすべてではないが、その背景には談林俳諧の行き詰まりがあったことも見逃せない。それを象徴するようなことがあった。天和二年（一六八二）三月には宗因が没し、同年九月には宗因傘下で俳諧師として活躍していた井原西鶴が『好色一代男』を刊行し、浮世草子作家として歩み始めたのだ。談林俳諧の事実上の終焉を告げる出来事でもあった。この延宝から天和という時代は、芭蕉も変風の渦中にあり、みずからの作風を模索していた時期であり、先に触れた漢詩文調句などは、そうした試行錯誤の中での試みであった。

天和二年十二月二十八日、江戸で大火があり、芭蕉庵が類焼する。年が明けてから芭蕉は麋塒《びじ》を頼って甲斐国谷村《やむら》へ一時的に逃れた。五月には江戸に戻ることができたものの、六月二十日には郷里の母の逝去の知らせが届いた。即時の帰郷はかなわず、翌年秋、『野ざらし紀行』の旅の途次、ようやく墓参が実現する。

三　旅と紀行文

1　『野ざらし紀行』の旅

貞享元年（一六八四）八月、芭蕉は門人千里《ちり》を伴って江戸を立つ。

　千里《せんり》に旅立《だち》て、路粮《みちかて》をつゝまず。「三更月下無何《さんかうげつかむか》に入《いる》」と云《いひ》けむむかしの人の杖にすがりて、貞享甲子秋八月、江上《かうしやう》の破屋《はをく》をいづる程、風の声、そゞろ寒気《さむげ》也。

　野ざらしを心に風のしむ身哉
　秋十《と》とせ却《かへつ》て江戸を指《さす》故郷④

この冒頭部分によれば、「野ざらし」になるほどの必死の覚悟をもって出発したことになっている。それが、大垣で木因に会った時には、「しにもせぬ旅寝の果《はて》よ秋の暮」と詠み、不安から一転、安堵した様子を伝える。こうした些細な発句の対応関係にも、旅人の複雑な感情の入り混じった心象風景の投影がみてとれよう。

　何某《なにがし》ちりと云《いひ》けるは、此《この》たびみちのたすけとなりて、万《よろづ》いたはり、心を尽《つく》し侍る。常に莫逆《ばくげき》の交《まじはり》ふかく、朋友信有哉《ほういうにしんある》、此人《このひと》。

　深川や芭蕉を富士に預行《あづけゆく》　ちり④

同行の千里の人となりの紹介を済ませた後、富士川にいたって場面は暗転する。

　富士川のほとりを行《ゆく》に、三つ計《ばかり》なる捨子の、哀げに泣有《なくあり》。この川の早瀬にかけて、うき世の波をしのぐにたへず、露計《ばかり》の命待《まつ》まと、捨置《すておき》けむ。小萩がもとの秋の風、こよひやちるらん、あすやしほれんと、袂より喰物《くひもの》なげてとをるに、

　猿を聞人《きくひと》捨子に秋の風いかに

いかにぞや、汝《なんぢ》、ちゝに悪《にく》まれたる歟《か》、母にうとまれたるか。ちゝは汝を悪《にくむ》にあらじ、母は汝をうと

むにあらじ。唯これ天にして、汝が性《さが》のつたなきをなけ④。

この部分を虚構とみなす説もあり、芭蕉の行動をめぐっては、種々議論を呼んでいるところである。

故郷に帰った時、亡母の墓参がようやくかなった。

長月《ながつき》の初《はじめ》、古郷に帰りて、北堂《ほくだう》の萱草《けんさう》も霜枯果《しもがれはて》て、今は跡だになし。何事も昔に替りて、はらからの鬢《びん》白く眉皺寄《より》て「只命有《あり》て」とのみ云《いひ》て言葉はなきに、このかみの守袋《まもりぶくろ》をほどきて「母の白髪《しらが》おがめよ、浦島の子が玉手箱、汝《なんぢ》がまゆもや、老《おい》たり」と、しばらくなきて、

手にとらば消《きえ》んなみだぞあつき秋の霜④

こうした芭蕉の家族をめぐる感傷的な場面がある一方、この旅における俳諧上の大きな成果といえば、後に**芭蕉七部集**の第一集となった『冬の日』（貞享二年〔一六八五〕頃刊）の成立をもたらしたことである。本書は歌仙《かせん》五巻、半歌仙《はんかせん》一巻からなる連句集で、芭蕉が行脚の途次、名古屋に立ち寄った際にそこの若手連衆と興行した作品を収める。『野ざらし紀行』の中では、

名護屋に入《いる》道の程風吟《ふうぎん》す

狂句木枯《きやうくこがらし》の身は竹斎《ちくさい》に似たる哉④

とあるが、『冬の日』には、長めの前書が付され、これを発句とした歌仙を巻頭に置く。その表六句《おもてろつく》をあげる。

笠は長途《ちやうど》の雨にほころび、帋衣《かみこ》はとまり〳〵のあらしにもめたり。侘つくしたるわび人、我さへあはれにおぼえける。むかし狂哥の才士《さいし》、此国《このくに》にたどりし事を不図《ふと》おもひ出《いで》て申《まうし》侍る。

狂句こがらしの身は竹斎に似たる哉　芭蕉
たそやとばしるかさの山茶花《さざんくわ》　野水《やすい》
有明の主水《もんど》に酒屋つくらせて　荷兮《かけい》
かしらの露をふるふあかむま　重五《じゆうご》
朝鮮のほそりすゝきのにほひなき　杜国《とこく》
日のちり〳〵に野に米を苅《かる》　正平⑤

前書から発句・脇・第三までの一連の展開には、まだ天和調の残滓が認められ、蕉風樹立へ向けた過渡期の様相を呈したものと解せる。四句目と五句目の間に「露―薄」の付合語の介在が指摘できるが、全体としては心付《こころづけ》（句意付《くいづけ》）の手法による展開がはかられている。

さて、例の「古池や蛙飛び込む水の音」（仙化編『蛙合《かわずあわせ》』）が詠まれたのは、この旅から戻った貞享三年（一六八六）

のことだった。この直後に紀行文として残された作品に『鹿島詣《かしまもうで》』がある。実際の旅は、貞享四年（一六八七）の秋、鹿島方面にて中秋の名月をめでることを目的としたもので、曾良《そら》と宗波《そうは》が同行した。行き先の一つ鹿島根本《こんぽん》寺《じ》は、芭蕉の参禅の師仏頂《ぶっちょう》和尚の寺で、内容から判断すると、旅の目的はむしろ仏頂和尚訪問の方に重きがあったとみられる。

2 『笈の小文』の旅

芭蕉は鹿島から江戸へ戻った後、十月二十五日に上方へ、『笈《おい》の小文《こぶみ》』の旅に出た。紀行文『笈の小文』は、芭蕉没後の宝永四年（一七〇七）に、門人の乙州《おとくに》が遺稿を編集して世に出したものである。本書の「笈之小文序」は、そうした編集上の経緯を次のように伝える。

……此翁《このかみ》上がた行脚せられし時、道すからの小記を集《あつめ》てこれをなつけて笈のこぶみといふ。積《つもり》て漸浩《やうやうかう》翰《かん》となる。昼夜に是を翫《もてあそび》て、花に戯《たはむれ》ては哥仙の色をまし、月にうつしては四十四《よよし》・百韻の色をます。爾《じ》来《らい》門葉多しといへとも、唯《ただ》乙州にのミ授見せしむ。乙州其群弟と共にせざることをなげき、今般梓《あずさ》にちりばめて世伝を広ふせんと欲して、物すといへとも、俄に病に遇て息《やみ》ぬ。〈下略〉[6]

こうした成立事情を反映してか、本文前半部分などは、紀行文としてはやや異質な面を見せる。次の冒頭部分は、芭蕉自身の半生を振り返ったような内容を示す。

百骸九竅《はくがいきうけう》の中に物有《あり》。かりに名付《なづけ》て風羅坊といふ。誠にうすものゝのかぜに破れやすからん事をいふにやあらむ。かれ狂句を好《このむ》こと久し。終《つひ》に生涯のはかりごとゝなす。ある時は倦《うん》で放擲《はうてき》せん事をおもひ、ある時はすゝむで人にかたむ事をほこり、是非胸中にたゝかふて、是が為に身安からず。しばらく身を立《たて》む事をねがへども、これが為にさへられ、暫《しばら》ク学《まなん》で愚《ぐ》を暁《さとら》ン事をおもへども、是が為に破られ、つゐに無能無芸にして只此《この》一筋に繋《つなが》る。[4]

右に続く部分も芸道論・俳論とでも呼ぶしかないような内容が記され、その後、出立の場面になる。

神無月の初、空定めなきけしき、身は風葉《ふうえふ》の行末なき心地して、

旅人と我名よばれん初しぐれ
又山茶花《さざんくわ》を宿《やど》〳〵にして

岩城の住《ぢゆう》、長太郎と云《いふ》もの、此脇《このわき》を付《つけ》て其角《きかく》亭に
おゐて関送りせんともてなす。④

旅へ向かう不安げな心情を吐露した後、やや気負った調子の発句が詠まれる。それを受けて長太郎（由之）の付《つけ》句《く》が記されているが、この脇は先述した『冬の日』「狂句こがらしの」巻の野水の脇を意識したものである。

こうして送別の場面が描かれた後、本文は「抑《そもそも》、道の日記といふものは」という書き出しをもって紀行文論が展開し、再び脱線する。ついで、鳴海の記事へと続き、通常の紀行文に戻る。とくに杜国（万菊丸《まんぎくまる》）を伴って吉野へ花見に赴くくだりなどは印象的だが、以後は句集形式で足早に進み、紀行文としては須磨の地で終わる。

その後の芭蕉は、さらに俳諧修行の旅を重ねながら、木曽路を通って江戸へ戻る。その途次、信州更科の姨捨山の名月を観賞した紀行が『更科《さらしな》紀行』として残された。

江戸に戻った芭蕉は門人を中心とする来客の応接や俳事に忙しい毎日を送っていたようだが、そうした日常を送りながら、今度は奥羽・北陸をめぐる行脚の計画を練り始める。これが『おくのほそ道』の旅となる。

四　元禄時代の芭蕉

1『おくのほそ道』の旅

芭蕉の紀行文としては最後の五作目に相当するのが『おくのほそ道』である。残された芭蕉の書簡によると、旅の出発前から胸中には様々な思いが駆け巡っていたようである。元禄二年（一六八九）を迎えてから旅程も具体性を帯びてくる。たとえば、二月十五日付桐葉《とうよう》宛書簡やその翌日付の惣七郎（猿雖《えんすい》）・宗無《そうむ》宛書簡などには、松島や塩竈の地名を出して、旅への思いが募っていく様子が書かれている。ついで、三月二十三日付落梧《らくご》宛書簡は、まさに旅立ち直前の一通だが、その前半に、

野生《やせい》とし明《あけ》候へば、又〳〵たびごゝちそゞろになりて、松嶋一見のおもひやまず、此《この》廿六日、江上《かうしやう》を立《たち》出《いで》候。みちのく・三越路《みこしぢ》の風流佳人《かじん》もあれかしとのみに候。⑦

とあり、出発の日程が決定したことを伝える。後半には、

先《まづ》衣更着《きさらぎ》末、草庵を人にゆづる。此《この》人なん妻をぐし、むすめをもたりければ、草庵のかはれるやうおかしくて、

草の戸も住《すみ》かはる世や雛の家⑦

とあって、旅立ちに際して手放した芭蕉庵の譲渡先の家庭のことにまで言及している。そうした身近な出来事に誘発されるようにして詠まれた句が、書簡の最後に添えられた。この句は紀行文中では、一部に修正が施されて再録されるが、草庵におけるささやかな日常的変化に対する感興によって詠まれた句が、紀行文中ではより規模の大きな句としてよみがえったことを知る。

月日は百代《はくたい》の過客《くわかく》にして、行《ゆき》かふ年も又旅人也。舟の上に生涯をうかべ馬の口とらえて老をむかふるものは、日々旅にして、旅を栖《すみか》とす。古人も多く旅に死せるあり。予もいづれの年よりか、片雲の風にさそはれて、漂泊のおもひやまず、海浜にさすらへて、去年《こぞ》の秋江上の破屋に蜘《くも》の古巣をはらひて、やゝ年も暮《くれ》、春立《たて》る霞の空に、白川の関こえむと、そゞろがみの物につきてこゝろをくるはせ、道祖神のまねきにあひて、取《とる》もの手につかず。もゝ引の破《やぶれ》をつゞり、笠の緒付《つけ》かへて、三里に灸すゆるより、松嶋の月先《まづ》心にかゝりて、住《すめ》る方《かた》は人に譲りて、杉風《さんぷう》が別墅《べっしょ》に移るに、

草の戸も住替《すみかは》る代《よ》ぞ雛の家

面《おもて》八句を庵の柱に懸置《かけおく》。④

右は、序章部分に相当するわけだが、旅の目的などは書かれていない。紀行文全体からは、歌枕探訪の旅であり、西行五百年忌を祈念しての旅であったことは読み取れる。その歌枕については、「壺碑《つぼのいしぶみ》」のくだりで、

むかしよりよみ置《おけ》る哥枕、多くかたり伝《つた》ふといへども、山崩《くずれ》川流《ながれ》て道あらたまり、石は埋《うづもれ》て土にかくれ、木は老て若木にかはれば、時移り、代変《よへん》じて、其《その》跡たしかならぬ事のみを、爰《ここに》至りてうたがひなき千歳《せんざい》の記念《かたみ》、今眼前に古人の心を閲《けみ》す。行脚の一徳、存命の悦《よろこび》、羇旅の労をわすれて、泪も落《おつ》るばかり也。④

と書いているように、歌枕の場所などを同定することに無理があることは、芭蕉も十分に承知していた。それでも現存の確認できる遺跡などが少しでも見出せれば、それを形見とし、芭蕉なりの過去との対話がなされて涙を流す。これが名所・旧跡を訪れた折の芭蕉の叙述のパターンでもある。もちろん、旅といえば、人との出会いや別れはつきものである。旅中における様々な交流が、芭

蕉の精神活動に好影響を及ぼしたに相違なく、また彼自身もそれを望んでの旅であったはずだ。

さて、旅立ちに際しての覚悟の気持ちというものは何度経験しても変わらないものだ。

弥生も末の七日、明《あけ》ぼのゝ空朧々《ろうろう》として、月は有《あり》あけにてひかりおさまれる物から、冨士の峰幽《かすか》に見えて、上野・谷中の花の梢、又いつかはと心ぼそし。むつまじきかぎりは宵よりつどひて、舟に乗りて送る。千じゆと云《いふ》所にて船をあがれば、前途《せんど》三千里のおもひ胸にふさがりて、幻《まぼろし》のちまたに離別の泪をそゝぐ。

行春《ゆくはる》や鳥啼《なき》魚の目は泪④

今回はまだ見ぬ陸奥への旅である。前途の不安と期待の入り交じった複雑な心境は、人々との離別の思いと重なり合って涙となる。同伴者はまだ登場しないが、曾良であった。当初は路通《ろつう》を予定していたという。その曾良は「室の八嶋」で登場し、「黒髪山」で紹介される。

やがて、最初の旅の区切り「白河の関」に到達する。ここにきてようやく旅心も落ち着いてきた様子である。

心もとなき日数《ひかず》重《かさな》るまゝに、白河の関にかゝりて、旅心定《さだま》りぬ。「いかでみやこへ」と便《たより》もとめしも断《ことわり》なり。中にも此《この》関は三関《さんせき》の一《いつ》にして、風騒《ふうさう》の人、こゝろをとゞむ。秋かぜを耳に残し、もみぢを俤《おもかげ》にして、青葉の梢猶《なほ》あはれ也。卯の花の白妙に茨《むばら》の花の咲《さき》そひて、雪にもこゆるこゝちぞする。古人冠《かんむり》をたゞし、衣装を改《あらため》し事など、清輔《きよすけ》の筆にもとゞめ置《おか》れしとぞ。

卯の花をかざしに関の晴着哉　曾良④

肝心なところで曾良の句しか載せていないが、その理由は、次の宿駅「須賀川」で明らかにされる。さらに進んだ「飯塚の里」では弱音を吐いてしまうが、それを振り切ってまた歩を進める旅人の健気な姿を見せる。

温泉《いでゆ》あれば湯に入《いり》て宿をかるに、土坐《どざ》に筵《しき》を敷てあやしき貧家《ひんか》也。ともし火もなければ、ゐろりの火《ほ》かげに寝所をまうけてふす。夜に入《いり》て雷鳴《かみなり》しきりに降《ふり》て、ふせる上よりもり、蚤・蚊にせゝられて眠らず。持病さへおこりて、消入計《きえいるばかり》になん。短夜《みじかよ》の空もやう〳〵明《あく》れば、又旅立《たびだち》ぬ。猶《なほ》よるの名残、心すゝまず。馬かりて桑折《こをり》の駅に出《いづ》る。はるかなる行末《ゆくすゑ》をかゝえて、かゝる病覚束《おぼつか》なしといへど、羇旅辺土の行脚、捨身《しやしん》無常の観念、道路にしなん、是《これ》天の命《めい》也と、気力 聊《いささか》とり直し、道《みち》縦横に踏《ふん》で伊達の大木戸をこす。④

当初の目的地の一つ「松島」は、その絶景を洞庭湖や西湖と比され、擬人法を駆使して大胆に描かれる。

抑事《そもそも》ふりにたれど、松嶋は扶桑《ふさう》第一の好風《かうふう》にして、をよそ洞庭《とうてい》・西湖《せいこ》を恥《はぢ》ず。東南より海を入《いれ》て、江《え》の中《うち》三里、浙江《せつかう》の潮《うしほ》をたゝふ。嶋〲の数《かず》を尽《つく》して、欹《そばだつ》ものは天を指《ゆびさし》、ふすものは波に匍匐《はらばふ》。あるは二重《ふたへ》にかさなり、三重《みへ》に畳《たたみ》て、左りにわかれ、右につらなる。負《おへ》るあり、抱《いだけ》るあり、児孫《じそん》愛すがごとし。松のみどりこまやかに、枝葉《しえふ》汐風に吹《ふき》たはめて、屈曲《くつきよく》をのづからためたるがごとし。其気色《そのけしき》窅然《えうぜん》として、美人の顔《かんばせ》を粧《よそほ》ふ。千早振《ちはやふる》神の昔、大山《おほやま》ずみのなせるわざにや。造化《ざうくわ》の天工《てんこう》、いづれの人か筆をふるひ、詞《ことば》を尽《つく》さむ。④

この「松島」と対をなしているのが、この先の「象潟」である。風景の類似性に着目し、意図的に対称的に描かれる。『おくのほそ道』にはこうした工夫が様々に凝らされている。たとえば、歌枕の少ない平泉の段では、歴史的な事実・伝聞や和漢の古典などに多くを負って記述され、連句における恋の句を意識したかのように、那須野では少女を、市振《いちぶり》では遊女を登場させている。登場人物たちも適所に配され、人と風土とが一体となった自然な流れを作り出している。人名も時として細工がなされ、虚構性を暗示させることに一役かっている。全体や部分の構成上の結構が用意周到になされていて、こうした配慮の痕跡は数多く指摘することができる。

紀行文としての『おくのほそ道』は、松島から平泉、尾花沢、立石寺、最上川、出羽三山などを経て日本海側の酒田へ出る。さらに少し北上して象潟へ。そこから戻って越後路を南下して市振、金沢、敦賀などを経由し、次の「大垣」のくだりで終わる。

露通《ろつう》も此《この》みなと迄出《いで》むかひて、みのゝ国へと伴《ともな》ふ。駒《こま》にたすけられて大垣の庄《しやう》に入《いれ》ば、曾良も伊勢より来《きた》り合《あひ》、越人《ゑつじん》も馬をとばせて、如行《じよかう》が家に入集《いりあつま》る。前川子《ぜんせんし》・荊口父子《けいこうふし》、其外《そのほか》したしき人々日夜《にちや》とぶらひて、蘇生《そせい》のものにあふがごとく、且よろこび、且いたはる。旅のものうさも、いまだやまざるに、長月六日になれば、伊勢の迁宮《せんぐう》おがまんと、又舟に乗《のり》て、

蛤のふたみに別行秋《わかれゆくあき》ぞ④

文中にも記されている通り、芭蕉の旅はさらに続くが、最後に添えられた「蛤の」の発句が、旅立ちに際しての「行春や」の発句と照応し、紀行文全体の構成に対し、統一感をもたらしている。これもまた構成全体への配慮で、入念な推敲のあらわれである。

付言すれば、作品として成立したのは、実際の旅から戻った後、元禄六年（一六九三）秋頃と考えられている。その間に、とくに力を入れたのが、「不易流行《ふえきりゅうこう》」と「かるみ」の唱導であった。

「不易流行」を説き出したのは旅中、「羽黒山」滞在中の間のことだといわれている。呂丸《ろがん》著『聞書七日草《ききがきなぬかぐさ》』にその萌芽的な言辞が見え、『去来抄』『俳諧問答』『三冊子《さんぞうし》』などに関連する様々な言説が載る。ただし、芭蕉が直接にこれを説いたものは存在しない。

一方、「かるみ」を芭蕉が意識し始めたのは、元禄三年（一六九〇）頃である。『三冊子』に、元禄三年八月刊、珍碩編『ひさご』の巻頭の歌仙における芭蕉の発句、「木のもとに汁も鱠《なます》も桜かな」に対し、「花見の句のかゝりを少し心得て、軽みをしたり」⑧と述べたことが伝えられる。その後の複数の書簡にも、「かるみ」への言及が繰り返されており、晩年の芭蕉がもっとも腐心したのは、この「かるみ」の追究にあったものと推測できる。

2 幻住庵と落柿舎の日々

元禄三年四月六日、近江石山の国分山にある幻住庵（曲水《きょくすい》の伯父の旧庵）に入った。七月二十三日まで滞在して「幻住庵記《げんじゅうあんのき》」（後出）を執筆し、推敲を経た原稿が後述する『猿蓑《さるみの》』に載った。その後は大津・膳所《ぜぜ》・堅田・京・伊賀をめぐって大津で越年し、元禄四年（一六四一）に再び伊賀・奈良を往来し、四月十八日に京都嵯峨の去来の別墅落柿舎に入った。五月四日まで滞在して『嵯峨日記《さがにっき》』を残した。次はその冒頭部分である。

元禄四辛未《しんび》卯月十八日、嵯峨にあそびて去来ガ落柿舎に到《いたる》。凡兆《ぼんてう》共ニ来《きた》りて暮に及《および》て京ニ帰る。予ハ猶暫《しばらく》とゞむべき由にて、障子つゞくり、葎引《むぐらひき》かなぐり、舎中の片隅一間《ひとま》なる処臥処《ふしど》ト定ム。机一、硯、文庫、白氏集・本朝一人一首・世継物語・源氏物語・土佐日記・松葉集を置《おく》。并《ならびに》唐《から》の蒔絵《まきゑ》書《かき》たる五重の器《うつは》にさま〴〵の菓子ヲ盛《もり》、名酒一壺《いっこ》盃《さかづき》を添《そへ》たり。夜るの衾《ふすま》・調菜《てうさい》の物共《ども》、京より持来《もちきた》りて乏《とぼ》しからず。
我貧賤《わがひんせん》をわすれて清閑ニ楽《たのしむ》。④

用意万端整えて「清閑に楽しむ」ことを期しての落柿舎での初日であったが、翌日から近所に外出しているし、さらに、門人たちが来て騒々しい夜を過ごしたり、前年に亡くなった杜国のことを思い出したり、案外に変化に富んだ毎日を送っていたようだ。

3　『猿蓑』と「かるみ」

元禄四年（一六九一）七月、去来・凡兆共編で『猿蓑』が刊行された。発句・連句・俳文からなる。刊行直前までの数ヶ月にわたる編集作業が実を結んだのだ。編者として芭蕉の名は表面に出ないが、編集に荷担していたことは、書簡や『去来抄』などの記述によって明らかである。成立の経緯については其角の序文から知られるが、芭蕉の「初しぐれ」の冬季の一句を巻頭にすえたことによって、発句全体の部立も冬から始まり、以下夏・秋・春という変則的な順に配列されることになった。その冬の部は、巻頭から「時雨」の句が十三句続く。

初しぐれ猿も小蓑《こみの》をほしげ也　芭蕉
あれ聞けと時雨来る夜の鐘の声　其角
時雨きや並びかねたる魦《いさざ》ぶね　千那
幾人《いくたり》かしぐれかけぬく勢田の橋　僧 丈艸
鑓持《やりもち》の猶振《ふり》たつるしぐれ哉　膳所 正秀
広沢やひとり時雨るゝ沼太郎　史邦
舟人にぬかれて乗《のり》し時雨かな　尚白
伊賀の境《さかひ》に入《いり》て
なつかしや奈良の隣の一時雨《ひとしぐれ》　曾良
時雨るゝや黒木つむ屋の窓あかり　凡兆
馬かりて竹田の里や行《ゆく》しぐれ　大津 乙州
だまされし星の光や小夜時雨　羽紅
新田《しんでん》に稗殻《ひえがら》煙るしぐれ哉　膳所 昌房
いそがしや沖の時雨の真帆片帆《まほかたほ》　去来⑤

『猿蓑』と時雨十三句については、『去来抄』の中で「猿蓑は新風の始め、時雨はこの集の眉目《びもく》⑧」（先師評）と去来が自負をもって評していた。

連句も発句同様に、季の順に歌仙四巻を収める。次に引くのは編者のみで巻かれた第二歌仙である。

市中《いちなか》は物のにほひや夏の月　凡兆
あつし〳〵と門《かど》〳〵の声　芭蕉

二番草取りも果《はた》さず穂に出《いで》て　去来
灰うちたゝくうるめ一枚　兆
此筋《このすじ》は銀《かね》も見しらず不自由さよ　蕉
たゞとひやうしに長き脇指《わきざし》　来⑤

表六句における月の定座は五句目だが、それを破った大胆な発句は、この頃の凡兆の優れた感性が十二分に発揮されたものだ。連句の手法としては心付《こころづけ》（余情付《よせいづけ》）により、蕉門で「うつり」「ひゞき」などと呼ばれる転じ方をみせ、調和性に富んだ付合世界が展開していく。

後半に配された俳文は、芭蕉の「幻住庵記」一編だけである。当初の予定では、複数の俳文を収めることが構想されていたようだが、それは実現しなかった。

石山の奥、岩間のうしろに山有《あり》。国分山《こくぶやま》と云《いふ》。そのかみ国分寺の名を伝ふなるべし。麓に細き流《ながれ》を渡りて、翠微《すゐび》に登る事三曲二百歩にして、八幡宮たゝせたまふ。神体は弥陀の尊像とかや。唯一の家には甚忌《はなはだいむ》なる事を、両部《りやうぶ》光を和《やはら》げ、利益《りやく》の塵を同じうしたまふも又貴《たふと》し。日比《ひごろ》は人の詣《まうで》ざりければ、いとゞ神《かむ》さび物しづかなる傍《かたはら》に、住捨《すみすて》し草の戸有《あり》。よもぎ・根笹軒をかこみ、屋ねもり壁落《おち》て、狐狸《こり》ふしどを得たり。幻住庵と云《いふ》。あるじの僧何がしは、勇士菅沼氏曲水子之伯父《をぢ》になん侍りしを、今は八年《やとせ》計《ばかり》むかしに成《なり》て、正《まさ》に幻住老人の名をのみ残せり。〈中略〉かくいへばとて、ひたぶるに閑寂を好み、山《さん》野《や》に跡をかくさむとにはあらず。やゝ病身人に倦《うん》で、世をいとひし人に似たり。倩《つらつら》年月の移《うつり》こし拙《つたな》き身の科《とが》をおもふに、ある時は仕官懸命の地をうらやみ、一たびは仏籬祖室《ぶつりそしつ》の扉《とぼそ》に入らむとせしも、たどりなき風雲に身をせめ、花鳥《くわてう》に情《じやう》を労して、暫《しばら》く生涯のはかり事とさへなれば、終《つひ》に無能無才にして此一筋につながる。楽天は五臓之神《ござうのしん》をやぶり、老杜は痩たり。賢愚文質《けんぐぶんしつ》のひとしからざるも、いづれか幻《まぼろし》の栖《すみか》ならずやと、おもひ捨《すて》ふしぬ。

先《まづ》たのむ椎《しひ》の木も有《あり》夏木立⑤

後半部の一節は、紀行文『笈の小文』にも類似の表現があったことに注意したい。撰集としての『猿蓑』は、この俳文に続けて、幻住庵に因んだ諸家発句三十五句を「几右日記」と題して付す。

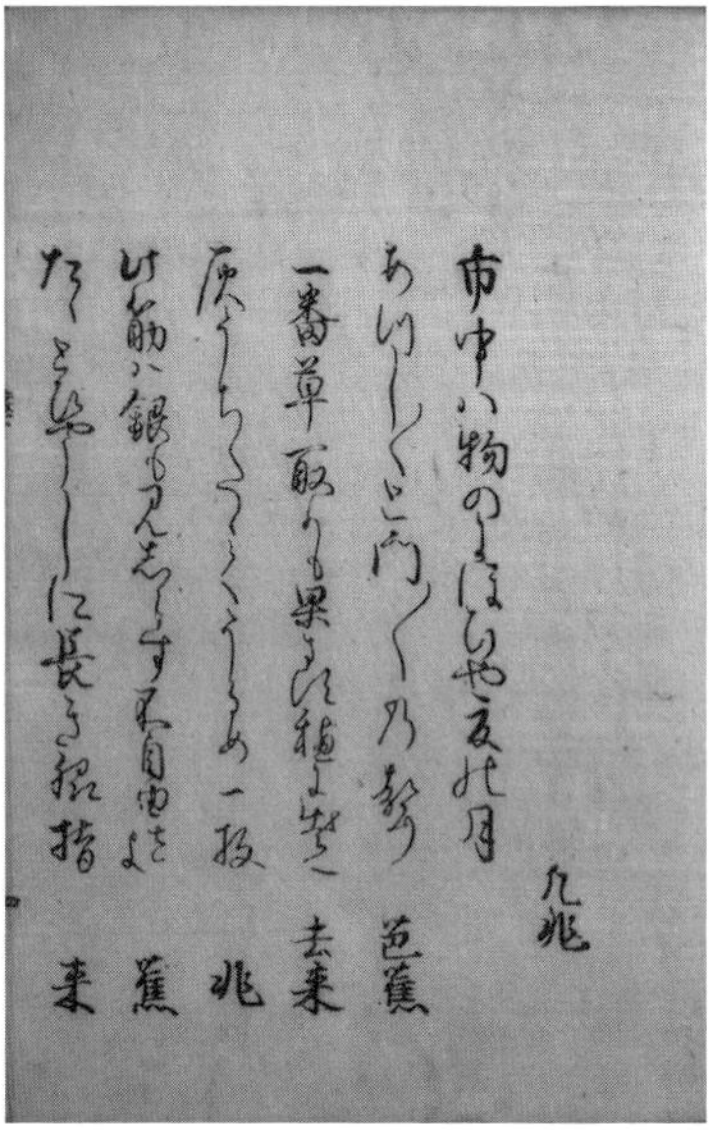

図8-1　『猿蓑』（「市中は」の巻）

4　『別座鋪』と「かるみ」

元禄七年（一六九四）閏五月、江戸の蕉門俳人が中心となった発句・連句集の『別座鋪《べつざしき》』が刊行された。芭蕉は五月十一日、上方へ向かうために江戸を立つが（実質的にこれが最後の旅となる）、その留守を任された杉風《さんぷう》・桃隣《とうりん》・子珊《しさん》らが上梓したものである。芭蕉餞別としての性格が強いが、本書も「かるみ」の特徴を備えた撰集の一つに数えあげられる。旅立ち前に、子珊亭で芭蕉餞別の句会が催され、その時に興行された歌仙一巻が巻頭を飾る。

紫陽花《あぢさゐ》や藪を小庭の別座鋪　芭蕉
よき雨《あま》あひに作る茶俵《ちやだはら》　子珊
朔《ついたち》に鯛の子売《うり》の声聞《きい》て　杉風
出駕籠《でかご》の相手誘ふ起《おき》〳〵　桃隣
かん〳〵と有明《ありあけ》寒き霜柱　八桑
榾掘《ほたほり》かけてけふも又来る　蕉[9]

同時に編集が進行していた『すみだはら』のような一大撰集とは趣を異にするけれども、芭蕉自身は、本書についても「かるみ」の撰集として高く評価していた。元禄七年六月二十四日付杉風宛書簡に、

別座鋪、門人不残《のこらず》驚《おどろき》、もはや手帳にあぐみ候折節、如此《かくのごとく》あるべき時節なりと大手《おほで》を打《うつ》て感心致《いたし》候。[7]

とあり、大いに感心した様子を伝える。次に発句を引く。

鹿の子のあどなひ顔や山畠　桃隣
橘《たちばな》や下に落《おち》たる鳥の糞　同
くわん〳〵と照《てる》日に白し百合ノ露　子珊
卯の花にばつとまばゆき寝起《ねおき》哉　杉風
五月雨に蛙のおよぐ戸口哉　同
寒キ程案じぬ夏の別れ哉　野坡
野はづれや扇《あふぎ》かざして立《たち》どまる　利牛
明方《あけがた》や水貫《かひ》に出て時鳥　滄波

寝《ね》つ起《おき》つ牡丹の莟《つぼみ》ひらく迄　同
落水《おちみづ》や菖蒲《あやめ》にすがる手長鰕《てながえび》　白之
撫子《なでしこ》やちいさき花のけだかさよ　同
はなむけに粽《ちまき》やさらば柏餅　浄求⑩

いずれも平易ではあるが、「かるみ」という観点から吟味してみると、俳人間における力量差があることは否定できない。芭蕉は個人に対してというより、撰集の総体として『別座鋪』を高く評価していたことになろう。

5　『すみだはら』と「かるみ」

元禄七年（一六九四）六月二十八日、『別座鋪』に続いて、野坡《やば》・孤屋《こおく》・利牛《りぎゅう》ら編の『すみだはら』が世に出る。芭蕉は行脚中である。本書もまた「かるみ」の撰集として名高い。しかも以前の撰集よりさらに深化した「かるみ」の姿を認めることができる。最初に芭蕉の発句を春と夏の部から数句を引いておく。

傘に押しわけみたる柳かな
春雨や蜂の巣つたふ屋ねの漏《もり》
卯の花やくらき柳の及ごし
うぐいすや竹の子藪に老《おい》を鳴《なく》
木がくれて茶摘も聞やほとゝぎす
するが地や花橘も茶の匂ひ
神無月二十日、深川にて即興
振売の雁あはれなり恵比須講
煤掃は己が棚つる大工かな⑤

難解な句はない。折々の日常風景をさり気なくかつ的確に切り取ってきたような作が大勢を占める。連句はどうか。定評のある歌仙の表六句を引いておく。

むめがゝにのつと日の出る山路《やまぢ》かな　芭蕉
処《ところ》〳〵に雉子の啼《なき》たつ　野坡
家普請《やぶしん》を春のてすきにとり付《つき》て　同
上《かみ》のたよりにあがる米の直《ね》　芭蕉
宵の内はら〳〵とせし月の雲　同
藪越《やぶごし》はなすあきのさびしき　野坡⑤

本書刊行後の元禄七年十月十二日、芭蕉は大阪で客死する。享年五十一。

没後の元禄十一年に芭蕉七部集の最終集に相当する『続猿蓑』が刊行されるが、これも「かるみ」やその後の蕉風のゆくえを占う上で逸することのできない撰集である。芭蕉の庶幾した俳諧にかける理想がどれほど正確に門人たちに継承されていったか。それはまだこの時点では明確にしえないことではあるが、「かるみ」の同調者として知られる支考にしても、芭蕉の没後は「俗談平話《ぞくだんへいわ》」を掲げ、ひたすら平俗なるものへと向かっていった。其角や嵐雪のように「かるみ」の路線を継承しない門人もいた。都市部と地方でもまた異なった様相を呈し、蕉風伝播も決して一様ではなかった。

6 元禄俳諧と蕉風

蕉風俳諧が「かるみ」の理念のもとに、相応の成果を提示しえたのは元禄時代（一六八八〜一七〇四）のことである。私たちのよく知る芭蕉は、この元禄における姿でもあるわけだが、芭蕉のみならず、この時代に入ってから、俳壇全体が志向する俳諧にも大きな変化がみられるようになった。そうした動向をとらえて、この時期の俳諧を**元禄俳諧**と呼称することは、近年の俳諧研究の成果を踏まえてのことであり、芭蕉の俳諧もこの元禄俳諧の中の一流派ととらえることが肝要である。

元禄時代に入ると一般に、景気の句や景気付の流行がみられ、**雑俳《ざっぱい》**の流行とも相俟って、平俗性・通俗性を甘受しながらも、より平易な句が詠まれるようになっていく。次の作品群がその好例である。

雨の日や門提《かどさげ》て行《ゆく》かきつばた　信徳（『一橋』）
凩《こがらし》の果《はて》はありけり海の音　言水（『都曲』）
元日やされば野川の水の音　来山（『大坂辰歳旦惣寄』）
行水《ぎやうずい》も日まぜになりぬむしのこゑ　同（『続いま宮草』）
笹折《ささをり》て白魚のたえ〴〵青し　才麿（『東日記』）
猫の子に嗅《かが》れて居《ゐ》るや蝸牛《かたつぶり》　同（『陸奥鵆』）
行水の捨《すて》どころなきむしのこゑ　鬼貫（『鬼貫句選』）
によつぽりと秋の空なる不尽《ふじ》の山　同[11]（『大悟物狂』）

これら元禄名家の発句を鑑賞してみれば、「かるみ」を志向した蕉風と同質の作品が少なくないことに気づかされるはずである。芭蕉の「かるみ」にも通じる平易・平明な作風は、元禄俳諧の基調でもあった。

トピック　芭蕉と西鶴

芭蕉は前章でとりあげた西鶴より二歳年下であった。つまり、互いに同時代人というわけだが、相互に直接的な交渉を持った形跡がない。それぞれをどう思っていたのか、残されているのは以下の評である。

西鶴の芭蕉評は、遺稿集の第一作『西鶴名残の友』（元禄十二年（一六九九）刊）巻三の四「さりとては後悔坊《こうくはいばう》」にみえる次の一節である。

> 又武州《ぶしう》の桃青は、我宿を出て諸国を執行《しゆぎやう》、笠に「世にふるはさらに宗祇のやどりかな」と書付《かきつけ》、何心なく見えける。これ又世の人の沙汰はかまふにもあらず、只俳諧に思ひ入て、心ざしふかし。
>
> 今時の宗匠、一体子細らしくせぬはなかりし。何とやら目立けれども、面《めん》〳〵の身なれば、無用の異見も成難し。⑫

人の身の処し方にはそれぞれの流儀があり、たとえ風体や行動に常人とは異なったところがあっても、それがその人にふさわしく自然であれば、他人様がとやかくいうべきものではない、という主旨の文脈中で語られた一節である。飾り立てた牛で闊歩する牡丹花肖柏、身なりが風変わりな津田休甫、瓢簞好きの中野一三子に続き、諸国行脚に熱心な桃青（芭蕉）をとりあげ、これも俳諧一筋に執心しているあらわれだと説く。引用の発句「世にふるは」は、初案と推定される句形で、天和二年（一六八二）以前の成立。再案では上五が「世にふるも」である。

一方、芭蕉の西鶴評は『去来抄』「故実」にみえる。

> 先師曰「世上、俳諧の文章を見るに、あるいは漢文を仮名に和らげ、あるいは和歌の文章に漢章を入れ、詞あしく賤《いや》しくいひなし、或は人情をいふとても、今日のさかしきくま〴〵まで探り求め、西鶴が浅ましく下《くだ》れる姿あり。⑧

芭蕉が俳文のあるべき姿を説く項で、西鶴の文章について、表現が下品な例として言及した部分である。これだけから判断すると、西鶴の方がいささか分が悪いことになるけれども、そもそも評価の対象が異なっている。西鶴は芭蕉の生き方に対して好意的に受け取り、芭蕉は西鶴の創作表現のあり方に対して厳しい見方をしていたということである。

参考文献

- 阿部正美『芭蕉連句抄』全13巻、明治書院、昭和四十年〜六十四年。
- 白石悌三・乾裕幸編『芭蕉物語——蕉風の〈人と詩〉の全体像をさぐる』有斐閣ブックス、昭和五十二年。
- 中村俊定監修『芭蕉事典』春秋社、昭和五十三年。

- 栗山理一監修『総合芭蕉事典』雄山閣、昭和五十七年。
- 『芭蕉全図譜』岩波書店、平成五年。
- 今榮蔵『芭蕉年譜大成』角川書店、平成六年。
- 『俳文学大辞典』角川書店、平成七年。
- 田中善信注釈『全釈芭蕉書簡集』新典社注釈叢書11、平成十七年。

理解を深めるための参考文献

- 仁枝忠『芭蕉に影響した漢詩文』教育出版センター、昭和四十七年。
- 鈴木勝忠『近世俳諧史の基層――蕉風周辺と雑俳』名古屋大学出版会、平成四年。
- 『元禄文学の開花Ⅱ――芭蕉と元禄の俳諧』講座元禄の文学3、勉誠社、平成四年。
- 田中善信『芭蕉――転生の軌跡』近世文学研究叢書4、若草書房、平成八年。
- 上野洋三・櫻井武次郎編『芭蕉自筆　奥の細道』岩波書店、平成九年。
- 今榮蔵『芭蕉伝記の諸問題』新典社注釈叢書52、平成十六年。
- 田中善信『芭蕉新論』新典社研究叢書200、平成二十一年。

関連作品の案内

- 『古典俳文学大系』全16巻、集英社、昭和四十五年～四十七年。
- 宮田正信『雑俳史の研究』赤尾照文堂、昭和四十七年。
- 『元禄俳諧集』新日本古典文学大系71、岩波書店、平成六年。
- 『連歌集／俳諧集』新編日本古典文学全集61、小学館、平成十三年。

知識を確認しよう

問題

(1) 芭蕉の紀行文の特質を整理しなさい。

(2) 『冬の日』『ひさご』『猿蓑』『すみだはら』などに所収の連句作品を鑑賞しなさい。

(3) 〈不易流行〉と〈かるみ〉について解説しなさい。

(4) 蕉風俳諧の変遷を概説しなさい。

解答への手がかり

(1) 五つの紀行文を、実際の旅程を追いながら、文学作品としての紀行文という観点からまとめてみる。

(2) 複数の注釈書を読み比べることから始めてみる。

(3) 文学辞典の解説などで概略をつかみ、そこから具体的な作例をつかむように努める。

(4) 貞門・談林・元禄それぞれの俳諧・俳風の特徴を押さえる。

第9章 近代（一）近代文学に生き延びる「江戸」

本章のポイント

近代における日本古典文学のゆくえを追うと、江戸時代（一六〇三〜一八六七）の文学はある種特別な位置にあることが見えてくる。それは、江戸時代が明治維新によって断絶した前近代に属しながら、一方では明治へと直接地続きの時代でもあることに起因する。

近代の作家たちにとって、江戸時代の文学とは時に克服すべき過去であり、時に範とすべき古典であった。そのことを踏まえ、本章では近代文学が目指した革新運動と、そこに維持された伝統という二つの側面において、それぞれ江戸時代の文学が担っていた役割を明らかにしながら、その近代文学に対する位置づけを考えたい。

一　近代文学の黎明期と戯作《げさく》文学

1　戯作がつなぐ江戸と明治

明治維新を迎えて日本が新たな出発点を迎えた時、文学はどのように動き出したのか。近代文学史の最初期に目を向けると、そこには**戯作文学**が存在している。

江戸時代後期には大人向け絵入り小説である黄表紙《きびょうし》や、長編化した合巻《ごうかん》、伝奇的な小説を主とした読本《よみほん》といった大衆向けの娯楽・通俗的な読み物が広く読まれていたが、それらは「戯作」と総称される。その戯作は、明治初期においてなお生き続けていたのである。

明治新政府の成立とともに日本の社会は大きく変化したが、一方で一朝一夕のうちに世の中のあらゆる面が刷新された訳ではない。社会の制度にせよ、生活習慣や文化にせよ、しばらくは江戸時代的なものと近代的なものが混在しつつ、徐々に変化していったと考えるほうが現実に即しているだろう。

実際、明治初期には江戸時代とほとんど変わらない体裁、形式の戯作が多数出版されており、その代表的な作家としては、仮名垣魯文《かながきろぶん》、万亭応賀《まんていおうが》、高畠藍泉《たかばたけらんせん》などが挙げられる。ただし、今日その名がほとんど知られていないことが示すように、その著作は江戸時代からの伝統を踏襲した目新しさに欠けるものとされ、これまでの研究史では近代的な価値を低く見る傾向が強かった。

しかし、いずれにせよこれらの作品が近代の最初期に広く読まれていたことは事実であり、さらに江戸時代の戯作も依然として人々の間で人気の読み物であった。この後触れるように、近代の作家たちの読書体験の中でも戯作は重要な位置を占めており、その存在は決して無視できない。

2　文明開化と戯作

明治初期の戯作者たちにとって、当時の社会を席巻しつつあった**文明開化**の風俗は恰好の題材となった。ここでは明治戯作の代表例として仮名垣魯文作『安愚楽鍋《あぐらなべ》』（明治四〜五年（一八七一〜七二））を取り上げて見てみたい。

この作品の題の角書《つのがき》（書名の上に添えた文字）には「牛店《うしや》雑談《ぞうだん》」とあり、その名の通り牛鍋屋を舞台としている。当時の人々にとっての牛肉は、文明開化を経て口にするようになった新しい食材であり、魯文はこの新時代を象徴する牛鍋に目をつけて、牛鍋屋にやって来る様々なお客の様子を描く。例えば、ある座敷では西洋かぶれの男が隣の客に次のように語る。

仮名垣魯文『安愚楽鍋』「西洋好《せいようずき》の聴取《きゝとり》」

モシあなたヱ、牛《ぎう》は至極高味《しごくかうみ》でごす子《（ネ）》。（……中略……）追々我国も、文明開化と号《い》ツて、ひらけてきやしたから、我々までが、喰ふやうになつたのは、実《じつ》にありがたいわけでごス。それを未だに、野蛮の弊習と云ツて子《（ネ）》、ひらけねへ奴等が、肉食をすりやア、神仏《しんぶつ》へ手が合されねへの、ヤレ穢《けが》れるのと、わからねへ野暮《やぼ》をいふのは、窮理学《きうり》を弁《わきま》へねへからの、ことでげス。そんな夷《えびす》に、福沢の著《かい》た肉食の説でも、読せてへ子《（ネ）》。モシ西洋にやア、そんなことはごウせん、（この人ござりませんを、ごウせん、ござりますを、げスなど、いふくせあり。）彼土《あつち》はすべて、理《り》でおして行国《ゆく》がらだから、蒸気の船や車のしかけなんざア、おそれいつたもんだ子《（ネ）》。①（括弧を付した振り仮名は引用者による）

男は興に乗った様子で、肉食を忌避するのは開化の世に反するとまくし立てながら、文明開化をしきりに賞揚する。『安愚楽鍋』には、新時代の到来に浮かれるこの男のような客もいれば、逆に新しいものがもてはやされる風潮に拒否反応を示す客も見られる。まさに過渡期にあった世相を、魯文は戯作特有の皮肉や滑稽を交えた視点から描いているのである。

また、戯作の特徴はその文体にもあり、『安愚楽鍋』に見られるような会話文を積極的に盛り込んだテンポの良い独特な文体はその例の一つである。こうした文体はその後の作家たちによっても意識されるところとなり、例えば昭和期を中心に活躍した野坂昭如《あきゆき》や井上ひさしらの文体にも、しばしば戯作的な性格が指摘される。

二　近代文学と馬琴《ばきん》

1　近代小説の出発と馬琴の克服

新しい時代の小説の目指す方向を示すべく坪内逍遥《しょうよう》が著した『小説神髄』（明治十八～十九年〔一八八五～八六〕）は、その後の日本文学のあり方に大きな影響を与えた。逍遙は、その中の「小説の主眼」で「小説の主脳は人情なり、世態風俗《せいたいふうぞく》これに次ぐ。②」と説き起こしている。つまり、小説は「人情」と「世態風俗」、すなわち人の心の動きとそれを取り巻く世の中の有り様を、ありのままに奥深くまで描き出さなければならないと宣言したのである。

逍遥が「人情」を強調する背景には、それこそがこれまでの日本の小説に大きく欠けていたという強い認識がある。そして、そうした旧態の小説の筆頭に挙げられるのが、江戸時代後期の作家**曲亭馬琴**《きょくていばきん》の作品である。

馬琴は当時随一の戯作者で、代表作の読本『南総里見《なんそうさとみ》八犬伝《はっけんでん》』（文化十一年～天保十三年〔一八一四～四二年〕、以下『八犬伝』）は大ベストセラーとなった。室町時代を舞台に、不思議な霊玉《れいぎょく》のもとに生まれた八犬士《はっけんし》と呼ばれる八人の戦士たちが主家の里見家の復興を目指して悪と戦う本作は、完結までに二十八年もの歳月を要した壮大な歴史冒険物語として人気を集めた。

その馬琴の小説に対して、逍遥は次のように切り込んでいる。

坪内逍遥『小説神髄』「小説の主眼」

> 試みに一例をあげていはむ歟《か》、彼の曲亭《きょくてい》の傑作なりける『八犬伝《はっけんでん》』中の八士《はっし》の如きは、仁義八行《はっこう》の化物にて、決して人間とはいひ難《がた》かり。作者の本意も、もとよりして、彼の八行を人に擬して小説をなすべき心得なるから、あくまで八士の行をば完全無欠の者となして、勧懲《かんちょう》の意を寓せしなり。されば、勧懲を主眼として『八犬伝』を評する時には、東西古今にその類《るい》なき好稗史《こうはいし》なりといふべけれど、他《た》の人情を主脳としてこの物語を論《あげつら》ひなば、瑕《きず》なき玉とは称《たた》へがたし。[2]

ここで言う「仁義八行の化物」とは、八犬士たちがそれぞれ「仁・義・礼・智・忠・信・孝・悌」の霊玉のもとに生まれた、いわば徳目の化身として描かれていることを指している。それ故、作中の八犬士たちの行動は基本的にすべて善にもとづいており、悪に心を乱されたりしない「完全無欠」な人物として描かれているという訳である。

その結果、逍遥の説くところにしたがえば、『八犬伝』では八犬士をはじめとした善人たちはひたすら善人として、そして悪人たちはひたすら悪人として描かれ、最終的に悪は善によって必ず克服される。「勧懲」とは**勧善**《かんぜん》**懲悪**《ちょうあく》のことで、善行を勧め悪行を戒めるという意味で馬琴の小説を貫く基本概念でもある。逍遥は、馬琴がこの「勧懲」を大前提として創作しているゆえに、無理な人物設定、現実離れしたストーリー展開を強いられ、先の「人情」を描き切れていない、それが馬琴の小説の「瑕《きず》」だ、というのだ。

こうして、逍遙は「人情」をキーワードとして、近代の小説は、江戸時代の小説、さらに言えば曲亭馬琴を克服するところからスタートしなければならないと宣言したのである。この『小説神髄』は、新しい時代の小説のあるべき姿を示した書物として、二葉亭四迷《ふたばていしめい》をはじめとした後続の小説家たちに大きな影響を与えた。

ただし、このことは逆に馬琴の小説が当時よく読まれていたことを象徴しているとも言える。『八犬伝』を例にとっても、『小説神髄』の成立時から見ればその完結はおよそ四十年前のことで決して大昔とは言えず、馬琴の戯作も依然多くの読者を持つ人気作だったと考えられる。そして、何よりも逍遙自身が少年時代から馬琴をはじめとした戯作を愛読していたと言われており、ここで見たような批判も実はその読書体験の上に成り立っているのである。

2 近代作家が描いた馬琴

芥川龍之介の「戯作三昧」(大正六年〔一九一七〕)は、『八犬伝』を執筆中の曲亭馬琴を主人公に、そのある一日の行動と心理を描いた作品である。芥川も馬琴への関心が高かったと言われ、『八犬伝』などの小説に親しんでいたという。

ただし、「戯作三昧」は単に芥川の馬琴への愛着や興味のみで成り立っている訳ではなく、その中には鋭い洞察も盛り込まれている。作中の馬琴は、ある瞬間にかの勧善懲悪という理念の絶対性を自ら疑い、その心に惑いが生じる。

芥川龍之介「戯作三昧」

それは、道徳家としての彼と芸術家としての彼との間に、何時も纏綿する疑問である。彼は昔から「先王の道」を疑はなかつた。彼の小説は彼自身公言した如く、正に「先王の道」の芸術的表現である。だから、そこに矛盾はない。が、その「先王の道」が芸術に与へる価値と、彼の心情が芸術に与へようとする価値との間には、存外大きな懸隔《けんかく》がある。従つて彼の中にある道徳家が前者を肯定すると共に、彼の中にある芸術家は当然又後者を肯定した。勿論此矛盾を切抜ける安価な妥協的思想もない事はない。実際彼は公衆に向つて此煮《この》え切らない調和説の背後に、彼の芸術に対する曖昧な態度を隠さうとした事もある。

しかし公衆は欺かれても、彼自身は欺かれない。彼は戯作の価値を否定して「勧懲の具」と称しながら、常に彼の中に磅礴《はうはく》する芸術的感興に遭遇すると、忽ち不安を感じ出した。――水滸伝の一節が、偶《たま〳〵》彼の気分の上に、予想外の結果を及ぼしたのにも、実はこんな理由があつたのである。③

「先王」とは中国古代の伝説上の皇帝たちを指し、儒学における理想の統治者を意味する。しかし、その道徳的な価値と作品の芸術的価値は両立し得るのか。馬琴の小説における勧善懲悪の理念が、近代の作家たちにとって克服すべき対象とされたことは、既に逍遙との関わりを通して見たとおりである。そうした中で芥川は敢えて、もし馬琴自身もその問題に心を悩ませる一人であったとしたら、と提示する。本作からは、あらためて近代の作家たちにとっての馬琴の存在の大きさを感じ取ることもできるだろう。

3 近代へ引き継がれる稗史《はいし》の伝統

ここまでは馬琴の創作理念と近代文学の関係を中心に見てきたが、次に切り口を変えて馬琴の小説と近代文学との関わりを作風や形式の面から考えてみたい。

先にも述べたように、『八犬伝』の舞台は室町時代で、里見家も房総半島に実在した領主をモデルにしている。しかしながら、そのストーリーは無数の虚構を含み、実体はいわばフィクションの時代小説と言って良い。こうした、歴史にある程度依拠しつつ民間の伝説や物語を取り込んだ創作物を稗史と称するのだが、『八犬伝』は日本の稗史小説の代表格と言えるだろう。

稗史とは、本来民間による正式ではない歴史書の意味で（逆に、時の権力者公認の正式な歴史書を正史という）、それゆえに価値が一段低く見られることがある一方で、民間の伝承や物語などを取り込みながら自由に展開することができるという魅力も併せ持つ。馬琴が読者の熱烈な支持のもとで『八犬伝』を三十年近くにわたって執筆し続けられたのも、こうした稗史の特質と無関係ではない。

近代において『八犬伝』に比肩し得る小説を一つ挙げるとすれば、それは中里介山《なかざとかいざん》の『大菩薩峠《だいぼさつとうげ》』（大正二年〜昭和十六年〔一九一三〜四一〕）であろう。本作は幕末を舞台に流浪の剣客机龍之介《つくえりゅうのすけ》を主人公とした時代小説で、『都《みやこ》新聞』への連載などを経て二十八年間に渡って書き継がれた大長編である（最終的に作者の死去を以て途絶したため未完）。

甲斐国《かいのくに》大菩薩峠で偶然遭遇した老巡礼を龍之介が理由もなく斬り捨てる場面で幕を開ける本作は、宿業に導かれるがごとく人を斬る龍之介と、旅先で出会う人々との織り成すドラマを綴っていく。宛もなく彷徨《さまよ》うニヒルな剣客龍之介の足跡は、伝説や伝承、思想や信仰によって彩られており、介山自身は直接馬琴の影響に言及してはいないものの、本作も稗史の伝統の延長線上にあると考えることができるかもしれない。

また、稗史は現代においても決して縁遠いものではない。例えば、『八犬伝』や中国の稗史の代表格である『三国志演義』・『水滸伝』などが、今日なお小説や映画はもちろん、漫画やゲームに至るまでの創作のモチーフとして、時代を超えた支持を得ているという事実は見逃せないだろう。

三　近代文学と西鶴《さいかく》

1　明治期における西鶴の発見と流行

明治二十年代に入ると、『小説神髄』の影響を受けた作家たちが新しい小説のあり方を模索し始める。だが、そこで彼らが直面したのが、先に見たように戯作の勧善懲悪が否定されて、それに代わって「人情」や「世態風俗」の写実的な描写が求められた今、何を模範とすべきかという問題であった。

また、同時期の作家たちの間で大きな議論となっていたもう一つが文体の問題である。当時、新しい時代の文体が求められていた中で、二葉《ふたば》亭《てい》四迷《しめい》や山田美妙《びみょう》らによる言文一致体などが提唱されたが、依然として模索が続いていた。

そこで、俄かに注目を集めるようになったのが、江戸時代前期に浮世草子と呼ばれる小説で人気を博した井原西鶴の作品である。明治の作家たちを引きつけたのは、その世相や風俗を写実的に描く作風と、独特の文体であった。また社会的背景としては、この頃に維新以来の欧化主義への反動などを要因として、古典復興の気運が高まっていたという事情も指摘できる。同じ江戸時代とはいえ、馬琴よりもさらに百年以上もさかのぼる西鶴の作品は、当時の人々にとっても忘れかけていた古典だったのである。

当時の西鶴評価の先鞭を付けた人物は淡島寒月《かんげつ》であるとされ、その寒月を介して西鶴を知ったと言われる尾崎紅葉《こうよう》の所属する**硯友社**《けんゆうしゃ》周辺に広まり、また同時期に幸田露伴《ろはん》らの所属する**根岸**《ねぎし》**党**周辺にも広まる、といった具合に西鶴文学は当時の文壇に普及していったと言われる。こうした西鶴の復興は、特に西鶴風の文体の創出という形で作家たちの創作に反映された。その文体は雅俗《がぞく》折衷文とも呼ばれ、新しい文体を実践する試みとして一種の流行となる。

このような背景のもとで生まれた紅葉と露伴の作品を次に見てみたい。紅葉の作品の中で西鶴からの影響関係が指摘されるものの一つが『伽羅枕《きゃらまくら》』（明治二十三年〔一八九〇〕）である。旗本と芸妓との間の娘であるお仙（後の「お花」）が、その後吉原で全盛の遊女として生きる様を描いたもので、次に挙げるのは異腹の姉が大名の婦人となる一方で、自分は遊女としての人生を極めることを決意する場面である。

尾崎紅葉『伽羅枕』

帰咲《かへりざき》のお花麗《はなうる》はしく、店名《みせな》を佐太夫《さだいふ》と呼《よ》びてその突《つき》出《だ》しの道中姿《だうちうすがた》は、万客《かく》の心《こゝろ》を一攫《ひとつかみ》に拶《むし》りしと聞《き》こゆ。然《さ》もある可《べ》し、此女《このをんな》には着眼《みどころ》ありとて、楼主大奮発《かゝえぬしおほはづみ》に奮発《はづ》み、此一夜《このひとよ》を女一代《をんないちだい》の大事《だいじ》と、入費《かゝり》の莫大《ばくだい》なるは此楼前後《このやぜんご》に又《また》なき例《ためし》なり。お花《はな》はまた思《おも》ひけるは、姉《あね》は大名《だいみやう》の奥方《おくがた》とて、見《み》たりや、行列《ぎやうれつ》の威勢《ゐせい》は飛鳥《とぶとり》も翼《つばさ》を斂《をさ》めむに、我《われ》その妹《いもと》として味噌漉携《みそこしさげ》て腐《くさ》らむは、神《しん》ぞ、神《しん》ぞ、神《しん》ぞ口惜《くちをし》からずや。さりながら運拙《うんつたな》くして夫《をツと》を持《も》てば皆死《みなし》なれ、これまでの万事《ばんじ》末凶《するゑきよう》ならざるはなく、末々《するゑ／＼》の辻占悪《つじうらあし》ければ、正路《ぢみち》の立身出世《りツしんしゆツせ》は覚束《おぼつか》なき事《こと》なり。凡《およ》そ人間《にんげん》に生《うま》れながら、良《よ》かれ悪《あし》かれ其名《そのな》を唱《うた》はれずして土《つち》に返《かへ》るは、蠅《はへ》の夏《なつ》に生《うま》れて秋果《あきは》つるがごとし。芳名《よきな》を伝《つた》へずばあられぬ名《な》にてもあれ世《よ》に知《し》られ、其《そ》れにて姉《あね》に楯《たて》つかむも面白《おもしろ》かるべし。④

非情な運命を背負った女性が悟ったかのように遊女と

しての人生を歩み始める姿は、金や愛欲の世界の非情な現実を描いた西鶴の作品にも通じるものを感じさせる。また、お花の何かが吹っ切れたかのような迫力にも、その文体が演出効果を上げている。

一方、露伴においては『風流仏《ふうりゅうぶつ》』（明治二十二年）が発表当時から重厚なテーマや西鶴を意識した文体において注目を集めた。その内容は、若い仏師の珠運《しゅうん》と木曾の花漬売りのお辰との恋を描き、二人は相愛の仲となりながらも引き裂かれるが、最後には珠運が自らの彫った仏像と共に天に昇るという神秘的な結末を迎える。

その冒頭で、仏師としての志に燃える珠運の様は次のように描かれる。

幸田露伴『風流仏』

三尊《さんぞん》四天王《してんのう》十二童子《じうにどうじ》十六羅漢《じうろくらかん》さては五百羅漢《ごひやくらかん》、までを胸中《けふちう》に蔵《おさ》めて鉈小刀《なたこがたな》に彫《ほ》り浮《う》かべる腕前に、運《うん》慶《けい》も知らぬ人は讃歎《さんだん》すれども鳥仏師《とりぶつし》知る身の心恥《こゝろはづ》かしく。其道《そのみち》に志《こゝろざ》す事深きにつけておのが業《わざ》の足《た》らざるを恨《うら》み。爰日本美術国《こゝにつぽんびじゆつこく》に生れながら今の世に飛《ひ》騨《だ》の工匠《たくみ》なしと云《い》はせん事残念なり、珠運《しゆうん》命の有らん限りは及ばぬ力の及ぶ丈《た》ケを尽《つく》してせめては我《わ》が好《すき》の心に満足さすべく、且《かつ》は石膏細工《せきこうざいく》の鼻高き唐人《とうじん》めに下目《しため》で見られし鬱憤《うつぷん》の幾分《いくぶん》を晴《は》らすべしと。可愛《かわい》や一向専念《こうせんねん》の誓《ちかい》を嵯峨《さが》の釈迦《しやか》に立《たて》し男《をとこ》、齢《とし》は何歳《いくつ》ぞ二十一の春（……後略……）⑤

例えば、ここに見られる中止法を用いながら文を続けていく手法などは、西鶴の文章に見られる特徴を受け継いでいると言われる。露伴はその後の作品でむしろ西鶴から距離を置くようになっていくが、前述のような時代背景において、本作は新しい小説のあり方を日本の古典を通して具現化したという点において大きなインパクトを与えたのである。

2　西鶴作品の伝統と近代

西鶴の存在は、明治期の流行以降も近代の作家たちによって意識され続ける。その中で、太宰治は『新釈諸国《しょこく》噺《ばなし》』（昭和二十年〔一九四五〕）と題して西鶴の作品を下敷きとした十二篇を著している。本作は単に現代語訳したというものではなく、太宰はあくまで原典に沿いながらも独自の創作を加えている。例えば、冒頭に収録された「貧の意地」は、西鶴の作品『西鶴諸国はなし』（貞享二年〔一六八五）巻一所収の「大晦日《おほつごもり》はあはぬ算用《さんよう》」をもとにしている。

原作は、貧しい浪人である原田内助《ないすけ》が、大晦日に十両の小判を得るところから始まる。望外の喜びに内助は友人の浪人たちを呼んで酒宴を開くが、そこで一両が紛失するという事件が起こる。その一両の行方をめぐって、事態は客の一人が身の潔癖を明かすべく自決をしようかという段にまで発展するが、幸いに物陰から一両が見つかる。これによって一件落着かと思われた矢先、今度は台所からさらに一両が出てきて合計十一両となり、先の一両は誰かが敢えて自分の一両を投げ出したものだということがわかる。しかし、その人物はいくら促しても名乗り出ない。そこで、内助は庭の手水鉢《ちょうずばち》の上に一両を置き、一人一人を別々に帰らせることで、誰にも気づかれぬまま持ち主に一両を返すことに成功する。

この最後の場面を西鶴は「あるじ即座の分別《ふんべつ》、座なれたる客のしこなし、かれこれ武士《ぶし》のつきあひ、格別ぞかし。[6]」と評して、武士の義理を守り抜こうとする浪人たちの心意気を賞賛する。

それでは、太宰は「貧の意地」でその作品世界をどのように再構成しているのだろうか。内助の性格について西鶴は細かく記さないが、太宰はいかめしい容貌の割には気が弱くて変に意固地な男として描き出し、小判が一両増えたことに気が付く場面では、内助は血相を変えてその一両の受け取りを固辞するどころか、もとの十両すら放棄すると言い出して一座を困らせる。

太宰治『新釈諸国噺』「貧の意地」

その一両を、このわしに押しつけるとは、まるですじみちが立っていません。そんなにわしが金を欲しがっていると思召さるか。貧者には貧者の意地があります。くどく言うようだけれども、十両持っているのさえ、わしは心苦しく、世の中がいやになっていた折も折、さらに一両を押しつけられるとは、天道さまにも見放されたか、わしの武運もこれまで、腹かき切ってもこの恥は雪《そそ》がなければならぬ。わしは酒飲みの馬鹿ですが、御一同にだまされて、金が子を産んだと、やにさがるほど耄碌はしていません。さあ、この一両、お出しになった方は、あっさりと収めて下さい。[7]

その滑稽なまでに意地を張る内助の姿は、逆にどれだけ貧しくとも義理の束縛から逃れられない浪人の悲哀も浮き彫りにする。また、一方で太宰がこうした描写に紙幅を割いた結果、本文は多くの説明や台詞が付け加わり、元の西鶴独特の文体の面影はなくなっている。

しかし、それだけに内助が良案をひねり出して迎える結末は、原作とはまたひと味違う爽やかさを帯びている。

太宰治『新釈諸国噺』「貧の意地」

七人の客は、言われたとおりに、静かに順々に辞し去った。あとで女房は、手燭をともして、玄関に出て見ると、小判はなかった。理由のわからぬ戦慄を感じて、

「どなたでしょうね。」と夫に聞いた。

原田は眠そうな顔をして、

「わからん。お酒はもうないか。」と言った。

落ちぶれても、武士はさすがに違うものだと、女房は可憐に緊張して勝手元へ行き、お酒の燗に取りかかる。⑦

太宰が『新釈諸国噺』を執筆した当時は太平洋戦争末期にあたり、その「凡例」において、戦争による混乱から予測不可能な事態へと至ることを危惧しながら、「この際、読者に日本の作家精神の伝統とでもいうべきものを、はっきり知っていただく」⑦ことが重要であると考えて本作を著したと述べている。この武士たちの義理を描いた物語も外すことのできない一つだったのだろう。

3　「大阪の作家」としての西鶴評価

西鶴を育んだのは、豊かな経済力のもとで文化の花開いた江戸時代前期の大阪（大坂）であった。近代の作家の中で、特にそのことを意識していたのが武田麟太郎《りんたろう》と織田作之助《さくのすけ》で、ともに大阪出身の二人は西鶴に強い関心を示している。

武田の作品において、西鶴的な性質が見られるものの一つが「日本三文《さんもん》オペラ」（昭和七年）である。浅草の安アパートを舞台に、そこに暮らす貧民たちの横顔を点描しながら、明日の見えないその日暮らしを送る人々の悲哀を綴った本作は、西鶴が大晦日を乗り切ろうと必死な人々の姿を描いた『世間胸算用《せけんむねさんよう》』（元禄五年〔一六九二〕）などの影響が指摘されている。例えば、住民たちが大家に家賃値下げの集団交渉を試みるも、結局のところ失敗する次の場面は、貨幣万能の社会で金を持たない下層の

人々が生きるということが意味するものを映し出している。

武田麟太郎「日本三文オペラ」

――ある夜、多くの者たちは十二時すぎまで仕事があるので、一時頃から三時前までもかかって、協議して一円の値下を要求することに決めた。そして翌日は晦日《みそか》になっているのだが、誰も払わずに、交渉を引き受けた小肥りの映画説明者の返答を待つことになった。ところが、翌朝早く、主人は部屋部屋を起して廻って部屋代を取立てた。誰か昨夜のことを彼に告げたものがあったのだろうが、皆も申合せを忘れたように、主人の剣幕に恐れをなして払うのであった。そのくせ、お互いにはそんなことをしたとは顔色にも出さず、知らぬ顔でいた。――朝寝坊の説明者は次から次へとひっきりなしに電話に呼び出されるので出て見ると、決定を裏切ったものたちが、実は昨夜あの仲間にはいると云ったが、あの時はすでに家賃は払ってあったんで、と云った風な見え透いた云いわけを出先きからするのであった。そこで説明者も独りでは力もないし、主人に憎まれても仕方がないと、彼も亦、定額を支払ったのである。[8]

また、織田の場合は西鶴を同郷の作家として意識するのみならず、『西鶴新論』（昭和十七年）と題する作品の中で、西鶴の人物・文学・思想を大阪人的性格のもとに論じている。そこでは、西鶴の数字を積極的に用いた表現、文章のユーモア、連想の尻を追っていく尻取《しりとり》式話術、そして一つの思想に沈潜しない態度といったものまでもが、西鶴が大阪人であることへと帰着していく。

織田の代表作「夫婦《めおと》善哉《ぜんざい》」（昭和十五年）は、大阪を舞台に、実家からは勘当《かんどう》同然で仕事が長続きしない柳吉と、それを盛り立てながら何とか日々を送る蝶子の夫婦の暮らしを、軽妙な大阪の言葉や当地の風俗描写とともに描く。

芸者稼業を営んでいた蝶子は、ある日妻子ある馴染《なじみ》客の柳吉と東京に駆け落ちするもつかの間、早々に大阪に舞い戻るはめになってしまうのだが、そうして二人が決まりの悪さを覚えつつ蝶子の両親のもとに姿を見せる場面を見てみよう。

織田作之助「夫婦善哉」

母親の浴衣を借りて着替えると、蝶子の肚はきまった。一旦逐電したからにはおめおめ抱主のところへ帰れまい、同じく家へ足踏み出来ぬ柳吉と一緒に苦労する、「もう芸者をやめまっさ」との言葉に、種吉は「お前の好きなようにしたらええがな」子に甘いところを見せた。蝶子の前借《まえがり》は三百円足らずで、種吉はもはや月賦《げっぷ》で払う肚を決めていた。「私《わて》が親《おや》爺《じ》に無心して払いまっさ」と柳吉も黙っているわけに行かなかったが、種吉は「そんなことして貰《もろ》たら困りまんがな」と手を振った。「あんさんのお父《とっ》つぁんに都合《ぐつ》が悪うて、私は顔合わされしまへんがな」柳吉は別に異を樹《た》てなかった。お辰は柳吉の方を向いて、蝶子は痲疹《はしか》厄の他には風邪一つひかしたことはない、また身体のどこ探してもかすり傷一つないはず、それまでに育てる苦労は……言い出して泪《なみだ》の一つも出る始末に、柳吉は耳の痛い気がした。⑨

大阪の言葉で交わされる会話を軸に成り立つテンポの良い文章は、一見コミカルな雰囲気も漂わせている。しかし、語られるのは先行きの見えない蝶子たちの人生と、その背後にある様々な事情である。庶民の暮らしを活写しながら、その現実を浮かび上がらせるところに、織田が西鶴に比せられる所以がある。

四　主題としての江戸

1　永井荷風の江戸趣味

ここまでは、主に近代の作家たちが、新しい時代の文学を作り上げる過程で如何に江戸文学を克服し、あるいは利用しようとしたのかという点を中心に見てきた。しかし、一方で江戸時代は近代作家たちにとって重要な主題の供給源でもあった。特に、近代という時代を相対化しようとする時、作家たちはしばしば最も近い前近代である江戸時代にそのヒントを探ろうとしたのである。

その一人として、永井荷風を例にとってみよう。荷風は若い頃に洋行を果たし、『あめりか物語』（明治四十一年〔一九〇八〕）・『ふらんす物語』（明治四十二年）といった欧米へのあこがれに基づいた作品でも知られる。しかし、一方でそうした経験は帰国後の荷風に当時の日本の表層的な欧化主義への疑問を抱かせるとともに、日本的なものや伝統的なものへの回帰を促した側面もあり、その後の作品では江戸趣味の影響がしばしば指摘される。

『濹東綺譚《ぼくとうきだん（たん）》』（昭和十二年（一九三七））では、東京の下町である玉の井を舞台に、小説家大江匡《ただす》と当地の私娼街で働くお雪という女性の短い情交が題材とされる。二人の出合いは六月末のある夕方のことであった。

永井荷風『濹東綺譚』

わたくしは多年の習慣で、傘を持たずに門を出ることは滅多にない。いくら晴れていても入梅中のことなので、その日も無論傘と風呂敷とだけは手にしていたから、さして驚きもせず、静にひろげる傘の下から空と町のさまとを見ながら歩きかけると、いきなり後方《うしろ》から、「檀那《だんな》、そこまで入れてってよ。」といいさま、傘の下に真白な首を突込んだ女がある。油の匂で結ったばかりと知られる大きな潰《つぶし》島田には長目に切った銀糸《ぎんし》をかけている。わたくしは今方《いまがた》通りがかりに硝子戸《ガラスど》を明け放した女髪結《おんなかみゆい》の店のあった事を思出した。

吹き荒れる風と雨とに、結立《ゆいたて》の髷《まげ》にかけた銀糸の乱れるのが、いたいたしく見えたので、わたくしは傘をさし出して、「おれは洋服だからかまわない。」実は店つづきの明《あかる》い燈火に、さすがのわたくしも相合傘《あいあいがさ》には少しく恐縮したのである。

「じゃ、よくって。すぐ、そこ。」と女は傘の柄《え》につかまり、片手に浴衣《ゆかた》の裾を思うさままくり上げた。[10]

見知らぬ男女が、突然の雨がもたらした偶然を機に運命的に出会い、かねて付き合っているかのように親しく振る舞う。作中の大江はこの場面に続けて、一連の出来事は伝統的にお誂《あつら》え通りであるといえるが、だからこそ自分はそこに興趣《きょうしゅ》を感じたのだと断りを入れている。また、このように作者自らが男女の恋愛の機微を描いた場面に敢えて説明を加える様を、江戸後期の恋愛小説である人情本の人気作者として知られる為永春水《ためながしゅんすい》の作品になぞらえてもいる。

荷風は、下町である玉の井という土地や、歓楽の中で男女が織りなす情交のドラマに、今は失われつつある江戸時代さながらの情緒を見いだそうとしたのである。

また、荷風の江戸趣味との関わりで挙げておきたいのが『下谷叢話《したやそうわ》』（大正十五年（一九二六））である。この作品は、江戸後期から明治初期を生きた儒学者鷲津毅堂《わしづきどう》と、漢詩人大沼枕山《おおぬまちんざん》を軸としてその足跡を追ったもので、この二人の名前は今日ほとんど知られていないかもしれないが、実は毅堂は荷風の外祖父にあたり、枕山もその縁戚である。

毅堂や枕山らは、漢詩文の高い教養を身につけ文雅の世界に生きた「文人」と呼ばれる人々でもあった。下谷は、彼らをはじめとした多くの文人たちが暮らし、また交遊を深めた土地である。本作はそれらの文人たちの生涯について、歴史資料を博捜しながら書き連ねていった考証風の作品である。自身の祖先を手がかりとしながら、詩や文の世界に生きた文人たちの世界を丁寧に浮かび上がらせていく作業は、荷風にとっては失われた江戸の文人の世界を再構築しながら自分のルーツを見出すという意味を持っていたのかもしれない。

2 石川淳と江戸留学

石川淳は江戸文学に関心を寄せるに至ったきっかけを次のように語っている。

石川淳「乱世雑談」（昭和二十六年）

わたしはいくさのあひだ、国外脱出がむつかしいので、しばらく国産品で生活をまかなつて、江戸に留学することにした。そして、明和から文化に至る何十年に日本の近代といふものを発見したよ。文政以後は品物がおちるね。火事のさいちゆうでも、この江戸の近代人諸君と附合ふことは焼跡見物よりもたのしかつたね。その附合が今日なほつづいてゐる。[11]

「いくさのあひだ」とは戦中期を指しており、この大きな混乱の続いた時期において、石川は果たせぬ「国外脱出」のかわりに「国産品」である江戸文学の世界に「留学」したというのである。

戦時下の石川淳が作中で江戸文学を意識的に用いた例として注目されるのが小説「マルスの歌」（昭和十三年）である。この中には、出征兵士の見送りで沸き返り「マルスの歌」（「マルス」はローマ神話に登場する軍神）が駅や車中に鳴り響く中、主人公がその喧噪から身を遠ざけようとして汽車の中で一冊の本を開くという場面がある。

その本とは、江戸時代後期の代表的な狂詩作者である寐惚《ねぼけ》先生（大田南畝《なんぽ》）が銅脈先生に応酬する詩を載せた狂詩集である。狂詩とは、漢詩の形式に則りながらも卑俗な内容や表現によって滑稽味を出したもので、本来高尚な漢詩に敢えて俗な要素を取り込んだところが面白みとされた。特に南畝は当代随一の文才を持ちながら、こうした文芸にも手を染めつつ豊かな文芸サークルを作り出していたことで知られる。

石川は、主人公にこの狂詩集を開かせることで、穏やかな別世界のごとき江戸の文芸世界を通して、国を挙げて戦争へ邁進する時代を浮かび上がらせようとしたのだろう（なお、「マルスの歌」は反軍国主義的であるとされ、掲載雑誌は発禁処分を受けた）。

また、この軍国主義への反発との関わりで興味深い作品が『渡辺崋山《かざん》』（昭和十六年）である。渡辺崋山は江戸後期の田原藩家老職を務める一方、優れた画家であり、洋学や海外情勢に高い関心を寄せていた人物として知られる。しかし、その先進的な思想や行動が一つの原因となり、その後幕府による洋学者弾圧（蛮社の獄）によって処罰を受け、自殺へと至る。

崋山は戦時下において現在以上に大きく顕彰されていた。その存在は、国防の必要を提唱した先駆けであり、また田原藩に仕えて藩主に尽くし、貧しい一家を支えて親に尽くした忠孝の鑑であったという点から、偉人の代表格とされていたのである。

したがって、崋山を取り上げることは一見すると当時の時勢におもねった態度に見えるかもしれないが、石川には次のような思惑があったという。

石川淳「筑摩叢書版『渡辺崋山』後記」（昭和三十九年）

なるほど崋山ならば人物も業績もいけないといふことがない。いつの時代にも立派に通用するものだらう。とくに謂ふところの非常時には、芸術の迫害者に対して、これを芸術家の典型として立てるのに、崋山は戦術的に好都合とおもはれた。崋山が忠孝と書いて血判をついた証文はそのころ横車を押してゐた官製の通俗道義観に赤恥をかかせるに十分な効力をもちえたのではないか。[12]

『渡辺崋山』は、崋山の生涯を追いながら、その洋学や西洋画への傾倒、海外情勢への関心、そして幕府による嫌疑と逮捕といった事柄を、歴史資料を多く引用しながら綴った伝記作品である。そのクライマックスでもある崋山が自殺を決心した場面は、崋山が前の晩に長男や門人へ宛てて認めた遺書が紹介された上で次のように描かれる。

石川淳『渡辺崋山』

不忠不孝といふ規定の拠りどころは儒学である。だが、これから先はもう儒学の厄介にはならない。武士の行動よりほかのものではない。書き終つて爽かである。
この夜は何事もなかつた。かねて崋山の身辺に心をくばつてゐた家人もさとらなかつたらしい。家ぢゆう、やすらかに眠つた。

翌十一日、正午、小屋の中に、崋山はうつ伏せに倒れてゐた。伸びた長身の、その頭のところは畳いちめんの血で、祐国の刀もともに血にまみれ、咽喉を突いて死んだやうな、一見なにかやさしげなふぜいであつた。しかし、ひとが抱きおこしたとき、かくれてゐた胸の下の、袴に、畳に、朱をたたきつけて、鮮血がにほつた。あきらかに咽喉を突く前に、作法どほり、利刃いさぎよく、腹一文字に切つて、みごとな最期であつた。⑫

「不忠不孝」の四字は、崋山が遺書に記した語に由来するもので、崋山は儒学の教えにしたがって藩主への忠と親への孝を最も重要な規範として捉えていたというのが一般的な理解であると言える。しかし、石川は最期の場面において崋山に一人の武士の行動として死を選ばせることによって、敢えてそれを戦時下の思想や通念から切り離そうとしているのである。その意味は注目されるべきだろう。

五　近代俳句と江戸時代

1　正岡子規の俳句革新の主眼

近代に至って小説が前近代を克服しようとした過程については先に触れた通りであるが、韻文もその流れと無縁ではない。そこで、最後にその代表として俳句が近代の文学として新しいあり方を獲得していく様子を紹介しておきたい。

正岡子規は俳句を文学としていわば再定義したとされ、その一連の活動は「俳句革新」と呼ばれる。子規は俳句のあり方を模索しながら、江戸時代から続く俳句（俳諧）を自分なりの形で文学として確立することを目指した。

その中で、子規が提唱した一つが月並《つきなみ》の否定である。

月並俳句とは、過去の伝統や習慣、類型化した表現や知識などに過剰にとらわれたありきたりな俳句のことで、子規はそれらを脱して清新な表現や発想が為されなければならないとした。

そこで、具体的に取るべき方法として提示された一つが写生である。これは自分の目で見たまま、感じたままの美をとらえて描き出すことで個人の感情を表現するというもので、子規はそれを句作の根本に据えることによって俳句の表現の刷新を図った。

また、子規は連句を否定している。もともと俳諧は五七五音の発句《ほっく》に続けて句を連ねていく連句の形式を一つの前提としていたのだが、子規は発句を独立した形での文学性を持つものとしたのである。

2 子規にとっての江戸俳諧

これらの主張が示すように、子規の俳句革新の基本姿勢は、前近代からの伝統を見直しながら近代の新しい文学としての俳句を提示しようというものである。したがって、江戸の俳諧が無批判に受け継がれていくという状況はあってはならないものであった。

そうした中で、子規は当時の俳壇で神格化されていた松尾芭蕉の評価を再検討している。子規は芭蕉の作品を評価しつつも、その存在と作品への盲目的な崇拝を月並へと繋がり得るものとして批判し、敢えて異を唱えながらその作品の価値を客観的に批評することの必要性を訴えた。また、一方で子規の目指す俳句のあり方を実現していた先駆として、それまで埋もれた存在だった与謝蕪《よさぶ》村《そん》を高く評価した。

このように、子規は江戸以来の俳諧を「伝統」のベールから取り出して正統に評価しようとする中で、俳句の革新へと向かっていった。そうした背景をふまえながら以下の句を見てみよう。

柿くへば鐘が鳴るなり法隆寺⑬（明治二十八年秋（一八九五））

いくたびも雪の深さを尋ねけり⑬（明治二十九年冬）

六尺の緑枯れたる芭蕉哉⑭（明治三十三年冬）

子規は、こうして日常の何気ない風景を五七五の中に描き出した詩として俳句を再定義していったのである。

トピック
江戸は新しい？――ポストモダンとしての江戸時代

かつてNHKで放送された人気テレビ番組「コメディー　お江戸でござる」（平成七〜十六年〔一九九五〜二〇〇四〕放送）をご存知だろうか。その内容は、江戸の町に暮らす人々の日常を題材に、コミカルなストーリーの演劇を俳優たちが演じる時代劇なのだが、劇の後には当時の世相や風俗にまつわる知識を紹介する解説のコーナーが設けられ、教養番組としても評価が高かった。

その解説を担当していたのが、杉浦日向子《ひなこ》という江戸風俗研究家である。杉浦は一九八〇年代に漫画家としてデビューし、江戸風俗の知識と詳細な時代考証に基づいた作風で評価を高めながら、その後はエッセイやテレビ出演などへも活躍の場を広げた。

杉浦が描く漫画は、例えば江戸の町人の暮らしの中の何気ない一コマなのだが、当時の人々の息づかいや町の空気をそのまま伝えるかのような魅力を持っている。ただし、その緻密な考証が反映された描写は、一方で現代の読者たちの目に新鮮な驚きをもって映る。それは、江戸時代が一見古くて未開な時代のように見えて、実は現代人の知らない（もしくは忘れた）合理的な社会制度や高度な文化に彩られて成熟した時代として描かれていることと大きく関わっていると見られる。

こうした、いわば江戸時代の「新しさ」を指摘する言説は、八〇年代の日本ではポストモダン社会が論じられる中でしばしば注目されていた。つまり、モダンの前に位置するプレモダン（江戸時代）にこそポストモダンのヒントが隠されているという訳である。杉浦の活躍が同時期に見られるのも、このことと決して無関係ではないだろう。

近年でも、江戸の町の水道設備の充実やリサイクルシステムの先進性などがしばしば注目されたりするが、それらもこうした江戸への視線の延長線上にあると考えることもできよう。しかし、二十一世紀を迎えてポスト「ポストモダン」とも言われる昨今、江戸時代はまた新しい形で私たちの前に現れてくるのかもしれない。

参考文献

●興津要『転換期の文学――江戸から明治へ』早稲田大学出版部、昭和三十五年。

●佐藤守弘「杉浦日向子と再‐想像された江戸」『美術フォーラム21』第二十四号、醍醐書房、平成二十三年十一月。

●竹野静雄『近代文学と西鶴』新典社研究叢書二、新典社、昭和五十五年。

●二瓶愛蔵「露伴と西鶴――「風流仏」を中心として」『季刊文学・語学』第六十九号、三省堂出版、昭和四十八年十月。

●畑有三・山田有策編『日本文芸史――表現の流れ　五・近代Ⅰ』河出書房新社、平成二年。

●畑有三・山田有策編『日本文芸史――表現の流れ　六・近代Ⅱ』河出書房新社、平成十七年。

●平田由美「反動と流行――明治の西鶴発見」『人文学報』第六十七号、京都大学人文科学研究所、平成二年十二月。

●藤原耕作「石川淳『渡辺崋山』論」『国語と国文学』第八十九巻第一号、明治書院、平成二十四年一月。

●松井利彦『近代俳論史』俳句シリーズ　人と作品別巻、桜楓社、昭和四十年。

理解を深めるための参考文献

●神戸大学文芸思想史研究会編『近世と近代の通廊――十九世紀日本の文学』双文社出版、平成十三年。

●国文学研究資料館編『明治開化期と文学――幕末・明治期の国文学』臨川書店、平成十年。

●前田愛『近代読者の成立』岩波現代文庫、平成十三年。

関連作品の案内

●円地文子「二世の縁　拾遺」『円地文子全集　二』新潮社、昭和五十二年。

●坪内逍遙『当世書生気質』岩波文庫、平成十八年。

●樋口一葉「大つごもり」『大つごもり　十三夜　他五篇』岩波文庫、昭和五十四年。

知識を確認しよう

問題

近代の小説の展開について、江戸時代の文学との関わりで説明しなさい。

解答への手がかり

特に馬琴と西鶴が当時の作家に与えた影響を、作品の題材、文体の二つの側面に注意してまとめよう。

第10章　近代（二）近代によみがえる古典文学

本章のポイント

日本近代文学は、西欧文学の受容、模倣から始まった。したがって、前近代の伝統的な文学とは断絶があるように見える。しかし、実際は明治初期から第二次世界大戦後に至るまで、古典文学の影響は色濃く残っている。また、古典文学と一概に述べても、作品によってその受容のされ方は様々である。現在日本古典文学として有名な作品であっても、その評価は時代の変遷によって変化が見られる。

そこで本章では、近代文学の中に見られる古典文学の影響を、代表的な作品に即して検証していく。近代文学の中に古典文学はいかに活かされていったのか、近代作家たちの古典評価を通して、古典文学を捉え直すことが本章の狙いである。

一　近代文学における『源氏物語』

1　『源氏物語』の受容

平成二十年（二〇〇八）には「源氏物語千年紀」と称し、『源氏物語』成立千年の節目を記念した様々なイベントが催された。数ある古典文学の中でも、『源氏物語』の人気は未だ根強い。しかし西洋文学に倣う形で成立した近代文学において、『源氏物語』は常に高い評価を与えられてきたわけではなかった。

明治時代初期、『源氏物語』は近代小説の成立に多大な影響を与えた坪内逍遥《つぼうちしょうよう》『小説神髄《しょうせつしんずい》』（明治十八年〔一八八五〕九月～十九年四月）によって言及されるものの、以後『源氏物語』を読んだとされるのは、尾崎紅葉《おざきこうよう》、樋口一葉《ひぐちいちよう》、与謝野晶子《よさのあきこ》などわずかな作家にすぎない。さらにその文章の読みにくさについて『源氏物語』悪文説が唱えられたことも、近代文学における『源氏物語』離れの一因となった。当時の二大文豪であった森鷗外《もりおうがい》（与謝野晶子訳『新訳源氏物語』序文、明治四十五年〔一九一二〕）や夏目漱石《なつめそうせき》（「余が文章に裨益せし書籍」明治三十九年〔一九〇六〕）が、この悪文説を認める発言をしたこともそうした傾向を助長した。

このように悪文として切り捨てられた『源氏物語』が、日本の「あはれ」を示した物語として再び注目を集めるのは、昭和十年（一九三五）前後である。中でも、『源氏物語』を再評価した谷崎潤一郎《たにざきじゅんいちろう》の果たした役割は大きい。以後、戦後には窪田空穂《くぼたうつほ》、円地文子《えんちふみこ》、田辺聖子《たなべせいこ》などの現代語訳が次々と出版され、現代まで続く『源氏物語』ブームの素地が作られた。近年では、瀬戸内寂聴《せとうちじゃくちょう》や橋本治《はしもとおさむ》による親しみやすい現代語訳、大和和紀《やまとわき》『あさきゆめみし』（昭和五十四年〔一九七九〕～平成五年〔一九九三〕）や小泉吉宏《こいずみよしひろ》『まろ、ん？』（平成十四年〔二〇〇二〕）などの漫画、生田斗真《いくたとうま》主演『源氏物語　千年の謎』（平成二十三年〔二〇一一〕）などの映画といった、幅広い『源氏物語』受容が展開されている。

以下、参考のため、主に文学者による『源氏物語』の現代語訳一覧を付す。

主な『源氏物語』の現代語訳

- 大正元年～二年　与謝野晶子『新訳源氏物語』
- 昭和十一～十三年　窪田空穂・与謝野晶子『源氏物語』（『現代語訳国文学全集』第四～六巻）
- 昭和十三～十四年　与謝野晶子『新新訳源氏物語』
- 昭和十四～十六年　谷崎潤一郎『潤一郎訳源氏物語』

- 昭和十四〜十八年　窪田空穂『源氏物語・現代語訳』（未完。若菜下巻まで）
- 昭和二十六〜二十九年　谷崎潤一郎『潤一郎新訳源氏物語』
- 昭和三十五〜三十六年　舟橋聖一《ふなばしせいいち》『源氏物語』（『世界名作全集』第三十七〜三十八巻）
- 昭和三十九〜四十年　谷崎潤一郎『谷崎潤一郎新々訳源氏物語』
- 昭和四十七〜四十八年　円地文子『源氏物語』
- 昭和五十三〜五十四年　田辺聖子『新源氏物語』
- 平成三〜五年　橋本治『窯変源氏物語』
- 平成八〜十年　瀬戸内寂聴『源氏物語』
- 平成九〜十年　尾崎左永子《おざきさえこ》『新訳源氏物語』

2　「谷崎源氏」の特徴

谷崎潤一郎は、『源氏物語』を最も愛読した近代作家であり、大正時代にすでに原文で『源氏物語』を読了していた。これは芥川龍之介《あくたがわりゅうのすけ》によると、文士中ただ一人であったという（「文芸的な、余りに文芸的な」昭和二年（一九二七））。谷崎は、現代語訳一覧にあるように生涯において三度の現代語訳を試みている。

谷崎が現代語訳に着手したのは、「吉野葛《よしのくず》」（昭和六年（一九三一））、「盲目物語《もうもくものがたり》」（同年）、「蘆刈《あしかり》」（昭和七年）といった作品を発表した、一般に古典回帰とされる時期にあたる。その特徴は、原文を生かした文体と逐語訳にある。とりわけ、「敬語は日本独特のもので、われわれの言葉の美点」（『新々訳源氏物語』序文）と述べるように、敬語の多用は「**谷崎源氏**」の最も特徴的な点であった。

『潤一郎訳源氏物語』では、戦中の言論統制下で光源氏と藤壺との密通事件を歪曲、省略せざるを得なかった。そのため『新訳源氏物語』では、削除を余儀なくされた部分を補い、原文を重視しつつも実際に口で語る言葉のように変え、敬語の数を減らした。さらに『新新訳源氏物語』では、表記を新仮名遣いに変更、訳文も平易な口語文に修正されている。

『潤一郎新々訳源氏物語　第一若紫』

藤壺の宮がお患《わずら》いなされて、お里へお下《さが》りになりました。お上が気をお揉《も》み遊ばしていらっしゃる御様子も、まことにおいたわしゅうお思いになるのですが、せめてこういう折にでもと、心も空にあくがれ惑《まど》うて、どこへもここへもお出ましにならず、内裏《うち》でも御殿でも、昼はつくづくと物思いに耽《ふけ》り給うて、日が暮れると王命婦《おうみやうぶ》を追い廻しつつお責めになります。どのように計らったことなのか、たいそう無理な首尾をしてようようお逢いになるのでしたが、その間でさえ現《うつつ》とは思えない苦しさです。宮も浅ましかったいつぞやのことをお思い出しになるだけでも、生涯《しょうがい》のおん物思いの種なので、せめてはあれきりで止《や》めにしようと、固く心におきめになっていらっしゃいましたのに、またこのようになったことがたいそう情《なさけ》なく、やるせなさそうな御様子をしていらっしゃるのですが、やさしく愛らしく、といって打ち解けるでもなく、奥床しく恥かしそうにしていらっしゃるおん嗜《たしな》みなどの、やはり似るものもなくていらっしゃいますのを、どうしてこうも欠点がおありにならないのであろうかと、君はかえって恨めしいまでにお思いになります。積るおん思いの数々《かずかず》も、何として語り尽くせましょうぞ。闇部《くらぶ》の山におん宿《やど》りもなさりたそうなのですが、あいにくの短夜《みじかよ》で、なまなかお逢いにならない方がましなくらいなのでした。

見てもまた逢ふ夜まれなる夢のうちに
　やがてまぎるるわが身ともがな

と、涙に咽《む》せ返り給う有様も、さすがにお可哀そうなので、

世がたりに人やつたへんたぐひなく
　憂き身をさめぬ夢になしても

思い乱れていらっしゃる御様子も、まことにお道理で、畏《おそ》れ多いのです。命婦の君が、おん直衣《なおし》などを取り集めて持って参ります。①

『源氏物語』若紫

藤壺《ふぢつぼ》の宮、なやみ給ふことありて、まかで給へり。上のおぼつかながり嘆《なげ》ききこえ給ふ御けしきも、いといとおしう見《み》たてまつりながら、かゝるおりだにと心もあくがれまどひて、いづくにも〳〵、参《ま》うで給はず。内《うち》にても里《さと》にても、昼《ひる》はつれ〴〵とながめくらして、暮るれば王命婦《わう》を責《せ》めありき給。いかゞたばかりけむ、いとわりなくて見《み》たてまつるほどさへうつゝとはおぼえぬぞわびしきや。

宮もあさましかりしをおぼし出《い》づるだに世《よ》とともの御もの思《おも》ひなるを、さてだにやみなむ、と深《ふか》うおぼしたるに、いとうくて、いみじき御けしきなるも

のから、なつかしらうたげに、さりとてうちとけず心《こゝろ》ふかうはづかしげなる御もてなしなどのなを人に似させ給はぬを、などかなのめなることだにうちまじり給はざりけむ、とつらうさへぞおぼさるゝ。何《なに》事をかは聞《き》こえつくし給はむ、くらぶの山に宿《やど》りも取《と》らまほしげなれど、あやにくなる短《みじか》夜にて、あさましう中〳〵なり。

見ても又逢《あ》ふ夜まれなる夢のうちにやがてまぎるゝわが身ともがな

とむせかへり給ふまもさすがにいみじければ、

世語《よがた》りに人や伝《つた》へんたぐひなくうき身を覚《さ》めぬ夢になしても

おぼし乱《みだ》れたるさまもいとことはりに、かたじけなし。命婦の君《きみ》ぞ御なをしなどはかき集《あつ》め持《も》てきたる[2]。

3　その他の『源氏物語』訳

参考として、「谷崎源氏」以外の現代語訳を挙げる。

●与謝野源氏　与謝野晶子は、明治期に『源氏物語』に関心を寄せた数少ない文学者の一人であり、近代最初の本格的な現代語訳として後の『源氏物語』再評価に関わる文学者たちに多大な影響を与えた。

与謝野晶子『全訳源氏物語　若紫』

藤壺の宮が少しお病気におなりになって宮中から自邸へ退出して来ておいでになった。帝《みかど》が日々恋しく思召《おぼしめ》す御様子に源氏は同情しながらも、稀《まれ》にしかないお実家《さと》住まいの機会をとらえないではまたいつ恋しいお顔が見られるかと夢中になって、それ以来どの恋人の所へも行かず宮中の宿居所《とのいどころ》ででも、二条の院ででも、昼間は終日物思いに暮らして、王命婦《おうみょうぶ》に手引きを迫ることのほかは何もしなかった。王命婦がどんな方法をとったのか与えられた無理なわずかな逢瀬《おうせ》の中にいる時も、幸福が現実の幸福とは思えないで夢としか思われないのが、源氏はみずから残念であった。宮も過去のある夜の思いがけぬ過失の罪悪感が一生忘れられないもののように思っておいでになって、せめてこの上の罪は重ねまいと深く思召したのであるのに、またもこうしたことを他動的に繰り返すことになったのを悲しくお思いになって、恨めしいふうでおありになりながら、柔らかな魅力があって、しかも打ち解けておいでにならない最高の貴女の態度が美しく思われる源氏は、やはりだれよりもすぐれた女性である、なぜ一所でも欠点を持っておいでにならないのであろう、それであれば自分の心はこうして死ぬほどにまで惹《ひ》かれないで楽であろうと思うと源氏はこの人の存在を自分に知らせた運命さえも恨めしく思われるのである。源氏の恋の万分の一も告げる時間のあるわけはない。永久の夜が欲しいほどであるのに、逢わない時よりも恨めしい別れの時が至った。

　見てもまた逢《あ》ふ夜稀《まれ》なる夢の中《うち》にやがてまぎる
　　るわが身ともがな

涙にむせ返って言う源氏の様子を見ると、さすがに宮も悲しくて、

　世語りに人やつたへん類《たぐ》ひなく憂《う》き身をさめぬ
　　夢になしても

とお言いになった。宮が煩悶《はんもん》しておいでになるのも道理なことで、恋にくらんだ源氏の目にももったいなく思われた。源氏の上着などは王命婦がかき集めて寝室の外へ持ってきた。源氏は二条の院へ帰って泣き寝に一日を暮らした。[3]

●円地源氏　「円地源氏」の特徴は、引用された歌句の増補や、登場人物の心理描写など原文にはない加筆がなされていることである。読みやすい現代語訳が輩出される先駆けとなったといえよう。

円地文子『源氏物語　若紫』

この頃、藤壺の宮は、お心地が悩ましくて、御里方にお出でになっている。帝が殊のほか御心痛遊ばし、お顔色にさえ見えて嘆き給う御様子も、真《しん》においたわしく拝されはなさるものの、このような得がたい折を逃してはと、源氏の君は心もそらにあくがれ惑われて、ほかの通いどころへは夢にも行き通いなさろうとはせず、御所にある時も、自邸にいられる時も、昼はつれづれと物思いに暮して、暮れれば、藤壺の宮のお側さらずの女房王命婦《おうみようぶ》のあとをのみ追い慕って、宮にお目にかかれる首尾をつくるようにせがみ歩いていられるのであった。命婦は、どんなふうにして、多くのかしずきの眼を掠《かす》めたばかって、宮のおわします御《み》帳台の内まで君をお手引き申し上げたものか。常日頃耐えに耐え、忍びに忍びつづけ

てきた恋しさ慕わしさが一ときに雪崩《なだ》れ落ちて、現《うつ》し身《み》も泡沫《うたかた》のようなはかなさに消え失せるかと思えば、また、翼をひらいて上もなく空に舞いのぼるような喜びに、わが身がわが身とさえ思われず、月日を隔てて近くに眺める宮の御顔、手にふれる御肌えさえ現《うつつ》のものとも思えぬやるせなさに、源氏の君の心はあやしく昏《く》れ惑うのであった。④

●小泉吉宏『大掴源氏物語　まろ、ん？』

漫画や映画にも『源氏物語』の世界は取り上げられている。小泉『まろ、ん？』は一帖を八コマ漫画で描き、当時の風習について簡単な解説を加えるなど、手軽に理解することのできる一冊である。

4　現代における古典——橋本治『桃尻《ももじり》語《ご》訳枕草子』

橋本治は、独特の文体を駆使し、敬遠されがちであった古典文学にリアリティのある現代語訳を与えた。一躍有名となったのは、当時の女子高校生言葉で訳された「桃尻語訳」である。『枕草子』第一段「春はあけぼの」を「春ってあけぼのよね！」と訳し、話題を呼んだ。現在に至るまで様々な古典文学の現代語訳を手掛け、現代におけ

図 10-1　小泉吉宏『大掴源氏物語　まろ、ん？』⑤

紫の上との出会いが描かれる「若紫」の巻が
8コマで簡潔に表現されている。

る古典の生かし方を提唱し続けている。

●昭和六十二～六十三年『桃尻語訳枕草子』
●平成二年『絵本徒然草』
●平成三～五年『窯変《ようへん》源氏物語』
●平成十～十九年『双調《そうちょう》平家物語』
●平成十五年『桃尻語訳百人一首』
●平成十七年『義経千本桜』
●平成二十二年『国姓爺合戦』

橋本治『桃尻語訳枕草子』一段

春って曙よ！だんだん白くなってく山の上の空が少し明るくなって、紫っぽい雲が細くたなびいてんの！

夏は夜よね。月の頃はモチロン！闇夜もねェ…。蛍が一杯飛びかってるの。あと、ホントに一つか二つなんかが、ぼんやりボーッと光ってくのも素敵。雨なんか降るのも素敵ね。

『枕草子』一段

春《はる》は曙。やう〱しろくなり行、やまぎはすこしあかりて、むらさきだちたる雲《くも》のほそくたなびきたる。

夏はよる。月のころはさら也、闇もなほ、ほたるの多くとびちがひたる。又たゞ一二など、ほのかにうちひかりて行もおかし。雨などふるも、おかし。

二 近代文学における王朝もの

芥川龍之介を源流とする近代作家たちは、大正期（一九一二～一九二六）に王朝の説話集などに材をとった王朝ものに興味を示した。芥川の王朝趣味は、室生犀星《むろうさいせい》、堀《ほり》辰雄《たつお》らに受け継がれていく。彼らが王朝もので描き出したのは、現代人の心理であった。物語の筋こそ古典文学を題材としているが、そこに描かれたのは現代の問題だったのである。

1 芥川龍之介の王朝もの

芥川の処女作ともいうべき『羅生門《らしょうもん》』（大正四年〔一九一五〕）、『芋粥《いもがゆ》』（大正五年）、『鼻《はな》』（大正五年）は、『今昔物語』や『宇治拾遺物語』を題材とした王朝ものである。しかし、芥川の王朝ものは、古典を背景とし、材料を借りただけにすぎず、そこに作者の知識や解釈が付け加えられているところに特徴がある。例えば、『鼻』は『今昔物語』第二十六段、二十段の話に、ゴーゴリ『鼻』で潤色をつけるなど、創意工夫が見られる。

　芥川が王朝もので問題としたのは、「僕等のやう」な感情と述べたように、自己を含めた現代人の抱える心理であった。例えば、『芋粥』には風采のあがらない五位という男が描かれる。彼は周囲の軽蔑の中で犬のような扱いをされているが、いつか芋粥を飽きるまで食べてみたいという欲望を心に抱いている。五位の望みを聞いた藤原利仁は、その望みをかなえるため、五位に大量の芋粥を与える。しかし、五位は大量の芋粥を前に食欲も失せ、「此処へ来ない前の自分をなつかしく、心の中で振り返」るのだった。原典の『今昔物語』『宇治拾遺物語』では利仁の富とその恩恵を受ける五位の様子を描くのに対し、芥川は欲望を叶えた五位の心理変化に焦点を当てている。

芥川龍之介『芋粥』

　もし、此時、利仁が、突然、向うの家の軒を指して、「あれを御覧《ごろう》じろ」と云はなかったなら、有仁はなお、五位に、芋粥をすすめて、止まなかったかも知れない。が、幸ひにして、利仁の声は、一同の注意を、その軒の方へ持って行った。檜皮葺《ひわだぶき》の軒には、丁度、朝日がさしている。そうして、そのまばゆい光に、光沢《つや》のいい毛皮を洗はせながら、一疋の獣が、おとなしく、坐っている。見るとそれは一昨日《おととい》、利仁が枯野の路で手捕りにした、あの阪本の野狐であった。

「狐も、芋粥が欲しさに、見参《けんざん》したさうな。男ども、しやつにも、物を食わせてつかはせ。」

　利仁の命令は、言下《ごんか》に行われた。軒からとび下りた狐は、直に広庭で芋粥の馳走に与《あずか》ったのである。

　五位は、芋粥を飲んでゐる狐を眺めながら、ここへ来ない前の彼自身を、なつかしく、心の中でふり返った。それは、多くの侍たちに愚弄されている彼である。京童《きょうわらべ》にさえ「何ぢや。この鼻赤めが」と、罵られてゐる彼である。色のさめた水干《すいかん》に、指貫《さしぬき》をつけて、飼主のない尨犬《むくいぬ》のやうに、朱雀大路《すざくおおじ》をうろついて歩く、憐む可き、孤独な彼である。しかし、同時にまた、芋粥に飽きたいと云う欲望を、ただ一人大事に守っていた、幸福な彼である。――彼は、この上芋粥を飲まずにすむと云う安心と共に、満面の汗が次第に、鼻の先から、乾いてゆくのを感じた。晴れてはいても、敦賀の朝は、身にしみるやうに、風が寒い。五位は慌てて、鼻をおさえると同時に銀の提に向って大きな嚔《くさめ》をした。⑧

『宇治拾遺物語』巻一ノ一八

かやうにする程に、向のなが屋の軒に、狐のさしのぞきてゐたるを、利仁見つけて、「かれ御覧《らん》ぜよ。候し狐の見参《げざん》するを」とて、「かれに物食《く》はせよ」といひければ、食《く》はするに、うち食《く》ひてけり。

かくて、よろづの事、たのしといへばおろか也。一月ばかりありて、のぼりけるに、褻《け》、納《おさ》めの装束《さうぞく》ども、あまたくだり、又、たゞの八丈、綿《わた》、きぬなど、皮子どもに入て、とらせ、はじめの夜の直垂、はた、さらなり。馬に鞍をきながらとらせてこそ、をくりけれ。きう者なれども、所につけて、年比になりてゆるされたる物は、さるものの、をのづからある也けり。⑨

2　室生犀星の王朝もの

犀星は昭和十五年（一九四〇）『大和物語』に取材した「王朝もの」第一作「萩吹《はぎふ》く歌《うた》」を発表する。以後、『大和物語』『伊勢物語』を題材に、終戦までに二十五編の王朝ものを書いた。『かげろふの日記遺文《にっきいぶん》』（昭和三十三年（一九五八）七月～三十四年六月）はその代表作である。なお、同じく『蜻蛉日記』に題材とした小説として、芥川の弟子でもあった堀辰雄『かげろふの日記』（昭和十二年（一九三七））がある。

『蜻蛉日記』とは、平安時代中期に成立した日記文学であり、作者は藤原道綱母とされる。既に時姫という正妻のある藤原兼家と結婚し、道隆という一児をもうけたものの、「町の小路の女」「近江」といった新たな通い所が現れる毎に悩まされる女の生き様を書いた。犀星は、これらの女たちに、「紫苑《しおん》の上《うえ》」「冴野《さえの》」「時姫《ときひめ》」と命名し、兼家との関係性を通した女性たちの内面を詳細に描いた。

室生犀星『かげろふの日記遺文』三

紫苑の上は睡《ねむ》ることの出来ないまま不図《ふと》、夜のあかりに誘われた夜鳴蝉の幾声かを聴いて、耳を立てた時であった。表門を叩く音が聴え、夫が約を踏んで見えたことを知ったが、黙って次ぎの仕えの女に声もかけなかった。なお、烈《はげ》しく扉を叩いて来たが、やはり黙っていた。仕えの女がそのままに打棄《うっちゃ》って置くことも出来ないので、静かな声で聞いた。

「表の門はいかがしたら、ようございましょうか。」

「そのままにして置きなさい。」

間もなく兼家はなおも、ほとほとと叩きつづけたが去って往った。町の小路の女の許に去るよりほかに、行きようもなかったであろう。翌朝そのままにして済まされずに文を持たせた。「歎きつつひとりぬる夜のあくる間はいかに久しきものとかは知る」と記して、わざと色の褪せた夏菊にさしただけだった。折りかえして返事があった。「槙《まき》の戸はなかなかに開きにくい、それに夜はなかなか明けぬ。」と何気ないふうに、書きながしているのが心の程が見え、瞞《だま》すならもっとうまく、私を苦しめないでくれないものか、と、弱りはてた私も、心がしじゅう転んで歩けぬようになっていることを知った。心というものは肉体は持っていないが、この大事の前では立って歩けぬことで、心にも形があることを、その悲しみと倶《とも》にさとることが出来た。[10]

『蜻蛉日記』上巻一三

さればよと、いみじう心憂《こころう》しと、思へども、いはむやうも知らであるほどに、二三日ばかりありて、あかつきがたに、門《かど》をたたく時あり。さなめりと思ふに、憂くて、開《あ》けさせねば、例の家とおぼしきところにものしたり。つとめて、なほもあらじと思ひて、

なげきつつひとり寝《ぬ》る夜《よ》のあくるまはいかに久しきものとかは知る

と、例よりは、ひきつくろひて書きて、移ろひたる菊にさしたり。返りごと、「あくるまでもこころみむとしつれど、とみなる召使《めしつかひ》の来あひたりつればなむ。いとことわりなりつるは。

げにやげに冬の夜《よ》ならぬ真木《まき》の戸もおそくあくるはわびしかりけり

さても、いとあやしかりつるほどに、ことなしびたり。しばしは、忍びたるさまに、内裏《うち》になど言ひつつぞあるべきを、いとどしう心づきなく思ふことぞ、

かぎりなきや。[11]

3 現代文学における性と愛

芥川をはじめとする王朝ものへのまなざしは、丸谷才《まるやさい》一《いち》、中村真一郎《なかむらしんいちろう》らに受け継がれている。中村は『古典文学にみる性と愛』（昭和五十年〔一九七五〕）において、古典文学に見られる男女関係、とりわけ性意識に着目した。そうした試みの背景について、中村は「今日、一般に古典解釈のなかに、人間の本性から発したものとして、疑うことなく提出されている性道徳への、常識的見解そのものが、実は大概、近代になってから発生したものに過ぎない、という事実がある」ことを述べている。ここで明らかにされた近代の性道徳の規範を踏まえ、芥川や犀星の王朝ものを眺めたとき、性に対する自己規制が働いていたことが明確となろう。

舟橋聖一は、その文学的出発点から性の官能的な美を描いた作家である。『ある女の遠景』（昭和三十八年）は、日本的な官能性の到達点とされる。また、性を小説のモチーフとして用いた作家として、近年では大江健三郎《おおえけんざぶろう》が挙げられる。

三　鷗外・漱石と古典文学

近代文学に大きな足跡を残した二大文豪といえば、言うまでもなく夏目漱石と森鷗外である。江戸末期に生まれた彼らは、漢学の素養を持ち、古典文学にも深い造詣を示した。**夏目漱石の漢詩**は、今日に至るまで非常に高い評価を得ている。また、鷗外は大正期に入ると過去に材料を求めた歴史小説、史伝を執筆している。

1 夏目漱石と古典文学

漱石は、すぐれた文明批評家でもあった。講演『現代日本の開化』（明治四十四年〔一九一一〕）の中で、漱石は日本の開化が「外から無理押しに押され」た「外発的」なものであったことを指摘し、盲目的な西洋化に疑義を唱えている。

『草枕』（明治三十九年〔一九〇六〕）冒頭には、西洋画家である青年が東洋的な非人情を求めて旅に出る心境が描かれる。漱石の作品には、芥川のような明らかな古典の典拠があるわけではないが、『草枕』のように、古典文学の素材が物語内容に関わっているものがある。漱石の前近代へのまなざしは、近代化によって失われていくものとして前景化されているのだといえる。

夏目漱石『草枕』

二十世紀に睡眠が必要ならば、二十世紀にこの出世間的の詩味は大切である。惜しい事に今の詩を作る人も、詩を読む人もみんな、西洋人にかぶれているから、わざわざ呑気《のんき》な扁舟《へんしゅう》を泛《うか》べてこの桃源《とうげん》に溯《さかのぼ》るものはないようだ。余は固《もと》より詩人を職業にしておらんから、王維《おうい》や淵明《えんめい》の境界を今の世に布教《ふきょう》して広げようと云う心掛も何もない。ただ自分にはこう云う感興《かんきょう》が演芸会よりも舞踏会よりも薬になるように思われる。ファウストよりも、ハムレットよりもありがたく考えられる。こうやって、ただ一人《ひとり》絵の具箱と三脚几《さんきゃくき》を担《かつ》いで春の山路《やまじ》をのそのそあるくのも全くこれがためである。⑫

2　森鷗外と歴史小説

漱石が失われていくものとして古典を自身の作品に前景化したように、鷗外もまた明治天皇崩御を契機に歴史の世界へと足を踏み入れた。鷗外歴史小説の最初の作品である『興津弥五右衛門《おきつやごえもん》の遺書《いしょ》』（大正元年〔一九一二〕十月）の執筆は、陸軍大将乃木希典《のぎまれすけ》の殉死に影響を受けたとされる。鷗外は歴史小説を執筆するにあたり、様々な歴史史料を駆使し、物語を作り上げていった。とりわけ、晩年に取り組んだ『渋江抽斎《しぶえちゅうさい》』（大正五年〔一九一六〕一〜五月）、『伊沢蘭軒《いさわらんけん》』（同年六月〜七年九月）などの史伝では、失われつつある江戸の文人たちの世界が描かれている。江戸から明治大正へとつながっていく一族の生き様を描くそのスタイルからは、近代以前と近代との連続性を見ることができる。

『阿部一族《あべいちぞく》』（大正二年〔一九一三〕）は藩主細川忠利《ほそかわただとし》の病死により起こった、藩内の殉死《じゅんし》を巡る事件を描いたものである。鷗外は歴史史料『阿部茶事談《あべさじだん》』に依拠し、熊本藩士阿部弥一右衛門《あべやいちえもん》の殉死後の措置を巡って、対立する新藩主細川光尚《ほそかわみつひさ》と阿部一族との関係性を詳細に描いている。

森鷗外『阿部一族』

天祐和尚が熊本を立つや否や、光尚はすぐに阿部権兵衛《ごんべえ》を井出《ゐで》の口《くち》に引き出して縛首《しばりくび》にさせた。先代の御位牌に対して不敬なことを敢《あへ》てした、上《かみ》を恐れぬ所行《しよぎやう》として処置せられたのである。

弥五兵衛《やごべゑ》以下一同のものは寄り集つて評議した。権兵衛の所行は不埒《ふらち》には違ひ無い。併《しか》し亡父弥一右衛門は兎《と》に角《かく》殉死者の中に数へられてゐる。その相続人たる権兵衛で見れば、死を賜《たま》ふことは是非が無い。武士らしく切腹仰《おほ》せ付《つ》けられれば異存はない。それに何事ぞ、奸盗《かんとう》かなんぞのやうに、白昼に縛首《しばりくび》にせられた。此の様子で推《すゐ》すれば、一族のものも安穏には差し置かれまい。縦《たと》ひ別に御沙汰が無いにしても、縛首にせられたものゝ一族が、何の面目《めんぼく》あつて、傍輩《ほうばい》に立ち交《まじは》つて御奉公をしよう。此上は是非に及ばない。何事があらうとも、兄弟分かれ〳〵になるなと、弥一右衛門殿の言ひ置かれたのは此時のことである。一族討手《うつて》を引き受けて、共に死ぬる外は無いと、一人《いちにん》の異議を称《とな》へるものも無く決した。

阿部一族は妻子を引《ひ》き纏《まと》めて、権兵衛が山崎の屋敷に立《た》て籠《こも》つた。⑬

3　近代文学と説話

鷗外は、説経浄瑠璃《せっきょうじょうるり》の代表的作品である『山椒大夫《さんしょうだゆう》』（大正四年〔一九一五〕）を作品化している。『山椒大夫』を執筆するにあたり、鷗外は一つの史料に依拠したのではなく、口承伝承も含めた様々な「山椒大夫」伝説を踏まえたと考えられている。こうした前近代からの口承文芸の継承を率先して行ったのは、**民俗学**の分野であった。柳田国男《やなぎたくにお》は『遠野物語《とおのものがたり》』（明治四十三年〔一九一〇〕）において、遠野に纏わる民話を筆記、編纂した。

一方、昔話と近代小説の手法を統一しようとした作品として、太宰治《だざいおさむ》『お伽草紙《とぎぞうし》』（昭和二十年〔一九四五〕）が挙げられる。室町時代の『御伽草子《おとぎぞうし》』を題材にしたものであるが、冒頭に防空壕の中で子供に絵本を読み聞かせながら発想を得たと述べていることから、特定の古典によったというよりも、広く流布していた昔話から材を得たと考えられる。『お伽草紙』は、「瘤取り」「浦島さん」「カチカチ山」「舌切雀」から成る。例えば、「浦島さん」の浦島太郎は、理屈っぽいインテリ紳士である。助けた亀に乗って竜宮城で三百年を過ごし、帰る時に玉手箱のお土産をもらう。このお土産が教えたのは、「年月は、人間の救ひである。忘却は、人間の救ひである」ということだった。そして浦島は「幸福な老人」として生きていく。

ここには、太宰独自の解釈が示されている。太宰は昔話に、彼の批評精神を盛り込んだのである。

四 ● 昭和文学における古典

昭和十二年（一九三七）の日中戦争開始前後、文壇では「日本浪曼派《にほんろうまんは》」（昭和十年）の出現とともに、古典復興が叫ばれるようになる。西欧に倣う形で進めてきた近代化に対する疑いが生じ、日本や東洋を再評価しようという機運が高まっていたのである。一時的な**古典回帰**の運動は敗戦によって終息するが、やがて川端康成《かわばたやすなり》は日本の伝統を強く意識した作品を発表していく。川端をはじめ、三島由紀夫《みしまゆきお》、石川淳《いしかわじゅん》、安倍公房《あべこうぼう》、中村真一郎《なかむらしんいちろう》などによって、昭和文学における古典文学の摂取が行われていくこととなる。

1 川端康成と古典文学

川端は、「哀愁《あいしゅう》」（昭和二十二年〔一九四七〕）において「敗戦後の私は日本古来の悲しみのなかに帰つてゆくばかりである」と述べて以降、古典文学によった作品を執筆する。『反橋《そりはし》』（昭和二十三年）『しぐれ』（昭和二十三年）『住吉《すみよし》』（昭和二十四年）の三部作が『住吉物語』などの中世文学に基づいているのをはじめ、『千羽鶴《せんばづる》』（昭和二十四年）などの作品において古典の影響を見ることができる。このように川端は、昭和文学の作家中、最も意識的に古典の世界へ分け入った作家であったと言える。

川端康成『住吉』

奈良絵本の住吉物語を見せて継子いぢめの話を聞かせてくれました母は実は私の継母なのでありましたが、小夜《さよ》ふけてから櫛の箱と御琴ばかりを持つて、継母の悪だくみをのがれるために住吉へ家出をした姫が、ゐどころを知らせないで京の父にたよりする、その手紙の奥の長歌を母が少し朗読風に読んでくれましたのを、幼い私は好んで聞いたものでありました。六つか七つのころかと思はれます。

昔の人は継子いぢめの話をたくさん知つてをりましたし、同類に落窪物語もありましたけれども、この住吉物語が後まで最も心に残りましたのは、私たちが住吉の近くに住んでゐたこと、奈良絵本を見ながらの話であつたこと、それからこの長歌のせゐでありませう。⑭

『住吉物語』下

朝顔《あさがほ》の　花の上なる　露《つゆ》よりも　はかなき物は　かげろふの　有かなきかの　こゝちして　世を秋風の　うちなびき　群《む》れ居《ゐ》る田鶴《たづ》の　別《わか》れつゝ　たゞ独のみ　ありそ海の　貝なき浦に　しほたるゝ　あまの羽《は》衣　わがごとく　干やわづらふ　日をへつゝ　歎ます田《だ》の　ねめなはの　くる人もなき　あしひきの　山下《した》水の　あさましく　流いでにし　古里《ふる》に　帰らんとだに　おもほえず　いかに契りし　いにしへの　宿世《すくせ》なればか　たらちおの　中を離《はな》れて　鶴《つる》の子《こ》の　雲ゐ遥《はる》かに　立《た》ち別《わか》れ　行方《ゆくゑ》も知らず　白波《しらなみ》の　夜《よる》の衣《ころも》を　かへしつゝ　寝《ぬ》る夜の夢の　ゆめならで　恋しき人をみちのくの　阿武隈《あぶくま》川を　わたるべき　我身ならねば　さゝがにの　蜘蛛手《くもで》に物を　思《おも》ふかな　鳥の声だに　音《をと》もせぬ　とをちの山の　谷深《たにふか》み　朽《くち》は果共　年をへて　人に知れぬ　埋れ木と　成果《は》てぬべき　我身なりそも

浜千鳥《はまちどり》跡ばかりだに知《し》らせねばなを尋《たづ》ねみん潮《しほ》の干《ひ》るまを

となんありける。是を見《み》て、たゞ哀さ、をしはかるべし。⑮

2　三島由紀夫と古典文学

三島由紀夫は、「川端康成ベスト・スリー――「山の音」「反橋連作」「禽獣《きんじゅう》」」（昭和三十年〔一九五五〕）において、「「反橋」の連作は、深く中世的なもので、戦後のあわただしい時期に、これらが書かれたことは、氏の精神の異様な孤独をうかがはせる」と『反橋』『しぐれ』『住吉』の三部作を高く評価した。川端の古典受容を評価したように、三島の作品には日本古典への嗜好が様々な箇所に見られる。その中でも、三島に特徴的な試みとして、能を題材とした『近代能楽集《きんだいのうがくしゅう》』（昭和三十一年）が挙げられる。例えば、「卒塔婆小町《そとばこまち》」では、深草少将《ふかくさのしょうしょう》を小町に憑く怨念とはせず、貧しい詩人として登場させている。このように、構成や登場人物は材料に拠りながら、置かれている状況を変え、そこに独自の主題を入れたのが三島の『近代能楽集』である。ここに、戦後文学における古典の再構成を見ることができる。

三島由紀夫『近代能楽集』「卒塔婆小町」

詩人　おばあさん、あなたは一体誰なんです。

老婆　私を美しいと云った男はみんな死んじまった。だから、今じゃ私はこう考える、私を美しいと云う男は、みんなきっと死ぬんだと。

詩人　（笑う）それじゃあ僕は安心だ。九十九歳の君に会ったんだからな。

老婆　そうだよ、あんたは仕合せ者だ。…しかしあんたみたいなとんちきは、どんな美人も年をとると醜女《しこめ》になるとお思いだろう。ふふ、大まちがいだ。美人はいつまでも美人だよ。今の私が醜くみえたら、そりゃあ醜い美人というだけだ。あんまりみんなから別嬪《べっぴん》だと言われつけて、もう七八十年この方、私は自分が美しくない、いや自分が美人のほかのものだと思い直すのが、事面倒になっているのさ。

詩人　（傍白）やれやれ、一度美しかったということは、何という重荷だろう。（老婆に向って）そりゃあわかる。男も一度戦争へ行くと、一生戦争の思い出話をするもんだ。もちろん君が美しかった…

老婆　（足を踏み鳴らして）かったじゃない。今も別嬪だよ。

詩人　わかったから昔の話をしてくれ。八十年、ひょっとすると九十年かな、（指で数えてみて）いや八十年前の話をしてくれ。

老婆　八十年前…私は二十《はたち》だ。そのころだったよ、参謀本部にいた深草少将が、私のところへ通《かよ》って来たのは。

詩人　よし、それじゃあ僕が、その何とか少将になろうじゃないか。

老婆　莫迦をお言いな。あんたの百倍も好い男だ。…そうだ、百ぺん通ったら、思いを叶えてあげましょう、そう私が言った。百日目の晩のこった。鹿鳴《ろくめい》館《かん》で踊りがあった。私はあまりのさわぎに暑くなって、庭のベンチで休んでいたんだ。…[16]

観阿弥『卒塔婆小町』梗概（『能楽ハンドブック』平成二十年（二〇〇八））

　高野山から出てきた僧（ワキ）が、都へ上る途中、鳥羽《とば》のあたりまで来ると、昔は美貌を誇ったが、今は人目も恥ずかしいほどの老残の身となった百歳の乞食婆（シテ）が卒塔婆に腰をかけているのを見る。僧が卒塔婆は仏体であるといって咎《とが》めると、老婆は素直に謝らず、僧と問答し、仏法の奥儀《おうぎ》を申したてて僧を逆に言い負かしてしまう。僧はまことに悟った乞食であると、頭を地につけて三度礼拝すると、老婆は自信をもって「極楽の内ならばこそ悪しからめ　そとは（外は・卒塔婆の両意をかける）何かは苦しかるべき」と戯《ざ》れ歌《うた》を詠む。僧が驚いて名を問うと、出羽《でわ》の郡司《ぐんじ》小野良実《おののよしざね》の娘、小野小町のなれの果てと名のり、美しかった昔をしのび、落魄《らくはく》した今の境涯を嘆いたのち、狂乱状態になって僧に物を乞う。小町に恋慕して九十九夜通って悶死した深草《ふかくさ》の四位の少将の怨霊《おんりょう》が憑《つ》いての狂乱である。小町は、烏帽《えぼ》子《し》・長絹《ちょうけん》をつけて深草少将の装いになり、百夜《ももよ》通いのさまを見せるが、やがて狂乱状態から脱して、仏の道に帰依し、悟りを開こうと後世を願う（一時間四五分）。⑰

トピック

近代短歌における『万葉集』『新古今和歌集』評価

近代短歌の革新は、正岡子規《まさおかしき》によってなされたといっても過言ではない。すでに短歌の革新という点では、明治二十七年（一八九四）落合直文《おちあいなおぶみ》による浅香社《あさかしゃ》の結成があり、その一員の与謝野鉄幹《よさのてっかん》は歌論『亡国《ぼうこく》の音《おん》』（明治二十七年）を発表していた。やがて、鉄幹は明治三十三年（一九〇〇）、文学・美術の総合雑誌「明星《みょうじょう》」を創刊し、「明星」は**浪漫主義**《ろまんしゅぎ》の拠点となっていく。また、「心《こころ》の花《はな》」（明治三十一年（一八九八））を創刊した佐佐木信綱《ささきのぶつな》や、尾上柴舟《おのえさいしゅう》、金子薫園《かねこくんえん》などもいた。子規はこうした革新の流れを受け、明治三十二年**根岸短歌会**《ねぎしたんかかい》を結成した。子規の歌論は『歌《うた》よみに与《あた》ふる書《しょ》』（明治三十一年）に示されている。「貫之は下手な歌よみにて古今集はくだらぬ集に有之候」と『古今和歌集』よりも『万葉集』を評価し、「只自己が美と感じたる趣味を成るべく善く分るやうに現す」写生主義を提唱した。

明治三十五年（一九〇二）の子規没後、根岸短歌会の人々によって子規の写生主義は受け継がれる（明治四十一年「アララギ」の創刊）が、歌壇の主流となっていた「明星」「スバル」（明治四十二年）などの浪漫主義の傍流にとどまるものであった。「アララギ」にとって大きな転機は、伊藤左千夫《いとうさちお》の死（大正二年（一九一三））である。伊藤に師事していた斎藤茂吉《さいとうもきち》や島木赤彦《しまぎあかひこ》らによって、写生主義的歌風が達成され、歌壇の主流となっていったのである。

斎藤茂吉『赤光《しゃっこう》』（大正二年）

ひた走るわが道暗ししんしんと堪へかねたるわが道くらし

一方、閉鎖的な結社となった「アララギ」に反発し、古泉千樫《こいずみちかし》、石原純《いしはらあつし》、釈迢空《しゃくちょうくう》らは、北原白秋《きたはらはくしゅう》、前田夕暮《まえだゆうぐれ》を中心とした新結社「日光《にっこう》」（大正十三年（一九二四））へと移っていった。「アララギ」に対抗し、新たな浪漫主義を唱えた彼らの集まりは、「反アララギ」派とも捉えられる。万葉調を重んじた「アララギ」に対して、白秋らは『新古今集』の歌風を基調とし、歌壇の新勢力となっていく。子規によって否定された古今集調は、ここに至って再び見直され、伝統へと戻っていくことになったのである。

北原白秋『白南風《しらはえ》』（昭和九年（一九三四））

木蘭の濃き影見れば良夜や月のひかりは庭にあかりぬ

参考文献

●久保田淳編『日本文学史』おうふう、平成九年。
●島内景二『漱石と鷗外の遠景――古典で読み解く近代文学』ブリュッケ、平成十一年。
●鈴木貞美編『日本文芸史――表現の流れ　第八巻・現代Ⅱ』河出書房新社、平成十七年。
●日本近代文学館編『現代文学と古典』読売新聞社、昭和四十五年。
●長谷川泉編『現代文学研究　情報と資料』「国文学解釈と鑑賞」別冊、至文堂、昭和六十一年。
●安森敏隆・上田博編『近代短歌を学ぶ人のために』世界思想社、平成十年。
●吉田精一『吉田精一著作集　第二十三巻　近代文学と古典』桜楓社、昭和五十六年。

理解を深めるための参考文献

●鈴木貞美編『日本文芸史――表現の流れ　第八巻・現代Ⅱ』河出書房新社、平成十七年。
●長谷川泉編『現代文学研究　情報と資料』「国文学解釈と鑑賞」別冊、至文堂、昭和六十一年。
●安森敏隆・上田博編『近代短歌を学ぶ人のために』世界思想社、平成十年。

関連作品の案内

●安倍公房『榎本武揚』中公文庫、平成二年。
●石川淳『おとぎばなし集』集英社文庫、昭和五十二年。

- 江国香織ほか『源氏物語九つの変奏』新潮文庫、平成二十三年。
- 『源氏物語　ビギナーズ・クラシックス』角川ソフィア文庫、平成二十四年。
- 谷崎潤一郎『春琴抄』新潮文庫、昭和二十六年。
- 谷崎潤一郎『吉野葛・蘆刈』岩波文庫、昭和六十一年。
- 室生犀星『犀星王朝小品集』岩波文庫、昭和五十九年。
- 森鷗外『渋江抽斎』岩波文庫、平成七年。

知識を確認しよう

問題

(1) 近代における『源氏物語』の受容について、説明しなさい。

(2) 芥川龍之介『芋粥』と典拠となった『今昔物語』の本文の引用箇所を比較し、同じ点と異なる点について説明しなさい。

(3) 三島由紀夫「卒塔婆小町」と典拠となった観阿弥「卒塔婆小町」の内容を比較し、どのような変更がなされているか、説明しなさい。

解答への手がかり

(1) 明治、大正期に『源氏物語』はどのようなものとして捉えられていたのか、それぞれの作家の態度からまとめてみよう。

(2) 引用箇所は、五位の念願だった芋粥を食べることができた場面である。その後起こった五位の変化について、特に心理描写を手がかりに考えてみよう。

(3) 観阿弥「卒塔婆小町」の梗概を手がかりに、登場人物、シチュエーションなどの変更を捉えよう。

引用部分出典一覧

第1章

① 山口佳紀・神野志隆光校注・訳『古事記』新編日本古典文学全集、小学館、平成九年。

② 小島憲之ほか校注・訳『日本書紀1』新編日本古典文学全集、小学館、平成六年。

③ 青木和夫ほか校注『続日本書紀一』新日本古典文学大系、岩波書店、昭和六十四年。

④ 植垣節也校注・訳『風土記』新編日本古典文学全集、小学館、平成九年。

第2章

① 土橋寛『古代歌謡全注釈——日本書紀歌謡』角川書店、昭和五十一年。

② 土橋寛『古代歌謡全注釈——古事記歌謡』角川書店、昭和四十七年。

③ 小島憲之ほか校注・訳『万葉集1～4』新編日本古典文学全集、小学館、平成八年。

④ 小島憲之ほか校注・訳『日本書紀1～3』新編日本古典文学全集、小学館、平成十年。

⑤ 青木和夫ほか校注『続日本紀二』新日本古典文学大系、岩波書店、平成二年。

⑥ 藤原茂樹編『催馬楽研究』笠間書院、平成二十三年。

⑦ 小島憲之校注『懐風藻　文華秀麗集　本朝文粋』日本古典文学大系、岩波書店、昭和三十九年。

⑧ 鳥越憲三郎『中国正史　倭人・倭国伝全釈』中央公論新社、平成十六年。

第3章

①② 『源氏物語』新編日本古典文学全集、全六巻、小学館、平成六～十年。巻数を○で次に頁数を入れた。ただし、私に改訂している。

③ 『竹取物語・伊勢物語』新日本古典文学大系、岩波書店、平成九年。

第4章

① 小沢正夫・松田成穂校注・訳『古今和歌集』新編日本古典文学全集、小学館、平成六年。

② 『竹取物語　伊勢物語　大和物語　平中物語』新編日本古典文学全集、小学館、平成六年。

第5章

① 市古貞次校注『新訂　方丈記』岩波文庫、昭和六十四年。

② 西尾実・安良岡康作校注『新訂　徒然草』岩波文庫、昭和六十年。

③ 浅見和彦校注・訳『十訓抄』新編日本古典文学全集51、小学館、平成九年。

④ 鴨長明『方丈記』
大曾根章介・久保田淳編『鴨長明全集』貴重本刊行会、平成十二年。

⑤ 市古貞次校注・訳『平家物語①』新編日本古典文学全集45、小学館、平成六年。

⑥ 辻勝美・野沢拓夫『建礼門院右京大夫集』中世日記紀行文学全評釈集成、勉誠出版、平成十六年。

⑦ 小川剛生訳注『正徹物語』角川学芸出版、平成二十三年。

⑧ 『兼好法師集』
齋藤彰ほか著・久保田淳監修『草庵集／兼好法師集／浄弁集／慶運集』和歌文学大系65、明治書院、平成十六年。

第6章

① 田中裕・赤瀬信吾校注『新古今和歌集』新日本古典文学大系、岩波書店、平成四年。
② 渡部泰明・小林一彦・山本一校注『歌論歌学集成　七』三弥井書店、平成十八年。
③『新編国歌大観　三』角川書店、昭和五十八年。
④『新編国歌大観　五』角川書店、昭和六十二年。

第7章

①「好色一代男」
暉峻康隆・東明雅校注・訳『井原西鶴集　一』日本古典文学全集38、小学館、昭和四十六年。
②「世継曾我」
高野正巳校註『近松門左衛門集　上』日本古典全書、朝日新聞社、昭和二十五年。
③「西鶴置土産」
谷脇理史・神保五彌・暉峻康隆校注・訳『井原西鶴集　三』日本古典文学全集40、小学館、昭和四十七年。
④「曾根崎心中」
森修・鳥越文蔵・長友千代治校注・訳『近松門左衛門集　一』日本古典文学全集43、小学館、昭和四十七年。

第8章

①『松尾芭蕉集①』新編日本古典文学全集70、小学館、平成七年。
②『貞徳翁十三回忌追善五吟百韻俳諧』
『校本芭蕉全集』第三巻、富士見書房、平成元年。
③『貝おほひ』
『校本芭蕉全集』第七巻、富士見書房、平成元年。
④『野ざらし紀行』『笈の小文』（本文）『おくのほそ道』『嵯峨日記』
『松尾芭蕉集②』新編日本古典文学全集71、小学館、平成九年。
⑤『冬の日』『猿蓑』『すみだはら』
『芭蕉七部集』新日本古典文学大系70、岩波書店、平成二年。
⑥『笈の小文』（序文）
『芭蕉紀行文集』天理図書館善本叢書第十巻、八木書店、昭和四十七年。
⑦ 落梧宛書簡、杉風宛書簡
今榮藏『芭蕉書簡大成』角川書店、平成十七年。
⑧『三冊子』『去来抄』
『連歌論集　能楽論集　俳論集』新編日本古典文学全集88、小学館、平成十三年。
⑨『別座鋪』（「紫陽花や」の巻）
『芭蕉集』古典俳文学大系5、集英社、昭和四十五年。
⑩『別座鋪』
『蕉門俳諧集一』古典俳文学大系6、集英社、昭和四十七年。
⑪『近世俳句俳文集』新編日本古典文学全集72、小学館、平成十三年。
⑫『西鶴名残の友』
『武道伝来記　西鶴置土産　万の文反古　西鶴名残の友』新日本古典文学大系77、岩波書店、平成元年。

第9章

① 仮名垣魯文作／小林智賀平校注『安愚楽鍋』岩波文庫、昭和四十二年。
② 坪内逍遙『小説神髄』岩波文庫、平成二十二年。
③ 芥川龍之介「戯作三昧」
芥川龍之介『芥川龍之介全集　三』岩波書店、平成八年。
④ 尾崎紅葉『伽羅枕』
尾崎紅葉『紅葉全集　二』岩波書店、平成六年。
⑤ 幸田露伴『風流仏』

登尾豊・関谷博・中野三敏・肥田皓三校注『幸田露伴集』新日本古典文学大系　明治編二十二、岩波書店、平成十四年。

⑥ 井原西鶴『西鶴諸国はなし』
宗政五十緒・松田修・暉峻康隆校注・訳『井原西鶴集　二』新編日本古典文学全集六十七、小学館、平成八年。

⑦ 太宰治『新釈諸国噺』
太宰治『お伽草紙・新釈諸国噺』岩波文庫、平成十六年。

⑧ 武田麟太郎「日本三文オペラ」
武田麟太郎『武田麟太郎全集　一』新潮社、昭和五十二年。

⑨ 織田作之助「夫婦善哉」
織田作之助『夫婦善哉　正続　他十二篇』岩波文庫、平成二十五年。

⑩ 永井荷風『濹東綺譚』岩波文庫、平成三年。

⑪ 石川淳「乱世雑談」（『夷斎俚言』所収）
石川淳『石川淳全集　十三』筑摩書房、平成二年。

⑫ 石川淳『渡辺崋山』
石川淳『石川淳全集　十一』筑摩書房、平成二年。

⑬ 正岡子規『寒山落木』
正岡子規『子規全集　二　俳句二』講談社、昭和五十年。

⑭ 正岡子規『俳句稿』
正岡子規『子規全集　三　俳句三』講談社、昭和五十二年。

第10章

① 谷崎潤一郎『潤一郎新々訳源氏物語　第一若紫』
谷崎潤一郎訳『潤一郎訳源氏物語　巻一　改版』中公文庫、平成三年。

② 『源氏物語』若紫
柳井滋・室伏信助・大朝雄二・鈴木日出男・藤井貞和・今西祐一郎校注『源氏物語（一）』新日本古典文学大系、岩波書店、平成五年。

③ 与謝野晶子『全訳源氏物語　若紫』
与謝野晶子訳『全訳源氏物語　一　新装版』角川文庫、昭和四十六年。

④ 円地文子『源氏物語　若紫』
『円地文子の源氏物語　一』わたしの古典シリーズ、集英社文庫、平成八年。

⑤ 小泉吉宏『大掴源氏物語　まろ、ん?』幻冬舎、平成十四年。

⑥ 橋本治『桃尻語訳枕草子』一段
橋本治『桃尻語訳枕草子　上』河出文庫、平成二十二年。

⑦ 『枕草子』一段
松尾聡・永井和子訳・校注『枕草子』新日本古典文学大系、岩波書店、平成三年。

⑧ 芥川龍之介『芋粥』
『芥川龍之介全集　1』ちくま文庫、平成十九年。

⑨ 『宇治拾遺物語』巻一ノ一八
三木紀人・浅見和彦・中村義雄・小内一明校注『宇治拾遺物語　古本説話集』新日本古典文学大系、岩波書店、平成十七年。

⑩ 室生犀星『かげろふの日記遺文』講談社文芸文庫、平成四年。

⑪ 『蜻蛉日記』上巻二三
菊地靖彦・伊牟田経久訳・校注、木村正中訳・校訂『土佐日記　蜻蛉日記』新編日本古典文学全集　小学館、平成七年。

⑫ 夏目漱石『草枕』
『夏目漱石全集　3』ちくま文庫、昭和六十二年。

⑬ 森鷗外『阿部一族』
藤田覚注『鷗外歴史文学集　二』岩波書店、平成十二年。

⑭ 川端康成『住吉』
『川端康成全集　七』新潮社、昭和五十六年。

⑮ 『住吉物語』下
藤井貞和・稲賀敬二校注『落窪物語　住吉物語』新日本古典文学大系、岩波書店、平成元年。

⑯ 三島由紀夫『近代能楽集』「卒塔婆小町」
三島由紀夫『近代能楽集』新潮文庫、平成十六年。
⑰ 観阿弥『卒塔婆小町』梗概
『能楽ハンドブック』平成二十年。

解題

一、基礎的事項、書誌的事項、文学的事項、および主要な人名など必要なものを掲載した。
一、ここに採り上げた項目は、本文中にゴチック体で表示してある。
一、項目は、章ごとの五十音順に配列した。

古代

第1章　古代（一）記紀と風土記を読む

近藤健史

葦原中国（あしはらのなかつくに）

高天原。黄泉国や根《ね》の堅州国《かたすくに》に対する神話的な地上の世界。「葦原」は、葦が生い茂っているとし、文化の及んでいない未開を表象するという説、稲作が普及しない不毛の土地を表象するという説、逆に水があり水田の稲の育成に適していることから豊穣の表象とする説があり、「未開・不毛」と「豊穣」の意味が提出されている。「中国」は、「中つ国」で「中間に位置する国」。神話的な三層の垂直的構造で、上層と下層の間にある中層の世界と考えられる。「高天原と根の堅州国の中間の国」「天上世界に対する地上の中心になる国」などの説がある。

朝臣（あそみ）

天武朝に定められた新たな姓《かばね》の制度である「八色《やくさ》の姓《かばね》」（六八四年）、真人《まひと》・朝臣《あそみ》・宿禰《すくね》・忌寸《いみき》・道師《みちし》・臣《おみ》・連《むらじ》・稲置《いなぎ》の中の第二位の姓。臣の姓を持つ豪族の有力者に与えられた。平安時代には「あそん」と読まれる。

出雲国（いずものくに）

出雲地方は、かつて一大文化を築く先進的な地域であった。地理的に国内外との交流も盛んであった。一九八四年に発掘された荒神谷遺跡からは、二世紀中頃に作られたと推定される銅剣三五八本が出土して、当時巨大な勢力を持つ国家が存在していたことが確実となった。出雲の重要性は、たとえば『古事記』の神話の部分では「出雲神話」が四割以上を占め、『風土記』では国土生成を独自に語る「国引き神話」の存在などで明らかである。また『古事記』では高千穂に天孫降臨するより早く、出雲にスサニヲが降り立つ。さらに国譲りがなされたとき、出雲は天神がうらやむほどに繁栄していたことがあげられる。

大八嶋国（おおやしまぐに）

イザナキ・イザナミの国生みによって生まれた次の八島の総称。『古事記』は、淡道《あわじ》之穂之狭別島《のほのさわけのしま》（淡路島）、伊予之二名島《いよのふたなのしま》（四国）、隠伎之三子之島《おきのみつごのしま》（隠岐）、筑紫島《つくしのしま》（九州）、伊岐島《いきのしま》（壱岐）、津島《つしま》（対馬）、佐度島《さどのしま》（佐渡）、大倭豊秋津島《おおやまととよあきづしま》（本州）。『日本書紀』では、隠岐と佐渡を双子として一つに数え、壱岐と対馬がない。代わりに越洲（北陸）、大洲（山口県）、吉備（岡山県）が生まれ、「大八洲」と記されている。両書とも淡路島が最初に生まれた島としていることは、瀬戸内海航路の要衝の島であり、淡路島の海女集団の伝統に国生み神話の原型があったことによるといわれている。

日本の国土全体の名称として使われるが、公式令詔書式に朝廷の大事の際の天皇の称号として「明神《あらひとがみ》と御大八洲《おおやしまのくにし》らす天皇《すべら》」と書くよう定めてあることから当時の天皇支配の及ぶ範囲を示す意味を持つと考えられている。

旧辞（きゅうじ）

朝廷に古くから伝わった歌物語や起源説

話を集めたもの。記録の中の物語的なものは、ここから取られたと考えられている。内容的には、神々の物語、神武天皇東征の物語、神々の時代の大王物語、宮廷の政争の中における大王物語である。これらの中には、大王にふさわしい生き方が語られている部分も少なくないことから、王子や王女が朝廷の支配者として生きる術を学ぶための書物として作られたとする考えもある。

国引き神話（くにひきしんわ）

『出雲国風土記』の国土創生神話。出雲国を大きくしようと考えたヤツカミヅオミツノの神が、北陸や朝鮮半島、新羅などから余っていた土地に綱をつけて手繰り寄せて増やしたという話。国土生成を独自にかたるという特色がある。

壬申の乱（じんしんのらん）

天武元年（六七二）勃発した、皇位継承をめぐる古代史上最大の内乱。天智天皇の死後、長子大友皇子と実弟大海人皇子が一か月余り激しく戦い、大海人皇子が勝利した。その様子は、『日本書紀』に記されている。

高天原（たかまのはら・たかあまのはら）

天神が住む神話的な天上の世界。『古事記』では、高天原にいる天神の命令でイザナキ、イザナミの国生みが行われる。また葦原中国を高天原の神々に譲る国譲り神話がある。『日本書紀』「神代」の本書には、「高天原」の世界はない。だが持統天皇の諡号（おくりな）が「高天原廣野《ひろの》姫《ひめの》天皇《すめらみこと》」とあり、「高天原」の語は持統朝頃の成立かといわれている。

帝紀（ていき）

歴代天皇の皇位継承を語る系譜。六世紀前半に王家の祭司たちによってまとめられ次々に新たに書き加えられたと考えられている。「日継《ひつぎ》」といわれ、儀式でよまれることが多い。天皇が亡くなった時の行事でよみ上げられた例としては、舒明天皇が亡くなった時（六四一年）の葬礼、天武天皇が亡くなった時（六八六年）の葬儀に「日継」の誄《しのびごと》をしたとある。天照大神から亡くなった天皇までの系譜を唱えるという。「日継」は、皇室の神聖な秘伝であったと考えられている。

天武天皇（てんむてんのう）

第四十代天皇。朱鳥《あかみとり》元年（六八六）没。舒明天皇の第三皇子、母は皇極天皇（斉明天皇）。天智天皇の同母弟。即位前は大海人皇子。壬申の乱に勝利して天武二年（六七三）に即位、律令国家をめざし官僚制度を整備するなど新しい施策を打ち出した。

根の堅州国（ねのかたすくに）

神話的な他界の世界。屍から分離した魂の行く世界。場所は、地下、海の彼方、海底などの説がある。

黄泉の国（よみのくに）

死者の行く死後の世界。魂の離れた屍や場所は、不慮の事故などで寿命が全うできず死んだ者の魂が関わる世界、死者が生活するところ、などと考えられている。場所は、地下、山上、葦原中国と同一平面上と考える説がある。「ヨミ」の語源には、闇・夜（よ）見（み）・山などの解釈がある。「黄泉」の字は、漢語で『春秋左氏伝《しゅんじゅうさしでん》』などに見え、地下・死者の世界の意味で用いられている。

古代

第2章　古代（二）記紀歌謡と万葉集を読む

野口恵子

大伴家持（おおとものやかもち）

『万葉集』に四七三首という、最も多くの歌を残す歌人。長歌四六首、短歌四二五首、旋頭歌一首、連歌一首。巻一七～二〇巻は、家持の歌日誌的なものだったといわれ、『万葉集』全体の編纂に大きく関与したと考えられている。

　生年には諸説あるが、養老二年（七一八）説が有力。父は大伴旅人。母は不詳。出生は庶子だが、旅人の正妻に男子がいなかったせいか、後に継嗣に立てられる。天平十年（七三八）に内舎人として出仕した。その後、天平十八年（七四六）に越中国守となり、天平勝宝三年（七五一）に少納言として帰京している。天平勝宝七年（七五五）、難波に下り防人の検校に際して彼らの歌を収集、一部を『万葉集』に収録したとされる。天平宝字二年（七五八）、橘奈良麻呂の変に参加しなかったものの、計画を立てたとみなされ、因幡国守に左遷された。そして、翌年に詠んだ正月の歌が『万葉集』最後の歌となった。延暦二年（七八三）に中納言に昇進するが、延暦四年（七八五）、持節征東将軍として遠征していた陸奥国の多賀城で薨去。後に起きた藤原種継暗殺事件の首謀者とされ、追罰として除名。遺骨の埋葬を許されず、隠岐に配流されたようである。大同元年（八〇六）、罪を許され正三位に復された。

雑歌／相聞歌／挽歌（ぞうか／そうもんか／ばんか）

　『万葉集』では、歌の内容によって一部の作品を分類している。作品の成立年代の古新よりも、内容を優先させているのである。それが、「雑歌」、「相聞歌」「挽歌」の三分類である。これらを三大部立と呼んでいる。

　「雑歌」は、「くさぐさの歌」の意である。名称は、『文選』の分類の一つの大見出し「雑詩」によったとされている。大まかにいえば、「相聞歌」「挽歌」以外の歌を指す。行幸や遷都などの宮廷関係の歌が多い。公儀における旅の歌や、宴会の歌、自然や風景を愛でた歌など、公的な性質をもつ。この点から、「雑歌」が最も重要な歌々を集めた部であることがわかる。約一五六〇首も収められている。

　「相聞歌」は、互いに消息を通わせるという意の漢語である。そこから、男女間の恋情だけでなく、肉親や友人との情を伝える歌も指すようになった。特に多いのが、対詠だけでなく独詠も含む恋愛の歌である。約一六七〇首もあり、「相聞歌」の九割五分を占めている。しかし、対象者が必ずしも異性とは限らないので、「相聞歌」イコール「恋歌」とはいえない。

　「挽歌」の名称も、『文選』の「挽歌詩」に拠るという。本来、人を弔う際に柩を挽く者がうたう歌を意味する。しかし、『万葉集』では、人の死を悲しみ嘆く歌全般を指し、幅広くも収められている。もちろん葬送の儀式で詠まれた歌も存在する。身元や名もわからない行き倒れの死者を見て詠んだ歌（「行路死人歌」という）なども含まれている。歌数は二六七首。

代作（だいさく）

学術用語。『万葉集』には存在しない言葉である。意味としては、①本人に代って歌を詠む行為、②古歌などを代表して伝達する行為に分類される。折口信夫が、天皇の側近で天皇の言葉を伝える「御言持者」（みこともち）を想定して使った。もともとは、天皇の言葉を、主に祝詞などの代作に当たっていたが、次第に歌の代作も行うようになったのだという。その後、伊藤博が題詞と左注における作者の異伝について、実作者か形式作者かの伝承の違いによるものであると見解を示した。

題詞／左注（だいし／さちゅう）

いずれも学術用語。『万葉集』に存在しない言葉である。題詞は、本文（歌）の直前に記されているもので、作者や作歌事情などが書かれた文のこと。左注は本文の直後に記されている文である。題詞より作歌事情が詳しく、中には異なる内容が書かれている。題詞は実作者、左注は形式作者を示しているという考え方が一般的である。一方、実作者も形式作者も、この時代では作者であり、歌は共有されているという指摘もされている。なおともに原本は漢文で表記されている。

短歌／長歌／旋頭歌（たんか／ちょうか／せどうか）

『万葉集』の作品を形式からみると、主に「短歌」「長歌」「旋頭歌」が存在する。「五・七・五・七・五」の五句からなる「短歌」は、『万葉集』の九割を占める。「長歌」は「五・七」を二度以上繰り返し、最後を「五・七・七」で終わる形式である。「長歌」の直後に別の「短歌」を添えるが、それを「反歌」と呼んでいる。「旋頭歌」は「五・七・七・五・七・七」の六句からなる。頭を旋らしてうたう、の意。内容では三句目で切れていている。この点から、上三句と下三句を二人で掛け合い、唱和したものが、一人でうたう形式に発展したものだと考えられている。

万葉集（まんようしゅう）

書名にはどのような意味があるのだろうか。『日本書紀』や『続日本紀』などの正史にも一切触れられていない。これまでの研究では様々に考えられてきた。それらを整理すると、

（1）万の葉の集という意味（「葉」は「言の葉」のこと）
（2）万世にまで伝わる集という意味
（3）万の木の葉の集という意味（「木の葉」は歌の比喩）
（4）本の葉が多いという意味（「葉」は紙を数える時の助数詞）

などに分かれる。（1）の「葉」が「言の葉」の意味で用いられるのは平安時代の中期以降であるので、否定されている。また『万葉集』は本来巻物であり、（4）の「葉」が助数詞と見ることができない。そこで、一般には（2）の意味で理解されている。中国の文献に多くの例があるだけでなく、日本の文献にも見られる言葉だからである。

是を以て、克つ四維を固め、永く万葉に隆にし、功、造物に隣くして、清猷、世に映れり。
（『日本書紀』顕宗天皇即位前紀）

ここでの「万葉」は万世の意味で使用されている。以上の点から、（2）が有力とされているのである。

中古

第3章　中古（一）源氏物語の世界を読む

阿部好臣

明石の物語（あかしのものがたり）

桐壺一族と親戚である明石入道の夢の実現を柱とする。海竜王のいつき娘と揶揄される明石御方（「君」、「上」と呼ぶべきではない）が源氏と結ばれ、生まれた娘が、中宮となり皇子を誕生させる物語である。源氏の王権物語をむしろ正面から支え実現する物語である。また、受領の娘という「身の程意識」は、裏面史にある空蟬などとも通底し、その層にある人物達の理想追求を描いた点も見逃せない。

貴種流離譚（きしゅりゅうりたん）

折口信夫の提唱になる用語で、貴い生まれの主人公が流離する物語、というのが基本である。些か単純なようだが、流離の原因として「罪」を犯し、それを償い、さらに大きな存在として再生するという基本形は、成人儀礼を底に敷いた発想である。『古事記』の倭建命から、『伊勢物語』で東下りをする業平など、この話型で多くの物語が、共通性を明らかにできる。いわば、物語の骨組みを見つめる発想である。

廃太子事件（はいたいしじけん）

皇太子を退位させること。事実として、橘奈良麻呂の変（七五七年）で追われた「道祖《ふなど》親王」、母井上内親王の大逆＝道鏡事件（七七二年）の「他戸《おさべ》親王」、藤原種継暗殺事件（七八五年）での「早良親王」（追号崇道天皇）、薬子の変（八一〇年）で追われ出家し渡唐後に逆旅の間に遷化した「高岳親王」、承和の変（八四二年）の「恒貞親王」がある。政変による悲劇はさらに展開し、これ以降も廃太子のイメージと重ねるように、菅原道真の昌泰の変（九〇一年）、源高明の安和の変（九六九年）などが続く。このような政変を桐壺巻の前史として想定し、六条御息所が入内した「故前坊＝亡き前の皇太子」との関わりから、『源氏物語』の政治的な側面が読まれる。また、道真の太宰府配流などが光源氏の須磨・明石流離の準拠として読まれるのも、この延長上にある。

帚木系列（ははきぎけいれつ）

光源氏の裏面史ともいうべき物語の流れで、帚木巻をスタートに空蟬と夕顔の話、夕顔の贖罪の物語としての末摘花、さらに、夕顔の遺児・玉鬘を巡る求婚譚を柱とする。玉鬘十帖は少女巻で展開した源氏の息子・夕霧の物語からの延長で、夕顔への贖罪意識から養女とした娘を高貴な女君にするべく腐心する親としての源氏の物語でもある。

藤壺の物語（ふじつぼのものがたり）

光源氏との密通により冷泉を誕生させる。そして、その子を理想的な帝にする役割を負う。これは、源氏に関わる予言実現のための切り札としてあり、公的な主題を負う。と同時に人としての生き様に苦悩する姿は、六条御息所や朝顔斎院、葵上との共通の部分を持ち、王権の物語と生き様の物語の双方に関与する物語主題の柱となる。

古物語（ふるものがたり）

「物語のいでき始めの親」である『竹取物語』は、この範疇に入るかどうかは微妙であろう。成立が古い物語の意ではない。例えば『三宝絵』のいう「大荒木の森の草よりも繁く」あるような雑多な、擬人物めいた、昔話に近いような物語であり、むしろ「話素」の突出した室町時代の物語のようなものである。「話素」とは、作品を「話素」と「描写」に分けて考える発想で、話の骨組みが主流となるような意である。あるいは予定調和的な物語ともいえるか。

プレテキスト

先行作品の意である。『源氏物語』も多くの先行作品を受け継ぎ、時には踏襲し、時には逆転させ、あるいは、それを解釈するようにして作品世界を紡ぎ挙げている。ジュリア・クリステワの「インター・テクスチュアリティ」（テキスト相互連関性）という概念を念頭に、その実相を見据えることも、大事な〈読み〉の構築となる。ただし、先行するのは、作品だけではなく、歴史事実なども含む幅の広い対象の存在を認識しておくべきである。

本文（ほんもん）

純粋に『源氏物語』の本文のことである。現在、私達が見ることができる本文は藤原定家の手になる「青表紙系統」の本、河内守父子による「河内本系統」、それにそのどちらでもない「別本」に区分される、前二者はどちらも鎌倉時代の初期ぐらいにしか遡ることは、できない。『源氏物語』が書かれたであろう時代から、二百年近い時間が経過してからのものである。紫式部のオリジナルなど求め得べくもないが、それに近づこうという気持だけは持ち続けたい、そのためにも諸伝本への目配りも大切である。基本は池田亀鑑『源氏物語大成』（校異編）にある。

継子虐め譚（ままこいじめたん）

これも物語の骨組みで、「貴種流離譚」が男の成人儀礼を基底とするものであるとすれば、これは女の成人儀礼（成女式）を基底とするものである。継子に課せられる難題が多くは成女ならば誰でもこなさなければならない基本的なスキル（物を縫う、食事に関わる事項、食料の管理、など）であるのが、それを証している。『落窪物語』『住吉物語』などがその類型に関わる物語だが、『うつほ物語』の「忠こそ」が男であるのは謎。

紫上の物語（むらさきのうえのものがたり）

藤壺の姪にあたり、その肩代わりとして登場する。そして、藤壺の抱える生き様の物語の主体として機能する。王権の物語という線で考えると、明石の姫君を養女とするなどの補佐的な位置しかない。だが、いつも源氏と対の存在とされる理想的な女君である。生き様に悩む女君達の一切を引き受けて、物語の中心として機能するのは、実は第二部の世界に入ってからで、祈る女君とでも呼ぶべき心の物語の主人公である。

若紫系列（わかむらさきけいれつ）

若紫巻から始まる光源氏の王権（摂関制の頂点をさらに越える王者としてのあり方）実現までの物語である。藤壺事件・朧月夜のことによって、源氏が須磨・明石への流離を経て、娘（養女・秋好を含め）を中宮とし、それを背景に実質的な王者として君臨する政治の面舞台を見据える物語の流れである。

中古

第4章　中古（二）古今和歌集を読む

木村　一

在原業平（ありわらのなりひら）
天長二年（八二五）～元慶四年（八八〇）。六歌仙・三十六歌仙の一人。阿保親王第五子。世に在五中将・在中将と称される。「伊勢物語」の主人公と混同され、伝説化する。

色好み（いろごのみ）
恋愛の情緒を味得し、洗練された情趣を愛好すること。当時の男子が生まれながらにして有する一級の美質。「好色」とは対をなす。男性は色好みであればある程良しとされる。

歌合（うたあわせ）
歌人左右一首ずつを組み合わせて競う遊戯。平安初期以来、宮廷・貴族間で流行。優劣を決する際の詞を判詞という。資料として残るものは少ない。

大友黒主（おおとものくろぬし）
生没年未詳。六歌仙の一人。『古今和歌集目録』に「大伴黒主村主」とある。大友皇子の末裔との伝えもあるが、年代が合わない。「大伴」。

小野小町（おののこまち）
生没年未詳。六歌仙・三十六歌仙・女房三十六歌仙の一人。出羽国出身とも。仁明・文徳朝頃の歌人とされる。絶世の美人として数々の伝説がある。康秀・遍昭らと贈答。

柿本人麿（かきのもとのひとまろ）
万葉歌人。三十六歌仙の一人。斉明天皇六年（六六〇）頃～養老四年（七二〇）頃。「人麻呂」・「人丸」とも。天武・持統・文武朝に仕える。契沖・真淵らにより、六位以下で生涯を終えたとされ、「仮名序」の「正三位」は誤。

漢才（からざえ）
「唐才」とも。漢籍に通じ漢詩文に巧みなオ。単に「ざえ（才）」ともいう。「大和魂」の対義語。

喜撰（きせん）
喜撰法師。生没年未詳・伝不詳。六歌仙の一人。山城国乙訓群の人。出家して醍醐山に入る。その後、宇治山に隠れて仙人となったと伝える。

経国集（けいこくしゅう）
淳和天皇《じゅんなてんのう》の勅命によって天長四年（八二七）に成立した勅撰漢詩集。

古今和歌集（こきんわかしゅう）
延喜五年（九〇五）（成立年には諸説がある）に奏上された、最初の勅撰和歌集。醍醐天皇の下命により、紀友則・紀貫之・凡河内躬恒・壬生忠岑により編纂された。二つの序文がある。全二十巻、約一千首。構成は、春歌《はるのうた》上・下・夏歌《なつのうた》・秋歌《あきのうた》上・下・冬《ふゆの》歌《うた》・賀歌《がのうた》・離別歌《りべつのうた》・羈旅歌《きりよのうた》・物名《もののな》・恋歌《こひのうた》一～五・哀傷歌《あいしやうのうた》・雑歌《ぞうのうた》上・下・雑体歌《ざつていのうた》・大《おほ》歌所御歌《うたどころのおほんうた》。伝本により、巻頭に「真名序」次に「仮名序」その次に本文がはじまるものがある。「真名序」を持たない伝本も多い。古今集。

言霊信仰（ことだましんこう）
古来、言葉には不思議な力が宿ると信じられていた。その力により言葉どおりの事象がもたらされると信じられていた。

嵯峨天皇（さがてんのう）
桓武天皇第二皇子。延喜五年（七八九）～承和九年（八四二）。第五十二代の天皇。大同四年（八〇九）～弘仁十四年（八二三）在位。大陸文化に造詣が深い。漢詩・書をよくし「三筆」の一人。

菅原道真（すがわらのみちざね）
承和十二年（八四五）～延喜三年（九〇三）。宇多・醍醐朝を支える。遣唐使を廃止した。左大臣藤原時平に讒訴され、大宰府へ権帥として左遷され現地で没す。

醍醐天皇（だいごてんのう）
宇多天皇第一皇子。元慶九年（八八五）～延長八年（九三〇）。第六十代天皇。寛平九年（八九七）～延長八年（九三〇）在位。親政を行う。後、「延喜の治」と称される。

たをやめぶり（たおやめぶり）
「手弱女振り」。女性的で温厚優和な歌の詠みぶり。「万葉集」の「ますらをぶり」に対して、主に「古今和歌集」以降の勅撰和歌集で支配的な歌風。

勅撰和歌集（ちょくせんわかしゅう）
天皇の命令（勅命）・院宣を奉じて編纂した歌集。勅撰和歌集は、「古今和歌集」に始まり、「新続古今和歌集」まで続く。総称して「二十一代集」。

唐風（とうふう）
文字や仏教をも含む大陸文化のうち、文字による文学作品として確立されていた漢詩文学のこと。「唐」は当時の国名による。「漢風」。

文華秀麗集（ぶんかしゅうれいしゅう）
嵯峨天皇の勅命によって弘仁九年（八一八）に成立した勅撰漢詩集。

文屋康秀（ふんやのやすひで）
生年未詳～仁和元年（八八五）。六歌仙の一人。清和・陽成両天皇に仕える。是貞親王家歌合の作者。

平城の天子（へいぜいのてんし）
平城天皇。桓武天皇第一皇子。宝亀五年（七七四）～弘仁十五年（八二四）。第五十一代の天皇。延暦二十五年（八〇六）～大同四年（八〇九）在位。「万葉集」は平城天皇の命によって編まれたという説が行われていた。

遍照（へんじょう）
僧正遍照。弘仁七年（八一六）～寛平二年（八九〇）。六歌仙・三十六歌仙の一人。俗名、良岑宗貞。仁明天皇の寵を受け蔵人頭となったが、天皇崩御後出家、天台宗を学び、僧正となる。小野小町と贈答。

ますらをぶり（ますらおぶり）
「益荒男振り・丈夫振り」。賀茂真淵らが和歌の理想とした詠みぶり。男性的でおおらかな歌風の意。

山部赤人（やまのべのあかひと）
万葉歌人。三十六歌仙の一人。生年未詳～天平八（七三六?）。「人麿」とともに「歌聖」と称される。「山辺」。

凌雲集（りょううんしゅう）
勅撰漢詩集。正式名称「凌雲新集」。嵯峨天皇の勅命によって弘仁九年（八一四）成立。

中世

第5章 中世（一） 方丈記と徒然草を読む

辻 勝美

隠者文学（いんじゃぶんがく）

隠者は、世捨人・遁世者とも呼ばれ、俗世間から離脱して、修行・自適生活などをする者をいう。文学史では、西行・鴨長明・兼好など、院政期から鎌倉期に活躍した草庵歌人たちが、その代表的な人物とされる。西行の時代には、長明の和歌の師である俊恵が主宰した歌林苑などに、道因・登蓮らの隠者、数奇者たちが集まり、文学活動をおこなった。兼好とともに和歌四天王とされる頓阿・慶運・浄弁なども同様の隠者歌人である。草庵生活とその心情を表現した作品や、隠者的な志向をもつ文化は上流貴族たちや他の領域にも広がり、中世後期以降も、心敬・宗祇らの連歌師、芭蕉らの俳人などに影響を与えていく。

鴨長明集（かものちょうめいしゅう）

鴨長明の自撰家集。養和元年（一一八一）頃の成立。賀茂重保編『月詣和歌集』の撰集資料として賀茂社に奉納された百首型式の家集群（三十六人の百首が集められたとされ、寿永百首家集とも）の一つ。長明集は春・夏・秋・冬・恋・雑に部類され、計一〇五首。父の早逝後の悲嘆や幼い子を見て詠んだ歌など、青年期の長明の和歌活動と実人生における心のありようを知るうえで貴重な資料である。江戸期刊本は、『正治二年院第二度百首』を下冊として追加する。

建礼門院右京大夫集（けんれいもんいんのうきょうのだいぶしゅう）

建礼門院右京大夫（藤原伊行の娘）の自撰家集。上下二巻。藤原定家の求めに応じて、『新勅撰和歌集』の撰集資料として提出されたもので、天福元年（一二三三）頃の成立か。寿永・元暦以後の詠を下巻に収め、それ以前の詠を上巻に収めている。総歌数三五〇余首。長文の詞書と歌とによって、編年的に配列構成され、日記的な内容を有する。平資盛との恋愛・死別を中心として、藤原隆信との情交、作者が仕えた中宮徳子や平家一門の人々との交流などが追懐の情をこめて描かれる。題詠歌群も多く収められるほか、とくに七夕歌群や星月夜を詠じた歌が注目されている。兼好も『徒然草』一六九段で本集を引用している。

正徹物語（しょうてつものがたり）

室町時代の歌論書。二巻。上巻は「徹書記物語」、下巻は「清巌茶話」とする本もある。上巻は正徹（一三八一～一四五九）の執筆、下巻は弟子の蜷川親当（智蘊）の聞書とする説、上下巻ともに弟子筋たちによる聞書とする説などがある。成立についても文安五年（一四四八）頃説と、宝徳二年（一四五〇）頃とする説などがある。内容は、和歌の風体、注釈、歌人・歌壇の逸話など、長短約二一〇項目を箇条書きに記している。定家崇拝の姿勢が顕著で、定家仮託の偽書である鵜鷺系歌論書の影響が認められる。冷泉派歌論書の代表で、心敬の連歌論書『ささめごと』にも影響を与えた。

頓阿（とんあ・とんな）

正応二年（一二八九）～応安五年（一三七二）、八十四歳。俗名は二階堂貞宗。光貞の男。二十歳前後に出家、比叡山や高野山で修行、その後時宗にも帰依した。二条為世門の四天王の一人として活躍。『新千載集』撰集時には、二条為定に助力。『新拾遺集』では撰進途中に没した二条為明の後を承けて集を完成させた。家集『草庵集』のほか、歌論書に『井蛙抄』、二条良基の問いに答えた『愚問賢注』などがある。『続千載集』初出で、『菟玖波集』には連歌も入集。温雅平明な歌風を特色とする二条派和歌の正統を伝え、二条家の断絶後は、頓阿の子孫が二条派の道統を継ぐものとして歌壇で尊重され、江戸時代になっても評価を得た。

二条家（にじょうけ）

和歌の宗匠家。藤原為家（定家の子）の嫡男為氏に始まり、室町初期に断絶した一流。定家の二条邸を伝領したことに由来する呼称である。二条と号するのは、為氏の子の為世からであるが、一般的には京極家・冷泉家に対して為氏を含めて称する。為家の死後、為氏と阿仏尼・為相との間に細川荘の相続をめぐる争いが起こり、三家による対立抗争が続くが、とくに歌道師範、勅撰撰者の地位をめぐって、持明院統と結びついた京極為兼らと激しく対立した。鎌倉期は大覚寺統との結合関係、南北朝期は足利将軍の支持を得て、多くの勅撰集の撰者となった。また、宗匠と師弟関係にある門流（二条派）の人々が、中世の歌壇において大きな地位を占め、その権威は幕末にまで及んだ。

発心集（ほっしんしゅう・ほっしんじゅう）

説話集。八巻。鴨長明著。建暦二年（一二一二）以後、建保四年（一二一六）以前の成立か。数次にわたる成立とみる説、巻七・巻八は後人による増補とみる説などもある。流布本では一〇二話から成り、発心遁世譚、往生譚などを中心とするが、一般的な仏教説話集にみられる啓蒙・教化的性格よりも自照性が強いのが特色とされる。数寄と仏道との関係にふれた巻六の一連の説話などには、和歌・音楽を愛好した長明自身が取り組んだとみられる問題も含まれ、注目される。

源実朝（みなもとのさねとも）

建久三年（一一九二）～建保七年（一二一九）、二十八歳。清和源氏。源頼朝の次男。母は北条政子。建仁三年（一二〇三）に鎌倉幕府第三代将軍となる。京都の文化に関心を寄せて、和歌・蹴鞠などを好んだ。とくに和歌の詠作に熱心で、藤原定家に学び、定家より『近代秀歌』（原型本）、『万葉集』などが献上されている。鴨長明も出家後、鎌倉に下向し、実朝と面談していることが、『吾妻鏡』の記事などにより知られる。家集に『金槐和歌集』がある。

無名抄（むみょうしょう）

歌論書。一巻または二巻。鴨長明著。建暦元年（一二一一）十一月以降、建保四年（一二一六）閏六月以前の成立か。『方丈記』『発心集』との先後関係は未詳。題詠の心得を説いた章段をはじめとして、約八十の章段からなる。各章段の内容は、実作上の手引きや歌学的知識などの歌論的なものと、歌人・歌会の逸話などの和歌随筆的なものとが混在し、連想にまかせて書かれたような形となっている。「幽玄体」の解説が注目されるが、歌枕・歌語の解説もあり、「ますほの薄」をめぐる逸話は、『徒然草』にも引かれた。長明や師の俊恵の和歌観、新古今時代の歌人たちの表現意識を知ることができる資料としても貴重である。

中世

第6章　中世（二）　新古今和歌集を読む

藤平　泉

後鳥羽天皇（ごとばてんのう）

第八十二代天皇　治承四年（一一八〇）～延応元年（一二三九）六十歳。父は高倉天皇、母は、藤原信隆女。兄安徳天皇に代わって元暦元年（一一八四）七月四歳で即位。建久九年（一一九八）土御門天皇に譲位、以後上皇として院政をしく。承久三年（一二二一）承久の乱に敗れ出家、隠岐島に配流されそこで没した。

西行（さいぎょう）

元永元年（一一一八）～文治六年（一一九〇）父は左衛門尉佐藤康清、俗名は佐藤義清。勅撰集では『詞花集』が初出。家集に『山家集』『山家心中集』『聞書集』、その逸話や伝説を集めた説話集に『撰集抄』『西行物語』がある。独自の歌風は、後世に絶大な影響を与えた。

新勅撰和歌集（しんちょくせんわかしゅう）

第九番目の勅撰和歌集　藤原定家撰。二〇巻。貞永元年（一二三二）後堀河天皇より撰集の勅命が下り、編纂が開始された。天福二年（一二三四）六月三日未定稿であるが、一四九八首の自筆浄書本を仮奏覧したが、同年八月後堀河院は崩御。落胆した定家は草稿を焼却したが、九条道家が仮奏覧本を元に完成を求め、鎌倉幕府への配慮から、後鳥羽院、順徳院など承久の乱の関係者の歌を削除した上で、文暦二年（一二三五）完成。定家と親しい権門や門人、鎌倉幕府関係者の歌が多い。『新古今集』に比して、優雅で平淡な歌が多いとされる。後世には、定家晩年の好尚を示すものとして尊重された。

二条家・京極家・冷泉家（にじょうけ・きょうごくけ・れいぜいけ）

藤原為家の子、藤原為氏が御子左家の跡を継いで和歌宗匠家となるが、弟の藤原為教、その子藤原為兼は、それに反発し、京極派として独自の詠風を模索し第十四番目の勅撰集『玉葉集』と第十七番目の『風雅集』の編纂を主導する一派（京極派）を形成した。阿仏尼と為家の間に生まれた藤原為相は、母阿仏尼が代理となり二条家との間で御子左家の荘園の相続や為家所持の書物の帰属をめぐって激しく対立した。二条家・京極家は、血筋が絶えたが二条家の歌学自体は細川幽斎を通して江戸期まで伝わった。冷泉家は、現代まで存続している。

藤原定家（ふじわらのさだいえ・ていか）

応保二年（一一六二）～仁治二年（一二四一）八月二十日。八十歳。父は、藤原俊成、母は、藤原親忠女（美福門院加賀）法名明静。仁安元年（一一六六）叙爵。安元元年侍従、建暦元年（一二一一）従三位。安貞元年（一二二七）正二位。貞永元年（一二三二）権中納言、天福元年（一二三三）出家。治承二年（一一七八）十七歳で『別雷社歌合』に出詠して以来、常に歌壇の中心として和歌の詠作と研究を行い同時代だけではなく後世にも絶大な影響を与えた。

著書に歌論書『近代秀歌』『詠歌大概』等多数がある。

藤原為家（ふじわらのためいえ）

建久九年（一一九八）～建治元年（一二七五）五月一日。七八歳。藤原定家の子、当初は、蹴鞠に熱中して和歌を顧みず父定家を歎かせたが、貞応二年（一二二三）「為家千首」を詠むなど和歌に精進し、父の没後の歌壇を主導し、十番目の勅撰集『続後撰和歌集』を撰進した。しかし、為家に反発する藤原光俊、藤原基家ら反御子左派と対立し、一時歌壇の主導権を失うが、反御子左派の失脚とともに歌壇の中心に復帰した。歌論書に『詠歌一体』があり、父定家の晩年の教えを継承し、温和で平明な歌風を庶幾した。為家の歌論は、その後室町期まで子孫、特に子の藤原為氏に発する二条家（派）において尊重され、大きな影響力を持った。

藤原俊成（ふじわらのとしなり・しゅんぜい）

永久二年（一一一四）～元久元年（一二〇四）九十一歳。父は、参議藤原俊忠。母は、藤原敦家女。太治二年（一一二七）従五位下、仁安二年（一一六七）正三位、承安二年（一一七二）皇太后宮大夫、安元二年（一一七六）出家、法名釈阿。文治四年（一一八八）『千載和歌集』を編纂した。息子定家や藤原良経、家隆、式子内親王など新古今時代の歌人たちを指導した。歌論書に『古来風体抄』がある。

藤原良経（ふじわらのよしつね）

権門九条兼実の男、定家ら御子左家のパトロンとして支援するだけでなく自身も優れた歌人として多くの秀歌を詠じた。後鳥羽院の信頼が厚く政治上もよく補佐したが、元久元年（一二〇四）急死した。

本歌取り（ほんかどり）

本歌取りは、新古今時代になって成立する和歌技法である。単に古歌の一節を摂取することを「本歌取り」と称することもあるが、厳密な本歌取りは、新古今時代になって確立した。古歌の表現の一部を新歌に取り入れ、古歌の世界を背景とすることで、表現の情緒の複雑化、重層化をはかる。定家は、その歌論書『近代秀歌』において次のように定義している。①本歌と句の位置を変えない場合は、取る歌句は、二句以下にする。②本歌と置く位置を変える場合は、二句と三、四字まで。③初二句は、有名な歌を除きそのままの位置でも良い。④本歌と同じ着想、同じ主題は避け、春歌なら秋歌へ、恋歌なら雑歌へなどと変化させる。⑤本歌とする範囲は、古今、後撰、拾遺の三代集の他、『伊勢物語』三十六人集の内の秀歌などに絞り特に近い時代（およそ十二世紀以降）の和歌は取らないこと。などを規定している。ただし新古今時代の本歌取り歌の実際は、歌人によってさまざまで必ずしも定家の規定に収まらない多様なものである。

御子左家（みこひだりけ）

藤原道長の六男、藤原長家に発する藤原北家の一流。歴代歌人として、藤原俊忠、俊成、定家と有力な歌人を輩出した。俊成、定家は、平安末期から鎌倉時代初頭の歌壇の中心的存在となり、『千載和歌集』『新古今集』『新勅撰和歌集』の撰者となった。鎌倉時代初頭その一族や門人からは、俊成女、藤原家隆など多くの勅撰集入集歌人を出し新古今歌壇を主導した。定家の後は、息子為家が後を継いだが、為家の息子たち、二条為氏、京極為教、その子為兼、冷泉為相の代になって歌壇の主導権為家所持の書物の帰属、財産の分与をめぐって分裂した。

近世

第7章　近世（一）近松と西鶴の文学を読む

倉員正江

浮世草子（うきよぞうし）

天和二年（一六八二）刊井原西鶴『好色一代男』以降、天明六年（一七八六）刊『陳扮漢』までを含む上方を中心に行われた小説類の総称。改題本を含め、幕末まで版を重ねた作品もある。それ以前の教訓的・啓蒙的な仮名草子と異なり、主として町人層の嗜好に合致した娯楽的要素を強調した内容を持つ。元禄期までは西村本のような西鶴亜流の好色物（好色本）が主流であったが、以後演劇的なやつしを取り入れた長編時代物、階層別の性癖を誇張して類従した気質物などが創出され、江戸戯作や演劇等の後続文芸にも大きな影響を与えた。

江嶋其磧（えじまきせき）

役者評判記作者、浮世草子作者。寛文六年（一六六六）～享保二十年（一七三五）、生没年異説あり。京都大仏餅屋の主人村瀬権之丞。元禄十二年（一六九九）に三都の役者評判記『役者口三味線』を、同十四年に浮世草子『けいせい色三味線』を西川祐信の挿絵で八文字屋八左衛門（八文字自笑）から刊行、両書ともに画期的な作品となった。西鶴以降の浮世草子作者の第一人者。演劇翻案作の時代物、気質物を創出するなど、明治期に至るまで後続文学に多大な影響を与えた。

歌舞伎（かぶき）

演劇。語源は動詞「傾（かぶ）く」の名詞化で、近世初頭の時代相を反映し、常軌を逸脱したもの、異様なものの意。慶長八年（一六〇三）頃出雲のお国と名乗る女性芸人が京都で創始した官能的なショーに始まる。当初の遊女歌舞伎、続く若衆歌舞伎が風俗壊乱を理由に禁止、野郎歌舞伎となり女方（形）が生まれた。元禄期になると京都の坂田藤十郎らの和事、江戸の市川團十郎らの荒事など、特徴ある様式が整いストーリーも複雑化した。この頃歌舞伎狂言のあらすじを挿絵入りで記した絵入狂言本が出版された。

享保の改革（きょうほうのかいかく）

八代将軍徳川吉宗が主導した江戸の幕政改革。財政安定策が主眼だが、出版言論統制としても注目すべき施策があった。享保五年（一七二〇）に『太平義臣伝』をはじめとする赤穂義士事件を扱う書物が浮世草子も含めて絶版となった。同七年には五箇条からなる出版条目を発布、第二条に好色本の絶版を命じる。また翌年二月には、心中の絵草紙・狂言化を禁止した。同年六月には近松門左衛門指導・添削／竹本座上演『大塔宮曦鎧《おおとうのみやあさひのよろい》』の一節に拠る絵図「智略の万歳」が出回り、幕府批判と見なされ禁止されている。流言飛語が人心を惑わすことを幕府が危惧していたことがわかる。

際物（きわもの）

世間の注目を集めた事件を素早く作品化したもの。西鶴が『好色五人女』で恋愛スキャンダルに独自の創作を加え、後続作品や演劇にも大きな影響を与えた。近松門左衛門の心中物もその一つで、一夜漬け狂言ともいう。赤穂義士一件、桑名の野村増右衛門一件など政治的な事件が浮世草子・歌舞伎に取り上げられた例もある。享保七年（一七二二）の出版条目と、翌年の心中事件の絵草紙・狂言化禁令により、新作の版本からは消滅を余儀なくされた。

坂田藤十郎（さかたとうじゅうろう）

歌舞伎役者。立役。正保三年（一六四六）～宝永六年（一七〇九）。延宝六年（一六七八）、大坂で上演された『夕霧名残の正月』の藤屋伊左衛門役で人気役者となった。冬貞と号して俳諧を嗜み、西鶴とも親交があった。元禄六年（一六九三）以降、都万太夫座の専属作者なった近松門左衛門が藤十郎のために傑作を次々に執筆、当たり役に恵まれる。以後役者評判記でも高い評価が定着する。濡れ事ややつし事を得意とし、元禄上方歌舞伎の一特徴「和事」を確立した。最後の舞台も宝永五年十月京都亀屋座の『夕霧』であった。

西沢一風（にしざわいっぷう）

本屋、浮世草子作者、浄瑠璃作者。通称九左衛門。寛文五年（一六六五）～享保十六年（一七三一）。家業の正本屋を継ぎ、浮世草子を執筆、元禄十三年（一七〇〇）刊『御前義経記』は演劇に依拠して義経伝説を当世風にやつした作風を確立、後続浮世草子に大きな影響を与えた。江嶋其磧と一時競い合ったが、次第に浮世草子からは手を引いた。紀海音引退後は豊竹座の座付作者となって活躍する。享保十二年刊『今昔操年代記』下に「近松門左衛門は作者の氏神也」と同業者として称揚している。

人形浄瑠璃（にんぎょうじょうるり）

語りものである浄瑠璃と、三味線の伴奏に合わせて人形を遣う演劇。現在の文楽。貞享二年（一六八五）近松門左衛門が竹本義太夫と組んで大坂道頓堀の竹本座で上演した『出世景清』をもって、それまでの約八十年間を「古浄瑠璃」、以後を「新（当流）浄瑠璃」とする近代以降の定説が根強いが、天和三年（一六八三）上演『世継曾我』の画期性をより重視する見解もある。義太夫の弟子若太夫が独立して豊竹座を創設すると、道頓堀の西寄りにあった竹本座（西風）・東寄りにあった豊竹座（東風）がその芸風を競い合って発展した。

北条団水（ほうじょうだんすい）

俳諧師。浮世草子作者。寛文三年（一六六三）～宝永八年（一七一一）。十代の頃井原西鶴に入門したと見られる。元禄期には俳諧師・雑俳点者として活躍、元禄六年（一六九三）八月に西鶴が没すると京都から西鶴庵に移住して師の遺稿集の編集・刊行に従事した。杜撰さを指摘するむきもあるが、西鶴晩年の傑作が散逸するのを防いだ団水の功績は大きい。宝永二年八月に西鶴十三回忌法要を行い、追善興行を翌年俳書『こゝろ葉』として刊行した。同四年刊『昼夜用心記』等浮世草子も残した。

矢数俳諧（やかずはいかい）

一昼夜という限定された時間内に一人で何句詠めるかを競う俳諧。京都三十三間堂の通し矢（矢数）にならったもの。井原西鶴が延宝三年（一六七五）に亡妻追悼句集『独吟一日千句』で先鞭をつけた。同五年千六百句を達成した西鶴に対抗し、多武峰の月松軒紀子が『大矢数千八百韻』で千八百句、同七年仙台の大淀三千風が『仙台大矢数』で二千八百句と記録を更新、西鶴が同八年に四千句、貞享元年（一六八四）に二万三千五百句を詠んで自ら終止符を打った。

近世

かるみ

「おもみ」「おもくれ」「ねばり」などと対をなし、文字通り、軽いことを意味するが、俳風や風体の属性をいう。「かるみ」の句とは、日常卑近なことがらを趣向や作意を廃し、率直かつ平明に表現した風体の句をいう。そもそも俳諧は俗文芸ではあるが、詩として昇華された高次の作品を志向したところに芭蕉の独自性がある。

北村季吟（きたむらきぎん）

寛永元年（一六二四）〜宝永二年（一七〇五）。貞門の俳人。別号、拾穂軒・湖月亭。京都の人。元禄二年（一六八九）、将軍家の歌学の師として幕府に召し抱えられ、江戸に移住。『山の井』『新続犬筑波集』『増山の井』『埋木』『続連珠』などの編著があり、古典学者としても大成し、『大和物語抄』『源氏物語湖月抄』『枕草子春曙抄』ほか多数の著作を残した。

第8章　近世（二）　芭蕉の文学を読む

竹下義人

元禄俳諧（げんろくはいかい）

元禄時代（一六八八〜一七〇四）の京都・大坂・江戸の三都を中心に展開した俳諧の総称で、芭蕉や蕉風も含まれる。景気の句や景気付・心付を主体とした。とくに連句における心付は、句意付から余情付へ、親句から疎句へ、と質的な変化を遂げた。蕉風でいう「うつり」「ひゞき」「にほひ」「くらひ」「俤」などもそうした流れの上にある。蕉風の独自性を認めつつ、元禄一般の俳諧の特徴と蕉風のそれとを比べてみると、共通点が多いことも事実である。句は全体的に平明化し、芭蕉が唱道した「かるみ」の句体とも親和性が高い。同時代に流行し始めた雑俳の影響も受けながら、俳諧の大衆化にも一層の拍車がかかり、平俗化・通俗化していく傾向を強めていった。

歳旦帖（さいたんじょう）

歳旦帳とも。新春の慶賀の意を込めて詠まれた歳旦の句を収める撰集。宗匠とその門人による発句・脇・第三までの付合を「歳旦三つ物」といい、前半にこれを三組載せ、後半に「引付」と称した知友・門人の歳旦・歳暮の発句を配するのが一般的形式。内容や形態によって、歳旦集とか三つ物揃などとも呼ばれる。いずれも通常は、前年のうちに編まれる。当時の宗匠一門の実相がつかめるところに資料的価値がある。

雑俳（ざっぱい）

雑体の俳諧の意。前句付・笠付・折句・川柳を基本様式とする。一般の前句付に対し、作者と点者の間に第三者が介在し、興行の規模を拡大・組織化していくことで雑俳化が進行した。元禄期における点者は俳諧の点者が兼業したが、後に雑俳専門の点者が出現。その間に多種多様な様式を生み出し、大衆の支持を獲得していった。

談林俳諧（だんりんはいかい）

大坂の西山宗因を中心に反貞門を標榜した一派の俳諧。宗因流とも。寛文期から延宝にかけて隆盛。基本的には貞門俳諧の延長線上にあり、より急進的、過激な一面を見せた。西鶴などは矢数俳諧で活躍した。

貞門俳諧（ていもんはいかい）

近世初頭、京都の松永貞徳（元亀二年（一五七一）～承応二年（一六五三））を中心におこなわれた俳諧。狭義には貞徳一門の俳諧、広義には寛永期から延宝期にかけて隆盛した俳諧のこと。俳諧の啓蒙期にあって、俳言（俗語）の有無を重視し、付合の技法は詞付（物付）を主流とした。連歌的な微温的な作風を示す。

西山宗因（にしやまそういん）

慶長十年（一六〇五）～天和二年（一六八二）。連歌師・俳人。宗因は連歌の号で、俳号は一幽・西翁・梅翁など。肥後八代の加藤正方に仕え、連歌を志したが、主家の改易によって上京。その後、大坂天満宮連歌所宗匠となり、俳諧に関心を寄せて、やがて宗因流の俳諧宗匠として談林俳諧の中枢にすえられた。

芭蕉庵（ばしょうあん）

深川の芭蕉庵は、延宝八年（一六八〇）から元禄七年（一六九四）までの十四年間に三箇所にわたる。第一次芭蕉庵は、深川移住にともなう最初の草庵で、天和二年（一六八二）十二月まで住し、大火による類焼で消失した。第二次は、深川本番所森田惣左衛門御屋敷にあり、天和三年（一六八三）冬から元禄二年（一六八九）三月まで住した。『おくのほそ道』の旅立ちにともなって他人へ譲渡された。第三次は、旧庵の近くで、元禄五年（一六九二）から元禄七年（一六九四）五月まで、最後の上方行脚に出かけるまで住し、戻ることはなかった。

芭蕉七部集（ばしょうしちぶしゅう）

芭蕉一代の俳諧の範とすべき代表的な七つの撰集、『冬の日』『春の日』『あら野』『ひさご』『猿蓑』『すみだはら』『続猿蓑』を一括総称したもの。享保期（一七一六～三六）に、佐久間柳居によって選定された。のちに「七部集」を名乗る様々な代表撰集が相次いで刊行された。

不易流行（ふえきりゅうこう）

不易は永遠に変わらないこと、流行は時々に変化すること。いずれも一般的な言葉である。芭蕉の唱える不易流行説とは、俳諧というものは不易と流行とが、自在かつ密接に関係・融合するような相即の上に成り立つものだという考え方である。

発句合（ほっくあわせ）

句合とも。発句を左右につがえて優劣を競うもの。判者が判定をくだし、その判定の評として判詞を添えるのが通常の形式。

連句（れんく）

五七五の長句と七七の短句を言葉や意味や印象・心象の連想などによって交互に付け進めていく付合文芸。用語としては発句に対応し、近代になって定着したもの。連歌を継承する俳諧の基本的な文芸様式で、式目は連歌以来のものを緩めて援用した。百韻を正式な基本形式とし、それを省略した五十韻、四十四（世吉）、歌仙ほか数十種の形式がある。芭蕉はとくに歌仙を好んだ。連句の一句目が発句で、当季を詠み、切字などを入れて一句としての独立性を求めた。二句目が脇で、発句と同季とし、前句で言い残されたことを按排し、打ち添えるように付ける。三句目が第三で、発句・脇の世界から離れることを主眼に転じる。それ以下は平句と称し、最終句を挙句（揚句）という。付合の技法としては詞付（物付）、心付（句意付・余情付）などがある。

近代

第9章 近代（一） 近代文学に生き延びる「江戸」

佐藤 温

勧善懲悪（かんぜんちょうあく）

「善行を勧め悪行を戒める」の意味で、中世・近世以降に文学で提唱された標語の一つ。特に近世後期においては、寛政の改革以降出版に対する圧力が高まった結果、戯作においても滑稽や好色といった題材が自粛されるようになり、読者の教化が要求されるようになっていく。その風潮の中で、曲亭馬琴は勧善懲悪を創作の軸に据えた作品を多く世に出した。馬琴の場合は、良い行いは良い形で報われ、悪い行いはその逆の結果となるという理念を通底させることで、作品を構築していったと言える。

曲亭馬琴（きょくていばきん）

戯作者。明和四年～嘉永元年（一七六七～一八四八）。本姓は滝沢。山東京伝《さんとうきょうでん》に師事し、寛政三年（一七九一）の黄表紙作品を皮切りに江戸で戯作者としての活動を本格化する。主な執筆ジャンルは黄表紙・読本・合巻で、『南総里見八犬伝』をはじめ、『椿説弓張月《ちんせつゆみはりづき》』、『三七全伝南柯夢《さんしちぜんでんなんかのゆめ》』（いずれも読本）ほか数多くの作品を著し、当時の代表的戯作者として人気を博す。『八犬伝』の完結を控えた晩年には視力の問題を抱えるが、息子の嫁である路《みち》に口述を代筆させて執筆を続けるなど精力的に著述活動を行った。

戯作（げさく）

江戸時代の小説の一群を指す言葉で、含まれる様式には、談義本《だんぎぼん》・洒落本《しゃれぼん》・黄表紙《きびょうし》・合巻《ごうかん》・滑稽本《こっけいぼん》・読本《よみほん》・人情本《にんじょうぼん》などがある。今回本編で取り上げるものは、その中でも主に江戸時代後期に見られる娯楽的要素の強い作品群を指す。その内訳としては、大人向けの絵入り小説である黄表紙、黄表紙が長編物語の形態に合わせて合冊化した合巻、滑稽を旨とした滑稽本、空想・伝奇的な長編小説を中心とした読本、恋愛物語を扱った人情本が挙げられる。

言文一致（げんぶんいっち）

語義の上では「話し言葉と書き言葉を一致させること」を意味する。近代以降、従来の話し言葉と書き言葉の隔たりが大きい状況（書き言葉は主に漢文体もしくは和文体であった）が問題視され、その統一が図られた。この運動は作家たちの著述活動にも影響を与え、近代に相応しい文体を模索する機運の高まりを呼んだ。特に明治二十年（一八八七）前後には坪内逍遙、山田美妙、二葉亭四迷らが口語を取り込んだ小説文体の確立に積極的に取り組んでいる。

硯友社（けんゆうしゃ）

明治十八年（一八八五）に、尾崎紅葉・山田美妙・石橋思案《しあん》・丸岡九華《きゅうか》が結成した文学結社で、その後川上眉山《びざん》・巌谷《いわや》小波《さざなみ》・江見水蔭《えみすいいん》・広津柳浪《ひろつりゅうろう》・大橋乙羽《おとわ》らが参加して明治二十年代を中心に文壇の一大勢力となった。『小説神髄』の理念にもとづいて新しい時代の文学表現の実現を目指し、散文表現を確立するための文体の改良や、写実的な表現の実践に取り組むなど、近代文学の成立において大きな役割を果たした。

小説神髄（しょうせつしんずい）

坪内逍遙著。明治十八～十九年（一八八五～八六）刊。近代日本に相応しい文芸革新の方向性を示した書として、その後の作家たちに大きな影響を与えた。逍遙は本書で小説は「美術」の水準に達している西洋の「ノベル」を目指さなければならないとし、日本の小説も勧善懲悪主体のものから人情を描くものへと進化する必要があると説いた。その結果として、逍遙は写実主義に徹しながら人情を描く姿勢を強調している。

根岸党（ねぎしとう）

明治二十年代を中心に活動した文人のサークルで、饗庭《あえば》篁村《こうそん》、幸堂得知《こうどうとくち》、高橋太華《たいか》、幸田露伴、森田思軒《しけん》といった面々によって結成されていた。その活動の中心は、日々の遊びや旅行を通した交遊で、その旅行の様子を滑稽や誇張を交えながら記した旅行記をしばしば発表している。したがって、硯友社のような文学結社とは趣を異にする面もあるが、作家、ジャーナリスト、芸術家など様々な人士の交友から成っていた点で江戸時代以来の文人サークルの伝統も感じさせる。

文人（ぶんじん）

元来は中国において詩書画をはじめとした文事に携わる士大夫《したいふ》階級などの層の人々を指す語である。日本の場合は、中国の文人像に影響を受けながら、江戸時代中期以降には政治や権力から距離を置き隠逸的で、文事に堪能な知識人を文人と称するようになった。文人たちは風雅を尊ぶ共同体としてサークルを結成するようになり、その人的交流からは優れた文芸作品は勿論、社会的階層を越えた人々の結びつきも生まれた。その後、こうした文人の世界は変容しつつも近代まで受け継がれていった。

文明開化（ぶんめいかいか）

明治初年の日本において、西洋文明の摂取によって急速に近代化・欧化が進んだ現象を指す言葉。同時期には、服装や食物といった生活習慣の西洋化から、洋風建築、ガス灯、学校の導入に至るまで、社会のあらゆる側面で西洋の文物を新たに取り入れることが盛んに推奨された。文明開化を思想の面から主導する役割を担ったのが啓蒙家と呼ばれる人々で、代表的な存在として『学問のすゝめ』などの著書で国際社会における日本および日本人の進むべき道筋を示した福沢諭吉や、福沢も参加していた明《めい》六《ろく》社の面々などが挙げられる。

明治維新（めいじいしん）

江戸幕府が崩壊して明治新政府が樹立し、近代統一国家としての日本が形成されていく過程を指す言葉。政治的には幕藩体制から近代天皇制への転換点となった。文化的には、維新を経て文明開化（別項）の風潮が興り、西欧の文物を進取する機運が高まる契機となったことが指摘できる。その中で、殊に文学に関してはその後西洋の理論や手法をもとにした刷新が行われる下地が整えられていったと言える。

近代

第10章　近代（二）近代によみがえる古典文学

村上祐紀

王朝もの（おうちょうもの）

近代文学における王朝ものの代表は、やはり芥川龍之介である。芥川は、短編小説の様式の完成者でもあった。その多くが、古典に材をとった、キリシタンものや、平安朝を舞台とした王朝ものと呼ばれる。技巧を凝らした文体と構想から、「新技巧派」とも呼ばれた。王朝ものでは、人間の内面、とりわけエゴイズムを描き出したものが多いとされている。芥川の周辺にいた室生犀星や堀辰雄も、王朝文学に取材した作品を残している。また、谷崎潤一郎の戦後の代表作として、『少将滋幹の母』（昭和二十四年〔一九四九〕）などの王朝文学が挙げられる。

『源氏物語』悪文説（げんじものがたりあくぶんせつ）

近代における『源氏物語』の評価は、様々であった。なかでも、『源氏物語』を悪文とする見方は、同時代の文壇に多く見られた。たとえば、内村鑑三「後世への最大遺物」（明治二十七年〔一八九四〕）、高山樗牛「吾が好む文章」（明治三十五年）、斎藤緑雨「半文銭」（明治三十六）などに見られるが、正宗白鳥「古典を読んで」（大正十五年）は、源氏物語悪文説の主唱者として有名である。白鳥は、「内容は兎に角、無類の悪文である」と『源氏物語』の読みにくさを指摘した。また、古典文学に精通していた森鷗外ですら、与謝野晶子『新訳源氏物語』の序で「いつも或る抵抗に打ち勝つた上でなくては、詞から意に達することが出来ないやうに感じます」と述べている。明治の青年たちにとって、『源氏物語』は通読に耐えうる古典ではなかったのである。

古典回帰（こてんかいき）

昭和十二年（一九三七）の日中戦争の開戦を境として、軍国主義が強化され、戦争に取材した文学が流行した。また、文壇では「日本回帰」「日本的なるもの」という言葉とともに、国粋主義の傾向が強まった。西洋化することで進んできた日本の近代化を否定し、古い共同体への回帰が唱えられた。そして、民族の伝統を描いたものとして、古典文学が再評価され、特に日本浪曼派によって「古典回帰」が唱えられていくのである。

谷崎源氏（たにざきげんじ）

谷崎潤一郎が『源氏物語』の現代語訳に最初にとりかかるのは、昭和十年代（一九三五）である。開戦によって、自由な表現は抑圧され、文学者の活動はいちじるしく制限をされた時期であった。また、関東大震災を機に関西に移住し、『春琴抄』（昭和八年〔一九三三〕）などの作品によって、伝統的な日本文化を再発見していった、小説家としての豊熟の時期でもあった。三度にわたる「谷崎源氏」の刊行には、校閲者の山田孝雄をはじめ、玉上琢弥、榎克朗、宮地裕ら多くの協力者が関わっていた。なかでも山田孝雄が、校正刷が真っ赤になるほど協力を惜しまなかったことはよく知られている。

夏目漱石の漢詩（なつめそうせきのかんし）

帝国大学（のちの東京帝国大学、今の東京大学）の英文科を卒業し、イギリスに留学したという経歴から、漱石文学には英文学のイメージが強い。その一方で、漱石の漢詩には、今日に至るまで高い評価が与えられている。また、漱石自身も漢詩を非常に好んでいたといわれている。漱石の漢文は、房総半島を歩いた際の旅行記『木屑録』（明治二十二年（一八八九））に見ることができる。その後、『明暗』（大正五年）を執筆中、日課として大量の漢詩を作ったとされる。こうした漱石の漢詩を評価した先駆的な研究として、吉川幸次郎『漱石詩注』（昭和四十二年（一九六七））が挙げられる。

日本浪曼派（にほんろうまんは）

昭和十年（一九三五）、保田与重郎、亀井勝一郎、神保光太郎らは、同人雑誌「日本浪曼派」を創刊、近代批判や伝統を重視した復古主義の拠点とした。この雑誌に関係した人々を、「日本浪曼派」と呼ぶ。中心人物の一人である保田の思想の特徴は、文明開化以降の日本が民族の伝統を失っていたという自覚に立っている点にある。そうした反近代主義は、やがてアジア主義の論調と重なり合っていくこととなった。その論調から、文学の枠を超えて多くの青年に影響を与えた。例えば、後に同人として加わる太宰治や檀一雄を挙げることができる。

根岸短歌会（ねぎしたんかかい）

正岡子規は、俳句革新運動によって俳句の近代化に成功した。ついで、短歌の革新にも着手し、明治三十一年（一八九八）、短歌結社である根岸短歌会を起こした。この会に集った高浜虚子や河東碧梧桐らは、「根岸派」と呼ばれる。子規は、現実をありのままに描写する写生文の運動を展開した。しかし、当時の歌壇を席巻していたのは、「明星」の浪漫主義であった。その後、伊藤左千夫、長塚節らは、「アララギ」を創刊（明治四十一年（一九〇八））し、子規の標榜した写生短歌を継承していくこととなる。

民俗学（みんぞくがく）

民俗学は、民族の歴史を主に民間伝承や口承文芸を資料として明らかにした学問である。近代日本においては、柳田國男や折口信夫によって体系化された。特に柳田は、地方の人々からの聞き書きを基にした『後狩詞記』（明治四十二年（一九〇九））や『遠野物語』（明治四十三年）を出版し、後の民俗学研究に大きな影響を与えた。また、「山人」「常民」など独自の概念を定着させた。人材の育成にも力を注ぎ、木曜会（昭和九年（一九三四））、日本民俗学講習会（昭和十年）などの研究組織からは、若い研究者たちが輩出されていった。

浪漫主義（ろまんしゅぎ・ろうまんしゅぎ）

もともとは十八世紀末に、ドイツやフランスで起こった芸術思想を指す。古典主義への反動として、感情の解放や永遠への憧憬を基調とした。日本近代文学において、浪漫主義が花開くのは、明治二十年代（一八八七）からである。北村透谷、島崎藤村など「文学界」同人たちや、与謝野鉄幹、晶子ら「明星」派の詩歌にその特徴が見られる。特に「明星」は、因襲への挑戦として、恋愛賛美と官能の解放を歌い、同時代に多大な影響を与えた。小説では、「文学界」同人のほかに、国木田独歩、泉鏡花などの作品が、浪漫主義の傾向を持つものとして挙げられる。

や行

ら行

わ行

は行

ま行

さ行

索　引

（太字で表示した頁には解題があります。）

あ行

か行

編者・執筆分担

近藤健史（こんどう　けんし）……………………………はじめに、第1章
日本大学通信教育部通信教育研究所　研究員

執筆者（五十音順）・執筆分担

阿部好臣（あべ　よしとみ）………………………………………… 第3章
元 日本大学文理学部　教授

木村　一（きむら　はじめ）………………………………………… 第4章
日本ウェルネス高等学校　教諭

倉員正江（くらかず　まさえ）……………………………………… 第7章
日本大学生物資源科学部　教授

佐藤　温（さとう　あつし）………………………………………… 第9章
日本大学経済学部　専任講師

竹下義人（たけした　よしと）……………………………………… 第8章
日本大学文理学部　特任教授

辻　勝美（つじ　かつみ）…………………………………………… 第5章
元 日本大学文理学部　教授

野口恵子（のぐち　けいこ）………………………………………… 第2章
日本大学法学部　教授

藤平　泉（ふじひら　いずみ）……………………………………… 第6章
日本大学文理学部　教授

村上祐紀（むらかみ　ゆき）………………………………………… 第10章
拓殖大学政経学部　教授

Next 教科書シリーズ 日本古典文学

2015（平成 27）年 3 月 30 日　初版 1 刷発行
2023（令和 5）年 11 月 15 日　初版 2 刷発行

編　者　近藤 健史
発行者　鯉渕 友南
発行所　株式会社 弘文堂　101-0062 東京都千代田区神田駿河台 1 の 7
TEL 03(3294)4801　振替 00120-6-53909
https://www.koubundou.co.jp

装　丁　水木喜美男
印　刷　三美印刷
製　本　井上製本所

ISBN978-4-335-00209-0